Adiós a la revolución

Adiós a la revolución

FRANCISCO ÁNGELES

S

LITERATURA RANDOM HOUSE

Papel certificado por el Forest Stewardship Council®

Primera edición: octubre de 2020

© 2019, Francisco Ángeles
c/o Schavelzon Graham Agencia Literaria S. L.
www.schavelzongraham.com
© 2019, Penguin Random House Grupo Editorial S. A., Lima
© 2020, Penguin Random House Grupo Editorial, S.A.U., Barcelona
Travessera de Gràcia, 47-49. 08021 Barcelona

Printed in Spain – Impreso en España

ISBN: 978-84-397-3724-7
Depósito legal: B-8.221-2020

Impreso en Reinbook Serveis Gràfics, S. L.
Sabadell (Barcelona)

RH 3 7 2 4 7

Penguin
Random House
Grupo Editorial

ÍNDICE

A Jennifer, siempre

Lo que les propongo en esta plática hay que tomarlo con pinzas y de donde viene: de un hombre en la edad en que se es demasiado viejo para ser joven y demasiado joven para ser viejo.

RAFAEL SEBASTIÁN GUILLÉN VICENTE
(AKA SUBCOMANDANTE MARCOS)

PRIMERA PARTE

Todo espectador es un cobarde o un traidor.

FRANTZ FANON

1

Toda revolución política es en el fondo una revolución sexual, dije esa mañana en la clase, y la miré fijamente, a ella, a Sophia, sentada en la primera fila, la espalda recta, el pelo largo y rubio, el lapicero suspendido en el aire, la pierna derecha cruzada sobre la izquierda. Un desborde del erotismo, seguí. La única transformación posible surge del propio cuerpo, se manifiesta en el contacto con otros cuerpos, y alcanza su máxima cumbre revolucionaria en el ejercicio de la sexualidad, sobre todo en la que se supone que estaba prohibida, dije, mirándola, como si quisiera convencerla de algo, aún no sabía exactamente de qué.

Tenía en esa época treinta y cinco años, y me había convertido en un radical de izquierda, pero en su mísera versión burocrática, guerrillero de biblioteca, revolucionario de escritorio, demasiadas palabras y ninguna acción. Tampoco era para autoflagelarse demasiado: a la mayoría de profesores de izquierda les pasaba lo mismo, sobre todo en la academia norteamericana, que era donde yo enseñaba, Departamento de Artes Visuales de una universidad de élite en Filadelfia, llena de entusiastas seguidores de la revolución que defendían con fervor a Hugo Chávez, a Evo Morales, algunos incluso a Fidel Castro, mientras saboreaban vinos de doscientos dólares con fondos universitarios y peroraban en contra del imperialismo. Aunque, como profesor relativamente nuevo, aún no llegaba el momento de beneficiarme con tales incoherencias, creo que en mis dos años de servicio ya iba por el mismo camino. Por eso, a pesar de que me habían contratado como profesor e investigador de arte latinoamericano contemporáneo, mis cursos habían terminado olvidando el arte para convertirse en clases de teoría política y, por ratos, en abierto proselitismo a favor de un partido que aún no existía ni podría existir jamás. Me movía por el salón y, con movimientos enérgicos, expresaba la necesidad de producir una *verdadera* izquierda, ya que Evo Morales, Hugo Chávez, Rafael Correa, todos los presidentes de la Marea Rosada, eran en realidad políticos de derecha disfrazados de socialistas por una retórica desgastada. Y mientras desplegaba mi propia retórica, miraba a Sophia, los ojos luminosos, el pelo cayéndole hasta la mitad de la espalda, para buscarle la fisura, el vacío, la oculta carencia que todos arrastramos en secreto, y atacarla por ese flanco. No me bajaba la moral que fuera tan guapa, elegante e inteligente: tenía claro que a todo el mundo le falta algo, y yo sería el encargado de entregarle a ella lo que le faltaba, pensé, lleno de ambición y deseo.

Esa era mi carta de presentación: un profesor joven, con ímpetu subversivo, que se presentaba a la primera clase dispuesto a dinamitar todas las certezas de sus nuevos alumnos. Un peruano de treinta y cinco años, egresado de Historia del Arte en San Marcos, doctorado en la misma disciplina con una beca de la Universidad de Michigan, que después consiguió un puesto de *tenure track* en una universidad de la *Ivy League*; un migrante clasemediero, casado con Laura, una peruana a la que conoció en Michigan, que trabajaba como asistente editorial de una revista de arte, con quien en seis años juntos había mantenido una relación extraordinaria desde todos los puntos de vista posibles, desde el sexual hasta el intelectual; un limeño crecido durante los noventa que, sin haberlo previsto, estaba asentado en Filadelfia y se había convertido en un profesor influyente y popular, lo que para él significaba estar capacitado para convencer a sus estudiantes de que terminaran haciendo algo distinto de lo que tenían planificado antes de tomar su curso, en todos los sentidos posibles.

De manera que las cosas no marchaban nada mal cuando, en el semestre de otoño de 2011, entré por primera vez a mi clase de *Latin American Contemporary Art*. El nombre del curso era engañoso: el arte me interesaba cada vez menos, y menos aún el latinoamericano contemporáneo, que siendo generoso juzgaba mediocre. Por eso cada vez incluía más textos sobre *autonomía*, leía, pensaba y discutía con creciente pasión sobre autonomía y ya no sobre revolución. Llegamos demasiado tarde a la fiesta: mi generación tenía asumido que todo intento guerrillero no solo hubiera sido nostálgico sino también suicida, lo habían marcado con sangre sucesivos gobiernos militares que, a lo largo del continente, aplastaron la insurgencia hasta reducirla a la nada. Despojados de toda esperanza por el advenimiento de la utopía, actuar al margen del Estado en lugar de combatirlo parecía la única opción razonable. Por eso restringí la importancia del arte latinoamericano en el syllabus y abrí espacio para la teoría política. Alteraba el enfoque del curso y sentía el poder de mi lado.

Pero no era cierto: en una de las sesiones informativas a las que debíamos someternos los profesores recién contratados, una correcta cincuentona de la oficina de administración, una de esas mujeres maduras que tienen todo en su sitio, todo menos las tetas y el culo, hay que decirlo, pero sí la ropa, la postura, el tono de voz, la manera de llevarse el vaso de agua a la boca, se las arregló para, sin ser demasiado explícita, comunicarnos a los nuevos profesores que por ningún motivo debíamos jamás llevarle la contra a nuestros alumnos. Hasta ese momento, yo estaba satisfecho por haber conseguido uno de los mejores trabajos posibles para quien decide entregarse a la vida universitaria, quizá no por convicción, no porque fuera la vida soñada, que hubiera sido convertirme en estrella de rock, ídolo deportivo, presidente de la república o como mínimo actor porno, pero que a falta de condiciones o decisión para embarcarme seriamente en ninguna de esas ligas mayores al menos había terminado en uno de los mejores lugares que existen para dedicarse a la más modesta profesión de profesor e investigador universitario. Pero ese día, recién contratado, al salir de la *capacitación* con la cincuentona administrativa, me quedó claro que suponer que en una universidad de élite podían persistir conceptos como justicia, mérito, igualdad, ideas borradas casi por completo del resto de la sociedad, había sido de una inocencia inaceptable para alguien que superaba los treinta años. La universidad en que iba a trabajar estaba llena de hijos de la clase alta norteamericana, nunca sabríamos si estábamos alternando con el niño mimado de un senador o de un multimillonario o de un gobernador. O, peor, de uno de esos tipos a quienes les sobra la plata y ofrecen a su antigua alma mater una generosa donación para que bauticen con su nombre un árbol, una banca o un ladrillo del puente peatonal. En casos de extrema generosidad, una sala de estudio o incluso un edificio. Ese era el verdadero poder, la fortuna y las influencias, nada comparable al triste simulacro que ejercíamos los profesores, mucho menos los que recién comenzábamos, dentro del salón de clase. Quizá por eso la necesidad de explorar modos alternativos de poder: cuando un guerrillero empuña las armas, en el fondo su único deseo es tirarse a quien los hábitos económicos, sociales, culturales o incluso estéticos no se lo permiten, y para acceder a esos cuerpos prohibidos asume la necesidad de patear el tablero y cambiar todas las reglas de juego.

Aunque la arrechura nunca había sido tan *gramsciana*, más allá de toda teoría revolucionaria, finiquitar una de esas revanchas no resultaba en mi contexto nada sencillo: para encumbrarte sobre la cotizada grupa de una jovencita de la clase alta norteamericana debías estar dotado de ciertas condiciones, pericia y sabiduría. La estrategia debía ser planificada al estilo militar. Para comenzar, como decían los guerrilleros de los sesenta, era necesaria la coincidencia de dos tipos de circunstancias: las objetivas y las subjetivas. Sobre las objetivas nuestra injerencia es tristemente parcial, no estamos en condición de controlarla tanto como nos gustaría. Sabemos, sí, que conviene un grupo de alumnos con los que tengas buena onda y que la chica a la que le has puesto la puntería no esté en ese momento demasiado enganchada con otro tipo. Las condiciones subjetivas, en cambio, tienen que ver directamente con uno mismo. Hay varios aspectos a considerar. En primer lugar, la edad: no es lo mismo tener 32 que tener 65. Aunque en principio ambos podrían parecerle muy viejos a la chica de veinte a la que pretendes aleccionar en materiales menos académicos, es evidente que los dos sujetos, el de 32 y el de 65, no parten en igualdad de condiciones. Segundo, no importa que un millón de personas digan lo contrario, el aspecto físico es un factor de importancia incluso en ese contexto. El tipo que se ve bien no inicia la carrera en el mismo punto que ese otro que no llega ni al promedio. Su ventaja se agranda frente al desafortunado que no resulta atractivo ni siquiera para las de su edad. A este último le conviene que pasen los años, ya que la vejez lo nivelará con sus coetáneos más agraciados. Debe aprender a adiestrarse en el trato personal y en la elegancia al vestir. Si eso ocurre, en cualquier momento puede voltearle el partido a quienes juegan al otro lado. Hay que considerar que los menos agraciados esperan su oportunidad hace años, a veces décadas, y gracias a los bolcheviques, al Che Guevara y a tantos miles de aguerridos combatientes a quienes la historia castigó con su habitual indiferencia, sabemos que el espíritu revolucionario fermentado largo tiempo no puede tomarse a la broma.

Felizmente, a la mitad de mis treinta, aún no requería demasiado esfuerzo. Desde las primeras clases capté muy rápido que tener unos 35, conservar intacta la abundancia de pelo, mantener la delgadez y cultivar cierta onda rebelde-adolescente en el vestir conformaban un producto que no volvía tan complicado resultarle atractivo a chicas guapas mucho más jóvenes. Sin embargo, para ir un paso más allá de la tenue atracción, había que sumarle inteligencia y energía, o al menos simularlas. También identificar cierto estilo en la manera de hablar, mirar, sonreír y moverse por la clase, que en mi caso encontré sentándome sobre mi pupitre, las piernas cruzadas en postura medio zen, la espalda recta y los brazos con las palmas hacia arriba, siendo consciente de que un gordo o un pelado (o, peor, un gordo pelado) de 1.60 no tendría el mismo efecto aunque hiciera exactamente lo mismo que un tipo de 1.88 y 73 kilos, como era mi caso. Consciente de esa ventaja, quedaba pendiente afinar el discurso, y para conseguirlo había que leer mucho, estudiar mucho, pensar todo el tiempo, volverse obsesivo con los temas de investigación. Y por eso, aunque me gustaba aparentar un estilo relajado, en realidad era un obsesivo del trabajo. Dormía mirando conferencias académicas por YouTube, me despertaba y escuchaba ponencias sobre Carl Schmitt o Nicos Poulantzas mientras me afeitaba y me duchaba, leía al máximo de mi capacidad, intentaba participar de cuantas mesas redondas y presentaciones académicas fuera posible para seguir a la caza de pensamiento nuevo, original.

Aunque el resultado me acompañaba, no concreté tantos encuentros como hubiese podido. Me gustaba acercarme al borde y en algunos casos, no muchos, tres para ser más exactos, sucumbí a la tentación de un par de polvos y después me borré del mapa antes de meterme en problemas. Prefería mantener las cosas bajo control, no arriesgar mi matrimonio ni mi carrera, no exponerme a terminar más involucrado de lo conveniente; asumía que esas aventuras significaban ante todo mi pequeño ajuste de cuentas contra el mundo por no haberme podido convertir en un tipo con injerencia y poder de decisión, lo que afectaba una zona profunda de mi personalidad. Por eso me vengaba lavando cerebros: era sobre todo una cuestión de revancha mezclada con vanidad y, en segundo lugar, de respetable arrechura. Eso ayudó a no involucrarme en situaciones indeseables y poder continuar con lo mío. Porque mis verdaderos problemas, al menos así lo pensaba con patética grandilocuencia, eran intelectuales. Mis verdaderos problemas eran intelectuales y se reducían a una única pregunta sin ninguna originalidad: ¿cómo hacer que este mundo de mierda se convierta en un lugar mejor? Me pasaba semanas enteras pensando posibles respuestas, las ideas me seguían dando vueltas por la cabeza incluso mientras dormía, a veces me despertaba sobresaltado en medio de la noche con un pensamiento fijo, el matiz de un concepto, la conexión entre dos ideas, el desarrollo de un argumento, y saltaba a la computadora para dejarla anotada antes de volver a acostarme.

Fueron esas las circunstancias, mi deseo de escapar de las artes visuales para tentar mi transformación en teórico político, en las que conocí a Sophia y a los otros catorce alumnos matriculados en la clase. Como siempre antes de cada semestre, entré a la página web de los cursos para observar a mis nuevos alumnos, ver sus fotografías y revisar cuáles eran sus especialidades. Memoricé nombres y caras antes de enrumbar hacia el campus, y salí de casa en medio de una lluvia torrencial. Como esa mañana había olvidado revisar el pronóstico del tiempo, no llevaba mi paraguas. Vi la hora: si subía hasta mi departamento para buscarlo, llegaría tarde a la primera clase. Así que decidí apretar la marcha y llegar a la universidad, que estaba a doce minutos a pie, lo más rápido posible. Caminé tan rápido como pude mientras gruesos goterones de agua retumbaban sobre las veredas y me empapaban el cuerpo de la cabeza a los tobillos. Diez minutos después, agotado por la velocidad de mi marcha, llegué al salón de clase, abrí la puerta, avancé a duras penas hasta el centro del aula y, casi sin poder hablar, dije lo primero que se me ocurrió:

—Hola a todos. Yo soy Emilio, he venido caminando demasiado rápido y casi no puedo hablar. El año pasado no me hubiera ocurrido. Como diría Juan Rulfo: debe ser que me llegó la antigüedad.

Después de esa breve introducción, todavía agitado por la veloz caminata, me acomodé en la silla y pedí un momento para recuperarme, lo que me dio tiempo para echarle una rápida mirada a la clase. A la primera persona que reconocí fue a Sophia: una chica alta, rubia, de una elegancia que destacaba nítida incluso entre una decena de estudiantes que debían proceder de un sector social parecido al suyo. Vestía un suéter blanco de cuello en V, lo que me permitió reconocer su piel justo en el inicio del pecho. Mantenía la postura erguida, los ojos muy atentos, y me observaba con curiosidad y aparente simpatía. Se le veía exactamente igual que en la foto, la recordaba bien porque había llamado mi atención, pero solo ahora aparecía en su real dimensión, con vida, pulso, respiración, una estatura que a golpe de vista calculé entre 1.80 y 1.85, una elegancia que la imagen de la web no mostraba tan deslumbrante. Una espectadora en primera fila de la final de Wimbledon, pensé, eso es lo que parece, espectadora de primera fila en Wimbledon, quizá por la manera de sentarse o de mirar, quizá porque era evidente el precio de su ropa, pero más probablemente por un rasgo indefinible en su cara, una manera de ocupar un espacio en el mundo, que captó de inmediato mi atención. Sophia, quien yo sabía que se llamaba Sophia aunque aún no les había pedido que se presentaran, me miraba con creciente simpatía, y al reconocer la extraña atención que me dispensaba sentí el ánimo revitalizado, la garantía de que las cosas iban a funcionar muy bien ese semestre, que en esa clase habría vértigo y emoción, y en gran medida por su presencia.

Al terminar esa primera clase, acomodé mis cosas con lentitud, espiando de rato en rato con una fugaz levantada de ojos quién me observaba y quién no, y me di cuenta de que antes de salir del salón Sophia se volvió hacia mi ubicación, me miró un instante, y se fue sin ofrecer ningún gesto adicional. Pero ese pequeño gesto de reconocimiento fue para mí suficiente. Ahora solo faltaba reunirme con ella en la oficina para comprobar si, una vez a solas, la cuestión fluía tal como yo esperaba. Pero no iba a dar el primer paso, no tenía justificación para pedirle que pasara por mi oficina. Era, además, demasiado temprano. Sabía que esas cosas deben manejarse con calma, tampoco hay que ser tan imbécil como para ponerse en riesgo, lo ideal es que todo avance lento, que progrese y se sostenga sin darle demasiada importancia hasta el final del semestre. Luego veríamos si algo llegaba a ocurrir. Solo lo intentaría si estaba cien por ciento seguro de que mis avances serían bienvenidos y que la experiencia no me traería ninguna complicación emocional. Pero Sophia aceleró las cosas, ya que un par de días después de la primera clase me escribió un email para decirme que quería reunirse conmigo, pero que mis horarios de oficina se cruzaban con otra de sus clases. Me preguntaba si para mí sería posible, lo escribió así, con ese lenguaje formal, *si para mí sería posible* reunirnos en otro momento. Y yo, que no tenía la menor intención de interferir sus deseos de venir a engalanar mi oficina, le respondí que sí, que por supuesto podíamos vernos, que podíamos vernos todas las veces que quisiera, era cuestión de encontrar un horario que nos acomodara a los dos. Acordamos reunirnos la semana siguiente, un miércoles a las cuatro de la tarde.

Ese día, a la hora exacta, Sophia tocó suavemente la puerta, que estaba abierta, mientras yo simulaba estar concentrado en la laptop cuando en realidad lo único que hacía era mirar el reloj de la pantalla esperando su llegada. Alcé la cabeza para mirar, como quien sale de un estado de profunda concentración, y me encontré con su figura alta, delgada, un vestido largo y celeste, con tiras amarradas detrás de los hombros. Esperaba en la puerta sonriendo y yo, intentando disimular mi entusiasmo, le dije que pasara y tomara asiento, y mientras ella se acomodaba en la silla, decidí que esa tarde Sophia iba a quedarse conmigo en la oficina tanto tiempo como fuera posible. Y entonces, en vez de preguntarle en qué podía ayudarla o alguna otra fórmula de la aburrida formalidad norteamericana, le pregunté directamente qué otros cursos estaba tomando. Ella mencionó tres o cuatro, lo que me sirvió para calcular con qué profesores debía competir para ganar su atención exclusiva y pensar cómo descalificarlos sutilmente. Así que, antes de prestarle atención a los cursos que Sophia iba a enumerar, yo había decidido que iba a afirmar con énfasis que se había equivocado, que su elección había sido terrible, pero que no se preocupara porque, si me permitía aconsejarla, el siguiente semestre podría remediar el error y retomar el buen camino para el tiempo que le quedaba antes de graduarse. Le dije que sus cursos estaban mal elegidos y que el único en que había acertado era el mío. Sonreí de una manera que intentó insinuar complicidad más que disculpa por la escasez de modestia, pero para no parecer un tipo que se cree más importante de lo que es, lo que hubiera sido ridículo en una universidad donde otros profesores habían ganado un Premio Nobel, agregué que había anotado una lista de cursos que se abrirían el siguiente semestre y pensé que podrían interesarle.

Sophia pareció sorprendida y sonrió, abierta y espontánea, lo que aproveché para girar el ángulo de mi laptop hacia ella, levantarme de mi ubicación, trasladarme al otro lado del escritorio y quedarme de pie a su lado indicándole cuáles eran los cursos que había pensado para ella. A pocos centímetros de su cara, simulando concentración en la pantalla, aspiré la limpieza y frescura que su cuerpo transmitía. Uno al lado del otro, fuimos repasando los cursos que le proponía tomar el siguiente semestre. La mayoría eran clases en otros departamentos, ya que dentro de *Visual Arts* mi relación con los colegas era fría, en algunos casos tensa, nunca dejé de sospechar que me veían como a un enemigo, los académicos son gente muy paranoica y se toma muy en serio a sí misma.

—¿Qué te parece esta clase? —le pregunté.

Sophia observó la pantalla: *Exhibition Now*. Leímos juntos la descripción. El curso exploraba nuevas formas de difundir las obras y ejercer como galerista en una época en que empezaban a multiplicarse espacios virtuales dedicados a la venta y la representación de artistas. Pensé en ese curso porque al mirar a Sophia podía perfectamente imaginarla como galerista a los cuarenta o cincuenta años, la podía ver, como si el tiempo ya hubiera pasado y yo estuviera efectivamente mirándola, impecable, refinada, moviéndose con soltura entre los artistas que representaba, siempre cordial y educada, y entonces le dije que el otro curso que podría interesarle repasaba el arte contemporáneo, el verdadero, no la pintura ni la escultura, disciplinas que consideraba vestigios del pasado, puro anacronismo, sino la instalación, el videoarte y la fotografía, que pensaba más en sintonía con nuestra época y con mayores posibilidades de crecimiento en el futuro cercano. Un arte nuevo de primera línea, le dije, no ese pseudo-arte exotista que se espera que produzcan los latinoamericanos para satisfacción del mercado internacional, sino el que se expone en las galerías de Nueva York.

—Ahí se mueve todo —le dije—. En Nueva York está todo.

—Lo sé —me dijo con una ligera sonrisa—. Ahí nací y ahí he vivido toda mi vida. Hasta que vine aquí a estudiar.

—Toda tu vida —repetí—. ¿Cuánto tiempo es eso?

—Veinte años —dijo—. Llevo dos aquí en Filadelfia. Los otros dieciocho años los pasé en Nueva York.

Nunca me había preguntado por su origen, de cuál de los cincuenta estados norteamericanos provenía esa chica, pero era evidente que de ninguna manera hubiera podido ser de Alabama ni Wyoming ni South Dakota. Y aunque su origen neoyorquino me inquietaba, agregué que, además de los cursos que le había sugerido, me encantaría que tomara otra clase conmigo. Sería genial tenerte en una segunda clase, le dije, aquí la gente viene y se va y todo se acaba muy rápido, es difícil tener continuidad y avanzar proyectos con los alumnos a menos que trabajen la tesis conmigo, pero eso es complicado porque soy nuevo, todavía soy joven y no he hecho carrera, dije y la miré, como esperando que reaccione a mi afirmación de que era joven, que para ella, lo sabía, lo pensé, lo temí, sería como mínimo inexacto. Pero Sophia no pareció sorprendida por mi autoafirmación de juventud. Dijo que le gustaba todo lo que le había propuesto, pero que todavía le quedaban unas semanas para decidir qué clases tomar el próximo semestre. Volví entonces a mi ubicación, al otro lado del escritorio, y le pregunté:

—Fuera de todo eso, ¿querías conversar conmigo de algo en especial?

—Sí —respondió, cambiando súbitamente de idioma—. Vine para que me escuches hablar en español.

—¿Para que te escuche hablando español? —repetí, sorprendido, también en mi lengua materna.

—Sí —dijo.

—¿Por algo en especial? —pregunté, súbitamente entusiasmado.

—Porque quiero irme a Madrid —remató.

De golpe me sentí contrariado. Por un instante de iluso optimismo, había sospechado que su deseo de que la escuche hablar español oscilaba entre la ambigüedad y el flirteo.

—¿Para qué quieres ir a Madrid? —pregunté. Me di cuenta de que mi voz parecía contener una amonestación o un reproche, como si mi presencia en Filadelfia fuera suficiente para que ella no quisiera irse a ningún lado.

—Quiero estudiar un semestre ahí. Creo que será bueno cambiar de ambiente un tiempo, y Madrid me parece una buena opción. Hablo español, pero, como tú eres hablante nativo, quería que me dijeras si te parece que tengo nivel suficiente para hacer las cosas con naturalidad si paso un semestre tomando cursos en universidades de allá.

Me pareció que era obvio que sí podía, ella debía saberlo, hablaba muy bien, no necesitaba mi confirmación, así que me aferré a la idea de que estaba buscando algo distinto y había ido a verme para que yo le ofreciera otra alternativa. Así que dediqué los siguientes quince minutos a argumentar en contra de su posible viaje a Madrid. ¿Por qué España? ¿Qué había aportado la cultura española en las últimas décadas? ¿Las películas de Almodóvar? ¿Los grupetes pop de La Movida Madrileña? No tenía sentido. Y cuando agoté mi furia antipeninsular la miré, las piernas debajo del vestido celeste, la cintura estrecha, el brillo en los ojos. Quizá mi pasión al hablar, mi entusiasmo desmedido, la habían motivado a mirarme como lo estaba haciendo. Era un buen final para esa primera conversación. Era el momento exacto de terminarla. Se lo hice saber con un mínimo gesto y ella se levantó de la silla. Pero antes de que cruzara la puerta para salir de la oficina y desaparecer de mi vista, la llamé por su nombre.

—Sophia —le dije—. Quédate. En serio: quédate. No te vayas a Madrid. Quédate acá.

Ella me miró y sonrió:

—Déjame pensarlo —dijo—. Tengo que pensarlo.

2

A partir de la primera conversación en privado, Sophia y yo empezamos a reunirnos con regularidad. Mi primera batalla fue conseguir que decline de su proyecto inicial de borrarse a España un semestre, que, más allá del dudoso atractivo de estudiar en aulas ibéricas, le permitiría recorrer Europa, escaparse los fines de semana a otras capitales, escribir su artículo de bachillerato en cafés madrileños y no en una biblioteca de Filadelfia. Era consciente de que, puesto en su situación, yo mismo me hubiera largado, por lo que oponerme a sus planes no resultaría sencillo. Para hacerla declinar de su proyecto europeo debía empezar destruyendo la visión del arte como producto exclusivamente occidental, y trasladar sus intereses primero hacia el campo latinoamericano y después hacia el político, dos pasos que una estadounidense podía interpretar como uno solo, como si no hubiera otro modo de pensar en Latinoamérica que a través de la política, lo que en la academia estaba sobre todo vinculado a temas por los que yo sentía un profundo desinterés: las metáforas del país y la construcción simbólica de una identidad nacional. Escuchaba una vez la palabra *identidad* y me ponía a bostezar; la escuchaba por segunda vez y tenía ganas de sacar la pistola; por tercera, quería ponerme a llorar. Y eso que en la academia la obsesión por la identidad calmaba todas las ansiedades y satisfacía todos los mercados: la de grupos subalternos, como los indígenas y negros en su versión más ortodoxa; la de mujeres, gays, trans, les, bi en una más *cool*; y la de vegetarianos, ecologistas, animalistas e incluso *pescetarians* en la definitivamente *hipster.*

Le dije a Sophia que era necesario abandonar esos temas desgastados para pensar en Latinoamérica como un territorio fértil no por su supuesta diferencia cultural, no por aquello que la volvía exótica para el imaginario occidental, sino para rastrear posibles respuestas a problemas teóricos que luego podrían funcionar en cualquier otra parte del mundo. Latinoamérica debía ser un laboratorio no solo para experimentar ideas foráneas, sino también para producir las propias. Eso nos permitiría analizar, por ejemplo, le dije, si los gobiernos de la Marea Rosada son insuficientes, o si son fallidos, o si simplemente son criminales, o si en realidad ni siquiera son de izquierda. O si, por el contrario, a pesar de sus problemas e imperfecciones, constituyen la mejor alternativa posible y hay que trabajar sobre ellos para construir en el futuro sociedades más justas.

Sophia me escuchaba, los ojos muy abiertos. Estimulado por esa extrema atención, decidí agudizar mi posición y plantearle un desencuentro radical entre la gran tradición occidental y el arte latinoamericano como una experiencia con contenido político. El arte como *artefacto* provisto de una utilidad práctica que no deja de lado sus atributos estéticos, le dije. Por el contrario, la eficiencia de ese arte anónimo, que no estaba en las galerías ni en los museos ni en los libros, sino en la calle, requería estética. Solo de ese modo puede ser efectivo, le dije, con lo que oficialmente inauguré mi tarea de demolición de sus intereses académicos, que en ese momento estaban centrados en el videoarte neoyorquino de los años setenta, el Nueva York de Lou Reed y Patti Smith, de Studio 54 y las películas de Woody Allen, que para Sophia era sobre todo el Nueva York de Andy Warhol, en quien rastreaba un movimiento que abría sus tentáculos por las obras de Joan Jonas, Peter Campus y el grupo The Kitchen.

Sophia estudiaba cómo ese arte que combinaba texto, imagen y performance se había transformado en las últimas décadas. El problema es que, con excepción de Warhol, a quien yo había admirado de joven, cuando quería convertirme en artista visual y no en simple crítico o historiador del trabajo de otros, sobre los otros artistas conocía muy poco y tuve que *googlear* para obtener al menos una información básica. Pero siempre resultaba insuficiente porque Sophia hablaba con desenvoltura de trabajos para mí desconocidos. Yo tomaba nota y después buscaba en YouTube o me sumergía en la filmoteca de la universidad para saber de qué carajo estaba hablando ella. Y aunque me gustaba que ella se concentrara en lo contemporáneo en lugar de ponerse en plan de arqueóloga y reinterpretar hasta el infinito el arte del Renacimiento, el egipcio, el persa o el expresionismo en cualquiera de sus facetas, destruir su deseo de viajar a Madrid significaba para mí conseguir que firmara su renuncia al arte occidental e ingresara al secreto universo latinoamericano, del que por supuesto yo era eximio representante.

En una de esas primeras reuniones, Sophia mencionó el famoso video de Andy Warhol comiendo una hamburguesa. Es muy corto, dijo, si quieres podemos verlo ahora mismo. Acepté sin demasiado entusiasmo: no me gustaba que la discusión se centrara en un tema que ella conocía mejor que yo. De todos modos acepté, así que nos sentamos uno al lado del otro, acercamos la pantalla de la laptop, buscamos el video y nos pusimos a verlo juntos. En la imagen, registrado por una cámara fija, aparece Warhol, de saco y corbata, sentado ante una mesa, con una bolsita de Burger King y una botella de kétchup a su lado. Desempaca la bolsa, saca las servilletas, extrae la cajita de la *whopper* y en los siguientes minutos se dedica a comer la hamburguesa sin decir una sola palabra. Sus gestos no expresan nada en especial, no parece tener la intención de demostrar que lo que está haciendo tuviera ninguna relevancia más allá del gesto cotidiano de comer una hamburguesa. Pero, después del último bocado, mira a la cámara y hace un gesto ambiguo, que es lo más interesante del video. Ese minuto final, después de haberse comido la hamburguesa, es el que contiene mayor potencial de significado. Y luego pronuncia una frase, en apariencia banal, con la que termina el video:

—*My name is Andy Warhol, and I just finished eating a hamburger.*

—Interesante —le dije a Sophia cuando terminó el video. Esa es la palabra que usan los académicos cuando no saben qué decir o cuando en realidad quieren decir todo lo contrario.

—Lo que me gusta es la mirada de Warhol después de que terminó de comer la hamburguesa —dijo ella.

—No lo dudo —respondí, desinteresado.

—El video puede ser aburrido, pero ese gesto final no es de inicios de los ochenta —siguió Sophia, como si no me hubiera escuchado—. Lo que Warhol hace en ese video es un gesto de esta época. Un gesto de hoy. ¿No te parece?

—Interesante —repetí.

—Pero, Emilio, mira otra vez —siguió ella, movió ágilmente los dedos sobre la laptop y volvió poner el minuto final del video mientras seguía hablando—. Mira cómo Warhol alza los hombros. La voz con que dice su nombre y lo que acaba de hacer. Existe ahí una duda: Warhol no sabe qué es exactamente lo que ha terminado de hacer. Y se lo pregunta. O le envía la pregunta al espectador. No el acto de comer una hamburguesa, sino el hecho de filmarlo y ponerlo a circular como si fuera una obra de arte. Como si se preguntara si eso que acaba de hacer, comerse una hamburguesa y registrarlo en detalle, fuera una obra de arte. ¿No te parece que es lo mismo que ocurre ahora? ¿No se tratan de eso las redes sociales? ¿No es por eso que muchos consideran a Warhol un visionario?

—Un visionario de derecha y por tanto inútil —repliqué—. Obviando el no tan pequeño detalle de que lo mismo podría decirse de Duchamp, quien lo hizo mucho antes, quizá Warhol vio cómo sería el futuro, pero no hizo nada por cambiarlo. Eso es un problema si asumimos que el futuro que supuestamente vio es nuestro presente. Y, estarás de acuerdo, el nuestro es un presente de mierda. Así que, si queremos defender a Warhol, lo mejor que podríamos decir en su favor es que aportó algo para construir ese futuro de mierda. Perdóname por el lenguaje, pero en estas cosas hay que ser radical.

Sophia se quedó en silencio. Me pareció que no tenía ninguna intención de discutir conmigo, aunque tampoco podría decir que la hubiera convencido de nada. Así que aproveché para continuar hablando y le dije que al parecer teníamos una discrepancia grande, ya que para mí el arte no tenía como única función registrar lo que ocurría, ni siquiera adelantarse a lo que vendrá, sino corromperlo, transformarlo, evitar que ocurra lo que va a ocurrir y explorar otros caminos. Y después, como para demostrar que a pesar de esa discrepancia inicial, nuestras posiciones no eran tan distantes, le dije que teníamos una coincidencia más profunda.

—La pasión por la vida contemporánea como objeto de estudio y como materia prima para ejecutar actos de transformación —dije—. La diferencia es que tú lo observas desde un arte más *puro*, con especial atención por la tecnología y los materiales con que se puede representar la realidad, las cámaras de video, los programas que permiten nuevas formas de edición, procedimientos nuevos para manipular la información o acercarse a la realidad, mientras que el mío es mucho más político, ¿no te parece? Porque sin esa función política, sin ese contenido político real, lo otro no sirve para nada.

Tuve la nítida sensación de que, sin importar si estaba o no de acuerdo, al menos había sembrado una duda y podía considerar esa duda como un primer triunfo. A pesar de que era nuestra segunda reunión, todavía bastante temprano en el semestre, antes de que empezáramos a tener ese trato cotidiano por email que desembocó en más reuniones y en todo lo que vino más adelante, decidí proponerle la posibilidad de que cambiara su tema de investigación para la tesis de bachillerato. Le sugerí que escribiera sobre alguna experiencia artístico-política latinoamericana contemporánea en lugar de perder tiempo con los pajazos warholianos o neoyorquinos de los setenta. Y fue así, de manera natural, que por primera vez empecé a hablarle de México.

Por primera vez: México.

Por primera vez, para entrar más en terreno: el Ejército Zapatista de Liberación Nacional.

Por primera vez: el Subcomandante Marcos.

Por primera vez: la lucha por la tierra.

Por primera vez: la autonomía.

La primera revolución posmoderna de la historia, le dije, repitiendo una fórmula. El EZLN luchaba por la autonomía y el intento de mantenerse al margen del Estado mexicano creando una resistencia armada en Chiapas. Le conté que a inicios de 1994, cuando empezaron a llegar las noticias sobre el sublevamiento zapatista, muchos viejos profesores norteamericanos, nostálgicos de mejores épocas, huérfanos de la Revolución Cubana a cuya devoción consagraron sus sueños húmedos de juventud, gente nacida en los años cuarenta o la primera mitad de los cincuenta, hijos abandonados de Mayo del 68 y de la época en que se pensaba que un mundo mejor todavía era posible, todas esas viejas reliquias de la reflexión que se añejaban en los departamentos de Filosofía, Literatura, Historia, Ciencia Política y Sociología, aplastados por el aburrimiento y una decadencia que yo observaba divertido desde mi posición de profesor treinta o cuarenta años más joven, todo ese rebaño de intelectuales que habían asistido al entierro de cualquier esperanza de observar la realización de sus planes revolucionarios y la construcción de un mundo nuevo, todos esos vejestorios ansiosos por escaparse de la reclusión académica, le dije a Sophia cuando ya había oscurecido y el edificio comenzaba a quedar vacío y yo fantaseaba con cerrar la puerta y arrinconarla contra la pared, besarla y agarrarle las tetas y el culo, solo un momento, no más de un minuto, y después hacerme el desentendido, aquí no pasó nada, volver a mi asiento y seguir hablando del levantamiento zapatista, todos esos viejos profesores, le dije a Sophia, cuando los zapatistas se alzaron en armas en el sur de México, sintieron renacer sus impulsos de juventud. Tantos años frustrados por la pérdida del objeto de deseo, por la niña mimada del pensamiento, es decir la revolución, parecían terminar para reactivar en esas inútiles momias del pensamiento sus sueños eróticos de intelectuales de izquierda.

Sophia me escuchaba, atenta. Seguí hablando. La noticia del levantamiento corrió por las agencias internacionales y sorprendió a todos. Parecía un movimiento de otra época, no del momento en que el fin de la historia ya había sido declarado. Un ejército guerrillero, le dije a Sophia, tomó varios poblados y una ciudad principal del hasta entonces desconocido estado de Chiapas, espacio ajeno para los mismos mexicanos, una zona indígena olvidada incluso por la revolución de inicios del siglo XX. Y así los intelectuales del mundo salieron de sus sarcófagos, removieron sus criptas, destaparon la lápida y el corazón les volvió a latir. ¿Un movimiento armado que se levantaba contra el Estado en 1994? ¿De dónde salieron? ¿Cómo fue posible?

¿Te imaginas la excitación de esos viejitos?, le pregunté. Era como ganarse la lotería. Como que te digan que te curaste de la enfermedad terminal. Como que tu verdadero padre era millonario y se acaba de morir y te ha dejado todo en su testamento. En las universidades norteamericanas, todos los viejos intelectuales de pronto revitalizados, tenían ganas de viajar al lugar de la batalla. Pero también los mexicanos, le dije. Todos se sintieron obligados a opinar a pesar de que nadie entendía a cabalidad qué estaba ocurriendo. ¿Qué quería ese grupo de enmascarados? ¿De dónde había salido esa gente? Ninguno se quedó callado y empezaron a acumularse los artículos de los escritores e intelectuales mexicanos, Octavio Paz, Carlos Fuentes, Elena Poniatowska, Roger Bartra, Carlos Monsiváis, mientras que la mayoría se regodeaba en típicas posturas de gente bien pensante, condenaban la violencia y se manifestaban *contra la interrupción de los procesos democráticos*, pero al mismo tiempo se curaban en salud agregando que apoyaban la reivindicación de las poblaciones desatendidas por el Estado. Bonita manera de lavarse las manos, le dije a Sophia. Pero, lamentablemente, de gestos como ese está construida la política de izquierda, o que se supone de izquierda, para que la verdadera, no la que promueve el cuidado medioambiental ni la despenalización del aborto ni la legalización de las drogas ni el matrimonio entre personas del mismo sexo ni los derechos de los animales, sino la que apunta al núcleo del problema, la explotación, la desigualdad, la injusticia contra toda esa gente olvidada y discriminada, jamás llegue a constituirse. Y fue exactamente eso lo que ocurrió la tarde de ese mismo 1 de enero de 1994, cuando apareció en la plaza quien parecía el líder de la revuelta, un sujeto en pasamontañas que se llamaba a sí mismo *Subcomandante*.

—Apenas su primera aparición pública —le conté—, y ya al Subcomandante Marcos se le veía sonriendo. Fue raro que sonriera y se mostrara tan sereno en lugar, por ejemplo, del odio que el Che Guevara definía como elemento imprescindible de todo espíritu revolucionario en su "Mensaje a la Tricontinental". Ningún otro combatiente se había parecido al Subcomandante. Todos unos amargados. Nadie en Nicaragua ni en las guerrillas venezolanas, menos en Perú, nadie en Sendero Luminoso, donde todos hablaban como unos loquitos repitiendo lemas, mostraba la tranquilidad del Subcomandante. En cambio, este tipo que usaba el alias de Marcos se reía, hacía chistes y manifestaba una especie de paz interior cuando salió a la plaza principal para hablarle a la prensa y a los curiosos que observaban fascinados la irrupción de ese grupo de enmascarados que habían tomado San Cristóbal de las Casas y otras poblaciones de Chiapas.

—Me preguntan cuántos somos —dijo el Subcomandante en la plaza, le conté a Sophia—. Yo les voy a decir la verdad. ¡Somos un chingo! —se rio Marcos.

—Cuando Marcos empezó a escribir, el mismo día del alzamiento —seguí—, cuando se difundió la *Primera Declaración de la Selva Lacandona*, pero sobre todo cuando empezó a escribir sus notas, una tras otra, sin parar, producía textos a un ritmo impresionante, lo que era insólito si consideramos que se encontraba en medio de un alzamiento armado y por tanto vivía en condiciones de extrema precariedad, y a pesar de todo se puso como loco a escribirles a los intelectuales, carta para Octavio Paz, misiva para Monsiváis, mensajes para todo el mundo, dentro y fuera de México, lo que le permitió poner a los intelectuales de su lado y de esa manera un supuesto terrorista, o un tipo que en otras circunstancias habría sido considerado como tal, fue capaz de inclinar el terreno a su favor. Todos los intelectuales del mundo a favor del revolucionario porque ellos mismos se reconocían en ese tipo que sabía hablar, tenía carisma y, aun más sorprendente, escribía muy bien. En uno de los comunicados, el tercero o cuarto, Marcos empezaba diciendo:

—"Voy a empezar pidiendo disculpas. Mal inicio, decía mi abuela" —le conté a Sophia, que se reía con lo que le contaba, sus labios abriéndose para sonreírme, y me dejaba satisfecho y excitado.

—Marcos tenía estilo —continué—. Así lo percibieron los intelectuales, era uno de ellos, fácil reconocerlo. Por eso ganó la partida. Todos lo apoyaban, en el fondo todos lo envidiaban. El Subcomandante encarnaba el sueño húmedo de los intelectuales: jugarse la vida por la revolución. Y por eso, como dijo algún escritor mexicano trasladando términos freudianos de lo sexual a lo político, la máscara en lugar del pene, todos esos intelectuales sufrían de la *envidia del pasamontañas*. ¿No es maravilloso? La envidia del pasamontañas. Es genial.

—Me gusta —dijo ella.

—Por supuesto —agregué, animado—. Los intelectuales no consiguen lo que quieren porque no se atreven o porque no pueden. Están castrados para la vida revolucionaria, disertan desde su púlpito, no se la juegan, no se hacen cargo, son incapaces, es como la envidia del pene, pero en lo político y no en lo sexual. Que se vayan a la mierda todos —exclamé, incontenible y apasionado, en parte porque el tema me fascinaba, en parte porque yo también hubiera querido dedicarme a revolucionario en lugar de sermonear en un salón de clase, pero sobre todo porque le estaba hablando a ella.

Luego seguí:

—Que se vaya a la mierda el sobrevalorado de Octavio Paz con su Premio Nobel. Que se vaya a la mierda ese empresario de la literatura que responde al nombre de Carlos Fuentes con su envidia por ese mismo premio Nobel: desde 1994 la única envidia posible era por el pasamontañas. Todos querían ser como el Subcomandante. Marcos era el héroe, el ídolo, el que hizo lo que todos hubieran querido pero no se atrevieron. Un intelectual de verdad, con estilo, con clase, con sentido del humor.

Me detuve un instante. Tomé aire, miré por la ventana, afuera las calles oscurecidas, y decidí rematar esa reunión.

—Una vez —le dije a Sophia—, cuando el gobierno mexicano se esforzaba en descubrir la identidad del enmascarado, se iban filtrando nombres, salió el de un español, después el de un mexicano, más tarde el de un colombiano, y después lanzaron a la prensa el del antiguo estudiante de filosofía Rafael Sebastián Guillén Vicente, que se había graduado en la UNAM, había ganado el premio a mejor tesis y mejor estudiante de su promoción, y andaba varios años desaparecido.

El Subcomandante salió a desmentir:

—Ahora dicen que soy un tal Rafael Guillén. Ya van muchos nombres. He visto las fotos de los otros y están muy feos. Espero que este al menos sea un poco más guapo —le conté a Sophia y me reí. Ella también se rio y nos quedamos mirando, los dos con los ojos colmados de entusiasmo y expectativa.

Eran casi las ocho de la noche, la oficina como un faro encendido en medio de las tinieblas del edificio del Departamento de *Visual Arts*, a esa hora por completo deshabitado. Y entonces, como ocurrió la primera vez, pensé que era el momento adecuado para cerrar la reunión. Le dije que sería bueno que nos volviéramos a ver para seguir imaginando ese nuevo posible proyecto.

—¿Qué te parece? —le pregunté.

—Muy bien. Volvamos a conversar pronto.

—¿Pronto como la próxima semana?

—La próxima semana —repitió ella—. O quizá, si tienes tiempo, podemos hablar un poco más esta misma semana.

Me quedé callado.

—El viernes estoy bastante libre —propuso.

Estuve al borde de lanzar un grito de alegría.

—El viernes —certifiqué, como si quisiera dejarlo firmado en un contrato—. El viernes, sí.

3

Han pasado tres años desde aquellas primeras conversaciones con Sophia; uno y medio, desde que la vi por última vez. Ahora estoy cerca a los cuarenta y todo se ha desmoronado. Las cosas ocurrieron rápido: en menos de dos meses Laura me dejó y Sophia desapareció de mi vida. Hubo, es cierto, un tiempo de preparación para el desastre: meses en que, imperceptible, la ruina se fue proyectando. Desde que las cosas terminaron por hundirse, ando sin rumbo preciso. Todo ha resultado tan difícil que incluso podría sentirme orgulloso por seguir vivo, pero no encuentro ninguna razón legítima para pensar esa supervivencia como un mérito ni señal de *superación*. Lo que ha ocurrido es más simple: me he acostumbrado a la soledad, a la falta de aventura, y ahora acepto la vida en todo el esplendor de su mediocridad. Es cierto que, en este tiempo de derrumbe, también he disfrutado algunos momentos gratos, viajes para recorrer museos y galerías, un puñado de buenos restaurantes, esporádicos encuentros sexuales. Pero todo eso sepultado bajo un clima de abandono y apatía.

Quizá lo único que le proporciona cierta continuidad a mi vida es la escritura de mi libro, una investigación sobre la propaganda de los gobiernos de la Marea Rosada. Grafitis de la Revolución Bolivariana en los barrios de Caracas, las performances de Hugo Chávez en su programa *Aló Presidente*, los videos filosófico-motivacionales de Pepe Mujica, los murales en apoyo al gobierno de Evo Morales y los coloridos afiches de Rafael Correa, todo material que me sirviera para saquear la herencia cultural del fracasado socialismo latinoamericano del siglo 21. Escribía ese libro no por pasión, ni siquiera por un legítimo interés intelectual, sino porque una publicación de ese tipo era un requisito indispensable para recibir el *tenure*. Después de cuatro años como miembro activo del profesorado, la universidad me había ofrecido uno adicional para dedicarme a tiempo completo a escribir el libro y así después convertirme en profesor nombrado, vía segura para consolidar mi mediocre existencia dentro del sistema universitario norteamericano. Si terminaba ese libro, publicaba un par de artículos sobre otros temas y mantenía buenas evaluaciones en las clases, en un año firmarían mi *tenure* y no tendría que preocuparme nunca más por conseguir trabajo. De manera que me quedaría en la misma universidad vegetando el resto de mi vida y firmaría mi renuncia definitiva a dedicarme a lo que realmente quería hacer, que por otro lado tampoco sabía qué era. Mientras tanto, me había impuesto dos sesiones diarias, la primera antes de almuerzo, la segunda por la tarde o por la noche, me metía a un Starbucks del centro de Filadelfia y avanzaba la corrección de ese libro que me iba a garantizar un salario para vivir con cierta comodidad el resto de mi vida y me dejaría tiempo libre para regodearme en mis problemas existenciales, que al borde de los cuarenta se resumían en la pregunta de qué carajo estaba haciendo como profesor de arte latinoamericano en una universidad de Estados Unidos, cuando hubiese podido, o quizá no, estar en cualquier otro lado y haciendo cualquier otra cosa. El resto del tiempo me la pasaba durmiendo, asistido por dos o tres somníferos, o mirando videos en YouTube.

A grandes rasgos, ese era el tipo de vida que llevaba cuando me enteré de lo ocurrido con Sophia. Temprano por la noche, recién levantado de una prolongada siesta, escuchaba a Dolores Delirio mientras me vestía para irme a un café donde trabajar en mi libro hasta medianoche. Pero antes de salir, cuando empezaba a tronar el bajo con que arranca "Depresión", entré a la web de *The Guardian*, como hacía por inercia varias veces al día, deslicé el cursor por la pantalla y, de golpe, reconocí con sorpresa la foto de Sophia como imagen de una de las noticias. De inmediato, una frase cruzó por mi cabeza: *Sophia se murió.* Y entonces, a pesar de que habían transcurrido casi dos años sin saber de ella, ante la posibilidad de su muerte algo se derrumbó en mi interior. Pero mi cálculo inicial no tenía sentido. Sophia no era una persona pública, su foto no tendría por qué aparecer en *The Guardian* en caso hubiera muerto, al menos no si hubiera fallecido en condiciones normales, y para aparecer en las noticias lo trágico está incluido dentro de lo normal, un accidente de tránsito es normal, una enfermedad terminal es normal. El corazón me palpitaba con velocidad, la visión se me borroneaba, quería saber qué había ocurrido, así que abrí el artículo para darle una lectura rápida. Y a pesar de que mi turbación solo me permitió comprender un mínimo de la información, bastó para enterarme de que, efectivamente, Sophia no había muerto sino que había sido detenida en la Selva Lacandona, Estado de Chiapas, junto con un grupo de militantes del Ejército Zapatista de Liberación Nacional, por supuestas actividades subversivas.

Traté de releer el artículo, pero no pude. Solo fui capaz de reconocer palabras claves: Sophia Atherton. Upper Class. Manhattan. Upper East Side. Ivy League. Convent of the Sacred Heart School. Tomé la laptop y salí al balcón a fumar un cigarro y releer la noticia, esta vez en voz alta, muy lento, como si quisiera certificar que no me perdía ningún detalle, a pesar de lo cual no encontré mucha información que me resultara desconocida: sabía que hizo los doce años de colegio en la institución para mujeres donde estudiaron varias chicas del clan Kennedy, incluyendo a la hija menor de Jackie y JFK, una respetable lista de *socialites* y *celebrities* tipo Lady Gaga y Paris Hilton, en la Quinta Avenida, frente al Central Park, a la altura de la calle 91; sabía también que estudiaba *Visual Arts* en la universidad en que se graduaron Donald Trump y todas sus hijas, que era la misma en la que yo enseñaba; sabía de memoria su nombre, su origen, su fecha de nacimiento, no necesitaba información de ese tipo, quería saber qué había ocurrido en México, por qué estaba en Chiapas y por qué había sido detenida. Pero el artículo ofrecía muy poco al respecto, y se dedicaba a repasar la cronología de los eventos vinculados al EZLN desde 1994.

Lo único nuevo estaba resumido en las primeras líneas: esa mañana se había producido una emboscada contra un destacamento de policías mexicanos en la Selva Lacandona y, como consecuencia, se había desatado una redada que terminó con la captura de un grupo de zapatistas. Entre los detenidos, decía la nota, se encontraba la ciudadana estadounidense Sophia Atherton, de veintitrés años, quien cumplía arresto preventivo en una cárcel especial del estado de Chiapas.

Busqué información en otros periódicos, mexicanos e internacionales, pero los resultados fueron similares. Cerré la laptop. No sería preciso decir que estaba sorprendido; por el contrario, la escasa información me bastaba para completar una figura que hasta entonces había sido incapaz de anticipar y ahora me resultaba obvia. La conclusión era perfectamente verosímil, no solo porque, a partir de los encuentros conmigo, Sophia había leído mucho sobre zapatismo, sino porque dos años antes, un par de meses después de que dejamos de vernos, me enteré de que se marchaba a México por un tiempo. No era extraño que en los años posteriores hubiera decidido regresar una o varias veces más. O tal vez nunca había retornado de ese viaje inicial y se había establecido ahí. Ninguna hipótesis era descartable, pensé esa noche en que después de tanto tiempo volví a saber de ella, y en cierto sentido me sentí culpable por lo que le estaba ocurriendo. Yo había sido quien le habló por primera vez del Ejército Zapatista de Liberación Nacional; fui yo la primera persona con quien Sophia discutió sobre el tipo de revolución que estaba emprendiendo el zapatismo; fui yo quien le habló de México por primera vez como una posibilidad al menos académica.

Por eso no me sorprendió del todo cuando, meses después de cortar la relación clandestina que sostuvimos, Sophia me escribió un email para decirme que se iba un tiempo a México. Lo que me sorprendió fue el hecho mismo de que me escribiera: habían pasado varios meses después de nuestro último encuentro, nada indicaba que sería posible retomar las cosas. Nuestra historia parecía definitivamente cancelada hasta que recibí su mensaje. En tres líneas, Sophia confesaba que no sabía exactamente por qué estaba viajando, tampoco tenía claro cuándo iba a volver, pero en cualquier caso estaba decidido que se marchaba un tiempo a México y quería despedirse. O, más precisamente, quería *hacérmelo saber*. Eso escribió Sophia: *Emilio, I want you to know*.

¿Por qué me escribió? ¿Para qué *hacérmelo saber?* Después de varios meses sin contacto, era posible que el anuncio de su viaje fuera un gesto de apertura hacia un próximo reencuentro. Tenía sentido: se marchaba un tiempo, tal vez un par de meses, y a su vuelta intentaríamos recomponer las cosas. O, más precisamente, a construir en toda su plenitud lo que hasta entonces siempre había sido parcial, clandestino, incompleto. Así que dejé correr unos días, y después le escribí un breve mensaje preguntándole si se había establecido sin problemas y todo estaba en orden. Sophia tardó un día en responder. La demora me disgustó, pero también me pareció comprensible. Si se había marchado no para dejar atrás lo ocurrido entre nosotros, sino para recomponerlo, no tenía sentido que yo estuviera presente durante su viaje más de lo necesario. Por eso yo tampoco le escribí en varios días. Así quedó establecida nuestra comunicación, nada más que intercambiar emails una vez por semana. Nada demasiado importante, ninguna referencia a nuestro pasado. Le preguntaba cómo le iba, qué estaba haciendo. Me contó que estaba en Ciudad de México, había alquilado un apartamento en Condesa, y se sentía muy tranquila. De vez en cuando mencionaba que se iba un fin de semana a ciudades cercanas, una vez a Toluca, otra a Puebla, la siguiente a Cuernavaca. Nunca precisaba si viajaba sola y yo tampoco quería preguntárselo porque temía que su posible respuesta pudiese dañarme: mejor evitar problemas y esperar su regreso. Seguimos escribiéndonos, discontinuo, y así transcurrieron dos meses, el plazo máximo que yo había calculado antes de que ella decidiera regresar. Pero sus emails no manifestaban ninguna intención de hacerlo y yo tampoco quise preguntarle. Sophia se mostraba satisfecha con su estadía en México, a veces percibía en sus mensajes cierta genuina alegría, lo que me inquietaba porque desconocía las razones que pudieran explicar su aparente felicidad. Mi alteración aumentó una vez en que me envió una fotografía, la única que mandó durante los meses en que mantuvimos contacto después de que se marchó de Filadelfia.

La foto la mostraba en primer plano. Se le veía hermosa y radiante, reclinada detrás de una hilera de *shots* alineados sobre la barra de un bar de Polanco llamado La Mezcalería, mientras que yo, encerrado en mi solitario departamento de Filadelfia, me torturaba preguntándome quién le había tomado esa foto. No se lo pregunté y decidí seguir a la espera. Pocos días después, Sophia me escribió otro mensaje para contarme que dejaba Ciudad de México. Pero no para anunciar su regreso a Filadelfia, sino para contarme que se iba a Chiapas. El mensaje era breve y fue enviado después de medianoche, con excesivos signos de admiración, como en un arranque de entusiasmo, lo que me hizo suponer que probablemente lo había escrito animada por el tequila o el mezcal. Decía simplemente:

Hey, Emilio! You know what? I'm going to Chiapas!!! EZLN, you remember? Leaving tomorrow. So excited!

Leí el email, una y otra vez, lleno de rabia. ¿Por qué estaba tan contenta? ¿Por qué suponía que su viaje a Chiapas era una buena noticia para mí? ¿Qué tenía que ver conmigo la experiencia zapatista? Le respondí de inmediato. Le dije que me sentía decepcionado porque esperaba su regreso, y que si se largaba más lejos me daba lo mismo si se iba a Chiapas o a cualquier otro lugar del mundo. Sophia no respondió ese mensaje. Desde entonces las cosas cambiaron. Le seguí escribiendo una vez por semana, ella siempre respondía, pero cada vez con más tiempo de diferencia. En uno de los últimos mensajes que intercambié con ella me contó que se había establecido en San Cristóbal de las Casas y pensaba quedarse un tiempo en esa ciudad. Pensé que tal vez había conocido a alguien. Sentí rabia y frustración, pero le seguí escribiendo un email por semana, durante un par de meses adicionales, impulsado por la necesidad, cada vez más desesperada, de mantener contacto con ella. Hasta que no me contestó un mensaje, tampoco el siguiente, tampoco un tercero y desde entonces dejé de escribirle. Ella tampoco volvió a hacerlo.

Veinte meses después, volví a saber de ella por los periódicos. Frente a la laptop cerrada, botella de whisky, recipiente de tranquilizantes, recordé el pasado juntos, nuestra historia inconclusa, y terminé devastado por la ausencia de aquello que nunca llegó a producirse, y también por todo lo perdido, mi relación con Laura, los últimos restos de mi juventud, la posibilidad de construir algo con Sophia después del final de mi matrimonio. Pero en medio de la desolación que experimenté al enterarme de lo ocurrido con Sophia al sur de México, esa noche, a solas en mi departamento de Filadelfia, también percibí que al fin algo volvía a vibrar en mi interior. Volvía a angustiarme, sufrir, desesperarme, incluso a ilusionarme con un reencuentro. Me serví otro whisky, hice planes, tomé tres o cuatro pastillas y me quedé dormido en el sillón de la sala.

A la mañana siguiente desperté con la idea de volar a Chiapas para visitarla. Pero no tengo claro cuánto tiempo transcurrió desde ese impulso inicial hasta que efectivamente compré los tickets. Sé que salí de Filadelfia hace dieciséis horas, que llegué al JFK hace trece, que el avión despegó de Nueva York hace once, que aterrizó en Ciudad de México hace siete, y que hace cuatro horas, sin haber dormido, sin haberme siquiera lavado la cara ni los dientes, abordé la conexión hacia Tuxtla Gutiérrez, ciudad cuyo nombre me pareció ridículo e incomprensible en su insólita dualidad. Pero felizmente el último vuelo fue breve, el cielo despejado me permitió observar el territorio mexicano a treinta mil pies de altura, el verde de los pastizales que se dibujaba nítido una vez que traspasamos Oaxaca y continuamos hacia el sur.

Bajé del avión y me sorprendió lo insignificante que era el aeropuerto de Tuxtla Gutiérrez, que me recordaba a los terminales de buses de Lima. Fui a recoger el equipaje, y mientras esperaba que apareciera mi maleta en la cinta elástica me puse a observar a la gente, turistas en busca de exotismo político, otros que parecían extraídos directamente de Woodstock 1969, delirio en los ojos, como recién salidos del concierto de Jimmy Hendrix, otros con pinta chiapaneca parecían volver de Ciudad de México, donde habrían viajado quién sabe para qué, tampoco me importaba, mi preocupación inmediata era que apareciera mi maleta, cambiar unos cuantos dólares por pesos mexicanos y largarme a San Cristóbal. Y entonces mi maleta apareció al otro lado de la cinta, la recogí, salí de la zona de pasajeros y fui abordado por una multitud de taxistas que, serios e inexpresivos, me ofrecían sus servicios. Pero yo no les hice caso, quería pasar desapercibido, que nadie sospechara que yo estaba ahí para visitar a una prisionera del Ejército Zapatista de Liberación Nacional, salí con mi maleta y di vueltas por la zona de espera, simulando observar las pantallas con la información de los vuelos, y entonces unos tipos que mi paranoia me hizo suponer asaltantes se acercaron a decirme que eran soldados encubiertos y que si había algún problema no dudara en avisarles, lo que aumentó mi sospecha, así que decidí largarme lo más pronto posible abriéndome paso entre gente que se comunicaba en lenguas incomprensibles. Pero estar en peligro no me alarmaba, lo reconocía con indiferencia, tampoco tenía nada que perder, quizá por efecto de los tranquilizantes, la noche anterior me había metido cuatro Clonazepam mezclados con dos *black russians* en uno de los bares del JFK. Subí a un taxi que me cobraría cincuenta dólares para llevarme hasta San Cristóbal de las Casas. ¿Por qué la capital de Chiapas no es San Cristóbal, sino esta ridiculez llamada Tuxtla Gutiérrez?, me pregunté, fastidiado porque el viaje debía prolongarse un par de horas adicionales por carretera hasta San Cristóbal, la ciudad más importante que tomaron los zapatistas en 1994, el lugar donde apareció por primera vez el Subcomandante Marcos a conversar con la prensa, como alguna vez, muy lejos de aquí, le había contado a Sophia en una de nuestras primeras reuniones.

Todos los periodistas quedaron deslumbrados cuando vieron aparecer al supuesto líder de la revuelta, le conté a Sophia aquella vez. El tipo llamaba la atención porque, debajo de su pasamontañas, mostraba una apacible sonrisa. El cabrón sonreía, le dije a Sophia, en mi oficina, hace tanto tiempo, ¿cuándo se ha visto sonreír a un terrorista?, se preguntaban indignadas las buenas conciencias, ¿cómo puede sonreír tan tranquilo un criminal, un pistolero, un asesino? Y su sonrisa no era irónica ni autosuficiente, no se estaba burlando de nadie ni haciendo alarde de nada, sino que mostraba algo más perturbador.

—Era la sonrisa de una persona que siente amor —le dije a Sophia—. Por la vida, por la gente, por sus ideales, por lo que sea, pero siente amor. Eso es lo único importante: siente amor.

En esa época, cuando era mi alumna, proyecté en clase un video que registraba la escena. El video era muy breve y había sido filmado el mismo 1 de enero de 1994, cuando nadie tenía idea de qué estaba ocurriendo. Parecía imposible una revuelta armada a mediados de los noventa, esas eran cosas de la época del Che Guevara, anacronismos baratos, pendejadas del comunismo caduco y exterminado. Proyecté el video en clase y todos observamos juntos el momento en que uno de los periodistas se acercó al Subcomandante y con cautela, o incluso miedo, como si el enmascarado pudiera responderle a balazos, le preguntó:

—¿Cuál es su nombre?

Y el tipo del pasamontañas se volvió a mirarlo. Sonriente, la mirada apacible, observó a su interlocutor, luego brevemente a la cámara y después otra vez a su interlocutor, y luego respondió con dulzura y cierta inocencia en la voz:

—Marcos.

Bajó la mirada, modesto, y después volvió a mirar a la cámara y, con cierta timidez, agregó:

—Soy el Subcomandante Marcos.

4

Después de nuestro encuentro en la oficina, Sophia y yo empezamos a reunirnos para discutir lecturas que pudieran estimular su posible cambio en el tema de especialización. Le entregaba los artículos al final de la clase, siempre en copia impresa, nunca por vía electrónica, me parecía importante entregarle un objeto, algo material que pasara de mis manos a las suyas. La llamaba por su nombre después de terminada la clase, la veía acercarse, y le entregaba la copia con el artículo, un *post it* adherido a la primera página, donde le escribía a mano, siempre llamándola por la inicial de su nombre, una pequeña nota:

S, espero te guste este artículo. Te escribo por la noche para contarte de qué va.

Sophia recibía el artículo, daba las gracias y se alejaba hacia la puerta del salón con los papeles engrapados en la mano, leyendo el *post it*, las primeras veces con sorpresa, más adelante sabiendo de antemano qué era exactamente lo que yo le había escrito; la veía saliendo del salón, artículo en mano, el culo redondeado detrás del vestido o el pantalón, bolsito cayendo de su hombro derecho, y por la noche le escribía el email señalando de qué trataba el artículo o fragmento de libro que le había entregado por la mañana, y cuáles eran las preguntas que debíamos plantearnos, algunas contextualizadas a una experiencia específica, como los textos de John Holloway sobre zapatismo, otras mucho más abstractas, capítulos enteros de Alan Badiou que le proponía leer con la intención de despistarla, obligarla a comprender textos que difícilmente iba a entender a cabalidad, ya que por muy inteligente que fuera no tenía el *background* necesario para capturar la oscura materia escondida en las densas aguas de *Teoría del sujeto* o de *Ser y evento*. Me parecía clave que Sophia no entendiera y supuestamente yo sí, eso me ponía en clara posición de ventaja, ella debía llegar a nuestras reuniones llena de dudas e inseguridades, y en ese punto trabajaba yo, que tampoco tenía ninguna certeza sobre tan herméticos textos, pero sabía aparentar lo contrario mucho mejor que ella. De cualquier manera, Badiou puede irse al carajo, pensé, era obvio que cuando Sophia me visitaba en la oficina no era solo para discutir las lecturas, sino sobre todo para pasar tiempo conmigo y dejar que en mi pequeño recinto se elevara la temperatura, por eso después de un rato de académica conversación nos poníamos a hablar de cualquier cosa, que era como siempre terminábamos, hablando de cualquier cosa y avivando nuestras propias revoluciones, o al menos la mía, ya que en esa primera etapa percibí de su parte sobre todo una conexión afectiva, quizá platónica, llena de ternura y una especie de encantamiento que yo observaba fascinado. Y entonces, cuando faltaban un par de semanas para que finalizaran las clases empezamos a vernos más seguido, conscientes de que, si ninguno de los dos se permitía un movimiento adicional con el final del semestre, podría también terminarse todo lo que habíamos avanzado.

Cuando nos encontramos por última vez ese semestre, inicios de diciembre, el invierno todavía no instalado en toda su plenitud, la triste sensación de un posible final envolvía el ambiente. No tenía mucho que decirle, ninguna palabra fuera de las únicas que en verdad importaban, que quería seguir viéndola, que lo necesitaba y estaba seguro de que ella también, pero como todo eso era imposible de articular de manera explícita, como todo debía continuar bajo las leyes de lo sobrentendido, le pedí que utilizara la pequeña pizarra de mi oficina para que hiciera un esquema con las ideas que habíamos discutido a lo largo del semestre. Sophia se levantó de su asiento, se acercó a la pizarra, tomó ágilmente una tiza celeste, se quedó detenida un momento, como si estuviera pensando qué debía exactamente escribir, se volvió hacia mí, me miró y dijo:

—Es difícil.

—Lo sé —respondí—. Pero tienes que hacerlo. Nada de lo que hemos conversado en todo este tiempo tiene sentido si no eres capaz de ponerlo en orden. No para sacar conclusiones ni dar la discusión por concluida, sino para definir las preguntas con que vamos a terminar estas reuniones y saber exactamente en qué punto nos dejan. Es posible que sea la última vez que nos veamos en privado —agregué, esperando que ella manifestara tristeza o desazón.

Sophia bajó la mirada, como si quisiera reclamar o tentar una posible salida, pero no encontró las palabras, no era la persona indicada, aunque en realidad yo tampoco, de cambiar las reglas de juego. Se volvió otra vez hacia la pizarra, levantó el brazo derecho y comenzó a escribir mientras que yo, desde mi asiento, hundido en esa inmovilidad extrema que parece la única opción cuando se quiere actuar con vehemencia pero no es posible, la miraba escribir, de espaldas a mí, atacado por el ansia desmedida de acercarme y meterle la mano. Quería palparle las caderas, acariciarle las nalgas, bajarle el pantalón y después apretarle el culo con fuerza mientras ella intentaba recomponer las ideas que habíamos discutido juntos los últimos meses, en el centro de la pizarra escribió la palabra *State*, después trazó dos diagonales hacia abajo, como si dividiera la pizarra en dos segmentos, debajo de una escribió *Non-State* y debajo de la otra *Leftist State*. Se volvió hacia mí, que la seguía mirando con deseo y fascinación, y dijo que capturar el poder y destruir el aparato estatal eran los dos procedimientos mediante los cuales los revolucionarios se habían planteado transformar la sociedad a lo largo del siglo XX. Luego se volvió otra vez hacia la pizarra, abrió un paréntesis debajo de *Non-State*, escribió las palabras *Anarchism* y *Communism*, y otro paréntesis debajo de *Leftist State*, donde anotó *Welfare State* y *Dictatorship*. Me sentí contento y excitado, Sophia replicaba en detalle todo lo que yo quería que dijera, eso me produjo una inmensa satisfacción, lo que me conmovía y me hacía sentir más unido a ella de una manera no reductible a la arrechura ni al ansia natural de experimentación, ni siquiera a la vanidad, sino a un orden más profundo.

Sophia dijo que en la opción del Estado de izquierda cabían por igual el socialismo y el comunismo, pero aunque pareciera contradictorio también cierto tipo de fascismo, lo que dejaba a la izquierda y a la derecha en el mismo punto, por lo que debíamos buscar otra alternativa teórica. Por otro lado, continuó, eliminar el Estado con la idea de que el poder pudiera ser ejercido directamente por una masa popular sin jerarquías nos dejaba sin respuestas, al menos en cuanto a la seguridad de la población y a la administración de justicia, y por eso no podíamos continuar tampoco por esa ruta ni siquiera en la pura especulación teórica, remató. Yo asentí con una sonrisa, sin poder ocultar mi deslumbramiento, su cabeza ligeramente inclinada, el pelo hasta la mitad de la espalda, rebosante de deseo pero sobre todo con ganas de acercarme a darle un abrazo colmado de auténtico cariño y agradecimiento por haberla conocido y tenerla en ese momento frente a mí. Y mientras tanto, ella tachó con una equis las dos opciones que había abierto y trazó una tercera flecha en vertical, en el centro de la pizarra, debajo de la cual escribió: *Third Option?*, con signo de interrogación, y al lado anotó la palabra *Autonomy*. Y una línea debajo, casi al final de la pizarra, escribió, también con signo de interrogación: *Zapatism?* Luego se volvió hacia mí, que la observaba excitado en todos los sentidos posibles, pensando que nos acercábamos al punto al que había querido conducirla, a la mierda con su videoarte, todo indicaba que por fin estábamos de acuerdo en la insignificancia del análisis de objetos artísticos cuando nuestro propósito debía concentrarse en la transformación, al menos desde el pensamiento, del mundo de mierda en que nos había tocado vivir. Solo faltaba acercarme a ella, abrazarla, darle un beso, cerrar la puerta, arrinconarla contra la pared, bajarle las *leggings* y meterle la pinga mientras le decía que la quería, que la quería un culo, que siempre me había gustado, pero ella debió presentir las oleadas de tensión que flotaban entre nuestros cuerpos y dijo que debíamos concentrarnos en esa zona gris que quedaba en medio de la pizarra, ese espacio todavía por construir que no contemplaba la aniquilación del Estado ni tampoco su captura, sino *atravesarlo* para ejecutar política real desde ese *otro lado*.

—Perfecto —le dije, sinceramente emocionado.

Sabía que en ese punto sería incapaz de seguir escuchándola. Mi única alternativa para evitar levantarme de la silla y acercarme a ella dispuesto a hacer lo que realmente quería y luego afrontar las consecuencias era ponerme a hablar.

—Lo que nosotros tenemos que hacer —le dije—, tú y yo, nadie más que tú y yo, es jugar con esa contradicción que define al Estado. Hay un espacio, como si fuera una herida, una herida profunda, que nos hace al mismo tiempo pensar que sin el Estado no podemos hacer nada, pero con el Estado tampoco. Esa es la brecha. O la fractura. Pero yo prefiero pensarla como herida. Y entonces lo que nosotros tenemos que hacer es meter el dedo en esa herida, moverlo en sus hendiduras, y desde ese lugar nebuloso construir un nuevo modelo teórico de transformación.

Me quedé callado un momento, miré su cuerpo esbelto, de pie delante de mí, y de pronto me di cuenta de que había llegado el momento de decidir qué haríamos después de terminado el semestre. A esas alturas el vínculo entre nosotros era lo bastante grande como para contemplar una renuncia, de ninguna manera estaba dispuesto a abandonar antes de tiempo, tampoco acercarme a ella más de lo conveniente, era previsible que si me acercaba demasiado pronto me sentiría obligado a decidir entre mi matrimonio y ella, pero no había decisión posible, en ningún momento consideré poner en riesgo mi relación con Laura, el vínculo con ella no estaba en juego, lo mejor sería dejar las cosas en suspenso, más adelante vería qué hacer, la vehemencia que se propagaba en esa oficina no me permitía asegurar que fuera posible controlarme, por eso en lugar de dejar que borre la pizarra para deleitar la mirada un minuto más con absoluta impunidad le dije que tomara asiento frente a mí. Me hubiera resultado imposible no acercarme y posar mi mano sobre su hombro o acariciarle el pelo un par de segundos, acciones que sin duda rebasaban todo código profesional, y esos códigos yo no los iba a quebrar por ningún motivo, así que le pedí que se sentara frente a mí y cuando la tuve a un metro de distancia, sus largas piernas cerca de las mías, le pregunté:

—¿Te das cuenta de que nos queda mucho por conversar? ¿Te das cuenta de que todo esto recién comienza?

Sophia afirmó con entusiasmo, y yo sentí que su aceptación significaba mi triunfo definitivo, que en adelante iba a acceder a cuanto le pidiera, y por tanto era el momento de proponerle continuar viéndonos después de que terminaran las clases. Y entonces le dije que me gustaría mucho, en verdad mucho, que siguiéramos reuniéndonos el siguiente semestre, como lo habíamos hecho hasta ese momento, para compartir lecturas, discutirlas, tantear el terreno que íbamos a explorar juntos. Sophia sonrió, el rostro iluminado, los ojos brillantes. Estábamos a inicios de diciembre, el frío avanzaba sobre la ciudad, un par de nevadas habían caído los últimos días, dentro de la oficina la calefacción nos permitía mantenernos ligeros de ropa, sin la incómoda carga de pesados abrigos, y entonces, cuando aceptó mi propuesta y dijo que le entusiasmaba mucho seguir reuniéndose conmigo, involuntariamente hice un gesto estúpido: adelanté el cuerpo hacia ella y le extendí la mano. Ella dibujó una sonrisa amplia, sincera, alargó el brazo y me estrechó la mano.

La miré a los ojos, con intensidad, y le dije:

—Entonces tenemos un acuerdo.

Sophia asintió.

—*It seems we do* —dijo.

Y yo, en lugar de soltar su mano, la mantuve sostenida tres o cuatro segundos que fueron suficientes para derribar cualquier ambigüedad, y sentí su piel suave y tibia cuando la acaricié levemente. Me di cuenta de que Sophia se estremeció, temerosa y a la vez excitada. De inmediato la solté. Me puse de pie, me esforcé en retomar un aire de profesionalismo, y le dije con un tono que pretendió sonar serio:

—Hagámoslo cada dos semanas o algo así. Sé que tienes otras cosas que hacer y yo también. Cada quince días estará bien.

—Muy bien —respondió ella—. Cada quince días. Suena bien.

Y después de un breve silencio le pregunté:

—¿Te vas a Nueva York a pasar el fin de año?

—Sí. Me voy el viernes 16.

—¿Cuándo vuelves?

—8 de enero. Un día antes de empezar las clases.

La miré: faltaban casi dos semanas para ese viernes 16 de diciembre. Hubiera querido verla una vez más antes del receso, hubiera querido despedirme de ella antes del *break* por Navidad y Año Nuevo, pero sabía que prolongar el contacto no iba a ayudarme a pasar un fin de año relativamente tranquilo. Debía contentarme con la espera. Que termine el año, que empiece 2012, que Sophia regrese de Nueva York. En un mes volveríamos a reunirnos, todo estaría bien, iba a volver a verla fuera de esa clase que, como sería evidente en los próximos meses, no era la restricción más fuerte para hacer con ella todo lo que hubiese querido. Así que esa tarde en que la vi por última vez en la oficina, extendí el brazo, como invitándola a que se retire, y ella entendió el gesto, descolgó su bolso de la silla, se levantó, se quedó de pie a mi lado un instante, me miró a los ojos y preguntó:

—¿Coordinamos por email?

—Sí —le dije—. Te escribiré a inicios de enero, poco antes de que empiecen las clases, y ahí lo arreglamos.

—*Great* —dijo.

Nos miramos un tiempo que me pareció demasiado largo. Y entonces, para terminar de una vez con la escena antes de que las cosas se compliquen, le dije:

—Que tengas un buen fin de año.

—Tú también —respondió.

Me di media vuelta, puse las manos en mi escritorio, como si tuviera que ordenar unos papeles, y sentí su mirada en mi espalda unos segundos, hasta que percibí que ella también dio media vuelta y se marchó.

5

Esa primera noche en San Cristóbal de las Casas me quedé mirando videos del Subcomandante Marcos hasta la una de la mañana y después, agobiado por el cansancio del viaje y con la ayuda de dos Estazolam, me quedé dormido, el cuerpo en diagonal sobre la confortable *king size* del Plaza Gallery, tercer piso con balcón a Real Guadalupe, a una cuadra del Parque Central, que había reservado inicialmente por tres noches, a pesar de que rápidamente intuí que mi permanencia en esa ciudad podría prolongarse. Desperté a las siete de la mañana, la cabeza despejada, era viernes, de la calle apenas subía un leve rumor de personas que circulaban tres pisos abajo, me levanté de la cama de buen ánimo, con ganas de darme una ducha, afeitarme, ponerme ropa limpia y salir de vuelta hacia Tuxtla Gutiérrez para ir en busca de Sophia. El horario de visita comenzaba a las once de la mañana, así que tenía tiempo suficiente para salir a buscar un café, leer los periódicos, caminar un poco por la ciudad y después buscar un taxista que aceptara trasladarme hasta Tuxtla Gutiérrez. Me metí en la ducha, dejé correr el agua caliente, pensé que lo mejor sería pedirle al servicio del hotel que me recomendara un taxista de confianza, alguien que me lleve hasta la cárcel de la capital del Estado de Chiapas, se quede esperando en la puerta y regrese conmigo a la hora que yo decidiera.

Bajé de mi habitación, limpio y descansado, le pregunté al botones, me dijo que por cincuenta dólares podrían trasladarme de ida y vuelta hasta la capital si estábamos de regreso antes de las seis de la tarde. Me pareció suficiente, imaginaba que el tiempo permitido con Sophia sería muy limitado, las visitas terminaban a las dos, no tenía nada más que hacer en Tuxtla, así que le pedí al botones que coordinara para que el taxi viniera por mí a las 9.15, le dejé cien pesos de propina por su colaboración y salí a la calle a dar una vuelta. Tenía noventa minutos por delante, avancé sin prisa hacia el Parque Central, bordeé su contorno intentando observar el movimiento de la ciudad, que a esa hora andaba bastante despoblada, los negocios cerrados, unos cuantos turistas que se movían somnolientos, pobladores nativos cargaban artículos para vender, mantos coloridos, bolsas con artesanías, un par de borrachos dormían en las bancas del parque, algunos ancianos se habían instalado desde temprano para mirar pasar a la gente, lo que me pareció lamentable, siempre me ha dado pánico imaginar que demasiada gente llega a una edad en la que se encuentran solos y su último recurso es ir a una plaza y sentarse a mirar cómo transcurre una vida a la cual hace años han dejado de pertenecer. Y sin embargo el ambiente transmitía una extraña calma, ninguna conexión con la ciudad politizada que había supuesto encontrar, manifiestos permanentes, paredes llenas de lemas revolucionarios; por el contrario San Cristóbal de las Casas lucía quieta y apacible, ningún indicio de violencia, o se mantenía oculta en la mirada de los pobladores, que pasaban farfullando lenguas incomprensibles, la mirada inexpresiva que no alcanzaba a expresar rencor sino distancia o acaso una fría hostilidad. Tal vez fue esa rabia contenida lo que había conseguido capturar el Subcomandante Marcos cuando llegó a Chiapas en los ochenta, pensé, una década antes de que el brote insurreccional estallara en toda su magnitud, me detuve frente a un anciano que vendía periódicos junto a la glorieta ubicada en medio del parque, le compré los dos diarios regionales que tenía a la venta y los tres de circulación nacional, y me alejé hacia el sur con intención de salir del área turística. Caminé por la calle 16 de Septiembre, dos cuadras después giré hacia la izquierda y me metí a un cafetín a revisar los periódicos mientras esperaba la hora de volver al hotel para abordar el taxi que me llevaría a Tuxtla Gutiérrez. No tenía ganas de comer nada, pedí dos *espressos* dobles solo para mantenerme alerta y justificar el rato que pasara sentado en el local, en el que para mi sorpresa se podía fumar, lo que procedí a hacer mientras saboreaba la primera taza. Repasé los periódicos. No me sorprendió que todos hicieran referencia a la detención del grupo zapatista. Pero, como ya habían pasado cinco días desde el arresto, la información era escasa, artículos redactados menos con la intención de comunicar avances en la investigación que por la necesidad de mantener la noticia vigente en caso tomara algún giro que pudiera reactivar el interés. Tampoco me sorprendió que todas las notas destacaran la presencia de Sophia entre los detenidos, el elemento exótico y seductor que le otorgaba a la historia un atractivo especial. Concluí que para los periódicos conservadores de Ciudad de México, producidos tan lejos de la zona de acción, que una de las figuras visibles del zapatismo termine siendo una norteamericana de clase privilegiada podía ser interpretado como la última prueba de la banalización definitiva del movimiento zapatista, como si el objetivo inicial de reivindicación indígena se hubiera transformado en simple negocio y turismo de aventura. Esa sería la contradicción final de un movimiento que en realidad nunca pudo ser legible para nadie, quizá tampoco para sus propios integrantes, quizá ni siquiera para el mismo Marcos, quien a fin de cuentas no era indígena, ni siquiera nativo de la región, sino más bien del otro extremo del territorio mexicano, antiguo estudiante de filosofía, lector que había encontrado en esa zona de la inmensa geografía mexicana el lugar adecuado para trasladar ideas desde la biblioteca hasta ese espacio que todavía podemos llamar mundo *real*. ¿Era esa la conclusión después de leer los periódicos de la capital? En medio de la guerra contra el narco, cuando el EZLN ya había perdido fuerza como tema de interés nacional, y ni siquiera se tenían mayores noticias sobre lo que ocurría en esos *caracoles* donde los zapatistas habitaban con cierta autonomía, me quedó claro que a los conservadores les convenía levantar la fábula de la norteamericana que, desde la Quinta Avenida de Manhattan, saltaba directamente hacia la Selva Lacandona para dirigir la guerrilla indígena, mientras que a Marcos se le acusaba de vivir con nombre falso en DF o en París. ¿Esa era la conclusión que celebraba la derecha? ¿O en realidad la versión tenía fundamento y esa parodia histórica, esa caricatura de lo que alguna vez se intentó construir, era lo único que quedaba del EZLN?

Rechazaba instintivamente dicha interpretación, me sentía obligado a aclarar el malentendido, como si yo fuera responsable de explicar lo ocurrido al menos con Sophia, a pesar de que esa supuesta obligación me desbordaba, no solo porque no me sentía capacitado para explicar nada ni siquiera sobre mi propia vida, mucho menos sobre la suya, y menos aun sobre el zapatismo: yo no había volado hasta el sur de México con intenciones políticas ni para dar batallas de comunicación a favor del movimiento, del que por otro lado, desde que llegué a Chiapas, me quedó más claro que nunca que era un completo ignorante, no importaba cuántos libros hubiera leído, desde la academia estadounidense la política latinoamericana era una trama de ficción que transcurría por episodios, una especie de novela de folletín, y nosotros, los patéticos *scholars*, nos encargábamos de investigar y analizar las acciones que ocurrían en esa trama sabiendo que nada de eso nos afectaba, no había ninguna diferencia con analizar una serie de televisión, nada fuera del vértigo adicional que provocaba estar discutiendo algo *real* sin asumir ninguna consecuencia por los muertos ocasionados por el combate. Latinoamérica, incluso para quienes habíamos nacido y nos habíamos criado dentro de su territorio, era un laboratorio que analizábamos con avidez en sus capas más superficiales, no la sangre que corría en la Selva Lacandona, no las familias que enterraban hijos, tan solo las historias de ficción que escribía Marcos, las *Declaraciones* y los manifiestos del grupo, todo superficial, aséptico, inocuo, sin ponernos en riesgo. Y sin embargo, a pesar de que en cierto sentido hubiese sido posible defender todo lo contrario, a pesar de que no hubiera sido tan complicado señalar las falacias de cada uno de esos argumentos en contra del trabajo académico, yo no tenía ninguna intención de someterme a discusiones políticas ni a debates sobre las revoluciones latinoamericanas porque no había viajado a Chiapas por razones ideológicas, ni siquiera con la intención de encontrar ninguna verdad, sino por algo bastante más inocente y estúpido y banal, que no tenía vínculo con la política sino con razones que podría llamar sentimentales.

Apagué mi cigarro, pagué los dos *espressos* y salí del cafetín con una desazón que, cuarenta minutos antes, cuando entré al local, no había sentido. Pronto estaría inquieto y ansioso, mucho peor después de los concentrados de cafeína que había bebido, así que compré una botella de agua en una esquina del parque, tiré los periódicos a un bote de basura, tomé de golpe dos Clonazepam, y fui a esperar que pasara la hora en una de las bancas. Podía parecer que por un momento me había convertido en uno de esos viejos que observan el transcurso de la vida. Pero no era cierto, pensé, estaba en Chiapas para acompañar a Sophia y hacer lo que estuviera a mi alcance para sacarla de su situación. Yo era de alguna manera su salvador, así me sentía, lo que era bastante ridículo tomando en cuenta que ni siquiera era capaz de afrontar mi propia vida con cierta convicción, pero al saber que Sophia estaba presa en el sur de México había viajado hasta Chiapas, quién sabe por qué, y después de que los dos tranquilizantes empezaron a producir efecto sentí que yo era el encargado de rescatarla, ya que me pareció imposible que ella hubiera conseguido afianzar lazos sólidos con nadie en este país. Quizá todo era un malentendido y ella había terminado siendo víctima de un montaje periodístico para vender una historia o de un oscuro manejo del gobierno para desacreditar al zapatismo dos décadas después del alzamiento. También era posible que Sophia hubiera decidido experimentar un corto período de aventura revolucionaria, no mucho tiempo ni demasiado en serio, sin perder de vista que en cuanto le diera la gana podría volver a la tranquila prosperidad del Upper East Side de Manhattan. Pero tampoco podía descartar que en realidad sí hubiera creído todo ese discurso que alguna vez, en Filadelfia, yo le había inoculado. Chiapas no era entonces más que el nombre de una región remota, universo ajeno y desconocido con el que Sophia poco a poco se fue identificando, víctima de una lucha que en teoría sonaba razonable o incluso necesaria, pero una vez que la violencia, la muerte, las amputaciones, la sangre, la cárcel, cuando todas esas condiciones dejaron de ser simples palabras impresas en los libros que repasábamos en una biblioteca de Filadelfia para transformarse en materia real, solo quedaba el pánico ante una realidad que, vista de cerca, mucho más cerca de lo que yo mismo conocía, descubría el horror en su estado más puro como única respuesta. Por todo eso, Sophia debía estar sola y abandonada, y yo tendría que ayudarla a volver a su vida real, si es que existe algo que pueda llamarse así, esa vida que había abandonado mucho antes, ni siquiera la que vivió conmigo sino la que tuvo antes de conocerme, durante sus primeros dos años en Filadelfia o incluso antes, cuando vivía a dos cuadras del Central Park y era alumna del Sacred Heart.

Miré la hora: nueve y cinco. Caminé hacia el hotel, llegué nueve y quince. Apenas crucé la puerta el botones me hizo señas para indicarme que mi taxi estaba listo. Miré hacia afuera: un Toyota Corolla guinda, de 2001 ó 2002, estaba estacionado al otro lado de la calle, y un tipo leía el periódico apoyado contra la portezuela.

—¿Es ese? —le pregunté a la distancia al recepcionista.

—Sí, señor —respondió solícito el empleado.

—¿A quién le tengo que pagar? ¿Al mismo conductor?

—A él mismo, señor. La mitad ahora mismo y la otra mitad antes de regresar.

Le di las gracias y me acerqué al vehículo. El conductor era un muchacho joven, de piel oscura y aire despreocupado, no más de veintidós años; al verme lanzó su periódico al interior del vehículo por la ventanilla y abrió la puerta trasera para que yo entrara. Lo saludé y le di las gracias.

—¿A qué parte de Tuxtla vamos? —preguntó.

—A la cárcel —respondí, despreocupado, como si hubiera dicho una dirección cualquiera.

El muchacho no pareció sorprendido.

—A la cárcel, entonces —repitió y puso el motor en marcha. Salimos del centro de San Cristóbal por una serie de calles estrechas y en menos de diez minutos tomamos la carretera que nos llevaría hacia el noroeste. Le pedí que encendiera la radio para neutralizar una posible conversación. No tenía ganas de hablar con nadie.

—¿Alguna música en especial? —me preguntó.

—Lo normal —respondí—. Lo que escucharías si estuvieras solo.

El joven movió el dial y en pocos segundos sonaron distintas estaciones de radio. Esperaba que se detuvieran en una ranchera o música regional, pero el tipo la dejó en una de rock. Sonaba una canción de Bon Jovi.

I cried and I cried, there were nights that I died for you, baby
I tried and I tried to deny that your love drove me crazy, baby

—Eso está bueno —comentó, mirándome por el retrovisor.

Asentí y miré para otro lado. Pasamos el resto del trayecto en silencio. Llegamos a las 10.40 a la puerta de la cárcel. Le pedí al chico que me espere afuera. Como no sabía cuánto tiempo tardaría le dije que podía buscar algún lugar donde pasar el rato, pero que dejara el auto estacionado en ese mismo lugar para no perderlo de vista. Si terminaba rápido, lo llamaría por teléfono para avisarle.

—No hay problema —respondió, despreocupado—. Yo lo espero.

Salí del auto y avancé hasta la puerta principal. Empecé a sentirme nervioso. Crucé la puerta, donde había una especie de sala de espera, sucia, decadente, llena de gente que supuse estaban esperando un permiso para reunirse con la persona que venían a visitar. Me acerqué a una ventanilla, me presenté como amigo personal de Sophia Atherton y solicité autorización para verla. Me pidieron identificación, entregué mi pasaporte, me extendieron un formulario, información general, lo completé rápido y se lo entregué al tipo de la ventanilla. Me mandaron a la sala de espera, fui a sentarme, de pronto cansado y nervioso, botella de agua en la mano, bolsillos repletos de pastillas, el culo aplastado contra la silla plegable. Entre las treinta personas que saturábamos el lugar descubrí a tres o cuatro sujetos, cada uno por su lado, a quienes reconocí al instante como periodistas. No estaba seguro de si eran tres o cuatro porque había uno sobre el que me quedaban dudas, aún se mantenía en condición de sospechoso, podría ser un familiar o un contacto, quién sabe para qué, no hay crimen organizado en Chiapas, no hay cárteles de drogas, ni siquiera abunda la delincuencia. Me molestaba no decidir si ese cuarto sujeto era o no periodista, ya que en general sé reconocerlos sin dificultad, no importa si son viejos o jóvenes, hombres o mujeres, los veía en la sala de espera dando vueltas, midiéndose entre ellos, dispuestos a todo con tal de agenciarse una exclusiva, como la que debían estar buscando con Sophia. Pensé que perdían su tiempo, después de repasar todos los periódicos esa mañana estaba claro que ella no había ofrecido declaraciones, así que los pobres infelices esperaban en vano. Pensaba en todo eso cuando el cuarto tipo, el que no había decidido si era periodista o no, un sujeto que a duras penas debía alcanzar el metro y medio, pantalón negro, mirada de águila, nariz encorvada, de unos treinta y cinco años, un tipo de apariencia ridícula, camisa negra bien encajada dentro del pantalón, zapatos de piel de cocodrilo, se acercó resueltamente a mí y me preguntó, o más bien afirmó:

—Usted viene por Sophia Atherton, ¿cierto?

Le dije que no, solo una palabra, más explicación podría haberme puesto en evidencia. Pero el tipo no me creyó. Bajando la voz, como si quisiera confesarme un secreto o venderme alguna inutilidad, me dijo que en ese recinto presidiario, así dijo, en ese *recinto presidiario* estaba detenida una norteamericana acusada de formar parte de la cúpula zapatista y que en Chiapas todos andaban pendientes de su caso.

—Pues no tengo idea —respondí. Yo tampoco le creí: no me pareció que para la población local el caso de Sophia fuera especialmente interesante. Y entonces, como el sujeto me miraba con ojos desconfiados y perspicaces, le dije que yo era un peruano recién llegado desde Lima, que no tenía la menor idea sobre el zapatismo, que no había dormido bien y que por favor, si no le importaba, me dejara en paz. El sujeto movió la cabeza con un gesto de desaprobación y se alejó. No me creyó nada, por supuesto, pero me daba lo mismo. ¿Qué podía importarme lo que pensara ese enano insignificante en este sitio de mierda? Pero el hecho de que se hubiera acercado a mí y decidido hablarme, convencido de que yo estaba ahí por Sophia, acrecentó mi nerviosismo. Yo simplemente quería encontrarme con ella, dejar que las cosas transcurrieran naturalmente, ningún plan, ninguna frase preparada, ni siquiera tenía la expectativa de que ella se alegrara al comprobar que yo había viajado a verla. Pero la presencia del supuesto periodista me impedía preguntarme por qué estaba en un lugar tan patético como ese, qué me había llevado a abandonar mi cómodo departamento en Filadelfia para venir a sentarme aquí entre gente miserable esperando volver a ver a una persona que, a pesar de todo lo ocurrido entre nosotros años antes, ya no tenía nada que ver conmigo.

Saqué con disimulo un par de pastillas más y las tragué con un sorbo de agua. Después seguí bebiendo hasta terminar la botella. Me levanté a buscar un bote donde tirar el recipiente y comprobé que, a la distancia, sigiloso, el enano seguía cada uno de mis movimientos. Pensé acercarme a él para preguntarle qué mierda le pasaba, pero no tenía ganas ni energía para pelearme con nadie; me destruía la posibilidad de que Sophia me recibiera con indiferencia. No podría culparla en caso dijera algo en mi contra, tampoco si en retrospectiva mi imagen fuera la de un pobre infeliz instalado en un cómodo campus universitario, café en mano, gesto enfático, voz persuasiva, creyéndose muy inteligente e incluso muy seductor, un pobre diablo que le había hablado sobre la necesidad de una verdadera revolución como si alguna vez hubiera realizado una acción, cualquier acción, capaz de otorgarle el derecho a desempacar tanto discurso. Hablaba como si la libertad de expresión fuera suficiente para ser tan despreciable y tan imbécil, un sujeto insignificante que se creía más importante de lo que era, un mediocre que no solo había manipulado y mentido, sino que además se había comportado con la misma cobardía en su vida personal, pensé, confundido, mientras el individuo de zapatos de cocodrilo, ese enano altivo y ridículo que empezaba a resultarme insoportable, me seguía vigilando a la distancia con sus ojos de ratón. Le devolví la mirada para que supiera que no le tenía miedo, que se enterara de que, si me daba la gana, podría levantarlo en peso y dejarlo agitando sus minúsculas piernas en el aire. Pero el tipo aprovechó que nuestras miradas se cruzaron brevemente para simular una sonrisa coqueta. Después hizo un gesto, como si quisiera decirme que lo espere un momento, sacó del bolsillo de su camisa un lapicero, de su pantalón una pequeña libreta, levantó una de sus brevísimas piernas para que le sirviera de apoyo mientras escribía, garabateó en la libreta con gesto concentrado, arrancó la hoja y se volvió a acercar.

—Perdone usted por no haberme presentado antes —me dijo—. Mi nombre es Luisito Narváez, pero todos me conocen como Licho Best.

No pude reprimir una sonrisa al escuchar su sobrenombre. Era demasiado ridículo. Pero el tipo no se dio por enterado. Sin perder la compostura, me extendió la mano. Sentí su minúscula palma de bebé aferrando con fuerza mi mano derecha.

—Licho Best —repetí, sin poder contener la sonrisa—. ¿Y eso por qué?

—Licho por Luis, no sé si en su país usan esa traducción, que tiene más estilo que Lucho. Y Best por lo obvio: soy el mejor en todo lo que hago —replicó el enano. Sus ojillos vivarachos se movían en todas direcciones mientras hablaba.

—¿Y qué es lo que haces, Licho? —le pregunté. Para mi sorpresa, el retaco había conseguido despertar mi interés.

—Muchas cosas. Ahora estoy investigando el caso de la señorita Sophia Atherton.

—Ah, eres periodista —le dije—. Es una lástima.

—No —replicó el pigmeo sin inmutarse—. No soy periodista. Digamos que soy una computadora llena de información. Un disco duro con toda la información del mundo: eso soy. Después se quedó un instante en silencio, como calculando mi reacción. Pero como yo no dije nada, confundido ante su capacidad para despertar simpatía, agregó sin darme tiempo a replicar:

—Por cierto, si usted va a llamarme por un solo nombre, prefiero Best en lugar de Licho. No lo tome como algo personal.

—No hay problema, Best —le dije, sin dejar de sentirme yo también un poco ridículo—. ¿Pero yo qué pinto en esta historia? ¿Qué quieres saber de mí?

—De usted no quiero nada, sino todo lo contrario —sentenció Best, afable y casi cariñoso. Me entregó la hoja de papel, doblada en dos, y agregó—: Aquí están mis datos. Tengo información sobre la señorita Atherton y se me ocurrió que, tal vez, por casualidad, pueda interesarle. Llámeme cuando quiera. Mientras más rápido, mejor.

Me guiñó el ojo derecho, dio media vuelta y se volvió a instalar en su rincón, donde esperaba quién sabe qué. Me metí el pedazo de papel al bolsillo y seguí esperando. Pasó una hora. De rato en rato llamaban a algunas personas en voz alta, se acercaban a la reja donde recibían las solicitudes de visita y desaparecían por un pasillo. Licho Best se mantenía en su ubicación, de pie aunque por la altura parecía sentado, y un par de veces en que nuestras miradas se cruzaron, me guiñó el ojo, coqueto. Pasó media hora más y al fin escuché que uno de los uniformados pronunció mi nombre con voz enérgica. Sentí que había llegado el momento en que, después de tanto tiempo, por fin algo iba a ocurrir. Pero también que no estaba listo para enfrentarlo. Me levanté de la silla, indeciso, vacilante. Debía parecer la perfecta imagen del tipo insignificante que viene a visitar a una interna extranjera no para poner las cosas en orden, no para levantar el ánimo, transar con los abogados, negociar con la prensa, sobornar a la policía, sino todo lo contrario, como quien viene a exhibirse como si fuera la verdadera víctima. Me acerqué a la ventanilla, intentando en vano recuperar la compostura. Los custodios me informaron que Sophia había aprobado mi visita y que me serían concedidos unos minutos para conversar con ella. El cuerpo me empezó a temblar con una mezcla de miedo y emoción. La perspectiva de volver a verla tanto tiempo después me pareció tan increíble como las circunstancias en que iba a ocurrir el encuentro. Y mientras tanto, indiferente a mi proceso interno, uno de los custodios levantó un pesado manojo de llaves, que provocaron un ruido siniestro al agitarse en el aire, eligió la adecuada, abrió la puerta de fierro y me indicó que ingresara. Crucé el umbral, di unos pasos, una vez dentro me detuvieron para comprobar que no cargaba ningún objeto prohibido, y después me condujeron por una serie de pasadizos mal iluminados y sin ventilación, que parecían un sótano destinado a hacer confesar a los torturados. Avancé acompañado por dos custodios, uno caminaba delante y el otro detrás de mí. Me pregunté qué pensarían esos dos sujetos sobre mí. Pensé que no muchas opciones explicaban por qué un peruano había viajado a Chiapas para visitar a una prisionera estadounidense. ¿Un novio virtual con quien la extranjera fantaseaba en medio de su delirio zapatista? ¿Un subnormal que flirteaba con la rubia aventurera a miles de kilómetros de distancia, protegido por la pantalla de su computadora, y ahora que ella había caído presa era tan imbécil como para gastar su plata y venir a verla? ¿Para qué? ¿Para llorar juntos el infortunio? ¿Para pedirle matrimonio? La historia era bastante patética, pero también verosímil, así que por un momento sentí la tentación de explicarles a esos dos guardias que Sophia y yo habíamos estado juntos antes, en Filadelfia, que se enamoró de mí y en una época había hecho todo lo posible para tener una relación estable conmigo. Tuve que reprimir las ganas de decirles que mientras ellos calzaban con el perfil de quienes se juegan el pellejo por cruzar ilegalmente el Río Grande, yo enseñaba arte latinoamericano contemporáneo en una universidad en la que abundaban chicas de familias millonarias y que me había deleitado entre las piernas de algunas de las hijas de la clase alta norteamericana. Quería aclarar las cosas, ponerlas en su sitio, pero los dos oficiales chiapanecos que me escoltaban hasta el lugar donde pensé que iba a encontrarme con Sophia no parecían interesados en absoluto en nada que yo pudiera contarles. Caminaban sin prisa hasta que uno de ellos, el que venía por delante, entró a un despacho al final de un pasillo y con gesto desganado me indicó que ingresara.

Entré a una especie de oficina. Había una pequeña mesa pegada contra la pared, una silla a cada lado. El guardia me pidió que me sentara. Pensé que iban a llamar a Sophia, que en unos minutos la traerían conmigo y volveríamos a vernos ahí, en esa oficina, y que a pesar de todo no sería tan malo que ese lúgubre recinto fuera el lugar de nuestro reencuentro. No dejaba de tener cierta épica romántica, pensé, como si por un instante me hubiera convencido de que nada había cambiado en todo ese tiempo. Pero rápidamente me di cuenta de que esa no era la situación. Crucé las piernas y me dispuse a esperar, ansioso y excitado, cuando el custodio me informó que en un minuto vendría uno de sus superiores para conversar un momento conmigo. Sentí alarma: con excepción del desconocido taxista que me había traído desde San Cristóbal de las Casas, nadie sabía que esa mañana yo había ingresado al penal. Mi paranoia me hizo suponer que quizá sospechaban que yo era un contacto zapatista, que podían torturarme para que confesara y que ante mi falta de respuesta podían terminar desapareciéndome y nadie se daría por enterado. Decidí quedarme callado hasta que viniera el superior. Me mantuve alerta a los sonidos que llegaban de todos lados, como si en cualquier momento pudiera recibir un ataque imprevisto, hasta que diez o quince minutos después se abrió la puerta y un hombre uniformado, con aspecto más criollo, tal vez venido de la capital o del norte del país, entró al despacho con aire amigable. Me puse de pie para saludarlo, le extendí la mano y me presenté con la intención de ganarme su confianza, hacerle saber que no era de cuidado y no debía confundirse conmigo. El tipo me devolvió el gesto de saludarme con la mano, aunque me di cuenta de que no le agradó que lo tratara con familiaridad y rápidamente me invitó a sentarme.

—Soy Fernando Peláez, Comisario General de esta prisión —dijo—. Tengo entendido que usted ha venido a visitar a la señorita Sophia Atherton.

—Es correcto —respondí.

—¿Alguna razón en especial para su visita?

—Soy amigo personal de Sophia —dije—. Pero de todos modos vengo con conocimiento de mi embajada.

Peláez me miró con desagrado.

—No era necesario que le informe a nadie —dijo, fastidiado, a pesar de que era improbable que me creyera—. ¿Para qué informar que vendría por aquí? Yo solo he pasado un momento a saludarlo.

—Pues le agradezco la deferencia —le dije.

Peláez me volvió a mirar con desagrado. Se rascó la barbilla, como calculando quién era exactamente la persona que tenía al frente, y después agregó:

—También quería informarle que mis subordinados cometieron un error. Ya sé que le dijeron que usted iba a reunirse con la detenida, pero por ahora eso es imposible. Espero que lo entienda.

—¿Imposible? ¿Por qué?

—Porque la señorita Atherton no se está sintiendo muy bien y en enfermería le han recomendado que descanse —dijo sin esforzarse en sonar convincente—. Parece que el encierro la ha afectado y está un poco alterada.

—¿Cómo un poco alterada? ¿Qué le ha pasado?

—Nada grave —dijo Peláez—. Ya se le pasará.

Se quedó un momento en silencio, como esperando que yo agregara alguna frase a partir de la cual empezar a sacarme información. Pero yo preferí mantenerme callado: que quedara establecido que si en ese momento nos encontrábamos en esa oficina era contra mi voluntad. Yo no tenía nada que decirles. Si decidían mantenerme ahí ellos eran los encargados de encontrar la justificación.

—Supongo que usted se está quedando en San Cristóbal —dijo Peláez.

No respondí. Supongo que mi silencio fue interpretado como aprobación, así que el comisario continuó.

—Estoy a cargo de la seguridad de la señorita Atherton en este recinto. No solo de ella, desde luego, sino de todo su grupo. Y como no quisiera que usted haya viajado en vano desde San Cristóbal, quise pasar a saludarlo e intercambiar unas palabritas.

—Le agradezco el gesto —respondí—. Pero tampoco era necesario.

—Usted no está establecido en San Cristóbal, ¿cierto? —preguntó de golpe, sin hacerle caso a mi sugerencia de que no deseaba sostener esa conversación. Decidí que iba a responder sus preguntas a menos que me sintiera incómodo o amenazado. Así que le dije que era correcto, que yo no vivía en San Cristóbal de las Casas, sino en Estados Unidos.

—Filadelfia, estado de Pensilvania —agregué.

—La señorita Atherton también vivió en Filadelfia, según el informe —apuntó el comisario—. Supongo que ahí la conoció usted.

—Correcto —respondí.

—¿En qué circunstancias la conoció?

—Disculpe, comisario —le dije, intentando ser cordial—. ¿Esta es una conversación o un interrogatorio oficial?

—Una conversación, por supuesto —dijo Peláez, levantando mínimamente la voz. Después la volvió a aquietar y agregó:— Estoy preocupado por la situación de la detenida.

—Yo también —afirmé—. Por eso he venido a verla. Quiero saber cómo está.

—Por eso mismo —apuntó velozmente el comisario—. Como usted la conoce, pensé que podría colaborar con su caso. La situación se puede poner difícil para ella si la trasladan a una base militar. Aquí ella está muy bien. Pero es necesario mantener a los militares a distancia.

—¿Y qué puedo hacer yo para que eso ocurra? —pregunté.

—Por el momento, conversar conmigo. Usted ha venido desde Filadelfia para verla, ¿cierto?

—Cierto.

—Por tanto, supongo que es importante para usted —apuntó—. ¿Se han comunicado últimamente?

—No mucho. Hace un tiempo que no hablamos.

—¿Cuánto tiempo?

—Perdón, comisario —dije, intentando mostrar tranquilidad—. Si esto es un interrogatorio prefiero llamar a un abogado. De lo contrario, si me permite, prefiero retirarme.

—A la detenida le gustaría que usted colabore. Se lo aseguro...

—Entonces déjeme verla. Que ella me lo diga.

—Lo siento, pero hoy no es posible. Venga el lunes. Es probable que ese día pueda verla. Le prometo que haré todo lo posible.

—Debo regresar a Filadelfia el domingo —mentí—. Déjeme verla unos minutos y después puedo conversar con usted.

—Lo siento, pero hoy es imposible —repitió, tajante—. Ahora quisiera que me cuente algo: ¿qué tipo de relación tuvieron ustedes en Filadelfia?

—No voy a seguir respondiendo preguntas —dije—. Si no tengo posibilidad de ver a Sophia, no hay ninguna razón para seguir aquí. Así que le pido que me permita retirarme...

El comisario me miró con atención. Pareció calcular hasta qué punto se ponía en riesgo si me retenía contra mi voluntad. Al final, decidió dejarme ir.

—No hay problema —dijo, tratando de mostrarse amigable—. Quédese tranquilo. Yo solo quería saludarlo.

Peláez llamó a uno de los custodios, que se mantenía al otro lado de la puerta, y le pidió que me acompañe hasta la salida.

Me despedí con una venia, y salí caminando con el guardia. Otra vez pasamos por el laberinto de pasillos, oficinas mal ventiladas, y después de un par de minutos me abrió la reja y salí nuevamente a la sala de espera. Licho Best, que seguía en su rincón espiando cada movimiento, se me acercó de inmediato al verme salir.

—¿Todo en orden, Míster? —preguntó.

—No —contesté.

Best pareció satisfecho por mi respuesta. Reconocí el brillo en sus ojos.

—No olvide llamarme —insistió—. Vamos a arreglar las cosas, que para eso estamos.

No le dije nada y me fui.

6

Días antes de iniciar el primer semestre de 2012, le escribí a Sophia para coordinar nuestras reuniones de ese nuevo año. Le sugerí encontrarnos en uno de los cubículos de estudio del sexto piso de la biblioteca para discutir alguna lectura, sesenta o noventa minutos, lo que fuera necesario, y le propuse una sola alternativa de horario, martes cuatro de la tarde, la hora invariable en que Laura tenía una reunión semanal con el equipo de la revista en que trabajaba, el único momento en que, si no ocurría nada excepcional, podía considerarme a salvo de recibir una llamada o un mensaje. El día de nuestro primer encuentro del año nevaba sobre Filadelfia. Tercera semana de enero, el invierno en todo su esplendor, caminé ligero hasta la biblioteca, me escabullí en su interior como buscando refugio del frío; adentro los aparatos de calefacción despedían suaves ondas de aire caliente que flotaban por los siete pisos de la biblioteca y la rodeaban de un ambiente placentero que invitaba al descanso o al sueño. Dieron las cuatro en punto, Sophia no llegaba, me sentí inquieto, fui a dar una vuelta entre los anaqueles del sexto piso sin saber qué hacer para apaciguar la intranquilidad, a los cinco minutos me di cuenta de que me había detenido frente al ascensor, los números indicaban que el aparato estaba subiendo, tuve la certeza de que Sophia venía adentro. Y por eso, cuando el ascensor se detuvo en el sexto piso, di media vuelta y me alejé un par de metros, como para hacerme el desentendido, y un segundo después escuché unos pasos que se acercaban por mi espalda y después la voz entusiasta de Sophia que simplemente dijo: *Emilio.*

Era la primera vez que la veía en condición de exalumna, la primera vez que me encontraba con ella fuera de clase y fuera de oficina, intranquilo porque no desciframa cómo sería en adelante el tipo de trato que íbamos a establecer, pero convencido de que nuestro futuro próximo se definiría en el primer saludo, y por eso cuando escuché su voz llamándome por mi nombre me volví como si estuviera sorprendido, como si hubiera estado pensando en cualquier otra cosa, y reconocí su rostro descansado y apacible, su pelo reflejaba la luz de invierno que se colaba por los ventanales. Quedé tan desarmado ante esa impresión inicial que solo atiné a saludarla con seriedad, como dejando en claro que no éramos cómplices ni nada parecido, y extendí el brazo derecho para indicarle el camino hacia la sala de estudio en que íbamos a comenzar nuestra primera reunión del semestre. Sophia caminó por delante, avanzaba lento entre anaqueles repletos de libros, yo la seguí a dos metros de distancia mirando su cintura estrecha, el suave movimiento de sus caderas, y pensé que por incapacidad de contener la marcha de los acontecimientos, por simple debilidad, o acaso por la inocencia de suponer que uno siempre mantiene cierto control sobre las cosas que le pasan, me encaminaba hacia un precipicio del que iba, sin embargo, a salir bien librado.

Llegamos al cubículo que había reservado para mi encuentro con ella, protegido por un cristal que aislaba el ruido pero permitía observar el interior, cuatro metros de largo, tres de ancho, una mesa de madera, seis sillas y una pizarra; me adelanté a ella, abrí la puerta y con un gesto la invité a que ingresara. Sophia traspuso el umbral, nos sentamos uno frente al otro, la miré, más serio que de costumbre, y le dije:

—Quiero empezar dejando algo en claro.

—Sí —dijo ella.

—Perdóname si te parece un poco violento lo que voy a decirte.

—No hay problema. ¿Qué pasa?

—No pasa nada. Pero quiero recordarte que no somos

amigos. Fui tu profesor y ahora quiero seguir trabajando contigo. Eso es todo. Quiero que lo tengamos claro antes de empezar.

Sophia pareció un momento indecisa, como si no supiera qué decir. Pero rápidamente se recompuso.

—Sí —dijo—. Lo entiendo perfectamente.

—Bien —agregué.

Y de inmediato, como para que no quedara ninguna duda sobre lo que acababa de decirle, abrí mi maletín y saqué dos copias impresas con el pequeño syllabus que había preparado para nosotros. Era una lista de lecturas que nos serviría como guía para las discusiones que pensaba sostener con ella a lo largo del semestre. Quería *realmente* sostener esas conversaciones: no eran ningún pretexto para verla, no eran simplemente las ganas de continuar trabajándola para ver qué ocurría más adelante, sino que mantenía un legítimo interés en compartir una experiencia intelectual con esa chica que me parecía brillante y consideraba podía convertirse en la mejor discípula que yo tendría si alguna vez llegaba a merecer una. No todo se reducía al apetito carnal, lo que me hubiese parecido indigno del tipo de relación que habíamos establecido desde el semestre anterior. Quería ofrecerle lo mejor que fuera capaz de producir mi cerebro, entregar lo mejor de mí mismo, nunca dejar de sorprenderla y ojalá deslumbrarla. Y entonces, invadido por el inmenso deseo de continuar con ella un trabajo que me sentía muy contento de que no hubiera abandonado después de terminar el curso que tomó conmigo, le entregué una copia del pequeño syllabus. Bajo el tema general de la autonomía, había elegido artículos sobre la Comuna de París y sobre zapatismo, también lecturas para repasar la Internacional Situacionista y algunos conceptos griegos trabajados por Jacques Derrida, *katechon, archi-escritura, pharmakon*. Le dije que estaba seguro de que podíamos hacer algo juntos, quizá en un futuro no muy lejano podríamos publicar un libro teórico que rompiera el campo de las humanidades y ojalá también ejercer influencia en ciencias sociales e incluso ciencias políticas. Le dije que yo tenía quince o dieciséis años más que ella, dependiendo del mes, por lo que no sería en absoluto un teórico precoz si en un plazo de cinco años conseguíamos sacar ese libro adelante: yo tendría cuarenta, pero ella solo veinticinco o veintiséis, y ese supuesto libro le bastaría para ganar prestigio académico de por vida.

—Puedes convertirte en una gloria académica a los veintiséis —le dije—. ¿Te lo imaginas?

—No quiero retirarme a los veintiséis —respondió—. Tampoco sé si quiero ser académica.

—Ya lo sé —insistí—. Yo tampoco sé si quiero que seas académica y tampoco quiero motivarte más de lo necesario. Ni siquiera yo estoy seguro de si realmente quiero serlo. Pero eso no cambia nada: me gustaría que este tiempo sirviera para comprobar si queremos darnos la oportunidad de producir ese libro. Lo pensamos juntos, lo escribimos juntos y destrozamos todo. Solo tenemos que leer, investigar y, sobre todo, pensar. Hay que pensar mucho. Tenemos que rompernos el cerebro juntos para después rompérselo a los demás.

Sophia asintió. Observé que, al otro lado de la ventana, los copos de nieve seguían cayendo sobre Filadelfia. Así que, estimulado por un clima que sentía cada vez más propicio, le dije que debíamos definir cuanto antes las preguntas a las cuales nuestro hipotético libro tendría que responder. Estábamos de acuerdo en que era necesario imaginar nuevas formas de ejercer una verdadera democracia que no pasara por ninguna de las experiencias ya conocidas y fracasadas, no a la captura del poder estatal, pero tampoco susceptibles de reducción a los cambios de mínimo alcance que se proponían las ONGs, ni siquiera a un sistema cohesionado de demandas que sirviera para meterle presión a los gobiernos. Así fuimos entrando en terreno y volvimos a conectar como en realidad nunca habíamos dejado de estarlo, y por eso, cuando terminaron los noventa minutos que habíamos determinado para esa primera reunión, no pude reprimirme y le dije:

—Sophia, me ha gustado mucho la conversación de hoy. ¿Qué te parece si, en vez de esperar dos semanas, continuamos la próxima? Podemos empezar discutiendo el artículo de Derrida.

Ella sonrió.

—Por supuesto —dijo.

—¿Mismo día, misma hora, en una semana?

—Sí.

—¿Aquí mismo? ¿Lo reservas tú?

—*Sure* —remató.

Después se colgó el bolso al hombro, alegre y entusiasta, y abandonó la sala de estudio. A partir de entonces, las siguientes semanas, en la medida en que mis reuniones con Sophia se empezaron a acumular y aquello que nos seguía reuniendo encontraba una forma y una dirección cada vez más reconocible e inevitable, comencé a pensar en profundidad, como nunca antes lo había hecho, como nunca antes había parecido necesario, en mi relación con Laura. No es que ahora fuera posible cuestionarla, Laura y yo habíamos pasado los mejores años de nuestra vida juntos, no quería que nada cambiara en todo el tiempo que nos quedara por delante. Pero nada de eso entorpecía lo que Sophia despertaba en mí. Quería encontrar la contradicción, pero no la ubicaba: mi deseo de seguir el resto de mi vida junto a Laura no era incoherente con la necesidad de someterme a una experiencia intensa, completa y enriquecedora con Sophia, sin importar que después yo fuera a terminar lastimado, o incluso destruido. Las dos circunstancias no eran incompatibles, podían fácilmente coexistir, yo no quería cortar ninguna, y sin embargo no podía explicarle todo eso a Laura, no iba a aceptarlo, quizá ni siquiera comprenderlo, y no podría culparla.

Pensaba en todo eso mientras bebía un whisky, sentado en el sofá de nuestro departamento, las luces de la sala apagadas. Quizá en ese momento Sophia miraba la bandeja de entrada de su email esperando uno de mis mensajes mientras Laura revisaba artículos para la próxima edición de la revista en que trabajaba, boca abajo en la cama, el televisor encendido proyectando el vago rumor de las noticias. Antes de comenzar el semestre, reunirme quincenalmente con Sophia me había parecido una frecuencia manejable; cuando de inmediato cambiamos a una reunión semanal pensé que, a pesar de cierto inesperado desborde, sería capaz de mantener las cosas bajo control. Nos comunicábamos todos los días, sobre todo por las noches, cuando preparaba mis clases del día siguiente, audífonos en los oídos, escuchaba siempre a Dolores Delirio, "Uña y carne", "¿No ves el sol?", "A cualquier lugar", las mismas canciones de mi temprana juventud que casi veinte años después aún me dejaban al borde del llanto, emocionado por participar de alguna manera de ese infinito que me superaba y me dejaba conmovido, exactamente igual que cuando era adolescente. Preparaba clases, escuchaba a Dolores Delirio y conversaba por email con Sophia, un mensaje tras otro, todo en suspenso y todo invariable, desde la segunda reunión nuestros encuentros quedaron tácitamente establecidos, siempre martes a las cuatro de la tarde en el mismo lugar de la biblioteca que ella reservaba. Empezamos a discutir las Declaraciones de la Selva Lacandona, artículos sobre zapatismo, la posibilidad de construir un modelo teórico libre de las restricciones del presente, hasta que una vez, la cuarta o quinta semana, ninguno de los dos había tenido tiempo para leer los artículos asignados y por tanto ningún texto en específico nos retenía ni justificaba nuestra permanencia en ese cubículo de la biblioteca donde siempre nos encontrábamos. Sin embargo, era evidente que, pese a nuestros legítimos intereses intelectuales, las lecturas eran lo menos importante de nuestros encuentros, de tal manera que, cuando ella me dijo que esa semana había tenido demasiado trabajo y no había podido leer, me sentí aliviado y le dije que estaba bien, que no importaba y que podíamos usar el tiempo simplemente para conversar. Sophia dijo que sí y luego agregó:

—No leí, pero te traje un chocolate.

—¿Qué? —le pregunté, sorprendido.

—Que te traje un chocolate —repitió. Colocó su bolso sobre la mesa, corrió el cierre y sacó una barra de Lindt extra oscuro, de envoltura blanca—. Como no hice la tarea, te traje el chocolate a cambio —dijo y sonrió.

—¿No haces la tarea y me quieres sobornar con un chocolate? —le pregunté, con ganas de entrar al juego—. ¿Como si todavía fuera tu profesor?

—No es cualquier chocolate. Es muy bueno. Suizo. *Dark.* 90% cacao. Te va a gustar.

—¿Lo comemos juntos? —pregunté.

—Si me invitas, acepto. Pero solo un poco. El resto es para ti.

Abrí la envoltura del chocolate, lento, como si la estuviera desnudando, desempaqué el contenido, lo coloqué sobre la misma envoltura y se lo extendí a Sophia para que ella deslizara sus dedos y se llevara a la boca un trozo. Después hice lo mismo y empecé a saborearlo en silencio.

—¿Sabías que dentro de una década la producción mundial de cacao habrá descendido al veinte por ciento? —me preguntó.

—No. No tenía idea.

—Por eso no hay que perder tiempo —dijo Sophia—. Después no nos quedará nada.

—¿No te gusta perder tiempo? —pregunté.

—Depende —dijo Sophia, dejando de lado el chocolate. Cruzó las manos sobre el tablero de la mesa, una sobre la otra y me miró. Y entonces me di cuenta de que la conversación entraba en terreno peligroso y debía rectificar a tiempo. Resolví concentrarme en las lecturas y mantener todo lo exterior a ellas en permanente suspenso. Habíamos discutido textos del último Derrida, del primer Negri, de Nicos Poulantzas, avanzamos juntos en esa búsqueda como si en ella quedara suplantada la otra, más cercana, que tenía que ver con nuestras vidas y lo que estábamos construyendo o destruyendo, o construyendo para después destruirlo, al menos yo, incapaz de moverme con desenvoltura en medio de las normas sociales y de mi nula habilidad para manejarme en medio de ellas. Por eso me había largado de Perú y me había refugiado en la academia: necesitaba un espacio protegido para apoyar cuanta idea revolucionaria apareciera en el universo político sin jugarme nada, sin ponerme en riesgo, y quizá la costumbre de intervenir en política desde ese espacio desconectado de la vida real había terminado atrofiando mi capacidad de tomar decisiones también en el ámbito privado. Quizá me había convertido en uno más de tantos intelectuales que no encuentran otra salida a sus apetitos carnales que la acumulación de citas de libros y conocimiento inútil para terminar tirándose a alguna despistada. No aceptaba haberme degradado a ese nivel, el conocimiento como arma de conquista se justificaba en gente sin energía y sin ningún encanto, pensé que yo no necesitaba nada de eso, nunca fue para mí tan claro como después de conocer a Sophia, la manera en que me miraba en clase, cuando era mi alumna, después en nuestras reuniones en la biblioteca, su fascinación conmigo me desarmaba, su incapacidad de disimular lo que le pasaba, ninguna intención de insinuar o sugerir sino la desolación en estado puro cuando comprobaba que, en contra de todo lo que parecía demostrar mi deseo de seguir viéndola, yo no me mostraba dispuesto a ofrecerle nada que le permitiera suponer que iba a dar el siguiente paso. Conversaba con ella de teoría política o de la nieve en Filadelfia o de la experiencia zapatista o de mi vida en Lima, pero nada más que eso, no me acercaba a ella, y entonces ese día en que me llevó el chocolate, al terminar la reunión, cuando llegó la hora en que Sophia debía tomar su bolso, arreglar sus cosas y marcharse, mientras yo me quedaba en mi lugar, quieto sobre mi silla porque estaba implícito que siempre debíamos marcharnos por separado, nunca llegábamos ni nos íbamos juntos, yo siempre esperaba diez minutos después de que ella se iba antes de levantarme y salir de la biblioteca, tiempo suficiente para garantizar que ya se hubiera alejado lo suficiente como para no correr el riesgo de cruzarme con ella delante de otras personas, pero ese día del chocolate fue la primera vez en que, al abrir la puerta de la sala de estudio, en lugar de salir caminando y perderse entre el laberinto de anaqueles hasta alcanzar el ascensor, Sophia se volvió hacia mí, me miró directamente a los ojos y los mantuvo firmes unos segundos que me parecieron interminables. A dos metros de distancia, debajo del marco de la puerta, me miró con una intensidad que me estremeció. No dijo nada, no pronunció una sola palabra, pero algo debió reconocer en mi mirada y ese descubrimiento la hizo sonreír. Se quedó de pie, como esperando que yo ofreciera una respuesta coherente con lo que ella había acabado de descubrir. Pero yo no hice nada. Y entonces la desazón se dibujó levemente en su cara, dio media vuelta y se fue.

Me quedé un rato más en el cubículo, sin moverme, triste pero sobre todo conmocionado. Por eso en los siguientes días, antes de nuestra siguiente reunión, me sentía inquieto, con ganas de volver a verla, pero también angustiado por la certeza de que sería difícil soportar por segunda vez una escena como la anterior. Y cuando llegó esa siguiente reunión, el clima dentro del cubículo estaba más cargado que de costumbre, algo corría entre los dos mientras conversábamos y por ratos nos quedábamos mirando, y siempre era yo el que terminaba bajando la mirada o me ponía de pie para acercarme a la ventana y, de espaldas a ella, observar desde el sexto piso el movimiento que animaba el campus universitario. Hasta que en un momento determinado Sophia, que estaba haciendo unas anotaciones en la pizarra, de golpe dejó la tiza a un lado y me quedó mirando. Y aunque esta vez tampoco pronunció una sola palabra, pude fácilmente traducir el significado de lo que me estaba diciendo, lo entendí tanto como si estuviera escuchando sus palabras. Me quedé un momento sin reacción, y luego le dije que me disculpara un momento, pero debía ir al baño y volvería en un minuto.

Caminé hasta el baño, me miré al espejo, me acomodé el pelo, pero no podía pensar en nada, estaba claro que no me sería posible mantener el ritmo mucho más, algo tenía que ocurrir, cualquier cosa, pero algo tenía que ocurrir, así que en busca del desastre o asumiendo de antemano cualquier posible derrota, regresé al cubículo sin ningún plan predeterminado, pero dispuesto a afrontar lo que correspondiera. Me senté frente a ella y nos quedamos unos segundos en silencio cuando ocurrió algo inesperado: por delante del cubículo pasó caminando un tipo al que yo había tenido de alumno. Pero no solo eso: lo había tenido en la misma clase que Sophia.

El tipo se llamaba Aaron y formaba parte del equipo de remo de la universidad. Nunca había demostrado especial inteligencia en las clases, lo más probable es que hubiera sido admitido como estudiante por sus condiciones deportivas, que a golpe de vista eran evidentes sin llegar a excepcionales: era alto, pero no lo suficiente como para destacar demasiado, debía ser de mi tamaño o un par de centímetros más, quizá metro noventa, no mucho más, tenía el pelo corto y rubio, casi al rape, el cuerpo bastante bien trabajado pero sin la dimensión suficiente como para constituirse en amenaza natural para quien se cruzara en su camino. Lo vi pasando delante del cubículo, sin prisa, se dio tiempo para observar hacia el interior y, al reconocernos a Sophia y a mí, hizo un gesto de sorpresa. Aminoró la marcha un instante muy breve, me saludó con una exigua levantada de ceja y después desapareció antes de que Sophia alcanzara a verlo. Pero sí percibió mi repentina alarma. Casi nadie transitaba por esa zona de la biblioteca, en el peor de los casos una persona por cada reunión, a veces ninguna, en diez reuniones debían de haber pasado siete personas, la universidad tenía veinte mil alumnos, las posibilidades de que uno de esos siete hubiera formado parte de la misma clase que Sophia tomó conmigo eran insignificantes. Pero se cumplieron: con su camiseta del equipo de remo, los brazos fibrosos, los pectorales bien marcados, Aaron había pasado fugazmente por delante de nuestro cubículo y disparó toda mi paranoia. Sophia me preguntó qué ocurría. Le dije que Aaron había pasado por ahí y nos había visto.

—Aaron, ¿el de la clase del año pasado? —preguntó.

—Sí.

—¿Estás seguro?

—Totalmente.

—*Oh, no* —dijo ella—. *I don't like him.*

—¿No te cae bien? ¿Por qué?

—Nos hemos cruzado en un par de fiestas. No ha sido agradable.

—¿Por qué? ¿Qué hizo?

—Se acercó a mí. Quería bailar conmigo.

—¿Y? ¿Qué le dijiste?

—Que no. Que me disculpe, pero no tenía ganas de bailar.

—¿Y qué hizo?

—Tonterías. Tratar de convencer. Ponerse un poco insoportable. Lo típico. Emilio, no importa. A mí no me importa.

—Yo creo que sí importa.

—¡No importa en absoluto! —exclamó. Y después de un breve silencio me preguntó—: ¿Qué hace Aaron por aquí?

—Yo qué voy a saber. No tengo la menor idea.

—¿Estaba solo?

—Sí. ¿Por qué?

—Porque es raro. Nadie pasa por aquí.

—¿Crees que te ha seguido?

—No creo. No tendría sentido. Además, hace semanas que no me cruzo con él.

—No le has contado que nos seguimos viendo, ¿cierto?

—Por supuesto que no. No es mi amigo. Nunca hablé con él cuando estábamos en tu clase. Solo me lo he cruzado unas pocas veces. Eso es todo.

Me quedé callado. Sentía una rabia creciente, hasta cierto punto inexplicable. Aunque no fuera culpa de ella, me jodía profundamente que ese sujeto se hubiera acercado a Sophia. Cuando estuvo en mi clase Aaron me caía bien, dentro de lo normal, tampoco nada especial, pero en ese momento, mientras lo imaginaba acercándose a Sophia, cerveza en mano, un tipo de veintiuno que se despierta todos los días a las cinco de la mañana para hacer dos horas de gimnasio, camiseta pegada, que aparece en la fiesta medio borracho y se acerca a Sophia con pose de macho alfa, y saber que esa situación había ocurrido no una sino dos veces, y que esas dos veces ocurrieron durante el tiempo en que Sophia y yo nos estábamos viendo, entre una reunión y la siguiente, me llenó de rabia. Pero no eran solo las aproximaciones hormonales que Aaron se había permitido con Sophia lo que me irritaba, tampoco que nos hubiera descubierto en lo que consideraba nuestro refugio, sino que su presencia había motivado a que, por primera vez, Sophia hiciera referencia a otros aspectos de su vida sobre los que yo no tenía ninguna información. No sabía dónde iba, con quién iba, quiénes se le acercaban, toda esa parte de su vida existía pero yo prefería mantenerla lejos de mi cabeza porque no me servía de nada imaginarla. Y entonces esa tarde en que Aaron pasó por nuestro cubículo y levantó las cejas como un saludo que también podía ser considerado una sutil amenaza, cierto instinto de protección territorial me hizo decidir que, por primera vez, saldría del cubículo junto a Sophia después de terminada nuestra reunión.

Y así ocurrió quince minutos después: guardamos nuestras cosas, abandonamos la sala de estudio, a unos metros vi a Aaron bien acomodado en uno de esos sillones que solo usan quienes esperan su turno para ingresar a uno de los cubículos, la laptop sobre sus muslos como para justificar su presencia. Puta madre, pensé. Pero seguí caminando al lado de Sophia intentado demostrar absoluta naturalidad. No había otro camino de salida, así que avanzamos juntos hacia su ubicación. Mejor así, pensé, que este huevón no crea que intentamos escondernos. Seguimos caminando y, al pasar frente a él, me detuve un momento para saludarlo. Sophia se quedó a mi lado y también lo saludó con distancia. Sentí entre ellos cierta tensión, a pesar de lo cual Aaron, directo, casi como si estuviera pidiendo explicaciones, le preguntó a Sophia si estaba tomando otra clase conmigo.

—No —respondió ella con desenvoltura—. Solo estábamos conversando.

La miré, agradecido por su rápida respuesta. Después observé de reojo a Aaron. Jódete, huevón, pensé. El tipo se mantuvo sin hacer ningún gesto, como si estuviera calculando qué decir.

Sophia aprovechó ese breve silencio para indicar que tenía clase y debía irse.

—Sí —le dije, adelantándome a cualquier reacción del otro sujeto—. No llegues tarde por nuestra culpa.

Ella se despidió con un genérico *see you, guys* y se fue. Me di cuenta de que Aaron quedó fastidiado por su veloz partida: tal vez pensó que al salir del cuarto de estudio yo me largaría por mi lado y él tendría oportunidad de abordarla. Pero las cosas no ocurrieron así y yo aproveché su turbación para hacerme el buena gente y preguntarle cómo le iba. Él respondió que todo estaba bien, serio, cortante, lo que me gustó, el pobre infeliz no tenía idea del inmenso placer que me regalaba verlo así, perturbado, frustrado, jodido. Que se joda este con-cha-de-su-ma-dre, pensé. Jódete, porque tus quince años menos, tu camiseta pegada al cuerpo y tus mil horas de gimnasio no te van a servir de nada porque el que se la va a tirar seré yo, huevón, pensé, satisfecho y competitivo, esperando que Aaron agregara algo que no fuera de mi agrado porque en ese momento me sentí más que dispuesto a clavarle un buen combo, sin tomar en cuenta que estábamos en la biblioteca y sin que me importara tres carajos ser despedido de la universidad por golpear a uno de mis exalumnos porque me descubrió en una extraña reunión con una de mis exalumnas, tampoco la posibilidad de que el tipo se recupere rápidamente del combo y proceda a reventarme a puño limpio, sentía la bronca corriendo por oleadas dentro de mi cuerpo, no era ningún manco ni iba a dejar que el pobre infeliz me madrugara, así que me mantuve atento, los puños cerrados, listo para la acción, cualquier mínimo gesto de su parte podría desencadenar la pelea, pero como no dijo nada y un silencio tenso se extendió por un tiempo que me pareció demasiado prolongado, opté por retirarme. Empecé a alejarme, alerta, pensando que en cualquier momento podía ser atacado por detrás. Estaba preparado para reaccionar frente al hipotético ataque, pero no pasó nada, solo la mirada de furia de Aaron cayendo sobre mi espalda mientras yo avanzaba entre los anaqueles lleno de orgullo, deseo de posesión y ganas de pelear para defender lo que en ese momento sentí, por primera vez con tan limpia intensidad, que era mío.

—Tenemos que encontrar otro lugar para reunirnos —le escribí esa noche a Sophia. Le dije que me incomodaba que nos hubiera visto Aaron, y que además ya me había aburrido de verla siempre en el mismo lugar. Si ese tipo nos había visto podía pasar lo mismo con otras personas: toda regla puede volver a romperse después de ocurrida la excepción, reflexioné, paranoico. Quería evitar a cualquier precio que alguien que nos conociera a Laura y a mí me viera con Sophia. Quería también seguir viéndola, pero como no estaba dispuesto a renunciar a la máscara profesional que supuestamente justificaba nuestras reuniones, le dije que nuestro nuevo punto de encuentro seguiría siendo dentro del campus.

—¿Tu oficina? —me preguntó.

—No —respondí en el siguiente email—. Ya no eres mi alumna. No tendría sentido. No quiero verte en mi oficina.

—Qué bueno. Yo tampoco tengo ganas de volver a hablar contigo en la oficina. Entonces, ¿dónde?

—Hay un lugar muy simpático dentro del campus. Nadie conocido nos va a ver ahí.

—¿Dónde?

—No creo que lo conozcas. Pero está muy bueno para conversar, leer o escribir. Hay gente, pero es tranquilo. Mucho silencio. Buenos sillones. Amplio espacio. Y, lo principal, no nos vamos a cruzar con nadie conocido...

—Suena bien —respondió en su siguiente mensaje—. Supongo que lo conozco. ¿A qué lugar te refieres?

—Espera. Déjame contarte sobre ese lugar. Tiene ventanas inmensas, entra mucha luz. Venden café. A veces hay comida. Es un lugar de puta madre. No hay nada mejor para reunirnos. Ahí no llegará Aaron ni nadie.

—*Okay.* Pero dime cuál es...

—Espera. Primero quiero que me digas si te gusta la descripción. Si vas a aceptar. Es parte de la universidad...

—No voy a aceptar si antes no me dices qué lugar es ese…

—No. Primero dime si te parece bien lo que te estoy describiendo. Es exactamente como te cuento. Mil veces mejor que la biblioteca. Primero acepta y después te digo…

—De acuerdo. Tú ganas. Acepto. Ahora dime cuál es…

—El hospital —le escribí—. El hospital de la universidad.

— ???!!!

—Lo digo en serio. ¿No lo conoces? Se puede pasar un muy buen rato ahí. Se puede trabajar tranquilo. Deberías verlo…

—¡El hospital!

—Pero no parece en absoluto un hospital. Es como un hotel. Ya vas a verlo.

No le mentía. Había ido una vez por una molestia en la rodilla, y me quedé impresionado por la elegancia y sofisticación del lugar, que parecía sacado de *A Clockwork Orange*. Techos altos, paredes de distintos colores, muebles con diseño que parecían presagiar el siglo XXII: nada semejante al típico lugar donde se congregan los enfermos. Todo lo contrario: parecía un espacio al que vas a pasarla de puta madre, un hotel de primer nivel al que solo le faltaba que sirvieran cocteles. Era el lugar perfecto para encontrarme con Sophia. Nadie imaginaría que una persona pacte un encuentro personal en un hospital: estás muy a la vista, en medio de mucha gente, el ambiente no parece el más adecuado porque circulan pacientes, doctores y enfermeras. Si alguien conocido te ve, lo más probable es que, por delicadeza, no te pregunte qué andas haciendo ahí. Y si te ven conversando con otra persona, pensarán que te la has encontrado de casualidad. Imposible un lugar más adecuado. Además, si te quedas un par de horas y observas con atención, le dije a Sophia por email, te darás cuenta de que en realidad hay muy pocos enfermos. Aunque es muy grande, solo han trasladado a ese edificio algunas especialidades. Ninguna seria. Nada de emergencias. No verás sangre. No hay accidentados ni heridos de bala. Nada que permita estropear el bonito panorama. Todo eso sigue en el hospital antiguo, que está en la acera de enfrente y es más feo, así que ni siquiera tenemos que cruzarnos muy seguido con la exposición de la enfermedad.

—Además hay salas de conferencia —le escribí—. Organizan congresos de medicina. Es uno de los tres hospitales más importantes del país. ¿Te imaginas un simposio médico de primer nivel mundial? Quizá hasta podemos entrar a mirar. Ahí se define cómo se va a curar en el futuro a los cuerpos enfermos de este país.

—Déjalo ahí. No digas más. Si sigues con tu descripción, diré que no. No me importa cómo es. No deja de ser un hospital.

—Está bien —le escribí en el siguiente email—. Te voy a indicar exactamente dónde vamos a encontrarnos. Memorízalo o sácale un *screenshot*. Hay un café en el tercer piso, pabellón de la izquierda. Subes la escalera mecánica, hasta el tercer piso, giras a la izquierda y pasas por un cartel que dice *West*. Cruzas un largo pasillo, caminas hasta que te encuentres con un salón muy grande y muy bonito. Ahí hay unas mesas grandes. Un tipo vende café. Veámonos ahí.

—Estás loco, Emilio...

—Te va a gustar. Te juro que te va a gustar...

—*Okay*. Voy a hacer el esfuerzo...

—Bien. Me vas a terminar dando la razón...

—Veremos...

—Entonces, ¿mismo día, misma hora, ahí?

—Sí —dijo Sophia—. Igual me parece raro, pero está bien. Intentemos.

Y desde entonces empezamos a reunirnos en el hospital, y con el cambio de locación abandonamos definitivamente las lecturas. Incumplimos nuestro pseudo-syllabus una vez y después la siguiente y después una más, y de esa manera se hizo costumbre encontrarnos simplemente para conversar. Aparecíamos siempre en el mismo orden, ella cinco minutos antes que yo para no cruzarnos en el camino, compraba dos americanos, yo llegaba poco después, me sentaba a su lado, nos pasábamos dos horas ahí y después yo me marchaba primero a todo tren, como si estuviera huyendo de la escena del crimen, para que cuando ella saliera del hospital yo estuviera al menos un par de cuadras por delante, a salvo de cualquier mirada. Fue en esas semanas en el hospital, antes de nuestra primera separación, que el asunto se volvió más insostenible. Era inicios de abril, faltaban solo dos semanas para que terminaran las clases, las vacaciones de verano serían largas y difíciles de soportar, ella se iba a Nueva York, Laura y yo viajaríamos un tiempo a Lima para visitar a nuestros padres, después quizá daríamos una vuelta por Río o Buenos Aires. Serían más de tres meses de alejamiento, empezaba a sentirme triste por la próxima ausencia de Sophia. Me empezaba a doler. Nos conocíamos casi ocho meses, la mitad del tiempo como alumna y la otra mitad en esas reuniones en las que nos fuimos acercando cada vez más. Ahora llegaría el verano para terminar con todo. Bajo cierto punto de vista, lo mejor que nos podía pasar sería terminar de una vez con esa historia sin mancha que habíamos resistido sin caer en la tentación. Yo había soportado verla de espaldas con una licra negra que le realzaba las nalgas y le marcaba la raya del culo, había soportado su complicidad, su inteligencia y su ternura. Había, sobre todo, soportado meterme en una historia que pondría en peligro mi matrimonio. Mientras más me involucraba, con más ímpetu resistía, como si quisiera probarme a mí mismo que a pesar de todo era capaz de mantener las cosas bajo control. Pero también era consciente de que los efectos del alejamiento serían difíciles de soportar y parecía inminente una próxima temporada de depresión. Pero todavía nos quedaban un par de semanas por delante, pensé que todo iba a mantenerse igual, me consideraba a salvo. Pero no calculé, o más bien no quise pensarlo como una posibilidad real, no quise considerarlo seriamente a pesar de que se veía venir, que sería ella quien iba a tomar la iniciativa.

Una tarde, cuando el semestre estaba por terminar, quizá para entibiar la tristeza del próximo final, llegué a la reunión con Sophia de buen ánimo, especialmente locuaz, y me puse a contarle anécdotas insignificantes de mi adolescencia en Lima. Tal vez buscaba inconscientemente bloquear cualquier posibilidad de que ella hablara, yo debía continuar discurseando sin parar hasta que el horario que nos habíamos impuesto llegara a su fin: era nuestra última reunión y no debía darle ninguna chance de decir nada, así que me la pasé hablando de los años noventa en Lima hasta que en un momento, mientras continuaba mi interminable charla, reconocí que, cada vez con más frecuencia, Sophia repetía un gesto que ya le había visto antes, varias veces, una especie de súplica marcada en la cara, como si dijera ya no más, por favor, acabemos con esto, pero yo continué como si no me diera cuenta de nada, quizá como un intento de convencerme a mí mismo de que todo estaba en orden, que faltaba poco tiempo y era imposible que algo cambiara, pronto llegaría el final del semestre, las vacaciones, nos despediríamos como siempre y no volveríamos a vernos nunca más. Eso es lo que tenía planificado, mi vida estaba en otra parte, con otra persona, no había ninguna duda de que las cosas tendrían que ser de esa manera. Pero hacia el final de la reunión, en un momento de silencio después de que terminé de contarle una de las viejas historias de mi adolescencia limeña, Sophia se puso seria y dijo:

—¿Puedo hacerte una pregunta?

Sentí que algo se me congeló por dentro. Sabía lo que iba a decir. Sabía que era inevitable, que siempre había sido inevitable y que ahora solo me quedaba afrontarlo. Así que le dije que sí, que me pregunte lo que quiera. Y ella dijo:

—Tú sabes lo que está ocurriendo aquí, ¿cierto?

—¿A qué te refieres? —le pregunté, sin perder la compostura, como intentando demostrar que no tenía la menor idea de qué estaba hablando.

Me di cuenta de que no era la respuesta que esperaba.

—A lo que pasa entre nosotros —dijo.

—No te entiendo —respondí, lo más distante que pude—. Hemos compartido lecturas, tenemos, o al menos teníamos, un proyecto intelectual juntos. ¿A eso te refieres?

Sophia pareció desconcertada. Por un momento pensé que se echaría a llorar. Pero se mantuvo firme, y siguió:

—Emilio —dijo, lento, en voz baja—. No hagas esto, por favor. No lo hagas. No tiene sentido.

—¿Qué no haga qué?

—Por favor —dijo Sophia—. Tú sabes de qué estoy hablando. No tienes que aparentar. No te va a pasar nada. No tengas miedo. No estamos haciendo nada malo.

—No me gusta esta conversación —le dije y me levanté, como preparándome para marcharme. Al ponerme de pie sentí un mareo, como si todo a mi alrededor se desdibujara.

—Emilio —repitió ella, tratando de mantener el control—. Estoy siendo lo más sincera posible. He estado esperando que tú dieras el primer paso. Pero ya se va a terminar el semestre y no sé si lo vas a hacer. No puedo esperar más.

—No tengo la menor idea de qué estás hablando —le dije—. Desde el primer día te dije explícitamente que esto era estrictamente profesional. Así lo ha sido. No hay nada más.

Hice el gesto de dar media vuelta para irme.

—No te vayas, por favor —dijo Sophia—. No te entiendo. Pero no te vayas, por favor.

—¿Qué quieres? —le pregunté, de pie.

—Quiero que estemos juntos —respondió ella, mirándome fijamente—. Quiero estar mucho tiempo contigo. Quiero estar siempre contigo.

—Estás loca —le dije—. No sabes lo que estás diciendo.

Tomé mi maletín, listo para largarme.

—Emilio —dijo ella y me miró fijamente—. Te quiero. Te quiero en serio. ¿Me entiendes? Te quiero en serio.

Hice un gesto de desagrado con las manos, y empecé a darme vuelta. Ella se puso de pie, como si ese gesto bastara para evitar que yo me marchara. Pero fue al contrario.

—Tú y yo no tenemos nada —le dije antes de irme, sintiendo que mis ojos brillaban de furia—. No tenemos absolutamente nada. Nunca tuvimos nada, nunca tendremos nada. ¿Me entiendes?

Vi la conmoción en su cara. Sophia no insistió, no dijo nada más. Se sentó en el mueble y bajó la cabeza. Y en ese momento, mirándola triste y desconcertada, padeciendo la imposibilidad de acercarme a abrazarla y decirle que yo también quería lo mismo que ella, decidí que mi única opción era alejarme a toda marcha. Crucé velozmente el pasillo, bajé a todo tren las escaleras, caminé por el lobby, pasé la puerta giratoria del hospital y salí al aire libre. Una ambulancia estaba estacionada en la puerta. Levanté la cabeza y observé el cielo claro de mediados de abril. Sentí que era el final. Sentí que estaba destrozado. Sentí que debía llegar a casa lo más pronto posible para meterme a la ducha y llorar impunemente debajo del agua antes de que Laura volviera a casa.

7

Esa misma noche, el día de nuestra última reunión en el hospital, triste, alterado, pero sobre todo incapaz de dejar las cosas en el punto en que habían quedado, le escribí a Sophia un breve email:

Perdóname si la conversación de hoy no fue como esperabas. Creo que tenemos que hablar sobre esto. Pronto.

Envié el mensaje y me puse a esperar. Siempre llegaba en pocos minutos, pero esta vez pasó una hora y no obtuve respuesta. Impaciencia, después leve angustia. Pasaron dos horas. Nada. Tres horas. Empecé a perder la calma y a culparme por mi cobardía. Era casi la una de la mañana. Si no me escribía en los siguientes veinte minutos, tendría que esperar por lo menos hasta la mañana siguiente. Estaba a punto de caer en desesperación cuando el email deseado asomó en mi bandeja de entrada. Leí:

Estoy de acuerdo. Debemos conversar.

Ni una palabra más. De inmediato le escribí para sugerirle vernos al día siguiente, a la misma hora, pero no en el hospital sino en un bar del centro de Filadelfia, el Fergie's; le di las indicaciones, calle Walnut, entre las cuadras 15 y 16, le pedí que me confirmara si le parecía bien y me quedé esperando su respuesta, esta vez en vano. Me pasé dos horas mirando el email y me fui a acostar pasadas las tres de la mañana, no dormí hasta las cinco, abrí los ojos a las siete, estiré el brazo, tomé el celular de la mesa de noche, miré mi bandeja de entrada, no había nada, tomé un Clonazepam y dormité una hora más, luego decidí levantarme, ir por un café, dar una vuelta por el parque, hacer tiempo, no tenía que enseñar hasta mediodía, no podría concentrarme en nada mientras Sophia no me respondiera, y mientras me cambiaba para salir hacia el café más cercano a pedir un *espresso* triple o cuádruple, sin importar que el exceso de cafeína me alterara los nervios, escuché la vibración del teléfono, me lancé sobre él para mirar y encontré que efectivamente Sophia había respondido, pero lo había hecho con una sola palabra, *okay*, que en ese momento no me pareció cómplice sino distante y me hizo dudar de si ella se presentaría a la cita. Nunca nos habíamos reunido fuera del campus: nos habíamos visto en clase, en la oficina, después en la biblioteca y finalmente en el hospital. Ahora, por primera vez, la citaba en el centro, al otro lado del río, lejos de la zona universitaria, y también por primera vez estaba inseguro sobre si ella iba a acudir al encuentro.

De todos modos fui por la doble dosis de cafeína, de todos modos di una vuelta por el parque, miraba pasear a los viejos y a chicas llevando perros de sus correas, y me entraron ganas de llorar. Sabía que debía tranquilizarme, un par de Clonazepam adicionales ayudaron a nivelarme, me daba cuenta de que poco a poco iba subiendo la frecuencia y la dosis, pero no me importaba, debía mantenerme alerta porque en unas horas debía enseñar una clase de noventa minutos, y en las clases siempre debía mantener la compostura, el sentido del humor, la energía, el entusiasmo, no quería que nada de eso cambiara, en cierto sentido aún me bastaba la mirada que existiera sobre mí para satisfacerme, pronto las cosas cambiarían, ya no me iba a bastar con la mentira, ya no iba a ser suficiente con la imagen que debía proyectar si no correspondía en absoluto con mi realidad, mucho más oscura, pero salí bien librado de la clase, mantuve la apariencia, luego almorcé algo ligero por el campus, no tenía hambre, dejé la ensalada a medias, fui a pasar el tiempo a la biblioteca, me la pasé mirando revistas de arte, incapaz de concentrarme en ningún artículo, y luego, a las tres y quince de la tarde, caminé hasta la entrada del metro, en Market y la calle 34, subí, indeciso, extraño, irreal, el tren se deslizó sigiloso bajo las calles de Filadelfia, iba casi vacío, en silencio, tres estaciones después bajé del vehículo, salí del andén, subí las escaleras sintiendo el peso de la irrealidad, salí a la calle, fui bajando lentamente hacia Walnut, decidí que solo la esperaría el tiempo que me tardase terminar un trago, pediría un vodka tonic y me marcharía después del último sorbo si Sophia no aparecía hasta entonces, así habría cumplido con mi parte, después todo se habría terminado y mejor así, llegué al cruce con Walnut, di vuelta a la izquierda, mirando a todos lados para asegurarme de que ningún conocido me reconociera dando vueltas por ahí, un único vodka tonic y a cada sorbo todo se iría un poco al carajo, pensé, si al finalizar mi bebida Sophia no aparecía todo habría terminado de la peor forma posible, un final de mierda para lo que habíamos construido, juntos nos habíamos acercado a un espacio superior, sentido muy cerca su ímpetu y su potencial, y después habíamos tenido la grandeza de dejar las cosas como estaban y largarnos cada uno por su lado. Toda esa historia estaba envuelta en una belleza que me emocionaba, a los treinta y cinco años ya no quedaban muchas cosas que me conmovieran, y era consciente de que mi experiencia con ella era una de las poquísimas excepciones que se me iban a presentar en el resto de mi vida. Pero todo eso podía quedar enterrado esa tarde si ella me dejaba plantado en el Fergie's, pensé mientras caminaba por Walnut, a la altura de la calle 17, a solo dos cuadras del bar, a cada paso más convencido de que Sophia no iba a llegar a la reunión, pero después de dar la vuelta a la esquina la misma evidencia me produjo alegría, que todo se vaya a la mierda de la peor manera posible, me tomaré el vodka tonic, me largaré, seguiré con mi vida y toda esta historia se irá para siempre a la mierda, pensé lleno de rabia cuando llegué al Fergie's, tomé la manija, abrí la puerta y, de pronto, cuando ya había olvidado que aún existía la posibilidad real de que ella acudiera a nuestro encuentro, encontré a Sophia dentro del bar, de pie al lado de una mesa, altísima y luminosa, y un súbito estallido de emoción me explotó por todo el cuerpo. Al reconocerme hizo un gesto de alivio o acaso de alegría. Y yo, sorprendido por su presencia, como si de golpe hubiera recuperado la fe en algo que creía perdido, sentí una exaltación de tal magnitud que me dieron ganas de acelerar el paso para acercarme a abrazarla. Pero controlé el impulso y avancé entre las mesas simulando dominio y tranquilidad mientras la contemplaba en todo su esplendor, me di cuenta de que fuera de nuestro contexto, lejos de la universidad, algo en su apariencia o en su postura, no un rasgo físico sino algo menos identificable, la hacían ver no como una chica que recién había cumplido veintiuno sino una mujer en toda su plenitud, lo que además del cariño, la ternura y el conmovido agradecimiento que me producía encontrarla en ese local, avivó en mí un deseo sexual desmedido, que rápidamente me di cuenta que era compartido por el grupo de sujetos que, los codos sobre la barra, vigilaban con una mezcla de arrechura y curiosidad a esa chica sola, sentada en una mesa, fuera de lugar en ese bar al que no parecía corresponder. Mientras me acercaba a ella disfruté imaginando que alguno de esos perdedores había calculado invitarle un trago o acercarse a hacerle conversación, quizá lo habrían intentado si yo me hubiera retrasado un par de minutos, pero al verme avanzando resuelto hacia Sophia todos se quedaron inmóviles, llenos de bronca, lo que me produjo una honda satisfacción, minimizada ante la inmensa gratitud que me invadía, gratitud hacia ella o hacia la vida o hacia el extraño engranaje de circunstancias que me habían impulsado hasta ese punto y ahora estaba por regalarme lo que en los siguientes minutos me iba a tocar vivir. Así que me acerqué a ella, tenso y conmovido, y le dije *hola*, en español, nada más que eso, *hola*, y después le sonreí como para indicarle que todo estaba bien, que no había de qué preocuparse, y ella me saludó con la misma palabra, *hola*, también en español, de pie al lado de la mesa, y después nos sentamos y nos quedamos observando, reconociendo, unos segundos sin decir nada, hasta que un mesero mexicano se acercó a nuestra mesa. Lo descubrí al instante como mexicano, no tenía que decir una palabra para ser identificado, lo saqué a golpe de vista mientras se acercaba con la carta y percibí el deseo con que miraba a Sophia y el odio contra mí, sin esforzarse por ocultarlo, no tenía idea hasta qué punto su arrechura y su resentimiento me masajeaban el ego, le seguí hablando a Sophia en español para que el mesero nos escuchara, le pregunté si quería una cerveza y ella dijo que sí, que una cerveza estaba bien, lo que incrementó mi deleite, no cualquier fracasado viene a este bar a hacerla con una chica de este calibre, y además hablándole en español, no simulando lo que no soy ni ubicándome en posición arribista ni subalterna sino sometiéndola a mis códigos, lo que funcionó exactamente como había previsto, quedó claro que el pobre sujeto habría lamido de un extremo a otro la sucia superficie del bar con tal de verle a Sophia al menos una teta, el placer de saberlo me hizo sentir considerablemente hijo de puta, que descubrí como una sensación sumamente placentera, qué deleite incomparable sentirte superior a un supuesto semejante, otro que también debe marcar *hispanic* en los formularios de migración. Y entonces, como si estuviera cobrándome una revancha, quién sabe contra qué, para terminar de rematarlo al mexicano le dije en español, con tono canchero: flaco, tráenos un par de Coronitas. Estuve a punto de guiñarle un ojo con aire de falsa complicidad, pero hubiera sido demasiado, no era necesario incrementar su odio hacia mí, tampoco quería que viniera con las dos botellas para reventármelas en la cabeza, bastante tenía que soportar el muchacho viéndome al lado de Sophia y sobre todo que le hubiera hablado, a él, al mexicano, en nuestra lengua materna, nada le jode más a un hispano que venga otro hispano y le hable en español sin conocerlo, sin haberlo escuchado hablar, solo porque basado en la pinta asumes su procedencia, si son meseros de chingana o dependientes de 7-Eleven te miran con furia asesina y te responden en inglés, no les importa si su acento es indecoroso, siempre contestan en inglés, los ojos fijos en los tuyos como si quisieran decirte *qué te pasa, culiao, me has visto cara de latino o qué*, lo que felizmente no ocurrió con el mexicano, quien siguió la escueta conversación en nuestra lengua y repitió: dos

Coronas, ¿algo más?, le respondí que no, que gracias, pero que por el momento estábamos bien con esas dos chelitas.

El mesero se alejó, disfruté su frustración casi tanto como la de la fila de arrechos que nos espiaban a través del espejo de la barra, donde tramitaban sus Miller o sus Budweiser mirando la repetición del partido de béisbol. Jódanse, gringos *losers*, pensé, mientras empecé a percibir algo en lo que hasta entonces no había reparado, que al salir de la cueva al lado de Sophia, al enfrentar por primera vez juntos el mundo real, capté lo que implicaba andar acompañado de una chica como ella, cómo los tipos te miran distinto y te odian porque saben que tú eres considerablemente más viejo y que la razón por la que ella anda contigo no es de ninguna manera económica, cualquiera se percata de inmediato que ella tiene mucho más plata que tú, lo que es combustible para su fracaso, los obliga a admitir que debes tener alguna onda o estilo que vuelven todo explicable, tienen que asumirlo aunque eso sea lo que más les jode, su máxima derrota, ya quisieran que fueras un viejo de mierda a quien la chiquilla estuviera simplemente exprimiéndole el bolsillo, pero no era el caso y todos en ese bar de mierda lo sabían, así que dichoso y complacido con Sophia a mi lado, disfruté el momento en silencio hasta que el mesero nos trajo las dos Coronas, que para mi tranquilidad destapó delante de nosotros, lo que descartaba gota de cianuro o sutil escupitajo, esperé que se alejara, luego miré a mi joven compañera y le dije:

—Ven, Sophia. Ven junto a mí.

Y ella sonrió, ladeó la cabeza, cierta timidez en la postura, intensidad y emoción, acercó su cuerpo al mío; y yo, adrenalina incontenible, la tomé por la cintura y la besé largo rato, mezcla de furia, ternura, arrepentimiento y deseo, en mi interior se desataban un cúmulo de sensaciones, unas antiguas y otras desconocidas, la espera, la ansiedad, el miedo, acaricié su espalda mientras ella también me besaba, y después de un par de minutos nos alejamos una distancia mínima, la necesaria para mirarnos a los ojos, al fin sin disimulo, al fin en su real expresión, y sin decir nada nos tomamos de la mano. Sentí alivio; sentí que ya había pasado lo peor. Que finalmente había quedado al descubierto lo que de todos modos iba a manifestarse, y que las cosas seguirían su curso como hasta entonces. Aliviado por esa certeza abracé fuerte a Sophia, sentí su cuerpo apretado contra el mío, cada segundo contenía la densidad de un tiempo que me pareció inabarcable, y después, al volver a la nimiedad del presente, un presente que no nos merecía, abril de 2012, martes por la tarde en un bar de Filadelfia, tomé otro sorbo de Corona y le dije a Sophia:

—Perdóname por lo que te dije ayer.

Sophia asintió y me miró, a la expectativa. Bebí un sorbo y le sonreí. Empecé a sentir una ligera tensión en el cuerpo, ese no era el camino a seguir, debía enmendar el rumbo si pretendía no terminar de lanzarme al precipicio.

—Quería pedirte que me disculpes por eso —continué—. Ayer no estuve bien. Por supuesto me doy cuenta de todo, como tú sabes, como lo hemos sabido siempre. Claro que lo sé.

Sophia me miró, esperando que continuara.

—Yo también te quiero, niña —le dije, incapaz de dejar de pronunciarlo al menos una vez—. Hace mucho tiempo. Por supuesto que te quiero.

Ella me apretó la mano. Pero yo me mantuve en silencio, desvié la mirada. Ella captó rápido que no era la mejor señal.

—¿Entonces? —preguntó.

—No lo sé —dije—. No sé qué va a pasar.

—No entiendo —dijo Sophia.

—Que sinceramente no sé qué va a pasar con nosotros —seguí—. Eso quiero decir.

—No lo sabes —repitió Sophia, desconcertada—. ¿Por qué?

—Porque es difícil. Porque las cosas son complicadas. Qué te puedo decir. Eres muy joven. Quizá no me vas a entender.

—No soy una niña —dijo.

—Ya lo sé —dije—. Pero eso no cambia nada. Eres todavía muy joven. Las cosas a veces son más complicadas de lo que uno cree cuando es joven.

—Complicadas —repitió—. No sé a qué te refieres.

—No lo sé. Yo te quiero, Sophia. Te quiero mucho. Pero no me obligues a decir más, por favor.

Ella pareció confundida.

—¿Decir qué?

—Por ejemplo, que yo sigo siendo profesor y tú alumna de la misma universidad. No está permitido.

—No —replicó ella, convencida—. Hace meses que no tenemos ninguna relación profesional. Tú sabes que esa no es una razón.

—Pronto será verano. Las vacaciones son largas. Tú te vas a Nueva York, yo me voy a Perú. Faltan cuatro meses hasta que comiencen otra vez las clases. Es demasiado tiempo. No sé qué puede pasar. Dejemos por ahora las cosas como están, por favor. No digamos nada más por ahora. Dejemos que el tiempo pase.

Ella me miró, sorprendida o decepcionada.

—No era lo que esperaba —dijo—. ¿Qué esperas que yo responda a eso?

—No sé.

Extendí mi brazo izquierdo, como para cobijarla dentro de él. Sophia se acercó. La abracé y le acaricié el pelo. Su cabeza estaba apoyada sobre mi hombro.

—Perdóname, por favor —le dije, bajando la voz—. Es culpa mía. Nunca debí permitir que esto ocurriera. Nunca debí seguir viéndote después de la clase del año pasado. Perdóname por eso. Es culpa mía. Lo asumo. Lo acepto. Perdóname, por favor. Pero no olvides que yo te quiero. No olvides que tú eres muy importante para mí. Dejemos que pase el tiempo. Dejemos que corra el verano. Pensemos qué es lo que realmente queremos hacer. No ahora, por favor.

La miré con tristeza, sus ojos desolados, como si intuyera que sería la última vez, y sentí que no podría continuar. Tomé mis cosas y me levanté. Extendí mis brazos hacia ella, Sophia hizo lo mismo, tomé sus manos, las acerqué a mis labios y besé con suavidad el reverso de su palma derecha. Después dejé unos billetes sobre la mesa y me levanté. Esta vez Sophia no hizo ningún gesto para retenerme. Sentí su mirada a mis espaldas, como esperando que en cualquier momento diera marcha atrás y volviera a acercarme. Pero no lo hice. No quise mirarla si esa iba a ser la última vez. Abrí la puerta del bar y pisé la calle. Era mediados de abril, el frío comenzaba a disminuir, había mucha luz y las cosas se mantenían en un suspenso agradable, como si todo estuviera dispuesto para el inicio de la primavera. Parecía que el tiempo de separación sería demasiado largo. Y sin embargo los meses se agolparon más rápido de lo previsto y de pronto habíamos vuelto a llegar a agosto, el momento en que retomamos nuestra relación con más fuerza y yo caí, esta vez de manera definitiva, en una espiral imparable que terminaría con la destrucción de todo lo que hasta entonces constituía mi vida. La mala racha se extendió pocos meses, pero fue lo bastante destructiva como para contener mi separación de Laura y el final de mi relación con Sophia. Ambas rupturas parecieron concluyentes hasta la noche en que tropecé con la imagen de mi antigua alumna y posterior amante en las noticias, y volé hasta Chiapas con intención de volver a verla, como si ese posible reencuentro pudiera inventarle un sentido al pasado o una justificación a la ruina. O como si, al borde de los cuarenta años, el posible reencuentro pudiera aún ofrecerme una posibilidad de futuro que en realidad mucho antes había sido para mí cancelado.

8

La misma noche en que visité la cárcel de Tuxtla Gutiérrez, después de estar dando vueltas por los bares del centro de San Cristóbal de las Casas, llamé por teléfono a Licho Best. Viernes, diez de la noche, la gente circulaba de un lado a otro por Real Guadalupe, Parque Central, Miguel Hidalgo, 20 de Noviembre, los turistas buscaban acción, los locales abarrotaban las calles con intención de venderles todo tipo de chucherías, entre las cuales destacaban múltiples *souvenirs* del Subcomandante Marcos, camisetas, pulseras, retratos, muñequitos de felpa, o quizá era mi predisposición a concentrarme en la parafernalia zapatista vuelta mercancía, tal vez había otro material y yo no le prestaba atención, asombrado por la manera en que se comerciaba con la figura del guerrillero, cuya imagen aparecía pintada en la mayoría de locales, a veces acompañada de alguna frase. Se usaban las más conocidas, de tanto repetirse me hacían dudar de su autenticidad, otras podían ser manipuladas o direc- tamente apócrifas: *"Para todos, todo. Nada para nosotros"*, tenía estampado en letras negras un café de Real Guadalupe en el que me detuve a comer un club sándwich al regresar de Tuxtla Gutiérrez; *"No los llamamos a soñar: los llamamos a despertar"*, en un bar al otro lado del Parque Central, donde empecé la noche con un etiqueta roja; *"Disculpe la molestia. Esta es una revolución"*, pintado en la pared de un bar convenientemente llamado Revolución, en la esquina de 20 de Noviembre y Primero de Marzo, donde tomé un par de mojitos en la barra, mientras miraba el flujo de clientes, grupos de doce o quince jubilados que venían de Suecia o Dinamarca en paquetes turísticos, paraban en el Revolución un rato, se tomaban una piña colada y muchas fotos en el interior del local, y después de haberse empapado lo suficiente de ese falso color local, después de haber sentido y registrado que estuvieron en el lugar de los hechos, obedecían la señal de su guía y salían en manada rumbo a la siguiente parada de ese viaje al final de la noche del exotismo bajo control.

Estaba a la mitad de mi segundo mojito en el Revolución cuando pensé que tenía tres alternativas: intentar acercarme a alguna chica, de preferencia una turista angloparlante con quien tomar unos tragos y ver qué ocurría; emborracharme tanto como me fuera posible sin poner en riesgo mi posterior capacidad para arrastrarme por mi cuenta hasta el hotel; o llamar a Licho Best. Después de unos cuantos sorbos, decidí que la última era la mejor opción. Ya conocía los efectos que me dejarían cualquiera de las otras dos alternativas: pasaría el sábado ansioso y alterado, sin ningún ánimo para hacer otra cosa que no fuera quedarme encerrado en mi hotel, mirando por la ventana y metiéndome tranquilizantes cada dos horas. Pero sobre todo decidí llamar a Licho Best porque necesitaba hablar sobre Sophia, mantenerla como núcleo del viaje, pensar en su caso, compartir información. Y como todavía faltaban tres días hasta el lunes, cuando al fin podría volver a Tuxtla Gutiérrez para intentar verla, animado por el tercer trago de la noche saqué mi celular y marqué el número que el enano había anotado en el papelito que me entregó por la mañana. Después de cuatro o cinco timbradas, cuando pensé que no iba a responder, escuché la voz del retaco al otro lado de la línea.

—Mande —dijo, distraído, como si lo hubiera interrumpido en medio de una conversación. De fondo se escuchaba un rumor de voces y carcajadas.

—Licho Best —lo saludé, de pronto animado por el alcohol y reconfortado por escuchar la voz de alguien conocido—. Soy Emilio. El de la mañana. En la cárcel.

—¿Emilio? —preguntó Best, como ganando tiempo para identificarme—. Claro, claro. Sí que fue rápido usted, ¿eh? —dijo, coqueto y amistoso.

—Un poco, sí.

—¿Dónde anda usted, Míster?

—En San Cristóbal.

—Ya lo sé, hombre —dijo Best—. Todos estamos en San Cristóbal. ¿O usted cree que voy a irme a vivir a Tuxtla? Seré corto, pero no de entendimiento —agregó Licho y lanzó una carcajada.

—Estoy en un bar del centro. ¿Dónde andas tú?

—Por aquí mismo. ¿Quiere que nos veamos? —preguntó, abreviando los pasos.

—Estoy en el Revolución. Si quieres pásate por aquí y te invito una copa —le dije.

—No, Míster, usted no ha entendido —aclaró Best—. Estoy ahora mismo en una charla muy importante. Importantísima, no sabe usted. Los fines de semana por la noche son los mejores días para trabajar. Todo el mundo sale y todo el mundo habla. No tiene idea de lo que en estas circunstancias puede conseguirse. Sobre todo porque a esta gente le gusta mucho la bebida. Por eso yo casi nunca tomo alcohol. Pero si usted me invita una copa con tanta gentileza, cómo podría yo negarme.

—De acuerdo —le dije—. Termina tu reunión con calma y te espero por acá. Es temprano. Todavía me voy a tomar un trago más.

—No, Míster, usted no me ha entendido —volvió a contradecirme—. Usted se viene para acá ahora mismo y me invita ese trago. Aquí.

—¿Dónde estás?

—Bar Tierradentro —dijo—. ¿Quiere la dirección?

—No es necesario. Yo la puedo buscar.

—Bien. Del Revolución aquí no se tarda más de diez minutos, si viene derecho y no se deja distraer en el camino.

—Déjame terminar mi mojito con calma, Best —le dije, de pronto sintiéndome en confianza—. En un rato salgo para allá.

—No se demore, Míster —señaló—. El tiempo de la revolución es siempre breve. Como yo —dijo, soltó una carcajada y colgó sin despedirse.

Guardé mi celular, de pronto resuelto y entusiasmado. Sentí que estaba en un viaje de placer a una tierra remota y enigmática, a punto de aventurarme en la magia nocturna de la ciudad. Podía presentir el calor de los cuerpos moviéndose por las calles y la sensación era agradable. Bebí dos sorbos del mojito mientras buscaba en el celular la ruta para trasladarme al Tierradentro, pagué la cuenta y salí a la calle. Caminé por Primero de Marzo, compré una caja de Marlboro, en lugar de seguir el camino corto di un rodeo para darme tiempo a fumarme un par de cigarros y dejarme contagiar por la efervescencia que inundaba las calles, todo era sonido y color, la música estallaba dentro de los locales, crucé la Plaza de la Paz, que estaba llena de vendedores ambulantes y músicos callejeros y mendigos, a su lado cruzaban turistas jóvenes y viejos hippies que parecían establecidos en la ciudad. Crucé la avenida para alejarme de la plaza, levemente afectado por el alcohol, la sensación era agradable, me gustaba sentirme flotando en medio de la ciudad desconocida, siempre es placentero moverse donde nadie te conoce, por un momento había olvidado a Sophia, caminaba como si fuera a encontrarme con un viejo amigo con quien compartir una noche de desenfreno, subí por Miguel Hidalgo, que estaba repleto de bares, esquivé los cuerpos que se movían por las calles, los niños que pedían dinero, miré los grupos de gente que bebían en las terrazas, la mayoría eran extranjeros, se escuchaban voces en distintas lenguas, reconocí una buena cantidad de argentinos y españoles, por momentos me entraban ganas de unirme a un grupo y quedarme charlando con ellos, pero tenía una cita con Licho Best, no tenía muy claro cuál era mi objetivo ni de qué manera me había dejado involucrar, pero no me importaba, tampoco esperaba nada de él, aspiré el humo de mi cigarro, di la vuelta por Cuauhtémoc, después subí por Insurgentes y enrumbé hacia el local que me había indicado Best. Reconocí la entrada del local, un trío de fumadores estaban parados en la puerta, el ambiente animado, las mesas del Tierradentro grandes y redondas, dentro de un patio techado, Bob Marley cantaba en los parlantes, la música sonaba a volumen moderado, calentaba la atmósfera pero dejaba conversar sin necesidad de recurrir a los gritos, los meseros se movían animados de un lado a otro cargando botellas de vino, cócteles, platos cubiertos por un recipiente de metal.

Me detuve en la puerta, observé que hacia mi lado derecho, su diminuto tamaño oculto detrás de una mesa, Licho Best me hacía un gesto amistoso con la mano. Avancé entre los cuerpos que circulaban por el local y llegué a la mesa de Best, que estaba acompañado de un robusto cincuentón de barba descuidada. Los saludé a los dos de buen ánimo, les dije mi nombre, les extendí la mano y, como estaban uno frente a otro, me senté en el medio, completando un triángulo y dispuesto a pasarla bien. Llamé a uno de los meseros con la mano y, mientras revisaba la carta, escuché que el gordo de barba, con voz gruesa, de antiguo bebedor, le reclamaba a Licho:

—Esto es un abuso, Best —le dijo, moviendo las manos. Delante de él tenía una botella de cerveza—. Tantos años que nos conocemos y mira con lo que me vienes. Déjame decirte que lo que estás haciendo es un crimen.

—No puedo hacer nada más, Ramiro —replicó el enano, con un tono conciliador que pretendía ocultar que mantenía el dominio de la situación—. La gente tiene que cobrar lo suyo. Ya sabes que el trabajo será bien hecho y tenemos que aprovechar el momento. Si lo arreglamos ahora, mañana mismo empiezo a mover a la gente y armamos todo para el martes o miércoles. Después puede ser muy tarde.

—Medio millón de pesos, güey —dijo el otro, haciendo un gesto de hastío con las manos—. ¿De dónde voy a sacar medio millón de pesos? No me hagas pendejo, Best.

—¿Sabes lo que significa monopolio, Ramiro? —preguntó Licho. Sus ojos brillaban de excitación—. Qué más quisiera yo que hacer todo esto gratis para ti. Por la amistad y por la estima que te tengo. Qué más quisiera que todo esto estuviera en mis manos. Lo haría gratis por ti —agregó Best, alzando sus minúsculas manos, las palmas hacia arriba, como si quisiera mostrarle que estaban limpias, que no tenía nada que ocultar.

—No me tomes por pendejo, Best —repitió el barbón, el cuerpo tenso—. Eres una alimaña. Lo sabes. Una rata de cloaca, Best. Eso eres.

—Ramiro, yo sé que medio millón de pesos parece mucho dinero, pero si lo piensas bien es barato. Será la única acción del Ezeta en meses. Es una oportunidad perfecta. Y he escuchado que manejan otras ofertas. No creas que somos los únicos interesados.

El tipo resopló y miró hacia el techo, la cerveza en la mano. Después bajó los ojos, me miró y se dirigió directamente a mí:

—¿Tú qué piensas de todo esto? —me preguntó.

—Lo siento, pero no tengo la menor idea de lo que están hablando —dije, empezando a saborear mi huracán, coctel que por primera vez bebía. Sentí la mezcla del ron, naranja, hielo, maracuyá, amargo de angostura, todo junto, mezclado en perfecta combinación, y me sentí en la gloria. Pero el barbón volvió a la carga:

—¿No eres amigo suyo? ¿No estás también tú metido en esto?

—Lo siento, pero no —le dije, tranquilo y relajado. Me daba gusto ver a ese hombre al borde de la desesperación—. Ni somos amigos ni sé de qué hablan. Para serle sincero, tampoco me interesa. Estoy de paso por San Cristóbal y solo he venido a tomarme un par de tragos.

Ramiro hizo un gesto de disgusto y procedió a llevarse la botella de cerveza a los labios. Quizá masculló un insulto entre dientes.

—¿Tienes hambre, Ramiro? —le preguntó Licho—. Vamos a comer algo para que te relajes. No te preocupes por la cuenta. Hoy paga él —dijo y me señaló a mí.

Yo sonreí y dije que por ser el primer día no había ningún problema. Best chasqueó los dedos, con un gesto un poco ridículo, para llamar al mozo. Le pidió que nos traiga una fuente de embutidos y queso.

—Te iba a invitar un trago —le dije a Best.

—Invítaselo a Ramiro. Yo prefiero no beber cuando estoy trabajando.

—Cuando estás estafando, querrás decir —apuntó el cincuentón, derrotado. Su voz transmitía menos violencia que desamparo. La escena me pareció divertida: la corpulencia de aquel hombre, su aspecto de camionero antiguo contrastaba con su desolación. Mientras que, al otro lado, el minúsculo Licho Best, era dueño absoluto de la situación.

—Ramiro —le dijo Best y extendió su manecita sobre la mesa, la palma hacia arriba, como si quisiera entrar en confianza—. Tú sabes que no te estoy estafando. Al contrario, me estoy jugando el pellejo por ti. Quinientos mil pesitos. No es nada en comparación a lo que puedes ganar.

—¿Me cuentan de qué están hablando? —pregunté.

—De la gringa que agarraron con los zapatistas —dijo Ramiro, sin mirarme.

Sentí un sobresalto.

—¿Qué? —pregunté.

—Que este enano es un proxeneta lleno de contactos y estamos negociando el precio para que me deje pasar un fin de semana con ella —apuntó Ramiro, su botella de cerveza en la mano—. Quiero llevármela a una finca que tengo por Ixtapa. En una noche le parto el bizcocho en doce tajadas.

—No le haga caso, Míster —dijo Best—. Ramiro está un poco alterado. Pero ya verá que con los embutidos se le pasa. Hay gente a la que el colesterol le cae bien.

—Colesterol tendrá tu hermana —dijo el cincuentón—. Quinientos mil pesos. Eres un ladrón, Best.

El retaco se permitió una sonrisa triunfante, como si supiera que ya había ganado la negociación.

—Ponemos doscientos cincuenta zapatistas por todas las salidas de Tuxtla, todos con su pasamontañas, y les bloqueamos la carretera cuatro días —dijo, rebosante—. Nadie podrá venir desde Tuxtla a menos que manden a los militares. Pero no lo van a hacer. Sabes que es imposible. El gobierno no se mete con el Ezeta. Al menos no abiertamente.

—¿Bloqueo de carreteras? —pregunté, de pronto interesado—. ¿Y cuál es el objetivo, si se puede saber?

—Después te cuento —dijo Best, sin darme importancia.

—Qué putos habían resultado los revolucionarios —Ramiro alzó la voz—. El EZLN terminó convertido en una empresa de seguridad. ¿Esa era su revolución? ¿Para eso armaron tanto desmadre? Deberían sacar de los bares tanto recuerdito del pinche Marcos ahora mismo. Al final solo sirvió para que se llenaran los bolsillos.

—No seas injusto con este pueblo guerrero, Ramiro, que te puede caer una maldición —le dijo Best, sus ojillos traviesos moviéndose en todas direcciones—. La maldición maya no puede tomarse a la broma. Recuperarte te puede costar más de medio millón de pesos.

—Que se vaya al carajo la maldición maya —exclamó el gordo, y siguió bebiendo.

—Mide tus palabras, Ramiro —dijo Best en voz baja—. Te lo digo como amigos que somos. La gente del Ezeta está por todos lados.

—No lo dudo —dijo Ramiro—. Con todo lo que ganan con su revolución de mierda, se la deben pasar a toda madre.

Licho estiró el brazo, la puso sobre el hombro del cincuentón, y le dijo:

—Con calma, Ramiro, que todo está en mis manos. Sabes que nunca te he fallado.

El mozo trajo la fuente con los embutidos y el queso. Probé un jamón serrano, que me pareció bastante decente. Después volví a darle sorbos a mi huracán y decidí intervenir para captar mejor lo que estaba sucediendo.

—Medio millón de pesos —dije—. ¿Cuánto es eso en dólares?

—Un chingo —respondió Ramiro.

—¿Cuánto exactamente? —insistí.

—Saca tu calculadora y haz las matemáticas —respondió Ramiro.

—Dígame el tipo de cambio y lo hago ahora mismo —respondí. Saqué mi celular, lo puse frente a mí y lo quedé mirando.

—No te quieras pasar de listo —dijo Ramiro—. Bastante tengo con este enano hijo de poca madre.

—Cómo te gusta maltratar las negociaciones, Ramiro —apuntó Best—. Ya sabes que yo sigo los preceptos zapatistas: "todo para todos, nada para mí".

—¿Nada para ti? —repitió Ramiro, rascándose la barba—. No tienes moral, Best. Con esa lana que te vas a levantar me vas a dejar el negocio como palo de gallinero.

—Piénsalo bien: en tres días casi todo estará desabastecido. Si te mueves a partir de mañana y traes el material desde el lunes, vas a ser dueño de toda la producción por cuatro o cinco días. Tú eliges a cuánto vender: los turistas igual van a comprar —dijo Best bajando la voz, y después le guiñó el ojo.

Ramiro pareció confundido. Su camisa estaba húmeda por el sudor. Sin saber qué decir, se volvió otra vez hacia mí.

—¿Y tú de dónde eres, carnal? —me preguntó—. Te adelanto que si has venido a asociarte con esta ardilla, vas a terminar mal. Te lo digo desde ahora.

—No tengo ninguna relación profesional con Best —repetí—. Y soy peruano, ya que lo pregunta.

—Peruano —repitió Ramiro, intrigado—. ¿Estafan mucho también en Perú? ¿Mucha competencia también por allá?

—Supongo que sí —respondí—. Pero no lo sé. Vivo en Estados Unidos hace más de diez años.

—Pinche alienado —dijo Ramiro—. ¿Qué haces allá en California? No te imagino en construcción ni en Burger King…

—Soy profesor universitario. Enseño arte contemporáneo. Y no en California, sino en Filadelfia.

—Lo único que faltaba: un pinche intelectual —dijo Ramiro con desdén—. Best, tú sí que buscas socios de toda calaña. No me digas que ahora también vas a robarle a la cultura. ¿Qué vas a hacer? ¿Birlarte los murales de Diego Rivera?

—Espera —interrumpió Best, sacando su cuenta más rápido que el otro—. ¿Dijo usted Filadelfia?

—Filadelfia, sí.

—¿Dijo usted profesor de arte?

—Así es.

A Best le brillaron los ojos. Sentí su excitación. Sus manitos parecían un par de garras a punto de arrancarme la billetera de un zarpazo.

—Míster, todo me indica que usted fue profesor de la señorita Atherton —disparó.

—¿De la gringa del Ezeta? —preguntó Ramiro.

—Sí —respondí—. Ella fue mi alumna hace unos años.

Ramiro pareció interesado.

—¿Le dabas clases y también te la culeabas, cabrón? —preguntó y soltó una carcajada, como recuperando por un momento el buen ánimo—. Para eso sirve la educación en este país: para chingarse a las alumnas.

—Eso fue en Estados Unidos. Y no me la chingué, maestro. No tuve con ella nada más que una relación profesional.

Ramiro hizo un gesto de fastidio.

—En todos lados la misma pendejada —dijo—. Volverse profesor es más indigno que meterse de cura. Qué mundo de mierda el que tenemos.

—Mundo de mierda, sí —concedí. Y luego, para cambiarle la dirección, agregué:— Por eso los zapatistas quisieron cambiarlo.

—¿Cambiar? ¿Qué mierda ha cambiado aquí? El Ezeta solo ha servido para que los revolucionarios se llenen los bolsillos y para que esta ciudad se llene de turistas. Se establecen aquí, ponen sus negocios, se llevan todo. ¿Te das cuenta? Los turistas tienen más habilidad para los negocios. Todos vienen a poner su bar o restaurante. ¿De dónde es el dueño de este local?

—Canadiense —dijo Best.

—Puta madre —exclamó Ramiro—. Lo hemos perdido todo. El turismo está en manos de extranjeros. En el mejor de los casos, de chilangos. Nada para la gente de acá. ¿Qué más ha cambiado, a ver si me cuenta usted, profesor?

—Siento no poder ayudarlo con eso —le dije, saboreando los últimos sorbos de mi huracán. Los hielos tintineaban en el fondo del vaso—. No estoy muy al tanto de lo ocurrido en los últimos años.

—¿No está al tanto, pero defiende esta revolución de mierda?

—No puede negar que los reclamos iniciales eran justos —le dije—. Quizá usted, Ramiro, nunca ha sufrido discriminación ni ha sido explotado. Pero esa no era la realidad de los pueblos originarios de Chiapas.

—Best, dile a este güey que no me venga a sermonear sobre Chiapas que se arma aquí un desmadre —dijo Ramiro. Alzó la mano para llamar al mesero y pedirle otra botella de cerveza.

—Ningún sermón —le dije—. Usted mismo acaba de decir que este es un mundo de mierda. Pues sí, lo es. Los zapatistas quisieron cambiar eso, al menos en su territorio. Eso es importante. ¿No se da cuenta?

—Me doy cuenta de que me quieres vender pendejadas.

—La experiencia del EZLN es única —le dije—. No tomar el poder, sino conseguir libertad, autonomía, decisión sobre sus territorios. Un completo cambio de paradigma respecto de las típicas revoluciones del siglo pasado. ¿Le parece poco?

—¿Y tú dónde estabas, carnal? —preguntó Ramiro—. ¿Viniste en el 94 a agarrar el fusil con Marcos? ¿Te agarraste a tiros con los milicos?

—¿Es indispensable haber venido en el 94 para defender intelectualmente esas ideas?

—Defender *intelectualmente* —se rio el barbón—. ¿Qué mierda significa eso? Si crees en algo, vienes y peleas.

—No hubiera imaginado que usted era tan religioso —le dije—. Tiene toda la pinta de ateo. Más preciso: de pecador.

—¿Qué tiene que ver la religión? —replicó, fastidiado, el gordo—. No me cambies el rollo...

—No lo cambio —seguí—. Voy a decirle algo: si a usted le incomodan los extranjeros que apoyan al zapatismo, yo estoy hasta las pelotas de la gente que desprecia a quienes creemos en unas ideas que no hemos practicado. Le pregunto: ¿para qué me necesitaba el EZLN aquí lanzando tiros? ¿Qué cambiaba? —Si crees en algo, vienes y peleas. Lo demás son pendejadas. —Esa es la vieja descalificación contra los intelectuales. Es un desprecio por las ideas —dije, y mi discurso de pronto me sonó desgastado, como si lo repitiera de memoria, desde otra época, cuando creía en él. Pero eso no me detuvo—: Todos queremos cambiar lo que anda mal en este sistema y apoyamos lo que creemos. Eso no significa que todos tengamos que ir al frente de batalla y ponernos en primera línea de combate. —Eso se llama falta de huevos. ¿Qué más hiciste por el Ezeta? ¿Escribiste libros? —dijo Ramiro y se rio a carcajadas.

—Hubiera querido hacerlo —señalé tranquilamente y me llevé un trozo de queso a la boca, animado por la conversación, que entraba en un terreno que me resultaba cómodo—. Si yo fuera capaz de plantear desde los libros nuevas formas de pensar la política, lo habría hecho encantado. Lo que quiero decirle, mi estimado, es que no todos tienen que venir a pelear. Eso es puro cristianismo barato: la idea de que tienes que predicar con el ejemplo. La idea de que tienes que sacrificarte. Yo me pregunto: si alguien tiene la capacidad de producir ideas nuevas, radicalmente nuevas, ideas que en el futuro puedan ayudar a cambiar las cosas, ¿qué se gana mandándolo al sacrificio antes de tiempo? ¿Para qué empujarlo al matadero cuando hubiese podido aportar mucho más desde otro plano? Religiosidad pura, Ramiro, todo muy conservador: creer que todos sirven para lo mismo y que si no se predica con el ejemplo no vale nada.

—Ya ves, Ramiro —dijo Best—. Mejor no te metas en ese terreno y sigamos negociando lo nuestro.

—¿Para eso me has traído a este intelectual? —dijo el cincuentón, fastidiado—. ¿Para que me venga a sacar de onda y después te firme un papelito?

—Ninguna sacada de onda —dije—. Recuerde la Revolución Cubana: con pocos hombres se tumbaron a un gobierno. Fidel era inteligente. Se dio cuenta de que el Che Guevara valía mucho más vivo que muerto. Y por eso cuando vio que el Che, a quien sí le gustaba predicar con el ejemplo, se ponía en primera fila cuando se agarraban a tiros con los militares, Fidel le prohibió seguir haciéndolo. ¿Para qué ponerse en riesgo? ¿Para demostrar que era valiente? Eso es una tontería. Dirigiendo a su gente valía más. ¿Para qué morir? ¿Porque se supone que uno debe entregar la vida por lo que cree?

—¿De dónde sacaste a este muchacho? —le preguntó Ramiro a Best—. ¿Te fuiste a los yunaites a buscarte un gánster intelectual? Te estás refinando, cabrón.

—Siempre he sido refinado —dijo Best—. No me quites ese mérito, Ramiro.

Nos quedamos un momento en silencio, terminando la fuente de embutidos. Le di los últimos sorbos a mi segundo huracán, pedí la cuenta y dije que tenía que marcharme.

—Si no le molesta, Míster, quisiera que nos vayamos juntos —dijo Best—. Que Ramiro consulte con su almohada y ya mañana me las arreglo con él. Creo que le aceptaré esa copa que usted gentilmente me ofreció.

El mesero trajo la cuenta, pagué en efectivo, le di la mano a Ramiro y me puse de pie. Licho me imitó. Salimos juntos del Tierradentro. Ramiro se quedó sentado, con su botella de cerveza. Best y yo pisamos la calle Real Guadalupe. Todavía no era medianoche, los grupos seguían moviéndose animados por la calle. Prendí un cigarro, le ofrecí uno al enano, me dijo que no fumaba.

—Vamos a dar una vuelta por ahí —agregó—. ¿Ya has tomado pox?

—Todavía.

—Vamos por un par de *shots* al bar de un amigo español y después a dormir —dijo—. Es la bebida típica de Chiapas. Bebida maya por excelencia. Un elíxir. Tiene propiedades terapéuticas y convoca a la fertilidad. Así que brindaremos para que la nuestra sea una relación fértil.

Caminamos unos metros en silencio.

—Linda noche, ¿eh? —siguió Best—. Todo compensa el sacrificio porque mi trabajo me encanta, lo disfruto como usted no tiene ni idea. Pero también, pa' qué voy a mentirle, es complicado. Uno tiene que andarse peleando con gente desagradable como ese gordo. Y yo que todo lo hago por su propio bien. Pero no hablemos de eso ahora. Más bien cuénteme de su relación con la señorita Atherton.

—Espera —lo corté—. Quiero que la llames Sophia. No me gusta eso de señorita Atherton. Y a mí, prefiero que me hables de tú.

—Como usted quiera —respondió Best, mirándome de reojo en las oscuras calles del centro de San Cristóbal. Seguimos caminando una cuadra más y llegamos a la puerta del bar. En la entrada decía simplemente "Pox". Entramos uno al lado del otro, la mesera, española, saludó a Licho con entusiasmo. Le dio un beso en cada mejilla.

—Coño, Best, que has venido guapo hoy.

—Me vestí así para ti —replicó el enano.

Nos sentamos en una pequeña barra.

—Tráenos cuatro *shots* variados —le pidió Best a la mesera—. Lo que te parezca más conveniente para brindar con mi amigo.

Licho me señaló, yo saludé a la mesera, que también se acercó a plantarme dos besos, y dijo que elegiría los mejores. Al rato volvió con las cuatro copitas.

—Dos para cada uno y después nos vamos —dijo Best—. Mañana tengo que trabajar temprano.

Alzó la primera copa, yo lo imité, las golpeamos una contra la otra, y Best dijo:

—Salud por la fertilidad. Y para que usted tenga una buena estadía en esta tierra. Yo estoy para servirlo.

Después me volvió a preguntar por Sophia. Le dije que había sido mi alumna, pero hacía años que no sabía nada de ella. Si estaba en Chiapas era por una casualidad: andaba por el DF de visita cuando estalló el caso, le dije, y decidí venir. Aproveché para conocer Chiapas, nunca había estado por acá. Y de pasada intentar volver a verla.

—¿Entonces no es que tengas gran interés en su caso? —preguntó.

—Lo normal —mentí—. La conocí. Fue una de las mejores alumnas que he tenido en mi vida. Me preocupa su situación en cuanto tal. Pero nada más. Nada personal. No es el caso de mi vida.

—Ya veo —dijo Best, desconfiado. Observé sus ojillos astutos tratando de interpretarme. Y entonces añadió—: Felizmente que Sophia no está sola en estos momentos tan difíciles. Imagínese: venir aquí, caer presa y estar sola. Sería difícil para ella, ¿no cree?

Recibí el golpe.

—¿No está sola? —pregunté—. ¿A qué te refieres?

Best, satisfecho por haber captado mi interés, procedió a terminar su primera copita de pox antes de responder. De inmediato aferró la segunda, yo lo imité.

—Hay gente que se preocupa por ella —disparó.

—Gente —repetí—. ¿Quién?

—Para no estar interesado, ya veo que es usted muy curioso.

—Sí. Simple curiosidad.

—Ya veo.

—¿Quiénes, Best?

—Mucha gente. Sus padres, por ejemplo —dijo y me quedó mirando, como para calcular mi reacción.

—¿Los padres de Sophia están aquí? —pregunté.

—¿No lo sabía, Míster?

—No sé nada de ella hace mucho tiempo. ¿Por qué tendría que saberlo?

—¿No tiene contacto con ellos?

—Ninguno —respondí—. Ni siquiera los conozco.

—Vaya, eso es interesante.

—¿Por qué? Ella solo fue mi alumna. ¿Por qué tendría que haber conocido a sus padres?

—Por nada —dijo—. Solo se me ocurrió. Tonterías mías. A veces tengo mucha imaginación. No me haga usted caso.

—¿Pero están acá?

—El padre —dijo Best, y bebió su segunda copa—. Un señor muy distinguido, como debe usted saber. Una persona muy generosa, además.

—¿Lo conociste?

—¿Usted qué cree, *profesor?* —me preguntó con cierta ironía al pronunciar la última palabra. Era la primera vez que me llamaba así. Pensé que esa nueva denominación tenía significado, no sabía cuál. Bebimos la segunda copa en silencio. Licho le pidió a la chica la cuenta, me la pasó sin decir nada. Dejé unos billetes, me puse de pie cuando el enano dijo que era momento de marcharnos.

—Ya hablaremos otro día —apuntó, solemne—. Tengo otros asuntos por resolver, empezando por el gordo Ramiro. También es probable que vea al padre de Sophia.

—¿Cuándo? ¿A qué hora?

—No lo sé —contestó Best—. Dijo que me llamaría mañana temprano. Y hasta ahora siempre ha sido puntual. Mr. Atherton está al corriente de que Sophia y yo fuimos amigos. Por eso sabe que estoy sinceramente preocupado por su situación.

—Espera —le dije, alarmado—. ¿Conociste a Sophia?

—Profesor —dijo Best con ceremonia—. Estamos en San Cristóbal de las Casas. Nadie pisa esta pinche ciudad sin que Licho Best se entere.

No le dije nada. No pude reaccionar. Vi que el enano me extendió su minúscula mano derecha, la apretó firme contra la mía, y desapareció ágil por Real Guadalupe en medio de la noche.

9

Y sin embargo ese verano, durante los meses de vacaciones que siguieron a nuestro encuentro en el Fergie's, intercambié con Sophia unos cuantos emails desde Lima. Al inicio dubitativos, sin propósito determinado, como si ninguno intuyera el rumbo que iban a tomar las cosas, le escribía como si todo lo relacionado a ella estuviera desvinculado del resto de mi vida, ajeno a mi matrimonio con Laura, mis clases en la universidad, mis lecturas académicas, como si mi experiencia con ella estuviese desmembrada de todo eso y no pudiera ocasionar ningún efecto en el otro segmento, mucho más grande, que constituía lo que entonces todavía consideraba mi vida *real*. Tal vez por esa engañosa impresión de invulnerabilidad, en uno de los emails que le envié desde Lima, le dije que quería volver a verla apenas se reiniciaran las clases. Y por eso, un par de meses más tarde, cuando estábamos todos de vuelta en Filadelfia, Laura y yo desde Lima, Sophia desde Nueva York, la barrera que creía haber impuesto entre los dos segmentos de mi vida bloqueó toda sensación de peligro la tarde en que finalmente me reencontré con Sophia.

Fines de agosto, el año académico se había iniciado un día antes; llegué al Fergie's quince minutos temprano, como para templar el ánimo con un *old fashioned* mientras esperaba, y me ubiqué en una mesa frente a la puerta. No había pisado ese bar desde fines de abril, cuando me despedí de Sophia antes de las vacaciones, pero nada parecía haber cambiado con excepción de que el mesero mexicano no andaba por ninguna parte. Ahora atendían las mesas cuatro chicas, dos blancas y dos negras. Una de las negras, rasgos finos, culo redondeado, sin duda la más atractiva de las cuatro, se acercó a mi mesa para entregarme la carta, le pedí mi *old fashioned*, bebí un par de sorbos, observé los alrededores, los mismos gringos *losers* de la vez anterior tramitando su cerveza barata, el monótono ruido del televisor en un partido de básquet, las meseras se movían sin especial energía, todo como en cámara lenta, sueño, parsimonia, letargo, hasta que a las cuatro en punto se abrió la puerta del Fergie's, un chorro de luz se precipitó al interior del local y en medio de esa radiación emergió Sophia, vestido melón con diseño de figuras geométricas, las piernas visibles debajo de las rodillas. Me reconoció sentado a diez metros de ella, *old fashioned* en la mesa, ramalazo de excitación en el cuerpo, instinto inmediato de arrancarle ese vestido ahí mismo, pero también de abrazarla, apretarla fuerte contra mi cuerpo, sentir que estaba ahí, conmigo, a pesar del tiempo y todo lo que hasta ese momento había ocurrido. Pensé que la mesura ya no tenía sentido, al verla avanzando hacia mí, encantadora, sonriente, relajada, como si todo estuviera bien, como si no tuviéramos ningún problema, decidí que me jugaría lo que fuera necesario por continuar la historia con esa chica, me puse de pie para saludarla, la abracé y le di un beso, largo, antes de pronunciar la primera palabra. Ella se dejó besar, sorprendida por mi reacción, y después nos ubicamos en una mesa del fondo del local, detrás de una pared, en una pequeña sala desde la cual la entrada y el ambiente principal quedaban convenientemente invisibles.

Ese espacio fue nuestro rincón clandestino las siguientes dos semanas, siempre martes a las cuatro de la tarde, tres reuniones en el Fergie's donde el deseo contenido rápidamente se comenzó a desbordar, la segunda semana pasé la mano por encima de su vestido mientras la besaba, y después le metí la mano por debajo del vestido y suavemente le acaricié con las yemas de los dedos la superficie de las tetas. Sentí el corazón de Sophia latiendo bajo su pecho, la seguí acariciando y percibí que su respiración se entrecortó. Aproveché para deslizar la mano por debajo del sostén, reconocí con mis dedos su pezón izquierdo mientras le besaba el cuello, mi lengua cruzó el espacio debajo de sus orejas, indiferente al obvio papelón que significaba un tipo de treinta y seis años con comportamiento adolescente, metiéndole mano en un rincón de un bar a una chica a la que ni siquiera se ha tirado; no me importaba demostrar madurez ni experiencia, madurez en realidad nunca he tenido mucha y la experiencia a veces no sirve para nada. Pero tampoco quería perder el control del todo, así que cuando los avances se tornaban incontenibles me levantaba de mi ubicación a la derecha de Sophia, y me iba a sentar al frente, al otro lado de la mesa, con mi *old fashioned* o vodka tonic y continuábamos nuestra desenfrenada conversación quince o veinte minutos, antes de volver a colocarme a su lado, incapaz de mirarla y no tocarla, la ajustaba contra mi cuerpo, hundía mi cara entre su cuello, aspiraba el aroma de su piel y de su pelo, en la segunda reunión le acaricié los muslos, pronto iba a desaparecer el sol de la primavera, debía aprovechar la estación para meter la mano debajo de uno de sus bonitos vestidos, pronto caería el otoño y por culpa del frío esa posibilidad quedaría cancelada, deslicé las manos por debajo del vestido, le acaricié la cintura, Sophia se rio, levantó la cabeza y miró hacia el techo del bar, pareció a punto de lanzar un gemido, y como estábamos sentados en una de esas macizas bancas de madera para dos o tres personas típicas en tabernas de ese tipo, ocultos en la parte posterior del bar, me acuclillé delante de ella, el sexo endurecido debajo del pantalón, cerca de su abdomen, me agaché haciendo una maniobra y empecé a acariciarle la pierna con mi mano derecha, la izquierda palpándole la cintura, Sophia dejó que deslizara las manos por sus muslos, cada vez más arriba, los dedos como suaves tenazas recorrían su piel centímetro a centímetro, yo empezaba a jadear, la sangre circulaba debajo de mi vientre, subí la mano más y más y ella tiró otra vez la cabeza hacia atrás, excitada, y así subí hasta la ingle y de golpe le toqué el calzón, y cuando sentí el suave algodón que le protegía la vulva sentí que arañaba la gloria, que podía morirme en ese momento y lo aceptaría con satisfacción y dignidad, podía darme por bien servido a pesar de que apenas me faltaban un par de centímetros para elevar el deleite a un nivel superior, en ese momento todas las expectativas que había planificado para mi vida, si acaso las tenía, si es que en verdad alguna vez me las había planteado, ahora no lo recuerdo y en ese momento menos, todas esas expectativas se reducían a posar mi mano sobre su pubis, así que acaricié la tela del calzón sintiendo que había sido privado de todo criterio y capacidad de discernimiento, a pesar de lo cual mis dedos conservaban precisión y sensibilidad, virtudes de esencial importancia en situaciones como esta, así que con el índice y el medio acaricié muy lento la parte baja del calzón, la que cubría sus labios vaginales, mi enajenación se disparó cuando sentí el algodón humedecido, abrí la boca y lamí la parte de atrás de sus orejas mientras que con un rápido movimiento de dedos levanté ágilmente la tela de su ropa interior para introducir los dedos por el resquicio, y cuando apenas empezaba a sentir la superficie de su cuerpo en esa zona hasta entonces prohibida, Sophia me tomó del brazo, hizo un gesto de disgusto y dijo:

—*Stop.*

Me retiró la mano del interior de su vestido y yo, incapaz de articular argumento, volví a mi posición, la miré, asentí, aceptando su negativa, y después hice un gesto como diciendo que por favor me espere un momento, me fui al baño, que felizmente estaba cerca de la parte trasera del bar, no tendría que hacer el ridículo de pasar por la sala principal con el pantalón abultado a la altura de la pinga, me metí al baño, me encerré en uno de los cubículos y me apliqué con furia, angustiado, desesperado, veloz sacudida pensando en la humedad del calzón de Sophia que un minuto antes había palpitado bajo mi mano derecha, en menos de dos minutos estaba de regreso, ecuanimidad parcialmente recuperada, me volví a sentar a su lado, llamé a la mesera, pedí un segundo vodka tonic, posé mi mano con naturalidad sobre el joven muslo de Sophia, debajo del vestido, y por segunda vez empecé el largo recorrido que me separaba de su entrepierna, pocos centímetros que debía remontar con gallardía, el corazón me palpitaba a todo tren, pasé mis labios entreabiertos por su cuello, debajo del pelo, mi aliento cerca de su oreja, la sentí estremecerse, aproveché la circunstancia para que mi mano derecha continuase la escalada, con la izquierda ajusté su cintura contra mi cuerpo, mis dedos ascendieron por su piel suave y volví a sentir la gloria de su calzón húmedo, le dije al oído que me gustaba, que siempre me había gustado mucho, y ella entrecerró los ojos y ladeó la cabeza, le gustaba lo que le decía, palabras banales que producían efecto, los dedos al borde de la ingle, el pulgar tanteaba el calzón sintiendo la humedad, primero debía atacar al monte de venus, no quería arriesgarme a tocarle directamente los labios porque corría el riesgo de ser nuevamente censurado, y entonces con un rápido movimiento del pulgar levanté el borde del calzón y de inmediato el índice y el medio se deslizaron hacia su pubis, sigilosos y acechantes, al instante reconocí una suave colina de vellos, me sorprendí y excité con el hallazgo, no me había figurado ni siquiera un vello en esa zona de su cuerpo, en mi fantasía su estilo correspondía a una depilación completa, el descubrimiento me terminó de arrebatar, el vello púbico me obsesiona, por eso durante mi adolescencia la zona más excitante del desconocido cuerpo de las chicas era el vello púbico, verle la peluca a una tipa valía por tres rayas del culo o cinco tetas, estaba al nivel de una buena concha bien expuesta, con los labios abiertos, a pesar de que el vello tenía un morbo adicional, cierta verdad oculta, un contenido esencial, por eso varias veces les he cortado una mata de pelos a algunas chicas, antes o después de un polvo, les pedía una muestra, déjame cortarte un poco, esa peluquita me gusta mucho, casi siempre aceptaban, antes de que les permitiera reaccionar ya había salpicado las muestras de la pelambrera en mi vaso de cerveza y de inmediato, como quien busca tonificación, procedía a verter el contenido en mi interior con inapelable seco y volteado. Qué bien me sentía con esos pelos en mi organismo, qué satisfactoria impresión una vez que pasaban a constituir parte de mi cuerpo, y entonces ahora, en un macizo banco de madera de la parte trasera del Fergie's, tantos años después de esas incursiones de mi primera juventud, dejé abierta una claridad entre el pliegue del calzón y la superficie de la piel de Sophia para que la tela dejara de interponerse entre mi mano ansiosa y su excitado cuerpo, sentí la suavidad del vello, la miré a la cara, sus rasgos delicados, su belleza y su elegancia, perturbado, como todo me perturbaba en esa historia a la vez clandestina y banal, un profesor casado que se mete con su alumna quince años menor, o más precisamente exalumna y más precisamente dieciséis años menor las tres cuartas partes del tiempo, la fantasía de tantos aguerridos machos latinoamericanos que ejercían de profesores en este país de mierda, con todas sus dificultades e implicancias, no era como levantarte una alumna en tu propio país, hacerla en una universidad de élite del noreste de Estados Unidos era otro nivel, había que mantener la distancia, no existían muchas oportunidades, ningún contacto por redes sociales y mucho menos meterte a sus fiestas para tomarte unas chelas con la gente de tu clase, era como jugar en la Premier League en vez del campeonato Descentralizado peruano, sales de la Copa Perú y en tu primera temporada en la Premier League terminas de goleador, la clavas al ángulo en la final y vas a celebrar frente a la tribuna, te quitas la camiseta, te quitas el short, te quitas el calzoncillo, bailas desnudo frente a la gente que hincha por tu equipo y te sientes de puta madre, y entonces cuando le metí la mano a Sophia y sentí su humedad y palpé su vello púbico, en ese momento mi vida completa, su relevancia y su devenir, se redujo a abandonar el territorio platónico al que cierto instinto de conservación me había limitado, todo seguiría siendo platónico hasta que se la metiera, debía abandonar ese territorio espiritual lo más pronto posible, suavemente apliqué el pulgar sobre su monte de venus, giré el ángulo de los otros dedos y fui directamente con el índice en busca de su abertura.

—*Stop* —dijo Sophia por segunda vez aquella tarde, y me tomó por el brazo.

Y yo, como un adolescente al que su madre sorprende haciéndose una paja, bajé la cabeza, acepté mi derrota, la erección nítida bajo el pantalón, fui a sentarme al frente, la miré a los ojos, y apenas nos miramos todo quedó establecido, el universo se clarificó, había llegado el momento, no teníamos nada más que decir, Sophia se rio, como si ella también pensara lo mismo que yo, pero esa tarde me resultaba imposible completar la faena, no podría llegar a casa a tiempo, así que la miré, la tomé de la mano y le dije:

—Una semana más. Solo tenemos que esperar una semana más.

Y, sin esperar respuesta, la tomé con ambas manos por la cintura, cerré los ojos, apoyé el mentón sobre su hombro izquierdo, aspiré su aroma. Una semana más, pensé, mezcla de angustia y rara sensación de plenitud, el ingreso final a lo que muchas veces pareció que quedaría siempre vetado, reducido a la imaginación y la fantasía, lo había evitado tanto tiempo que en algún momento llegué a suponer que sería capaz de mantenerlo indefinidamente en la nebulosa hasta esa tarde en el Fergie's, cuando finalmente esa zona gris, indeterminada, comenzó a tomar forma, a corporizarse lentamente, Sophia pareció inquieta, quizá sorprendida por la inminencia de nuestro próximo encuentro, una semana después, tal vez había supuesto, igual que yo, que todo quedaría flotando para siempre en medio de la neblina, sin posibilidad de materializarse, y entonces, una vez propuesto el próximo encuentro, nuestra historia pareció entrar en un territorio de fantasía, habíamos pasado por una espera demasiada larga, tensión en constante aumento, eso había incrementado mi uso de ansiolíticos; mientras se afianzaba mi relación con Sophia empecé a necesitarlos cada vez más para templar los nervios, a pesar de lo cual el siguiente martes, quincena de septiembre de 2012, decidí no tomar una sola pastilla antes de salir a su encuentro, ansiaba disfrutar el momento en la plenitud de mis facultades, no quería que ninguna sustancia cortara mis circuitos, debía asumir y disfrutar las cosas en toda su plenitud, aceptaba incluso la posibilidad de la culpa, la indecisión y el miedo.

Club Quarters Hotel, le escribí la noche anterior, cerca de Chestnut y la calle 17, siempre a las cuatro de la tarde, me puse a esperar el instante de encontrarla en una habitación del Club Quarters, como había esperado toda la semana, pero ya estábamos en la víspera, todo parecía irreal, recordaba su mirada en la clase, el culo levantado cuando se alejaba del salón con uno de los artículos que yo le entregaba o cuando escribía en la pizarra de un cubículo de la biblioteca, nuestros encuentros, cada vez más tensos, en el hospital, la primera despedida en el Fergie's, el algodón húmedo del calzón, mis dedos sobre la suavidad de su vello púbico, su cabeza inclinada conteniendo un gemido, esperé minuto a minuto con tanta intensidad que cuando la tarde siguiente finalmente descendí del metro en Market y la calle 19, todo andaba en medio de una nebulosa, el sol suspendido sobre las calles se empozaba en las esquinas a pesar de que ya no calentaba como semanas antes, la temperatura presagiaba el próximo otoño, todo parecía espejismo o alucinación, intentaba registrar cada paso, cada segundo, pensé que en diez años recordaría ese encuentro que aún no había sucedido, lo recordaría también en veinte años, también en cuarenta en el caso improbable de que siguiera vivo, pensé, remontando la calle 19 hacia Chestnut, pasaríamos dos horas juntos, debía sumergirme en ellas como si no existiera nada fuera de la habitación del hotel, pronto llegaría el momento de sacar la cabeza y afrontar el temporal, en menos de tres horas todo habría terminado, pisé la esquina de Chestnut y la 17, desde el otro lado de la calle observé la entrada del hotel, la gente circulaba desinteresada, di una rápida mirada alrededor antes de recorrer los veinte metros que me separaban de la puerta de ingreso, debía asegurarme de que no hubiera ningún conocido en los alrededores, crucé el lobby, dije que había hecho una reservación por teléfono, pagué en efectivo, subí a la habitación, observé la cama, las cortinas a medio cerrar, fui al baño y me miré en el espejo, me acomodé el pelo y me sonreí a mí mismo. Diez minutos más tarde sonaron golpes en la puerta. Fui a abrir y vi a Sophia, vestido celeste, zapatos con plataforma de cinco centímetros, descalza medía un metro ochenta y tres, con esos tacos estábamos casi a la par, pero eso no me inquietó, otras veces había pensado en que quizá era demasiado alta para mí, nunca había estado con una chica casi de mi estatura, encontrar sus ojos a la altura de los míos varias veces me hizo temer que perdía el control de las situaciones, pero no esta vez, esta vez agradecí exactamente cómo se veía, la abracé con fuerza, le di un beso corto en la boca, la invité a pasar, cerré la puerta y una vez dentro de la habitación la volví a abrazar, largo, fuerte, mis brazos rodeando su espalda, sentí su cuerpo delgado, sus jóvenes costillas, el hueso de su pelvis contra la mía, le di un beso en la frente y le dije que la quería. Sophia me sonrió, su cuerpo tenso, acaso un poco nerviosa, me dijo que también me quería, y entonces la tomé de la mano, la acerqué al borde de la cama, con un gesto la invité a que se sentara, me acomodé a su lado, le quité los zapatos, hice lo mismo con los míos, empecé a besarla, luego extendí su cuerpo por el colchón, empecé a besarla desde los tobillos, le levanté el vestido hasta amontonarlo sobre su cintura y le lamí la piel con deseo y deleite mientras ella, la cabeza en la almohada, jadeaba y se movía suavemente, el pelo desparramado hacia los lados, cada tanto alzaba la cabeza, me miraba fugazmente y sonreía, como si comprobara que todo eso era cierto, que era yo quien estaba ahí, con ella, acariciando su cuerpo, concentrado, seguro, decidido, era el mismo que había estado con ella en la clase y después en la biblioteca y después en el hospital y después en el bar y ahora pasaba la lengua por sus muslos con una entrega que a mí mismo me conmovía. Y después de unos minutos me detuve frente a su pubis, aspiré el olor de su sexo, palpé con los dedos el calzón mojado y lamí el contorno de la tela, la lengua a medias entre el algodón y piel, Sophia empezó a gemir, suave, lento, y después alzó las caderas, desplacé unos centímetros el calzón hacia el costado y vi por primera vez sus labios entreabiertos, el clítoris que se insinuaba en el centro de su capullo, la tomé por las manos, hice que se sentara y le retiré el vestido por encima de la cabeza. La besé en el cuello, desabroché su sostén y le acaricié suavemente las tetas, después le retiré el calzón, sin prisa, como si el deseo tanto tiempo contenido en lugar de obligarnos a acelerar impusiera esa lentitud, como si la desesperación solo pudiera ser satisfecha en serenidad, ella acercó sus manos a mi pecho y me quitó la camiseta y después tanteó la hebilla de la correa, insegura, los pezones crispados, la respiración agitada, mis pantalones quedaron tendidos en el suelo, tomé a Sophia de las manos y la volví a extender a lo largo de la cama y le pedí que se pusiera de espaldas. Y entonces empecé otra vez a besarla, bajé por su cuello, después por su espalda, mi cara pegada a su piel, bajé por las nalgas, deslicé los labios por sus muslos y después le lamí la raya del culo. Sophia se había colocado una almohada debajo de la cabeza, la cara hundida contra el algodón, su cuerpo se crispó cuando coloqué la punta de la lengua en sus labios y empecé a lamerla, extendí el índice y palpé su interior, sentí su vagina joven y ajustada que me humedeció el dedo, empecé a acariciarla por dentro, los músculos fuertes de su cavidad, su tersura y su calor, mi frente contra sus nalgas hasta que ella empezó a gemir con más consistencia y energía, pasaron tres o cuatro minutos, habíamos avanzado lo suficiente como para pedirle que se diera vuelta, Sophia lo hizo, las rodillas separadas, las plantas de los pies contra el colchón, el pelo desordenado le flanqueaba la cara, ojos entrecerrados, piernas abiertas, el culo contra el colchón, la concha empapada, con un tenue movimiento le abrí los labios y enterré la lengua en su clítoris, empecé a lamer y escuché un gemido entrecortado y la pronunciación temblorosa de mi nombre, lo que aumentó mi excitación desenfrenada, pero me contuve, quería ir lento, a pesar de la urgencia de cobijarme en su interior quería evitar la impaciencia y el arrebato, froté mi lengua contra su clítoris, después la sumergí un par de centímetros en el interior de su orificio y la huella de una plenitud me invadió como si quedara para siempre marcada en mi cuerpo, con las manos atenacé sus muslos por los costados, como queriendo evitar la angustia de alguna vez perderla, la lengua contra la vulva empapada, absorbí la humedad, el clítoris inflamado, me detuve ante él y me apliqué a lamérselo con consistencia, Sophia empezó a moverse, primero lento, la espalda formaba un arco que surgía y luego se deshacía, el sonido de su voz se volvió profundo, como si proviniera de un lugar cada vez más remoto de su interior, agitaba su cuerpo como si quisiera dilatarlo y al mismo tiempo lo buscara con una desesperación acumulada, y a pesar de que me desbordaban las ganas de penetrarla mantuve la regularidad de mi incursión, cerré los ojos y sentí que me trasladaba hacia un espacio donde nuestros cuerpos se conectaban en un sentido muy profundo, como si una parte de nosotros empezara a desprenderse para integrarse en algo que los trascendía y estaba a punto de constituirse, los gemidos dejaron de ser suaves e intermitentes, la rigidez de sus extremidades me indicaron que estaba a punto de venirse, y entonces después de un breve y tenso silencio, el cuerpo por unos segundos templado y estático, Sophia lanzó un gemido fuerte que fue ganando consistencia y terminó como un grito vehemente y prolongado. Su cuerpo se encorvó, la concha se contrajo en mi boca, el pubis sometido a un temblor repentino, las piernas se agitaron hacia los lados, las caderas subían y bajaban, seguía lamiendo hasta que sus gritos fueron sostenidos y crecientes, seguí y seguí hasta percibir cómo su cuerpo se fragmentaba en múltiples fracciones sin más conexión que su compartido vínculo conmigo, Sophia estiró el brazo para tomarme por el pelo, clavó sus dedos en mi cabeza e intentó levantar la cara para mirarme, y entonces escalé a lo largo de su cuerpo hasta colocar mi cara cerca de la suya, nuestros ojos a la misma altura, le dije que la quería, le di un beso, ella lo recibió resoplando, la boca abierta, volví a decirle que la quería, le acaricié el pelo, deslicé mi mano derecha hacia la parte baja de mi cuerpo, acomodé la pinga entre sus piernas sin dejar de mirarla, sentí la humedad aún palpitante, coloqué el glande en el inicio de su abertura y la penetré con un movimiento suave, solo tres o cuatro centímetros, sentí su estremecimiento y también el mío, un placer inmenso en la parte baja de mi cuerpo, instintivamente yo también solté un gemido, avancé unos pocos centímetros, luego me retiré lentamente hasta quedarme solo un mínimo espacio dentro de ella, y luego volví a avanzar y volví a retirarme y volví a avanzar, cinco, seis, siete veces, nos mirábamos, la súplica en la cara, la desesperación contenida, cada vez más adentro hasta que alcancé la máxima profundidad posible y comencé a embestirla poco a poco con más energía, dos minutos después la penetraba hasta el fondo con fuerza y la sentí en toda su plenitud, el agujero húmedo y ajustado, la pinga entraba y salía, sus piernas se enroscaban alrededor de mi espalda, mi sexo frotaba sus paredes y mis manos buscaban sus nalgas para ajustarla más contra mí, Sophia aferró sus dedos contra mi espalda, puso sus labios contra mi oreja, gotas de sudor en su cuello junto a mi mejilla, y yo incapacitado de absorber la inmensidad del placer con mediano equilibrio estuve a punto de morderla, sacudí su pelo, su mano en mi espalda, la pinga dura y desesperada y gozosa frotando sus paredes, y entonces fue como si todo a nuestro alrededor desapareciera, todo se había desdibujado, también la espera interminable, la imposibilidad que nos había forzado a una demora que parecía al fin llegar a una conclusión, sin decirnos nada comprendimos que a los dos nos ocurría exactamente lo mismo, los dos pasábamos por la misma e inexplicable experiencia, dos voces que parecían una sola y gritaban al mismo tiempo como si fuera la única manera de expresar un tipo de agradecimiento imposible de articular en palabras, alcé su cuello, arrastré mi brazo derecho por debajo de su cabeza y la acerqué a mí, mi boca contra su oído, sus labios pegados a mi mentón, me moví más y más fuerte, largos minutos en que las sensaciones se intensificaron, Sophia exclamaba sin palabras lo que parecía incomprensión o resquebrajamiento, la sentí emitir chillidos cortos y continuos que contrastaban con mi voz gruesa, sonidos que ni siquiera yo mismo reconocía, sus chillidos explotaron en un grito que pareció de rabia, y entonces me moví con más energía, empezando a sentir el agotamiento y ese tipo de desesperación solo posible con el placer extremo, y cuando sentí que los músculos de su cavidad vaginal se atenazaron contra mi pinga la embestí con más fuerza, aunque solo fuera para prolongar esos gritos que se habían vuelto interminables, los míos y los suyos, y tuve la certeza de que mi vida completa se transformaba en ese mismo instante y no habría retorno posible, y por eso, sin importarme ninguna posible consecuencia, eyaculé dentro de ella. Y después de esa voluptuosa explosión, impresionado y estremecido por la inmensidad que había alcanzado a vislumbrar, me aferré a su cuerpo con furia, como si en ella encontrara la única posibilidad de salvación, y tuve ganas de tenderme sobre su pecho y echarme a llorar.

SEGUNDA PARTE

Ice age coming
Ice age coming
We're not scaremongering
This is really happening
Happening
Here I'm alive
Everything all of the time
Here I'm alive
Everything all of the time

RADIOHEAD

1

—Nací en San Juan Chamula, a media hora de aquí —me dijo Licho Best un par de días después, domingo por la tarde en el Tierradentro—. Es un territorio de resistencia, ¿lo conoce?

—De nombre.

—Pues bien —siguió Best—, tal vez usted sabe que Rosario Castellanos escribió una novela donde ese espíritu rebelde queda muy bien retratado. O al menos eso dicen: yo no la he leído, pero ni falta que me hace.

Hizo una pausa teatral, me miró a los ojos, serio, y preguntó:

—¿Ha escuchado sobre ese libro?

—No —mentí—. ¿Cómo se llama?

—*Oficio de tinieblas* —señaló Best, regocijado por mi supuesta ignorancia—. Ese es el título del libro de Rosario Castellanos. O más bien *Charito* Castellanos. A los precursores hay que tratarlos con cariño y ella sin duda es una de nuestras precursoras más importantes. ¿Sabe por qué, Míster?

—No tengo la menor idea.

Licho se rascó la barbilla, pensativo, y después alzó el índice derecho y lo dejó en el aire varios segundos, ceremonioso, antes de continuar.

—Charito Castellanos fue una precursora porque se percató antes que cualquier otro que para liberarnos de la opresión nosotros, los chiapanecos, debíamos pelear con las armas del enemigo en vez de exaltar nuestras diferencias —recitó, como de memoria.

—Hablas como un intelectual —le dije con ánimo de joderlo—. No sabía que tenías ese tipo de inquietudes.

—No las tengo en absoluto —me cortó el enano. Y luego de un breve silencio, agregó—: ¿Sabe cuántos libros se han escrito sobre Chiapas?

—Miles.

—Usted no exagera —apuntó, complacido, el pigmeo—. Miles de libros. ¿Cree usted, profesor, que a mí me hubiera servido algo leer no digo unos cuantos, sino *todos* esos libros? ¿Cree que si, en lugar de recorrer este territorio me hubiese dedicado a consumir esas bibliotecas, ahora entendería mejor lo que está ocurriendo aquí?

—Dímelo tú.

—Por supuesto que no, Míster. Pero eso ahora no importa. Estábamos en el libro de Charito.

—Sí. Cuéntame.

—Ese libro expresa la violencia ancestral del pueblo. Si me lo permite, le presentaré un resumen.

—Te escucho.

—Pero antes debo advertirle que la historia es real. No crea que es pura invención. Por eso es importante.

—Adelante.

—Pues bien —dijo Best y se acomodó en la silla—. En esa novela, Charo cuenta cómo los indígenas de Chamula se rebelaron ante la explotación de los hacendados, por supuesto todos blancos, occidentales, criollos, como usted prefiera decirles. A Catalina, la protagonista, le permiten criar a un escuincle llamado Domingo como si fuera su hijo. Los indígenas decidieron rebelarse con un acto simbólico, no un acto cualquiera sino un asesinato, y tampoco un asesinato cualquiera sino que ya usted verá, Catalina entregó al niño a los hombres del pueblo. ¿Sabe qué hicieron, Míster? —preguntó Best, con ganas de provocarme. Yo negué con la cabeza—. Crucificaron al niño indígena. Lo crucificaron vivo, profesor. ¿Me entiende?

—Perfectamente.

—Con el sacrificio del propio hijo en la cruz, los indígenas se pusieron a la altura de los cristianos. De esa manera, de acuerdo con Charito, se libraron de la desventaja moral de no haber inmolado al propio hijo, y en adelante ya no tendrían que obedecerle al hombre occidental. ¿Ve usted la lógica, Míster?

—Totalmente.

El enano hizo una pausa, le dio un sorbo a su copa de Martini, engoló la voz y recitó: "San Juan Chamula, tierra rebelde, pueblo indomable". Así decíamos siempre, desde la escuela, eso nos había enseñado la historia, eso lo comprendió Charo y nosotros, los niños del pueblo, lo repetíamos desde la cuna. *Oficio de tinieblas*, aunque nadie lo había leído, nos convenció de que por nuestras venas corría sangre insurgente y debíamos mantener la rebeldía incluso si nos costaba el sacrificio de nuestros hijos. Pero el gran problema, Míster, el gran inconveniente, es que en la práctica esa misma historia nos llevaba la contraria. Ninguna generación viva había hecho nada que valiera la pena recordar como justificación para considerarnos rebeldes más allá de mantener la lengua *tzotzil* en el trato cotidiano, lo que a fin de cuentas solo nos había llevado a mantenernos cada vez más aislados. Todo lo contrario de lo que proponía Charito en su libro, que no lo he leído pero ni falta que me hace. El asunto es que, a la gente de mi generación, los que nacimos alrededor de 1980, ese lema del pueblo indomable nos sonaba vacío. Pero tuve suerte: mi madrecita consiguió trabajo en casa de una familia de San Cristóbal y me vine aquí a estudiar la primaria. Pasó un tiempo, cumplí trece, una edad muy importante, ¿no, profesor?

—Cierto —dije.

Muy importante, precisó Best. Pero no por el crecimiento, que en mi caso no fue mucho, no por la chingadera ni el despertar sexual, que finalmente va a desaparecer algún día y quién sabe para qué sirvió aparte de complicarle la vida a la gente. Los trece años fueron para mí importantes porque a esa edad comencé a pensar qué quería hacer con mi vida. Yo tenía ambiciones, Míster, nunca hubiera pensado quedarme en Chamula vendiendo gallinas ni cuidando la tierra. Todo lo contrario. Debía deshacerme de la lengua indígena, moverme en español y estudiar inglés. *Do you know what I mean?*

—*Got it* —respondí.

Licho sonrió, satisfecho de sí mismo, y continuó.

Me imaginaba cruzando el país hasta el otro extremo, atravesaría el Río Grande a la conquista del *American Dream*. Ese era mi plan, Míster: no solo llegar al otro lado sino conseguir algo grande por allá, no solo comprar casa y coche, sino algo más grande. Pero todo ese plan se fue a la verga, y agradezco que así haya ocurrido, de lo contrario ahora en los yunaites sería un tal Louis-itou Ner-veis y no su servidor el gran Licho Best, el disco duro, la memoria RAM de San Cristóbal de las Casas, a la orden pa' lo que necesite. Se fue a la verga, como usted bien imagina, profesor, porque usted es muy inteligente, porque usted sabe captar, por eso ya debe haberse dado cuenta de que mi plan se fue a la mismísima verga el 1 de enero de 1994, cuando el EZLN metió las armas a chambear. Nunca, ni antes ni después, le ocurrió algo más importante a mi generación.

El enano bebió un trago de martini y luego continuó. Cuando los zapatistas se alzaron en armas, dijo, fue como si de golpe todos despertáramos de un largo sueño y la promesa de transformación al fin se hubiera vuelto una posibilidad real. Claro que eso no me convirtió en Licho Best. Ese despertar fue un sentimiento compartido, y los sentimientos compartidos, como usted sabe, no hacen destacar a nadie sino todo lo contrario. Lo que yo percibí ese día, a pesar de que aún era un crío de catorce años, aunque aparentaba diez, es que con ese levantamiento, más que cambiar el mundo o transformar la historia de este país, se me presentaba a mí, al pequeño Luisito Narváez, la oportunidad de cambiar de vida para siempre. Todavía no me figuraba de qué manera, pero sí tenía claro que mi camino no pasaba por tomar el fusil. Había que ser muy pendejo para meterse de plano al zapatismo. Lo que hice, profesor, fue reflexionar, meditar en profundidad, pensar en cómo colocar el tablero de la historia en mi favor. Debía acercarme al zapatismo, pero sin involucrarme lo suficiente como para que me terminen enviando a la Selva Lacandona, lo que hubiera sido mi perdición. Míster, el mundo es inmenso y yo no quería desperdiciar mi breve paso por esta tierra caminando entre árboles ni limpiando las jaulas de los gallos. Por eso cuando empezaron las negociaciones de paz y llegó a Chiapas el licenciado Manuel Camacho, interlocutor oficial del gobierno, este humilde servidor, que en ese momento contaba solo con catorce años y medía un metro cuarenta y un centímetros, dicho esto con todo orgullo, no me queda otra porque en lo sucesivo tampoco crecí mucho más, me instalé frente a la catedral, que ahí dentro iban a realizarse las negociaciones. Y en ese preciso momento, agregó, se terminó la vida de Luisito Narváez y comenzó la historia de Licho Best.

Aferró la copa de martini a su minúscula mano derecha, simulando profunda concentración, y después continuó. Tiene usted que imaginar la escena, profesor: un adolescente de San Juan Chamula, catorce años, cara de niño, lleno de ambición. Fui hasta el Zócalo de la ciudad y avancé todo lo que pude hasta la puerta de la catedral. Me acerqué a uno de los soldados que cuidaban la entrada y le dije:

—Dignísimo custodio, quisiera que por favor se me permita conversar con alguna de las autoridades competentes para que me informen sobre el desarrollo de los acontecimientos.

Así le dije, palabra por palabra, y recuerdo la cara del pinche soldado, apantallado por mi elocuencia, que no pudo más que emitir un murmullo y después una sonrisa idiota que demostraba que no había entendido un carajo y prefería hacerse el pendejo. Me retiré, satisfecho por mi pequeña victoria, y desde entonces empecé a circular por los alrededores de la catedral, carismático, espontáneo, y así empecé a ganarme la simpatía de los periodistas que se aburrían esperando noticias que nunca llegaban.

Un señor vaticinó:

—Alguno de esos cuates te llevará a trabajar a un periódico de la capital.

Un policía aconsejó:

—No pierdas contacto con esos güeyes, después te van a servir para que no termines como yo.

Pero yo me di cuenta muy rápido, dijo Best, que el trabajo con la información que podía ofrecerme mayores beneficios no estaba en el periodismo tradicional, sino todo lo contrario. Seguí merodeando todos los días por la catedral, los periodistas se acostumbraron a verme, me acercaba a ellos y les decía:

—Caballeros, quería simplemente comentarles que ayer me saqué una foto carné y, cómo seré de enano, que me salieron los pies.

Me acercaba a los reporteros y les soltaba:

—Caballeros, dicen que soy tan enano que cuando me muera no me iré al cielo sino al techo —dijo Best, la copa de martini en la mano.

Sonreí contra mi voluntad, Licho pareció notarlo, complacido, y continuó. Una mañana finalmente se anunció que quien se presentaría a las negociaciones para representar al Ezeta al día siguiente sería el mismísimo Marcos. El Subcomandante en persona. No podía creerlo. Sabía que era la oportunidad de mi vida. Y no iba a desperdiciarla, enfatizó Best y bebió otro pequeño sorbo del martini. Así que la mañana siguiente me desperté temprano, me peiné para dar imagen de niño bueno, me acerqué a los periodistas, que andaban agitados, nerviosos, a la expectativa, y les comenté:

—Voy a lanzarle un botellazo al pinche Marcos.

Les dije que yo era enviado del gobierno y mi propósito era demostrarle al mundo que no todos en Chiapas estábamos de su lado. Les dije que la noche anterior me había llamado el mismísimo Presidente de la República, sí, señores, como ustedes lo están oyendo, don Carlos Salinas de Gortari en persona, nada de secretarios ni lambiscones, el hombre en primera persona me tiró una llamada, el mismísimo presidente de los Estados Unidos Mexicanos, que debía ser más o menos de mi estatura, les dije, tal vez por eso se identificaba, tal vez por eso me eligió, el señor presidente me había enviado diez mil dólares para que le hiciera pasar un mal rato al Subcomandante. Y yo he aceptado, les anuncié a los periodistas. Yo voy a hacerlo por el bien de este país, me contó Best ese domingo en el Tierradentro.

Lo que voy a hacer, les dije a los periodistas, es ponerme un pasamontañas zapatista, avanzar hasta la primera fila, lo más cerca posible de la catedral, y cuando Marcos aparezca me las ingeniaré para llamar su atención. Y cuando por fin el Subcomandante se entere de mi presencia y me quede mirando, aunque sea por un segundo, me sacaré el pasamontañas con energía, Licho Best hizo el gesto aquella tarde en el Tierradentro, voy a tirar al suelo ese pasamontañas y gritaré:

—¡Los niños de Chiapas no tenemos miedo de mostrar la cara! ¿Me oyes, Marcos? ¡Los niños de Chiapas no tenemos miedo de mostrar la cara!

Ahí terminaría mi actuación, profesor, les dije a los fotógrafos y a los cámaras de todas las estaciones de televisión del país, que se relamían los labios con la idea de captar el mejor ángulo de esa rebeldía infantil contra Marcos. Y entonces, como usted sabe que pienso en grande, le dije al fotógrafo de *El Universal* y a los cámaras de *Televisa* y *TV Azteca* que había llegado al momento de actuar, ya podían imaginar los titulares en el DF diciendo *la niñez de Chiapas contra el terrorismo*, pero yo no iba a ponerme en bronca con los zapatistas, ni tonto que fuera, no iba a venderme por esa gloria efímera e intrascendente, tenía otro plan, y entonces avancé con los periodistas hasta la parte delantera, ellos me abrían campo a codazos, llegamos a la primera fila, pegados a la reja que impedía a la gente acercarse demasiado a la catedral, y después de un rato Marcos bajó de uno de los coches acompañado de la cúpula zapatista, y empezó a caminar, a veinte metros de mi ubicación, hacia la entrada de la catedral. Entonces les dije a los periodistas:

—Muchachos, es momento de actuar.

Y de inmediato me puse el pasamontañas y empecé a gritar como un loco:

—¡Marcos! ¡Marcos! ¡Marcos! ¡Marcos!

Y el Subcomandante volteó, alertado por esa voz chillona e infantil que destacaba entre el ruido del gentío, y después de buscarme con la mirada por unos segundos me ubicó, me vio con el pasamontañas puesto, lo que al parecer le llamó la atención, y una vez que comprobé que sin ninguna duda me estaba mirando, me quité el pasamontañas y grité:

—¡Suerte con la paz, Marcos! Todos queremos paz. Con pasamontañas o sin pasamontañas, ¡viva México! —chilló Best, haciendo el gesto de quitarse el pasamontañas por encima de la cabeza, ese domingo por la tarde en el Tierradentro, veintiún años después.

Best me miró, como esperando un comentario de mi parte. Pero yo permanecí en silencio, lo que el enano aprovechó para continuar su relato, y dijo que al día siguiente todos los medios mexicanos publicaron su foto y lo bautizaron como "el niño símbolo de la paz mexicana". El asunto, Míster, es que ninguno puso mi nombre, no me identificaron, pero sí me calcularon la edad: diez años. El niño de diez años, repitió Licho y sonrió sin abrir la boca. Y luego de un breve silencio agregó que, a partir de ese momento, y mire que han pasado más de veinte años, me agencié una pequeña celebridad en la región. Y después de un tiempo en que no sabía qué hacer con el hecho de que los chiapanecos me recordaran como símbolo de la paz, un tiempo pensando en cómo explotar esa circunstancia que había conseguido sin planificar el siguiente paso, me dediqué a promover la idea de que aquella noticia por la que me recordaban había sido fabricada a dos bandas porque desde pequeño tenía contactos tanto con el gobierno como con el EZLN. Fui difundiendo, siempre en secreto, siempre como conspirando, en conversaciones de a uno, supuestos secretos confesados a quienes sabía que lo iban a propagar, y así afiancé la idea de que yo me movía en los dos frentes y que, llegado el caso, podía echarle una mano a cualquiera que necesitara ayuda con alguno de ellos. Y de tanto repetirlo empezó a hacerse verdad, eso suele ocurrir, no que surgieran contactos con el gobierno ni con los revolucionarios, pero sí la ilusión de que los tenía. Y de esa manera comencé a recibir información. Me preguntaban:

—Best, ¿crees que sería bueno hacerle una donación a los zapatistas para que nos vean como aliados y no vengan a expropiarnos cuando necesiten dinero?

—Best —me consultó un sindicalista— ¿te parece que nos ganamos unos bonos con el gobierno si hacemos una marcha contra el zapatismo?

La gente empezó a confiarme sus inquietudes, me convertí en los oídos oficiales de San Cristóbal de las Casas y de esa manera empecé a traficar con la información de un lado y del otro. Y así, en resumen, he construido todo lo que soy ahora, apuntó el enano, y se llevó el último sorbo de martini a los labios, los relamió y se quedó mirándome, a la expectativa, como si en ese punto correspondiera que yo le presentara mis pleitesías o al menos dejara caer un comentario que ensalzara la dimensión de su autoestima. Pero, a cambio, le pregunté:

—¿Por qué me cuentas todo eso?

—Para que sepa usted con quién está tratando, Míster. Para que le quede clarito nomás.

—Lo tengo claro desde que te conocí. No me creas tan subnormal como para no percibirlo.

—Muy bien —dijo Best—. Entonces ahora sí podemos empezar a hablar de Sophia.

—¿Qué tiene que ver Sophia con todo esto? —respondí. De golpe había perdido el buen humor.

—Profesor, creo que esa pregunta no cabe. ¿Qué tiene que ver Sophia? Todo. Sophia tiene que ver con todo. Por eso ha venido usted hasta aquí. No nos hagamos los pendejos. Hay que empezar a trabajar juntos en eso ahora mismo.

—Trabajar juntos —repetí—. ¿Qué significa eso?

Best me miró como calculando qué información podría yo manejar, o más probablemente simulando que lo calculaba, y después de un silencio preguntó:

¿Tiene usted alguna idea de cómo era la vida de Sophia aquí, en San Cristóbal de las Casas, antes de que se metiera más a fondo con los zapatistas? ¿Tiene idea de qué hacía, a quién veía, con quiénes se juntaba? Hay todo un *universo*, profesor, remarcó Best la palabra, todo un mundo para usted desconocido, para ella también lo era. Pero ella entró, se acostumbró, lo conoció y después, quién sabe cómo, quién sabe por qué, a pesar de que no es difícil suponerlo, en realidad todo es previsible, mucho más si se maneja la información como lo hago yo. ¿Cuánto tiempo lleva usted aquí?

—Dos días.

—Pues de eso se trata: no sabe nada. Y entonces, como le decía, hay que preguntarse cómo se pasa de la dimensión de San Cristóbal a la Selva Lacandona y se vuelve zapatista. Eso es lo primero que usted debe comprender. De lo contrario no serviría de nada su viaje.

A ver, Narváez, le dije, cambiando deliberadamente su nombre. A Licho se le endureció la mirada, pero yo seguí: ¿Qué te hace suponer que me interesan las razones por las cuales Sophia se volvió zapatista? Vine a ver cómo estaba, eso es todo. No me interesan los detalles. En cuanto a mí, ella se volvió zapatista por culpa mía. Cuando era mi alumna le enseñé sobre zapatismo. Leímos libros juntos. Hablamos sobre la experiencia zapatista. La convencí. Ella hizo lo que yo no me atreví a hacer. Lo que todos esos intelectuales que tú tanto desprecias, Best, a pesar de que el mismo Marcos era un intelectual, no lo olvides, sin Marcos, es decir sin el trabajo intelectual, nada de esto habría ocurrido nunca, sin los intelectuales jamás habría pasado nada en San Cristóbal de las Casas, nadie sabría de su existencia, si no fuera por los intelectuales nunca hubiera pasado nada en este mundo, empezando por la Revolución Francesa, no hubiera pasado nada porque la gente no quiere rebelarse, se regodean en su explotación, tienen que venir los intelectuales a hacerles comprender la injusticia y meterlos a pelear aunque ellos no quieran, por mi parte, Narváez, repetí, la única explicación es que yo fui un profesor de puta madre, disparé, dejándome ganar por el ego, un profesor inteligente y persuasivo, y por eso la convencí, ella creyó todo lo que le dije, lo creyó incluso más que yo mismo, y viajó hasta acá a volverse zapatista y terminó como ya sabemos. Ese es el resumen. En cuanto a mí, eso ocurrió. No me importan otras versiones. No las quiero ni las necesito. No me importa si no es verdad lo que digo: para mí esa es la historia y no hay nada más que agregar.

Best me había dejado hablar largo, estudiándome sin intención de ocultarlo, y cuando terminé simuló un gesto de duda, y después, circunspecto, respondió en voz baja:

—Lo primero que quiero pedirle, profesor, es que nunca más me llame con un nombre que no es el mío, que no quiero que tengamos problemas por naderías.

Lo miré sin decir nada, él aceptó mi silencio como aceptación, a pesar de que el ambiente empezó a ponerse tenso. Y luego agregó: en cuanto a todas las otras pendejadas que ha declarado usted en su pinche discurso, con el perdón por la palabra, porque yo a usted lo respeto, yo a usted lo respeto como no tiene idea, por eso me disculpo por la palabra, la verdad que su defensa de lo que llama usted "intelectual" no tiene sentido. Pero no vamos a perder tiempo en esas deliberaciones, a últimas no es importante, a últimas podemos encajarlo como diferencias ideológicas y no por eso vamos a privarnos de la valiosa oportunidad de trabajar juntos, la verdad que me vale madres, es como que usted le vaya al América y yo a los Jaguares de Chiapas, aunque ese no sea el mejor ejemplo porque a mí el fútbol no me interesa y si tuviera que hinchar por un equipo sería las Chivas, nomás porque Jorge Vergara, el dueño del equipo, es multimillonario y acumular millones es lo único decente a lo que uno puede aspirar en la vida. ¿No está de acuerdo?

Lo miré fijamente sin decir palabra, Best continuó.

Y en cuanto a lo otro, que Sophia se hizo zapatista por usted, lo siento, no quisiera desengañarlo, pero la verdad, se lo debo decir, es que cuando yo la conocí aquí en San Cristóbal de las Casas, en un bar de Miguel Hidalgo, creo que fue en el 500 Noches, y con su perdón, déjeme decirle que estaba más buena que las enchiladas que preparaba mi abuela, que era una santa y que en paz descanse y que de Dios goce, le puedo asegurar que Miss Sophia Atherton podía haber venido a hacer turismo por aquí con cierta curiosidad por el zapatismo, pero solo como un pretexto para viajar, ¿me entiende? Esa noche en que la conocí, se lo aseguro, no había nada en ella, pero mire que le digo nada, a pesar de que en ella había bastante, usted debe saberlo mejor que yo, no había ni un gramo de deseo de volverse zapatista. La cosa se pervirtió después, dijo Best. Se volteó hacia el mesero y le pidió otra copa de martini.

—¿Cuándo? —le pregunté—. ¿Y qué significa eso de que se *pervirtió*?

Best miró la hora en su reloj dorado, con ceremonia, como si fuera un hombre ocupado, y dijo que justamente por eso, para que entendiera el *proceso*, para que viviera de alguna manera lo mismo por lo que había pasado Sophia, debía empezar a familiarizarme con su vida en San Cristóbal. Por eso le decía que tenemos que empezar a trabajar juntos, profesor.

Puse los codos firmes sobre la mesa, lo quedé mirando.

—¿Qué quieres, Best? —le pregunté—. Mejor dicho, ¿*cuánto* quieres?

—Por ahora solo que me pague este par de martinis, profesor. Yo lo único que quiero es ayudarlo. Y que Sophia salga bien librada de esto. Porque yo creo, y déjeme adelantarle mi hipótesis, que aquí hay una injusticia. O como mínimo un error.

Licho recibió su segundo martini, le agradeció al mesero por su nombre, gracias, Danilo, le dijo, sin mirarlo, en confianza, el mesero también le agradeció el agradecimiento, gracias a usted, señor Best, le dijo así, *señor Best*, y después Licho repitió:

—Pues eso, Míster, que empiece a volverse familiar con este universo y que le aprovechen estos días.

Levantó la copa de martini, como para hacer un brindis, y agregó:

—Para que todo salga bien. Y para conseguir lo mejor para todos.

Yo alcé mi vaso de huracán y, medio contra mi voluntad, lo golpeé contra el del enano. Después, como desinteresado, intentando que realmente no me importara, le pregunté cómo así había conocido a Sophia aquella noche en el bar.

—Me la presentó el Noventero —dijo Best.

—¿Quién?

—El Noventero —repitió Licho.

—¿Quién es ese?

—Un cuate de Guadalajara.

—¿Noventero? ¿Así le dicen?

—Ese es su nombre —anotó Best—. Al menos aquí en San Cristóbal todo el mundo lo conoce como el Noventero. Ya nadie se acuerda de cómo se llamaba cuando llegó.

—¿Y qué hace el Noventero?

—Pues no mucho. Pero es un personaje muy curioso. Es como que vive en otra realidad. Como si hubiese quedado enganchado a los noventa y siguiera viviendo ahí. Escucha Nirvana, Smashing Pumpkins, los años no han pasado por él. Ya lo va usted a ver uno de estos días: el pelo largo, la camiseta de MTV o de Guns N' Roses, la chaqueta de jean o la camisa a cuadros. En los bares se acerca al DJ, que normalmente está dándole a las bailables para que la gente se anime, y el Noventero jode y jode para que le suelten una de Pearl Jam o Nirvana, casi nunca le hacen caso, pero a veces sí, no tanto para complacerlo sino para burlarse de él, eso creo, porque el Noventero cuando le ponen la música y en los parlantes empieza a sonar la guitarra con que inicia "Jeremy" o "Come as you are" empieza a mover la cabeza, sacude su pelo largo, lo mueve de arriba a abajo, como en un concierto —Best hace el gesto, divertido, y después agrega—: Pobre tipo, un poco patético, al menos lo hace evidente, no lo trata de ocultar, como otros que siguen pegados a su época y se quedan estancados ahí, pero solo se les nota cuando están borrachos y se largan a hablar. Eso es mucho más triste.

La cosa, Míster, siguió Best, es que el Noventero llegó a San Cristóbal hace cuatro o cinco años, mucho antes que Sophia, empezó a circular por los bares con su pinta de otra época y alguien, no sé quién, le puso el Noventero y al principio lo llamaban así a sus espaldas, después como en broma alguien le dijo una vez: *te ves muy noventero, carnal,* como si fuera un elogio, y creo que le empezó a gustar, y entonces a veces, aquí mismo en el Tierradentro, o en alguna fiesta le empiezan a cantar la de Bunbury, "El extranjero", ¿la conoce?

—No creo —dije.

—Aquí a la gente le gustan las rolas de Bunbury —dijo Best—. Y cuando el Noventero está borracho le empiezan a cantar en coro esa canción, pero con la letra cambiada, *pero allá donde voy / me llaman el Noventero / donde quiera que estoy / Noventero me siento,* y a veces él, fumado o borracho, se anima, levanta los brazos, a veces incluso baila, y también se pone a cantar. ¿Se imagina qué clase de tipo, Míster?

—Me hago una idea.

—Pues bien —siguió Best—. El Noventero, no sé por qué, no lo entendí muy bien, quizá por esa onda pseudo-yanqui o quién sabe por qué, se hizo amigo de Sophia. Muy amigos.

—¿Qué tanto? —pregunté, ligeramente angustiado—. ¿Estuvo con ella?

—De ninguna manera —respondió Best con énfasis—. Eso se lo aseguro. Era más bien como su confidente. El Noventero la escuchaba, supongo que estaba enamorado de ella, la invitaba a su pensión para escuchar algo de Alice in Chains, supongo que pensaba que a Sophia eso le iba a gustar, pero no era el caso, ¿no, Míster? A ella la música creo que no le interesaba demasiado. Y bueno, para mí que ni siquiera lo intentó seriamente y se quedó en *friend zone* toda su vida. La chica que te gusta se vuelve zapatista antes de acostarse contigo. ¿No es un poco patético, profesor?

—Totalmente.

—De acuerdo —dijo Best—. Tiene usted toda la razón. Pero eso no es lo importante. Lo importante es que ese tipo es indudablemente un noventero. Un noventero que vive *en Chiapas*. ¿Entiende la contradicción?

—Explícamela.

Que los noventa en Chiapas significan Marcos, insurgencia, revolución. Pero para ese muchacho, que me cae tan bien, que es tan tierno y simpático, ya lo vas a conocer, los años noventa son otra cosa. Para él, los noventa son el rock alternativo y esas cosas. Otro mundo. Y esos dos mundos, dijo Best, como si lo hubiera ensayado o lo hubiese repetido muchas veces, no deben tocarse jamás. Dos universos paralelos, recitó como si estuviera dando clase, su mundito *grunge*, MTV, las camisas de franela, la cocaína, ese mundito donde el Noventero vivía y donde el Subcomandante se desarrolló en paralelo. ¿O cree usted que a pesar de vivir en el mismo país, y después en la misma ciudad, eso cambió algo la vida del Noventero? Pues no, siguió Best, son dos mundos incompatibles uno con el otro. Y ahora llego al punto, Best le dio un sorbo al martini y dijo:

—Y me apuro porque tenemos algo importante que hacer.

—¿Qué?

—Espere, Míster. Le decía que llego al punto. La idea es esta: siempre hay varios universos que se desarrollan en paralelo, pero nunca deben cruzarse porque el encuentro va a terminar mal. El Noventero, por ejemplo, a pesar de que vive en Chiapas, nunca ha permitido que se le junten. Y hace bien. Eso también debió saberlo Sophia. No me refiero solo al hecho de venir hasta aquí, no solo a volverse zapatista, eso fue el extremo de lo incompatible, de lo incoherente, pero con todo respeto, tampoco debió ocurrir lo que pasó con usted allá en Filadelfia.

Escuché sin sorpresa la información, a esas alturas no quería negar nada, no tenía sentido, así que me mantuve en silencio. Lo que pasa, siguió Best, es que a pesar de todo a veces los universos paralelos se cruzan, y cuando eso ocurre se produce una incompatibilidad, y ahí entro yo a solucionarla. Ese es mi trabajo: convertirme en el mediador entre esos dos mundos. Como estoy haciendo con Ramiro y los zapatistas, ¿entiende?

—Totalmente.

—Me alegra que haya captado rápido porque ya debemos

irnos —anunció Best—. Le propongo que vayamos a otro lugar, para que usted se relaje.

—¿Me vas a llevar a un prostíbulo, Best? No seas tan previsible.

—No, cómo cree, no le faltaría el respeto de esa manera. Lo llevaría a un prostíbulo si los hubiera decentes en esta ciudad, pero la verdad es que a mis paisanas lo que les sobra no es precisamente atractivo físico. Por eso, según dicen las malas lenguas, que siempre son mayoría, Marcos hizo la revolución: porque entre los dos impulsos vitales del hombre, de acuerdo con un tal Freud, a quien por supuesto no he leído y ni falta que me hace, entre esos dos impulsos, el *eros* y el *thanatos,* la escasez de belleza entre las chiapanecas lo decidió por el *thanatos.* Dicen que, si hubiera estado en Colombia o en Venezuela, en vez de revolucionario se habría vuelto proxeneta. ¿Quién sabe, no profesor?

—Tú lo has dicho. Quién sabe.

—Pero bueno, profesor, vaya pagando la cuenta mientras paso por el baño un minuto para terminar de acicalarme y nos vamos. Hay que empezar a trabajar.

Licho se puso de pie, sin terminar su segunda copa de martini, desapareció hacia el fondo del local. Pedí la cuenta, dejé unos billetes, me puse de pie, y cinco minutos después pisamos juntos la calle Real Guadalupe, uno al lado del otro, una pareja extraña, le llevaba cuarenta centímetros, lo que me hacía sentir extrañamente fuera de lugar, el sol todavía en lo alto, suave, tenue iluminación sobre la ciudad, rayos que comenzaban a extinguirse; las calles tranquilas, los turistas se movían en pequeños grupos, algunos vendedores ambulantes sin ganas de trabajar ofrecían sus productos en voz baja, sin convicción, Licho y yo tomamos hacia la izquierda, avanzamos dos cuadras, pasamos Diego Dugelay y Josefa Ortiz, en sentido opuesto a la catedral, luego por Vicente Guerrero, tres o cuatro cuadras, más adelante volvimos a girar, por un momento temí perderme o incluso ser asaltado, pero habíamos andado poco, no más de diez minutos, llegamos al inicio de una larga escalera de piedra, por algún lado vi el nombre de Comitán y por el otro Tonalá, pero no podría ubicar el nombre de la calle, no me importó, Best y yo trepábamos los grandes escalones en silencio, no pregunté adónde, no pregunté para qué, seguí subiendo, llegamos a un descanso, me di la vuelta y observé las calles de San Cristóbal desde las alturas, las luces a punto de declinar, el ocaso de un domingo, miré el espectáculo un momento, me pareció hermoso y conmovedor, esa quietud que se intuía desde las alturas del territorio rebelde, me distraje o perdí noción de la realidad por un instante, regocijado en la contemplación de la ciudad, una belleza imprevista a pesar de que las viviendas lucían precarias, y entonces Licho me arrancó del ensueño y me dijo que debíamos seguir, estábamos a punto de llegar, dimos vuelta a la derecha, por una calle paralela, cuando Best me dijo:

—Vamos a una charla. Aquí suelen hacer esas cosas los domingos, en realidad todos los días, talleres, charlas, conversaciones, la gente presenta sus trabajos sobre yoga, meditación, talleres con indígenas. Toda la buena conciencia de la ciudad.

—¿Aquí venía Sophia? —pregunté.

—Aquí vienen todos los extranjeros de la ciudad en busca del *new age* exótico —respondió Best—. Tiene que verlo por usted mismo.

Best miró la hora y declaró:

—Seis en punto. A esta hora empieza, pero siempre se retrasa unos quince minutos.

Luego se detuvo, estiró la mano, señaló una casa, la fachada color esmeralda, me dijo es ahí, en la casa verde, la puerta está abierta. Luego me tomó por el brazo y dijo: lo siento, profesor, pero debo irme. Tengo otros trabajos que hacer. Sobre todo lo del gordo Ramiro, que es terco y roñoso. Ahorita mismo tengo que reunirme con él para definir el *business*. Pero aquí ya saben que usted viene. Quédese tranquilo que no les he contado nada. Solo que es un buen amigo que está de visita. Pásela bien y llámeme mañana.

Y luego, sin que me diera tiempo a despedirme o decir nada, lo vi bajando ágilmente los escalones de vuelta al centro de San Cristóbal. Me quedé mirándolo desaparecer, su pequeña figura cada vez menos visible entre la lejanía y las luces de la ciudad que declinaban a la distancia. Dudé un instante qué hacer, después di media vuelta, trepé los diez o quince escalones que faltaban y me detuve ante la puerta abierta. Desde el interior se derramaba un animado murmullo de conversaciones. Sin otras alternativas a la vista, avancé unos pasos y decidí entrar.

2

El tipo, vestido con una camiseta de Nirvana, la cara de Kurt Cobain estampada en el centro del pecho, Dave Grohl y Krist Novoselic a los costados, más pequeños, como minimizados al costado del suicida, la camisa de franela, el pelo lacio y largo, cierto gesto simiesco, expresión de drogata apacible, de esos que se meten de todo y andan siempre tranquilos, sin problemas, dan confianza, parecen inofensivos, no parecen tener ambiciones ni grandes deseos, estatura promedio, los audífonos colgados de los hombros, pinta de adolescente a pesar de que le calculé unos treinta años, salió a mi encuentro, se acercó por el pasillo y me dijo:

—*Hey*, tú debes ser Emilio.

—Sí.

—Encantado, *brother*, qué padre conocerte. Best me habló de que venías.

Me extendió la mano y se presentó:

—Yo soy el Noventero.

Así lo dijo, *yo soy el Noventero*, pensé que era ridículo, nadie podía presentarse como el Noventero, tan ridículo como cuando el enano se había presentado como Licho Best, me pregunté por qué nadie en San Cristóbal de las Casas se llamaba como la gente normal, todo el mundo dividido entre nombres indígenas y extranjeros, los nativos de otras zonas del inmenso territorio mexicano se cambiaban el nombre, incluso el mismo Marcos, que había llegado a Chiapas desde Tamaulipas, al otro lado del país, había obedecido la fórmula, pero en su caso sí se justificaba el ocultamiento, no en el de este tapatío que me daba la bienvenida, relajado, entusiasta, como si hubiera estado escuchando una de Soundgarden en su iPod y en su cabeza todavía resonaran las guitarras eléctricas, me hizo un gesto para que cruzara un breve pasadizo, al final del cual, en un rincón, había una chica sentada detrás de una mesa, unos papeles sobre el tablero, y por la izquierda el ingreso a un salón donde unas diez o doce personas conversaban animadamente. Avancé por el pasillo, la chica me saludó con énfasis, como si quisiera venderme algo, y me extendió uno de los papeles, a golpe de vista reconocí la información, palabras como espiritual, alternativo, atmósfera, sanación.

—Muchas gracias —le dije.

—Primera vez que vienes, ¿no? —me preguntó.

—Sí, primera vez.

—Soy Paulina —se presentó. De inmediato le descubrí acento chileno, a pesar de que con ese nombre probablemente no hubiera necesitado el acento para descubrir su origen, me gustó que no tuviera seudónimo ni alias ni mote sino un nombre normal, al menos normal para ser chilena, pero me hizo sospechar que fuera extranjera, en San Cristóbal de las Casas todo el mundo parecía de otro lugar, ya empezaba a intuir en qué me había metido, también a hacerme una idea del mundo por el cual Sophia vivió no sé cuánto tiempo, antes de meterse con los zapatistas, si es que acaso en verdad se había metido alguna vez con los zapatistas y toda la historia no era una confusión o una fantasía, lo cierto es que me gustaba hablar con alguien que utilizara su nombre legal, el que debía estar impreso en su documento de identidad, pero también me di cuenta de que la chilena no era una chica sino una mujer con pinta de divorciada, a la distancia su vestimenta me había engañado con una falsa impresión de juventud, pantalón de pana con rayas amarillas, blusa colorida onda Frida Kahlo, también simulaba el magnetismo y la intensidad en la mirada de la cejijunta en la época en que trajinaba carnalmente con Diego Rivera y León Trotski en simultáneo, lo cierto es que la chilena debía pasar fácilmente los 35 años, tal vez era incluso mayor que yo, pero parecía haberse quedado detenida en una etapa de su remoto pasado, como si todavía fuera una universitaria en Santiago a fines de los noventa, una estudiante de cine, así la imaginaba cuando de pronto ella me dijo que sería la encargada de hablar ese día.

—Genial —le dije—. Muy interesante todo esto.

—Sí, todo muy guay —respondió, y yo me pregunté por qué carajo una chilena decía *guay*, no correspondía, pero la divorciada exestudiante de cine en Santiago, quien cada vez me parecía más vieja, ya estaba casi seguro de que era mayor que yo, agregó que hablaría informalmente sobre lo que estaba haciendo en la *comunidad*, y después escucharía comentarios y respondería preguntas, y luego seguro alguien sacaría un vino o un mezcal y se quedarían charlando quién sabe hasta qué hora y que, por supuesto, estaba invitado. Empecé a sentir cierto malestar en el cuerpo, no sabía exactamente en qué parte, difícil ubicarlo, malestar al imaginar a Sophia disfrazada con una de esas camisetas de Frida Kahlo, hablando de ecología y después de resistencia y después de autogestión, y entonces, con la nítida sensación de que estaba en el lugar incorrecto, de que debía largarme ahí mismo de esa cueva de buenas conciencias primermundistas y pseudo-primermundistas que bajaban al exótico fin del mundo para continuar reuniéndose exclusivamente entre foráneos, se parecía demasiado a la hipocresía que reinaba en los campus universitarios de Estados Unidos, pero aquí disfrutaban del atractivo adicional de encontrarse cerquísima de la verdadera revolución, del centro de las acciones, al borde de *The Real Thing*, y entonces cuando estaba a punto de decirle a la chilena que muchas gracias, que encantado, que maravilloso, que de puta madre, pero que acababa de recordar que se me había olvidado alimentar a mi perro, o mejor a mi gato, animal más adecuado para ese tipo de gente, lo confirmé cuando vi a un par de felinos ronroneando por la sala, justo antes de disculparme y salir corriendo de la conversación con la Paulina, escuché la voz del Noventero que me llamó por mi nombre, *hey Emilio*, dijo, me volví a mirarlo como quien ha encontrado la salvación, reconocí su mirada inocente, su sonrisa bonachona, su pinta inconfundible de mejor amigo, siempre confidente y nunca amante, vente por aquí que te quiero presentar a unos amigos, escuché su voz, y entonces le dije a la Paulina que ya volvía, que conversaríamos luego, que mucho gusto, no sé si me excedí en las explicaciones, no quería que esa versión chileno-chiapaneca de Frida Kahlo pensara que yo tenía alguna intención sexual con ella, que no era el caso en absoluto, avancé hacia la ubicación del Noventero, me presentó a cinco o seis personas, saludé rápido, escuché sus nombres y ocupaciones, cultivador de vegetales orgánicos, artista reciclador, capacitadora voluntaria, experta en reflexología, grafitero independiente, después de eso mi cerebro encontró oportuno extravío, dejé de pensar en ellos, pero me pregunté por qué se habían juntado en ese rincón del sur mexicano para crear esta especie de gueto de falso cosmopolitismo, me pregunté qué querían, me pregunté dónde estaban los chiapanecos, cuando una sonora voz porteña interrumpió mis cavilaciones y disparó:

—¿Y vos qué hacés, loco?

—Poeta conceptual —respondí.

Todos asintieron con beneplácito, como si hubiera atinado la respuesta, y después una chica con acento germánico, y también cara germánica, rasgos duros pero el conjunto no del todo desdeñable, me preguntó si me había mudado a San Cristóbal. He venido un par de semanas, dije, a ver qué onda, quizá después vuelvo y me quedo. *Cool*, dijo otra chica, esta sí con acento hispánico, no pude reconocer de dónde, y casi de inmediato la chilena se plantó en el umbral de la pequeña sala, dio tres palmadas para hacer silencio y anunció que empezaría su charla. La gente se dispersó, empezaron a colocarse en sus asientos, los gatos paseaban por la sala, yo también me ubiqué en un extremo y traté de sacar mi línea, gente entre veinte y sesenta años, todos vestidos más o menos igual, una chilena, un argentino, la germana, un par de inglesas o norteamericanas, una española, el Noventero tapatío, otros tres o cuatro hispanos, incluso los más viejos mantenían la pinta juvenil, y entonces arrancó el rollo de la chilena, a los dos minutos quería pedirle a alguien que por favor me metiera un tiro en la cabeza, la Paulina definía los principios del *reiki* y divagaba sobre la energía universal y su supuesta conexión con los pueblos originarios de Chiapas, mientras que yo pensaba en qué mierda se había convertido la izquierda, si es que realmente a esa payasada se le podía llamar izquierda, puro lenguaje barato, derecha disfrazada de izquierda, a lo que se suele conocer como *negocio propio* le llamaban *autogestión*, palabrita que me reventaba las pelotas, quería levantarme de mi silla para hacerles recordar, no vaya a ser que se les hubiera olvidado, que pocas cosas más elitistas que los cultivos orgánicos, signo de diferencia y distinción, marca de clase, la onda *new age* solo existe para quien pueda pagarla, y sin embargo no dudo de la honestidad de esos buenos muchachos, no dudo de que no vieran la diferencia entre pequeña empresa y autogestión, todos pensaban que eran izquierda y comunidad y anticapitalismo porque estaban en Chiapas y eso volvía invisible el hecho de que a esa reunión no hubiera asistido un solo chiapaneco, ni cuenta se daban del detalle, lo peor llegó en la posterior ronda de comentarios y preguntas, terminé ahogado en una marea de lenguaje oenegero, escuché la frase *fortalecer las iniciativas* no menos de doscientos cincuenta veces, me pregunté qué cojones tenía que ver todo ese *hipsterismo* inútil con el Ejército Zapatista de Liberación Nacional, como si reunirse en Chiapas bastara para certificar autenticidad, y así sufrí un buen rato hasta que dije muchas gracias, mucho gusto, buenas noches, y puse los pies en la calle.

—Nadie dijo una palabra sobre los detenidos del Ezeta —le solté al Noventero, como de pasada, sin darle importancia, mientras bajábamos juntos hacia el centro de San Cristóbal. Las luces de la ciudad rebelde titilaban a la distancia.

—Me late que el tema los complica —contestó el flaco, conciliador—. Algunos, los más antiguos, incluso conocieron a una de las detenidas.

—A la neoyorquina —dije.

—Sí —respondió el melenudo—. Creo que dos o tres llegaron a conocerla porque ella venía a estas reuniones. Pero solo unos pocos, aquí la mayoría llega y se va, se quedan un mes, tres meses, seis meses, hacen lo que pueden, clases de inglés, atienden mesas en bares, quién sabe, algunos nos establecemos, otros vienen con lana y montan su negocio, yo mismo hago de todo, aunque igual me ayudan mis jefes, no tengo muchos gastos y todo se me simplifica —dijo cuando su celular interrumpió nuestra charla con un riff de guitarra que se me hizo conocido pero no identifiqué, y el flaco me dijo—: Espera un tantito, que está llamando Best.

Se pegó el aparato a la oreja izquierda y lo escuché hablar: Quiúbole, señor Best.

Y luego: pos sí.

Y luego: sí, con él.

Y luego: aquí estamos bajando.

Y luego: no se diga más.

Se guardó el celular en el bolsillo de la camisa a cuadros y me dijo:

—El Best propone tomar algo por el centro.

—¿Dónde? —pregunté, como si tuviera alguna relevancia.

—En el Revolución. Le dije que íbamos juntos.

—Como quieras. No tengo ningún plan.

—Chido. Vamos para allá.

Seguimos descendiendo, escalones amplios y pesados, suficientes como para que pasara una procesión, luces bajas, murmullos en la oscuridad, pisamos Flavio Paniagua, giramos a la derecha, domingo por la noche, debían de ser las ocho, quizá ocho y media, caminamos en silencio unos minutos, me caía bien el Noventero, parecía un buen tipo, mucho más que eso, un alma noble, lo que se llama una buena persona, cualquier cosa que eso signifique, y entonces calculando cómo despertar su simpatía, le pregunté:

—Escuchan mucho rock en Guadalajara, ¿no?

—Hay muchos rockeros, sí —respondió el melenudo, animado por la charla—. Han salido buenos grupos, desde uno que se llamaba La Revolución de Emiliano Zapata, en los setenta. ¿Lo has escuchado?

—No —le dije—. Me gustaría.

—Chido. Ya te mando unos links más tarde.

—Bien. Y entonces, me decías que mucho rock...

—Sí, se ha mantenido el espíritu, la onda, a pesar de que de Guadalajara salió Maná, felizmente afuera la gente identifica a Maná como mexicanos, no como tapatíos, pero también es cierto que hemos perdido terreno, ahora la gente se engancha más a la banda, los gruperos, música bailable, pero en fin, ya no me importa, vivo aquí hace cinco años, me vine con unos amigos un verano y me quedé. Me gusta la onda, ¿te has dado cuenta, *brother*? Aquí como que te sientes más libre, nadie te juzga.

—Te entiendo perfecto.

Seguimos caminando, faltaban menos de dos cuadras, avanzamos de buen ánimo, llegamos al Revolución, nos quedamos un segundo detenidos en la puerta y desde ahí observamos a Licho Best en una mesa del fondo, se levantó, se puso de pie sobre una silla para hacerse reconocible, extendió sus diminutos brazos como un pequeño murciélago que extiende las alas, sonreía con sincero alborozo, parecía divertido o contento, nos acercamos a su mesa, nos sentamos, uno a cada lado del enano, que se mantuvo en la cabecera de la pequeña mesa, espiando desde ahí todos los movimientos en el interior del bar, y exclamó:

—Esta noche es para celebrar.

—Pos cuente qué celebramos pa' acompañarlo en la alegría —dijo el Noventero.

—Arreglé un *business* bien chingón con mi buen amigo Ramiro.

—¿Quién es ese?

—Aquí el amigo Emilio lo conoce —dijo Best y me señaló con el pulgar.

—¿Ramiro? Un gordo que no debe de haber pasado por la ducha desde la época de Cobain —dije.

—Ya cacho —dijo el Noventero—. Pero en ese tema no tengo mucho que criticar.

—Muchachos —interrumpió Best el breve intercambio sobre higiene personal—. Los he llamado porque hoy quiero celebrar. Por eso los he invitado. Quiero celebrar con la gente que en verdad estimo, con las personas que son importantes para mí.

—No faltaba más —dijo el Noventero—. Aquí estamos pa' lo que usted diga.

—¿Qué arreglaste exactamente con Ramiro? —le pregunté.

—Míster, no me haga entrar en detalles. Ustedes van a verlo con sus propios ojos esta misma semana. Lo único que puedo adelantarles es que verán al zapatismo vivo. Al zapatismo en todo su esplendor.

—¿Eso lo arreglaste tú, Best? —preguntó el Noventero.

—Yo mismito, Noventas. ¿Por qué lo dudas?

—Es que con los zapatistas hasta el mejor negociador del mundo puede tronar.

—El que nació perico es verde donde quiere —sentenció Best—. Yo negocio con el diablo y mañana me baja la temperatura del infierno...

—Es usted un chingón, Best.

—Gracias, mi querido amigo Noventas. Y por esa amistad que nos profesamos, la mismo que guardo aquí por el amigo Emilio, les sugiero que hoy beban todo lo que puedan. Quién sabe qué pasará la próxima semana.

—Pos como usted diga —dijo el flaco—. En ese punto ni ganas de contradecirlo.

Licho alzó el brazo izquierdo, chasqueó los dedos, que para mi sorpresa repiquetearon nítidos en medio del suave barullo del local, se acercó un mesero, le dijo que nos trajera tres martinis.

—Yo invito estas tres y después aquí el amigo Emilio, que es muy generoso, se encarga de las que vienen.

—Yo pago la segunda —dije—. Que no se te haga costumbre, Licho.

Best se echó a reír.

—Emilio es muy simpático —dijo, volviéndose hacia el flaco—. Ya verás que después se anima, pagará cincuenta copas y nos tendrán que sacar a madrazos de este bar.

Y luego, el gesto concentrado, se quedó mirando al melenudo y le dijo:

—Oiga usted, buen Noventero, aquí el amigo Emilio, no sé si te ha comentado algo, ha venido a Chiapas para hacer un poco de trabajo de campo sobre el Ezeta. Creo que nosotros, como buenos anfitriones, estamos en la obligación moral de echarle un jalón. ¿Cómo le hacemos?

—Pos yo estoy pa' lo que ustedes digan —respondió, solícito, el flaco—. Pero la verdad es que de zapatismo no sé nada. Ya sabes que estoy en otra onda.

—Lo sé, Noventas —dijo Best—. Pero algo, cualquier cosa, como para entrar al tema. Por ejemplo, ya que han detenido gente, tú eras amigo de Sophia, ¿cierto?

—Pos sí —replicó el Noventero, y bajó la mirada.

—Ese puede ser un buen inicio —siguió Best—. Pensar cómo alguien se vuelve zapatista. Tú que la conocías, ¿qué crees?

El Noventero se quedó pensativo.

—Ni idea —dijo—. Un día empezó a entrarle a la onda y yo qué sé. A poco le entró demasiado y al final se le botó la canica.

—Pero, ¿cómo era antes de eso? ¿Era *normal*?

—¿Cómo era Sophia? Tú la conocías, Best. Linda. Encantadora. ¿Normal? No sé. Tenía interés en el zapatismo, pero como todos aquí cuando recién llegan. Nunca imaginé que se metería de guerrillera. No seguí su… ¿cómo se le dice? ¿Evolución? Solo sé que empezamos a vernos cada vez menos. Y después desapareció.

—¿Crees que lo hizo siguiendo a alguien? —intervine por primera vez.

—Quién sabe —dijo el Noventero—. Nunca me comentó nada. Nunca la imaginé metiéndose a la Lacandona. Ni siquiera me quedó claro que en verdad se hubiera ido con los zapatistas. Su partida fue como un mito, ¿no, Best?

—Algo así —acotó el pigmeo.

—Sí, fue raro —siguió el Noventero—. En las reuniones se rumoreaba que se había ido con los zapatistas, pero no recuerdo que nadie tuviera información de primera mano. Todos lo habían escuchado de otro que también lo había escuchado de otro...

—Pero tú eras su amigo, uno de los más cercanos —lo animó Licho.

—Eso creí. Pero nunca me dijo nada. Hablábamos de otras cosas...

—¿De qué? —pregunté yo.

—De música. De Guadalajara, de Nueva York...

—¿De Filadelfia? —pregunté.

—No sé. Puede ser. No lo recuerdo bien. ¿Pasó algo en Filadelfia?

—Ahí estudió Sophia —apuntó Best.

—Puede ser. No lo recuerdo. Supongo que si decía Filadelfia no me sonaba a nada. Mi onda es Seattle, San Francisco...

El mesero, sigiloso, dejó las copas de martini mientras conversábamos. Le dimos los primeros sorbos. Best me miró de soslayo, como invitándome a que continúe por donde yo quiera. Pero el Noventero nos ahorró la disyuntiva, y continuó:

—Hablábamos también de Andy Warhol. A Sophia le gustaba Warhol. Yo siempre pensé que quería ser artista, pero no sabía cómo hacerle. No sabía pintar, no era poeta, no tocaba ningún instrumento, tampoco era escultora. Pero igual quería ser artista. O eso me pareció.

—¿Con quién más andaba? —preguntó Best—. ¿Quiénes eran los más cercanos a ella?

—Ella vino con otra gringa. Rachel, ¿te acuerdas de ella, Best?

—Algo. La vi un par de veces.

—Vinieron juntas del DF, creo que por un mes. Se alquilaron algo por aquí cerca, vivieron juntas. Pero después la otra gringa se fue. No hablaba español, casi nada, así que no la conocí mucho. Era como su mejor amiga. Pero creo que tampoco se conocían tanto tiempo. Me parece que se conocieron en México...

—Y después Rachel se fue —agregó Best.

—Sí, Rachel se fue, Sophia se quedó.

—¿Quiénes eran los más cercanos a ella? —repitió Licho la pregunta.

—Andaba con todo el mundo. Veía a la gente. Yo pensé que era uno de sus amigos más cercanos. Pero quién sabe. Cuando se fue me pareció raro, pensé que en realidad no la conocía tanto. Tal vez tenía otras conexiones, con eso del zapatismo, y yo nunca me enteré...

—¿Algún novio, algún amigo íntimo fuera del grupo? —preguntó Best—. Hay gente que se vuelve revolucionaria por amor.

—No que yo sepa. O no me lo dijo. Pero no creo, aquí todo se sabe.

—Cierto —apuntó Best con satisfacción—. Aquí todo se sabe.

—Pos yo no lo vi venir —dijo el Noventero—. O soy muy tarugo que no me di cuenta.

El flaco se quedó pensativo, mirando su copa de martini.

—No sería raro que haya andado también con otra gente y lo mantuviera en secreto —dijo Best—. Los zapatistas son como otro mundo aquí, Míster. Un mundo paralelo. La dimensión desconocida. Si Sophia tuvo aquí esa doble vida, nadie debería sorprenderse. Ni siquiera me sorprende que tú, Noventas, con todo lo que la conocías, no hayas cachado la onda.

—Muchachos —dijo el flaco, el gesto un poco afligido—. Para mí fue difícil que Sophia desapareciera. Prefiero no darle tanta vuelta al tema. Se fue y ya. Aquí seguimos nosotros.

—Cierto —dijo Best—. Pero quiero confesarles algo. Compartirles una sospecha, solo para ustedes, como buenos amigos que ustedes son. ¿Será posible que la hayan secuestrado? Es raro que se vaya así, de un día para otro, sin decirle nada a nadie, después de... ¿cuánto tiempo?

—¿En San Cristóbal? Casi un año —dijo el melenudo.

—Eso. Es bastante tiempo. O se la llevaron a la fuerza o en realidad se fue de Chiapas o se fue de México y quién sabe cómo después terminó capturada en la Lacandona. Si es que en verdad fue capturada ahí. Yo, la verdad, hasta ahora lo dudo. ¿Alguien la ha visto? La prensa solo ha publicado fotos antiguas. Su nombre. Su biografía. Pero, ¿hay fotos de ella detenida? ¿Declaraciones? Nada. No me sorprendería que todo esto sea un montaje. O la mataron y ahora usan su nombre.

—No —dije—. Sophia no puede estar muerta. Es imposible.

—¿Cómo así tan seguro, Míster?

—Es una sensación. Un pálpito. No sé cómo explicarlo.

—Antes de afirmarlo necesita saber algunas cosas, Míster —siguió Best—. Para empezar, que el zapatismo es cerrado. Muy cerrado.

—Cierto —secundó el flaco—. Yo vivo aquí hace años y de zapatismo no sé una madre.

—El misterio más grande de la humanidad, al menos de nuestra época —dijo Best—. Le aseguro que hasta yo tengo problemas para descifrarlo. Nadie sabe lo que en realidad pasa en los caracoles. No es que este güey no sepa nada porque es alienado ni agringado ni porque tiene su camiseta de Nirvana. Nadie sabe nada de zapatismo. El Ejército Zapatista de Liberación Nacional es el secreto más grande en la historia de este país. Y hay pistas falsas que ayudan a mantener el secreto, ¿me entiende? Por ejemplo, usted habrá visto, existen los *zapatours*. El nombre lo tomaron de un desplazamiento que hicieron los zapatistas a Ciudad de México, a pie y a caballo, hace como diez años. Los *zapatours* sirven mucho para despistar. Te cobran y te llevan. Lo hacen medio clandestino para que no se sepa que es falsificación. Es la chingadera más grande que se ha creado en la región. Algunos, como mi buen amigo Ramiro, pensarán que es para ganarse una lana o para lucrar con el deseo de turismo revolucionario. Pero no: es una tapadera. Usan el caracol de Oventic, una especie de museo que pretende pasar por realidad. Vas al caracol de Oventic y están los zapatistas con sus pasamontañas. Te piden pasaporte para entrar, hacen como que te investigan, te preguntan qué quieres, de dónde vienes, para qué los visitas. A algunos, a pesar de que ya han pagado por el tour, les niegan el ingreso. Y después no te dirigen la palabra, no responden preguntas. Juegan al ocultismo y entonces tú, que has pagado por el paseo, te vas convencido de que viste al zapatismo. ¿Se da cuenta? Los verdaderos fingiendo ser verdaderos, pero de otra manera. Hay escuela y hospital. Gente silenciosa trabajando la tierra. Murales a los que no te dejan tomarle fotos para aumentar el mito y parezca que se te permite acercarte al secreto. Pero todo es pura pantalla. Para que parezca que eso es el zapatismo. Que tuviste la experiencia real. Pero es justamente todo lo contrario: rodean de misterio la mentira para que parezca que es verdad. ¿Me entiende?

—Mucho más de lo que crees —le dije.

—Bien —dijo Best—. Si le interesa, en coche privado llega a Oventic en una hora.

—Lo sé —dije—. Quizá lo visite un día de estos.

—Pero hay algo más importante que me inquieta —siguió Best—. Me preguntaba si Sophia pasó de ahí. Si fue capaz de trasponer Oventic y llegó al otro lado. Al zapatismo *real*.

—Pos quién sabe —repitió el Noventero.

—Y me preguntaba también, queridos amigos, si uno llega ahí, al zapatismo real, ¿será posible volver? Quiero decir: si Sophia llegó hasta el núcleo, ¿en verdad puede estar presa? ¿Es posible salir? Y si lo consigues, ¿puedes ser el mismo después de esa experiencia?

—Muchas preguntas, Best —lo interrumpí—. ¿A qué quieres llegar?

—Lo que yo le sugiero, profesor, con toda confianza, aquí entre nosotros, es que si quiere entender algo de lo que está ocurriendo empiece a seguirle el rastro a Sophia. Vaya donde ella pudo empezar su recorrido zapatista, y a ver dónde termina.

—Habla más claro, Best —dije—. ¿Qué me estás sugiriendo?

—Aquí en San Cristóbal existe un lugar que se llama Archivo General de Chiapas. Esa es la memoria del Estado, la escrita, la que está en los libros y los documentos, porque ya sabe usted que la otra, la que está viva, la que palpita, está aquí, conmigo, en este cerebrito —Best se apuntó la cabeza con el índice.

—Archivo General —repetí—. ¿Qué se supone que puedo obtener ahí?

—Para empezar, imitar lo que hizo Sophia. Después ya usted verá. Yo le diría que vaya mañana mismo y pregunte. Diga que está escribiendo un libro sobre el zapatismo o cualquier chingadera y a ver qué onda le tiran. Porque aquí en San Cristóbal parece que nadie sabe qué pasó con ella.

—Yo puedo ir contigo —dijo el flaco—. No tengo nada que hacer mañana.

—No —cortó Best—. Que el amigo Emilio vaya solo, que si apareces tú, con ese look, metemos el choclo.

—Órale —dijo el pelucón—. Ya me contarán.

—No lo dudes, Noventas —señaló Best, satisfecho—. Pronto sabremos mucho más.

Y después dijo que nosotros nos quedáramos bebiendo, pero que él debía marcharse. Me pidió que lo llamara al día siguiente. Se puso de pie, sin dejar un solo billete por los martinis y, tal como acostumbraba, desapareció velozmente del Revolución. El Noventero y yo nos quedamos a solas. Nos miramos, sin decir nada. El flaco no sabía nada de mí, yo un poco más sobre él. Su compañía me resultaba agradable, como si en cierto sentido me identificara con él, y esa noche en el Revolución, el primer martini a punto de acabarse, tenía ganas de preguntarle más sobre el tiempo que Sophia había pasado en San Cristóbal moviéndose entre círculos hipsters y quizá también en otros ámbitos sobre los que ni el Noventero ni yo teníamos noticia. Quise también preguntarle si tenía fotos de su época en la ciudad, a pesar de que no quería verlas, por alguna razón me negaba a mirar a Sophia en esa etapa posterior a la que pasó conmigo. Sin embargo, estaba a punto de preguntárselo y también de pedirme un whisky doble y bebérmelo de un trago y después contarle todo al Noventero, a esas alturas sentía la necesidad de contar mi historia con ella, todo lo ocurrido en Filadelfia, cómo la conocí, qué pasó con ella, confesarme, purificarme, miré al flaco, calculando si mi historia sería de su interés, pero un segundo antes de que me lanzara a hablar el melenudo se puso de pie, apuntó con el índice al DJ y dijo:

—Voy a preguntarle a ese cuate si me pone una de Pearl Jam.

3

El lunes temprano, ningún efecto alcohólico, a pesar de que había terminado bebiendo con el Noventero más tragos de los previstos, me levanté de la cama, ningún dolor de cabeza, sí la angustia de siempre, en los últimos años normalizada como parte de mi organismo, ansiedad que de vez en cuando amenazaba terminar en crisis, desesperación sin razón aparente, demasiado tiempo abusando de antidepresivos, tranquilizantes, pastillas para dormir, por eso aquella mañana de lunes abrí el pequeño refrigerador de mi cuarto de hotel, saqué una botella de agua, me metí tres Clonazepam de un solo trago y después encendí el televisor. Busqué un noticiero local, la periodista entrevistaba a un burócrata cuya inutilidad no me interesó desentrañar, subí el volumen para que sus voces me acompañaran mientras tomaba una ducha, dejé correr el agua y me sumergí en el chorro caliente, las voces en la televisión alcanzaban mis oídos como suaves murmullos, permanecí largo rato bajo el agua, salí del baño una hora después, toalla grande alrededor de la cintura, toalla pequeña colgando del hombro derecho, el noticiero había concluido y las pastillas habían producido el efecto deseado, me sentía limpio en cuerpo y alma; animado por la sensación de bienestar me acerqué a la ventana, todavía desnudo, celular en mano, la luz de la primavera resbalaba sobre las copas de los árboles y manchaba las calles, observé el fluir de la vida chiapaneca tres pisos abajo, busqué en Google Maps la dirección del archivo mencionado por Licho Best la noche anterior.

El horario de atención arrancaba a las nueve, miré la hora y eran precisamente las nueve, la aplicación calculaba que a pie debía llegar en veinte minutos, sin embargo me di cuenta de que tendría que subir una colina, los veinte minutos se extenderían a media hora, pero no tenía prisa, iba a detenerme en un café y beber un *espresso* doble y un americano con Kahlúa o Tía María, nada mejor que combinar café, alcohol y pastillas para aniquilar la angustia, sobre todo cuando surge sin razón aparente, a pesar de que esa mañana mi ánimo estaba arriba, tenía un objetivo específico aunque me estuviera demorando en las fases intermedias, la idea fija de rastrear los pasos de Sophia, reproducir sus movimientos, imitar sus acciones, ir detrás de ella, lo opuesto a lo acostumbrado, ahora ella marcaba el paso y yo iría detrás, el intercambio de papeles no me disgustaba, en años anteriores había buscado distracción leyendo libros sobre desaparecidos, *bestsellers* sobre gente de la que nunca se sabe nada más, como *Gone Girl* de Gillian Flynn, convenientemente traducida como *Perdida*, título de mayor alcance que resultaba adecuado si pensaba en Sophia; también libros más *serios* como *The Missing* de Andrew O´Hagan, que había leído muchos años antes en español, cuando vivía en Lima, con un título más potente que el original: *Los desaparecidos*; o *Missing* de Alberto Fuguet, quien acertó al titular su libro en inglés, en español hubiera perdido potencia, exactamente lo opuesto de O´Hagan, todas historias de gente que desaparece y otra gente que los busca: pero esta, la de Sophia y yo, no era la historia de una desaparecida. Sophia estaba en la cárcel, no había ningún enigma que resolver, al menos no de ese tipo, no era la historia de una desaparecida sino que lo desaparecido era precisamente la historia. Esa es la diferencia, pensé: lo desaparecido es la historia. Y mientras terminaba de arreglarme calculé las múltiples formas que existen de perderse y en la variedad de significados que puede asumir la palabra, y pensé si yo podría ser considerado un criminal luego convertido en detective de su propio crimen, y me pregunté por qué motivo Licho Best me había empujado hacia esa búsqueda, lo imaginé moviendo los hilos de una marioneta que bailaba a su ritmo, el enano canturreaba una canción y debajo la marioneta se movía, obediente, junto a la marioneta me movía yo y también todo el Estado de Chiapas, mientras el enano se reía a carcajadas.

Salí de mi habitación de buen ánimo, alcancé el vestíbulo del hotel pensando que Licho Best podía ser mitómano, ventajero, manipulador, pero que a pesar de esas condiciones no era imposible que estuviera efectivamente colaborando para que yo obtuviera lo que buscaba. No tenía claro en qué consistía exactamente mi objetivo, reencontrarme con Sophia era solo la capa más superficial en mi búsqueda angustiada de hallar respuesta a lo que quizá no la tenía, a lo que en definitiva es inexplicable, los mecanismos por los cuales uno se transformó en aquello en que finalmente los años lo dejaron convertido, por eso deambulaba por una ciudad desconocida en la que antes del viaje no conocía absolutamente a nadie. Tal vez Licho me estaba ayudando a enlazar fragmentos dispersos, pisé Real Guadalupe, jóvenes ofrecían servicios turísticos a viva voz, montar caballo en San Juan Chamula, capillas en Chiapa de Corzo, cataratas del Chiflón, las cinco lagunas en la frontera con Guatemala, ruta maya, paseo por la Lacandona. A uno de esos jóvenes, un gordito con cuerpo de flaco pero panza descomunal, le pregunté de pasada, casi sin detenerme, si ofrecían *zapatours*. El panzón me miró extrañado, como dudando por un momento de mis verdaderas intenciones, y después de veloz estudio de mi aspecto resolvió con un vacilante:

—Eso tiene que hablarlo con el jefe, pero todavía no ha llegado.

—¿A qué hora lo encuentro?

—Pásese a las once.

Le di la mano a modo de despedida, animado, con ganas de tirarle una propina que el gordo no había hecho nada para merecer, seguí avanzando en dirección oriente por Real Guadalupe, pero antes de traspasar la frontera del centro histórico me detuve en El Carajillo, repleto de turistas que bajaban a tomar desayuno, el menú de dos opciones contrarias, unos deglutían gruesas paredes de panqueques, la miel derramándose como una cascada, otros ingerían insípidas ensaladas, no había punto intermedio entre ambas categorías, los hábitos alimenticios de los turistas se dividían en dos grupos incompatibles, los alimentos supuestamente saludables que excitaban a la izquierda *cool* o el abundante colesterol de los productos del capitalismo salvaje que cebaba las panzas neoliberales de los turistas conservadores, pero esa mañana, después de la ducha caliente y la triple dosis de Clonazepam no me importaba lo que hicieran unos ni otros, así que indiferente a los hábitos alimenticios de la población mundial avancé hacia la barra de El Carajillo, me ubiqué en la única silla libre y pedí un café con un chorro de mezcal. Me relamí los labios después del primer sorbo, le dejé cinco dólares de propina a la joven *barista*, una venezolana o dominicana que estaba buena, tomé mi vasito de cartón y seguí caminando con rumbo oriente, una cuadra más adelante Real Guadalupe dejaba de ser la coqueta calle empedrada del centro para convertirse en una holgada avenida, tres carriles por lado, parecía una carretera y también una sutil invitación al delito, ruta perfecta para huir a todo tren después de cometer un crimen. A medida que avanzaba, las veredas se fueron angostando hasta terminar por desaparecer, un par de kilómetros por delante se erguían montañas recubiertas de hierba, una sombra verdosa delataba la proximidad de la selva, podía sentir el olor de la vegetación a la distancia, avanzaba mientras sorbía mi café con mezcal, alegre y satisfecho, pensé que si hubiera tenido audífonos me habría bastado poner Dolores Delirio y hubiese retrocedido hasta la época en que caminaba a mis clases con tres energizantes y el polvillo de los antidepresivos corriendo por mis arterias, pero ahora, andando por Real Guadalupe, que había dejado de llamarse Real Guadalupe y se había transformado en La Quinta y después en La Garita, recordé esa época con nostalgia, como si hubiera sido mejor de lo que efectivamente fue.

Miré el mapa en el celular, si la información era correcta estaba a cuatro cuadras del archivo. Las calles se empinaban, me elevé sobre la superficie de la ciudad, apuré mi vasito de cartón para terminar de templar el ánimo y afianzar la sensación agradable de esa mañana, me bajé tres sorbos uno tras otro, el alcohol y la temperatura del líquido me quemaron la garganta, pero me sentí bien, tiré el vasito en una esquina, seguí las indicaciones de Google Maps y pasé delante del museo Na Bolom y de la galería Eklektika, nombre coqueto, hubiera querido pasar un rato a mirar qué tipo de arte estaba produciendo San Cristóbal de las Casas, pero más grande era mi deseo de llegar de una vez al Archivo General de Chiapas, que no encontraba por ningún lado, debían haber cambiado la dirección o lo habían definitivamente clausurado, volví hacia el Na Bolom y le pregunté al portero por el archivo, el tipo me ofreció unas indicaciones confusas, lo único que comprendí es que debía empezar por la derecha y después de treinta indescifrables requiebros por las callejuelas enredadas que algún malsano espíritu había diseñado en esa colina, a la salida del centro de San Cristóbal, iba a encontrarme con el lugar que buscaba. Agregó que parecía difícil, pero que no tardaría más de cinco minutos en llegar, grave error, no fueron cinco sino veinte esforzados minutos remontando subidas y bajadas, probablemente vueltas en círculo, estaba a punto de desistir cuando pasé delante de una puerta abierta, miré hacia el interior y vi un patio grande y vacío. Traspuse la puerta de entrada, lancé una mirada panorámica, al final de un pasillo lateral, sobre una vieja puerta de madera, un modesto cartel indicaba: Archivo General de Chiapas. Fui hacia la puerta, la toqué con los nudillos, pasó un minuto y nada, estaba vacío o a nadie parecía importarle, volví a tocar con más fuerza y al rato apareció una chica, en realidad no tan chica, unos treinta años, gesto adusto, pelo amarrado en un moño, estatura minúscula, podía pasar como la hermana de Licho Best, me miró con curiosidad, como si no estuviera acostumbrada a la visita de ningún extraño, la saludé con mi máxima amabilidad, y luego le pregunté, solo para iniciar conversación, si ese era el Archivo General de Chiapas.

—El mismo —dijo.

—Qué suerte la mía —repliqué, resoplando—. No sabes cuánto me ha costado llegar.

La chica me miró con interés.

—Mi nombre es Emilio —le dije y le extendí la mano—. Soy un arqueólogo peruano.

—Sí —dijo ella.

—Vine porque me comentaron que en este archivo está toda la historia de Chiapas y quería consultar unos documentos.

—Sí —repitió ella, mecánicamente, como si no hubiera entendido una sola palabra.

—Me entusiasma mucho el material histórico —seguí—. Los arqueólogos no solo observamos ruinas, también nos interesan los archivos. Creo que son un material muy valioso.

—Sí —repitió ella. Parecía no tener idea de qué estábamos conversando.

—Entonces, ¿puedo pasar a darle una mirada a los documentos?

La vi indecisa, como si enfrentara una disyuntiva que nunca antes se le había presentado, y al fin resolvió:

—Pos yo creo que no hay problema.

—Muchas gracias. ¿Cuál era tu nombre?

—Eliana.

—Te agradezco mucho, Eliana. Eres muy amable.

Avanzamos por un pasillo poco iluminado, los chorros de luz natural se atenuaban en la antigüedad del lugar, caminé un metro detrás de ella, a la expectativa, como si estuviera esperando desembocar en un inmenso salón lleno de documentos en el cual podría identificar, después de larga pesquisa, aquel libro, papel, folio, página, frase, aquella palabra definitiva que alguna vez debió de leer Sophia y la condujo hacia la profundidad de la experiencia en que había terminado hundida. Pero mis expectativas rápidamente quedaron defraudadas, el supuesto gran archivo era en realidad una minúscula biblioteca, a la que accedimos después de breve caminata, ventanas cerradas, madera enmohecida, mezquina ventilación, escritorio junto a la puerta, donde Eliana trabajaba.

—Esto es lo que tenemos —me dijo, señalándome los cinco o seis anaqueles que se amontonaban en el recinto. Calculé que la biblioteca de mi escuela primaria era diez veces más grande—. Consulte lo que quiera y me dice si puedo ayudarlo en algo.

Le agradecí, decepcionado por la insignificancia del supuesto gran archivo, luego me puse a dar vueltas entre libros y manuscritos clasificados sin orden comprensible. Observé viejos volúmenes que nadie parecía haber abierto nunca, títulos como *Urbanización en San Cristóbal de las Casas 1940-1960* o *Las comunidades de Las Cañadas en el siglo XIX*, reconocí una vieja edición de *Las venas abiertas de América Latina* de Eduardo Galeano y otra del *Canto general* de Pablo Neruda, en menos de dos minutos cedí al aburrimiento y la desolación, pero seguí rondando los anaqueles, Eliana tecleaba en su vieja computadora al otro lado del recinto, después de cinco minutos me acerqué a ella y le comenté, como si no le diera demasiada importancia, que me había llamado la atención no haber visto nada sobre zapatismo.

—¿Zapatismo? —preguntó Eliana, como si hubiera escuchado una palabra impronunciable.

—Sí. Aquí tendrán un archivo sobre el movimiento, supongo.

—¿Zapatismo? —volvió a preguntar.

—Eso mismo —le dije, intentando sonreír.

Eliana me miró un momento, indecisa, y después dijo:

—Espéreme un tantito.

Se levantó de su escritorio, salió de la biblioteca, oí sus pasos alejándose, esperé merodeando entre los anaqueles, al rato escuché que alguien entraba a la oficina. Eliana venía acompañada de un tipo de unos cincuenta años, gruesas gafas, pelo revuelto y entrecano.

—Es el Licenciado Torres, encargado del archivo —lo presentó la chica—. Tal vez pueda ayudarlo.

Le extendí la mano al canoso y, para no ir en contra de lo que le había dicho a Eliana, me presenté otra vez como arqueólogo. Pero esta vez agregué que era aficionado a la fotografía. El sujeto parecía menos inocente que la muchacha, así que fui con mayor cautela.

—La transición de arqueólogo a fotógrafo es más natural de lo que parece —comenté—. Como las piezas más valiosas no se pueden remover, para lo primero que uno tiene que estar preparado es para tomar fotos. Las mejores fotos posibles. Como si fuera la policía reconstruyendo una escena del crimen. Solo que en lugar de registrar la destrucción nosotros restauramos viejas creaciones humanas a partir de sus vestigios.

El tipo me miró como diciendo y a mí qué chingo me vienes a cantar ese bolero. Así que le solté directo:

—He venido hasta aquí porque estoy interesado en fotografías del zapatismo.

El sujeto me miró a los ojos y preguntó:

—¿Zapatismo de Emiliano o del Ezeta?

La pregunta me tomó por sorpresa. No tenía idea de que en el siglo XXI, mucho menos en Chiapas, fuera posible asociar zapatismo a la vieja Revolución Mexicana. Y entonces respondí, como si estuviera reconociendo una falta:

—Ezeta —. Y para no cerrar mi respuesta con lo que intuí concesión o debilidad, agregué—: Esas fotos serían como uno de los materiales arqueológicos con que trabajo. Restaurar una experiencia a través de los restos. Pero en este caso no con objetos materiales, sino con fotografías.

El sujeto me miró por primera vez como si comprendiera. Ya sabía a qué iba. Ya sabía cuál era mi objetivo. Pero se limitó a preguntar:

—¿Ezeta?

—Ezeta.

—No tenemos nada —remató el licenciado.

—¿Nada? ¿Nada del Ezeta?

—¿Qué busca *exactamente*?

—Todo tipo de fotos —improvisé—. Desde imágenes de la toma de ciudades en el 94 hasta la vida cotidiana en los caracoles. Todo lo que me permita reconstruir la experiencia zapatista como si fuera una civilización antigua.

El sujeto se mantuvo callado, así que continué:

—Sé que el movimiento sigue vivo, pero hay muy poca información. Por eso quisiera tomar vestigios y construir con ellos un panorama para comprender qué ocurre actualmente. Qué significa hoy el zapatismo.

El licenciado me quedó mirando y se rascó la barbilla, dubitativo.

—Raro que alguien venga a preguntar por eso —indicó—. ¿Usted dijo que viene de Perú?

—Sí. Volé de Lima a Ciudad de México, y después directamente hasta aquí. Casi quince horas, tiempo de conexión incluido.

—¿Para buscar fotos del Ezeta?

—No solo eso —concedí para sonar verosímil—. También para hacer un poco de turismo. Conocer la zona maya. Como usted sabe, es una experiencia soñada para cualquier arqueólogo. Pero sí, la razón principal fue buscar fotos del zapatismo.

—Es raro —repitió el canoso, como si me hubiera prestado atención a medias y hubiese seguido pensado por su cuenta—. Ya casi nadie pregunta por el Ezeta. Aunque los últimos días todo se ha reactivado un tantito por las detenciones. ¿Ha leído las noticias?

—Escuché algo. Pero no estoy muy al corriente.

—Sí, es un interés débil. Tampoco creo que dure mucho. En San Cristóbal, el Ezeta solo sirve para promover el turismo. Mire, por ejemplo aquí, en el archivo, no quedaron ni los libros...

—Quiere decir que antes sí tuvieron...

—Teníamos material, sí. Pero ya no...

—¿Qué pasó? ¿Dónde se lo llevaron?

El licenciado volvió a rascarse la barbilla. Percibí en su gesto cierto hastío, no supe si ocasionado por el mismo tema, por mi insistencia o las dos cosas.

—Me voy a fumar un cigarrito al patio —dijo—. ¿Me acompaña?

Asentí, satisfecho. Parecía un avance. Salimos de la pequeña biblioteca, nos instalamos en medio del patio, el licenciado me ofreció un cigarro, que acepté, sacó su encendedor, les echó fuego a ambos puchos, tiró un par de caladas. Luego se acomodó muy cerca de mí, como para hablar en voz baja, y dijo:

—El Ezeta es un tema prohibido aquí. No prohibido por mí sino, cómo explicarle, prohibido como *política institucional*...

—Tema prohibido —repetí—. En Chiapas. Nunca lo hubiera imaginado...

—Cómo le explico. No quisiera que usted haya venido desde Perú para nada...

—Se lo agradezco. Toda información me servirá mucho.

—No se supone que debería contarle nada, pero ha pasado tanto tiempo...

—Más de veinte años. Tiene usted toda la razón...

—Es sencillo decirlo: todo desapareció. Trabajo en este archivo casi veinticinco años, recuerdo todo como si hubiera pasado ayer.

—¿Qué fue lo que desapareció?

—Vea usted —siguió el hombre, el cigarro aferrado con fuerza a la altura del vientre—. Cuando los zapatistas tomaron las armas yo llevaba trabajando aquí un par de años. Entré en octubre del 91. Y desde entonces corrían rumores de que agentes encubiertos de la CIA andaban dando vueltas por la zona.

—La CIA —repetí.

—Los meros —contestó—. Disfrazados de turistas, por supuesto, pero todo el mundo sabía quiénes eran y por qué estaban acá. A veces venían al archivo como interesados en aprender la historia de Chiapas. Pero nosotros ya habíamos agarrado la onda y sabíamos que nos estaban vigilando. Todas las instituciones eran sospechosas. Todo lugar donde se juntaba la gente era para ellos sospechoso.

—La CIA dando vueltas por aquí. Nunca lo hubiera imaginado.

—Oiga, la CIA ha matado presidentes en Latinoamérica, cómo no iba a venir a vigilarnos y ver qué onda.

—Tiene razón —dije—. ¿Cuánto tiempo se quedaron?

—Hasta fines del 96 o por ahí. Fueron más de tres años, porque el alzamiento ya se veía venir desde antes. Sabíamos que los agentes gringos podían hacer cualquier cosa, empezando por desaparecer a cualquiera de nosotros si nos encontraban sospechosos. Y claro que nuestro archivo también estaba en peligro. Demasiada información junta...

—¿Qué tipo de información?

—Espere —me cortó—. Le contaba del archivo.

—Sí...

—Sabíamos que estaba en peligro —continuó—. Pero nadie hizo nada por evitarlo.

—¿A qué se refiere?

—Miedo. Mucho miedo. Pánico. Lo mejor era hacerse el que uno ni se enteraba. Hasta que un día salimos del trabajo a las cinco de la tarde, volvimos la mañana siguiente a las ocho y... ¿sabe qué?

—¿Qué pasó?

—Que todos los documentos sobre el Ezeta habían desaparecido —dijo—. Absolutamente todo.

—Todo desapareció. ¿Y qué hicieron?

—¿Qué hicimos? ¡Pos nada! ¿Qué más podíamos hacer? El director del archivo en esa época, apenas enterado del allanamiento, nos reunió en su oficina y nos dijo: M´hijos, aquí no pasó nada. Aquí no desapareció nada. Aquí nunca hubo nada. Sigamos con lo nuestro.

—Terrible. Supongo que a usted no le habrá gustado...

—Prefiero no opinar en primera persona —apuntó el licenciado, ajustándose las gafas al puente de la nariz—. Pero sí puedo confesarle que desde mucho antes yo había pensado llevarme esos archivos. Guardarlos en mi casa. Estaba seguro de que cualquier día íbamos a llegar por la mañana y encontrar el archivo incendiado. Lo malo es que moverse con esos documentos era como andar con una bomba que te podía explotar. Si nos encontraban los gringos con eso, mejor tomarse un mezcalito, poner un corrido y despedirse de la familia.

—¿Qué había en esos documentos? ¿Por qué eran tan peligrosos?

El licenciado se quedó callado un momento y luego dijo:

—Lo siento, pero esa información convenientemente la he olvidado —le dio una pitada más al cigarro y agregó—: O supongamos que la olvidé. Además, ahora con las detenciones, mejor seguir celebrando el olvido. No quiero ponerme en riesgo. A menos que usted mismo sea de la CIA y hace rato yo mismito la regué. Tampoco me sorprendería, déjeme decirle.

—Entiendo —le dije, sin ganas de contradecirlo—. Entonces, ¿no hay nada? ¿En ningún lado? ¿Todo desapareció?

—Vea usted —dijo, tomándome del brazo—. Ya sé que usted es arqueólogo, pero permítame hacerle una recomendación. Para lo que usted quiere hay algo mejor que la arqueología.

—Mejor que la arqueología. Cuénteme…

—La experiencia viva, en directo…

—Explíqueme mejor…

—¿Conoce la Universidad Campesina?

—No. ¿Qué es?

—No se lo puedo explicar. Le sugiero que vaya con ellos. Ahí encontrará cosas más interesantes.

—¿Qué tipo de cosas?

—Ya le digo. Eso no se lo puedo explicar.

—¿Dónde queda?

—Tómese un taxi. Antes de subir, pregúntele al chofer si conoce. No todos conocen. Pero no pague más de sesenta pesos.

—¿Qué tan lejos está?

—En taxi, veinte minutos.

—De acuerdo. Voy para allá. ¿Qué debo hacer ahí? ¿Por quién pregunto?

—Eso, lo siento, no se lo puedo decir —sentenció, enigmático, el licenciado—. Descúbralo por usted mismo. Pero le aseguro que será mucho mejor que haber venido a perder el tiempo a este pinche archivo.

—Licenciado —insistí—. Usted me está ayudando mucho.

Pero necesito que me brinde alguna información adicional.

—¿Información adicional? ¿A qué se refiere?

—Cualquier cosa que pueda ayudar a que mi visita a esa universidad sea productiva.

El canoso pareció pensativo, o lo simuló con alguna eficacia.

—Podría darle una frase, pero eso me pone en riesgo —dijo.

—¿Una frase? ¿Se refiere a una especie de contraseña?

—No exactamente. Pero sí una frase...

Y luego de un breve silencio, en que simuló estar muy concentrado, susurró:

—Vea que me pone en una posición difícil. Yo ni siquiera sé quién es usted.

—No se preocupe. Yo se lo voy a agradecer. Y, por supuesto, apenas me largue de aquí, me habré olvidado de que hablé con usted.

—Cien —dijo el licenciado.

—¿Cien? ¿Esa es la frase?

—No, hombre, cien dólares es lo mínimo que aceptaría como voluntad suya para decirle la frase. Ningún seguro de vida me va a salir más barato ni por una semana.

Por alguna razón no protesté ni me sentí estafado. Por el contrario, abrí mi billetera, saqué dos billetes de cincuenta y se los entregué. El licenciado se los guardó, sigiloso, en el bolsillo de la camisa.

—Pues bien, recuerde esto: la palabra *maestro* se escribe con la misma letra con que se escribe la palabra *mujer.*

Repetí la frase. Le pregunté si eso era todo.

—Yo creo que más que suficiente —declaró.

Asentí. Le di la mano. Le di una palmadita amistosa en el hombro. Y después, al girar sobre mis pasos y desandar los metros que faltaban para volver a precipitarme en las calles recalentadas de San Cristóbal de las Casas, sentí por primera vez que ahora sí, por fin, estaba a punto de dar el primer paso para sumergirme, para desaparecer por completo, para dejarme engullir en la oscuridad absoluta, en el espacio enigmático e indescifrable, del Ejército Zapatista de Liberación Nacional.

4

Después del primer encuentro con Sophia en el Club Quarters del centro de Filadelfia, se estableció cierto orden al menos en apariencia: nos veíamos una vez por semana, siempre en el mismo hotel, mismo día, misma hora, martes de cuatro a seis, puntualidad absoluta al entrar y al salir, ningún contacto fuera del email, nada de teléfono, ninguna conexión por redes sociales ni mensajes por otra vía. Esa era la información objetiva, la que podía ser verificada, pero debajo de esa supuesta estabilidad se escondía una segunda versión, muy distinta, que indicaba que era demasiado tarde para reaccionar y que llegado a ese punto el desastre era inevitable. Y sin embargo la certeza del próximo derrumbe no me impedía mantener la regularidad de nuestras acciones, por ejemplo que alternáramos el pago de la habitación o que siempre lleváramos una botella de vino, una semana ella y la siguiente yo. Servíamos un par de copas, bebíamos unos pocos sorbos, me gustaba especialmente penetrarla de costado, la mitad de mi pecho apretado contra su brazo y la otra contra su espalda, de esa manera podía mirarla de perfil y al mismo tiempo besarla, acariciarle el pelo y las tetas, apretarle los pezones, moverme dentro de ella y recibir las reacciones de su cuerpo como si fuera el mío; cuando estaba por correrse Sophia extendía las piernas o tensaba el arco de su espalda, y entonces la ajustaba contra mí con mi brazo izquierdo, le inclinaba ligeramente la cabeza para quedar cara a cara y mirarnos a los ojos, ella abría y cerraba los párpados mientras gritaba, pero después de terminar siempre los mantenía muy abiertos y me miraba con una mezcla de desconcierto, súplica, ojos grandes y llenos de vida. Pero el tiempo pasaba rápido, de rato en rato vigilaba el viejo reloj de pared que decoraba la habitación, después del primer polvo a veces eran 4.45 y otras 5.15, casi nunca más temprano ni más tarde, cuando eran 4.45 el tiempo podía alcanzarnos para hacerlo por segunda vez, en el intermedio hablábamos y nos reíamos de cualquier cosa, desnudos, sorbos de vino, Sophia deslizaba la palma de su mano por mi hombro y mi espalda, me daba un beso, jugaba con mi pelo y me quedaba mirando, y todo parecía marchar a la perfección, ninguna preocupación externa, nada que pudiera estropear ese espacio que nos era ofrecido cada martes en el Club Quarters del centro de Filadelfia. A los treinta y seis años nada más podía redimirme, la vida reducida a una serie de acciones repetidas hasta el hastío o la desesperación, un presente que se prolongaba infinito, ninguna idea de futuro, no al menos de futuro como ruptura, solo quedaba reiterar los movimientos conocidos, ninguna posibilidad de cambio, todo eso se precipitaba sobre mí como una amenaza, lo mismo debía ocurrirle a todo el mundo, mi situación no era en absoluto particular, uno se va haciendo viejo y un día te das cuenta de que lo que alguna vez, no mucho antes, parecía colmado de opciones ahora no es más que una cadena de insignificancias que resulta imposible detener, cualquier intento de interrupción es castigado con severidad, eso iba a ocurrirme, lo sabía incluso en el Club Quarters aunque me esforzaba en ignorarlo, iba a ocurrirme cuando Laura terminara por enterarse de la relación paralela en que me había involucrado, y entonces me dejaría y eso iba a terminar de destruirme. No tenía ninguna duda de que si Laura me abandonaba yo me iría definitivamente a la mierda, sin ella no sería capaz de seguir adelante, en su ausencia nada tendría sentido, pero al mismo tiempo Laura no solo formaba parte de la cadena de repeticiones sino que era su núcleo, su elemento esencial, acaso una de las razones por las cuales Sophia se había vuelto necesaria, por eso yo había terminado enganchado a esa relación insostenible, y por eso después de dos semanas encontrándonos en el hotel comenzaron los problemas que sabía que tarde o temprano se iban a presentar. Martes, 5:55 de la tarde, me levantaba de la cama como si despertara de un sueño que concluía con violencia, me ponía de pie y le decía que tenía que marcharme en ese mismo instante. La primera vez Sophia reaccionó con incredulidad, la segunda con desesperación. Pero a pesar de todo, creo que nunca en toda mi vida he actuado con tanta convicción como los martes cuando el reloj marcaba cinco para las seis, me sentía capaz de cualquier cosa si Sophia se interponía en mis planes de largarme en ese mismo instante, nada podía detenerme a pesar de que lo intentó, me pedía explicaciones, al principio sin levantar la voz, sin que pareciera un reclamo ni un lamento sino simplemente como si quisiera entender por qué me marchaba siempre tan deprisa, por qué siempre a la misma hora, la máxima que me permitía para volver a casa, darme una rápida ducha, y reclinarme en el sofá para que, cuando Laura estuviera de vuelta, me encontrase aparentemente concentrado en la lectura de cualquier libro. Tenía que largarme a las 5.55, no podía quedarme un minuto más, no quería correr ningún riesgo ni explicarle nada a Sophia, solo repetía que tenía que irme, miraba la hora y pensaba que tenía que largarme en ese mismo instante, y después de tres semanas en que mi huida precipitada se repitió, siempre a la misma hora, siempre como una réplica de la vez anterior, cuando se dio cuenta de que cualquier intento por retenerme sería inútil, Sophia, por primera vez en todo el tiempo que la conocía, perdió el control y se echó a llorar. Y yo sentí rabia, a pesar de que no le había explicado nada ni pensaba hacerlo, quería que aceptara que las cosas eran exactamente como se presentaban, eso era lo que teníamos, no era necesario complicarlo, le dije mientras terminaba de vestirme, pero ella siguió llorando y me pidió explicaciones. Me acerqué a ella y con una voz que oscilaba entre la severidad y la desesperación le dije *no llores, por favor, no llores.* Sophia alzó sus grandes ojos y me miró con tristeza, intentaba tranquilizarse, pero no podía, mi aparente indiferencia la ponía peor, le dije *no me gustas así, no me gusta nada que te pongas así, no me gustas cuando lloras*, y después levantaba mis cosas, salía del cuarto a toda marcha, el tiempo bajo control, el celular en mi bolsillo como una amenaza, el hotel tenía solo cuatro pisos, bajaba por las escaleras para no perder tiempo esperando el ascensor, y mientras desandaba el camino para volver a pisar las calles del centro de Filadelfia mi única ambición era que las cosas volvieran a la normalidad, que todo volviera a ser estable y cotidiano, y en esas circunstancias dicha continuidad dependía de la velocidad de mis piernas, cruzaba el lobby del hotel, pisaba la calle, giraba a la izquierda media cuadra por Chestnut, tomaba una callecita estrecha en busca de la avenida que sería mi salvación, si pasaba un autobús me subía, si pasaba un taxi también, la diferencia en tiempo era mínima, ocho o diez minutos en taxi, doce o quince en autobús, en el mejor de los casos podría ahorrarme la miseria de siete minutos, por eso tomaba el primer vehículo que apareciera, no iba a arriesgarme a perder tiempo esperando un taxi, todo estaba tan predeterminado que siempre alcanzaba la esquina a las 6.02 o 6.03, tomaba el bus o el taxi a las 6.08 o máximo 6.10, en el peor de los casos descendía del vehículo a las 6.25, abría la puerta de mi casa 6.27, me metía a la ducha antes de las 6.30, a las 6.55 ya estaba limpio y cambiado para que, cuando llegara Laura, entre las 7 y las 7.15, nunca antes y nunca después, me encontrara convenientemente instalado en el sofá. Pero todo ese orden externo no correspondía en absoluto con el caos que experimentaba en mi interior, y por eso después de saludar a Laura, después de fingir que todo seguía el ritmo habitual de la vida cotidiana, salía del departamento para fumar un cigarro en la puerta del edificio, y entonces, mientras encendía el pucho y le daba unas cuantas caladas empezaba a sentirme mal.

Todo se iba a derrumbar o más precisamente ya se estaba derrumbando, no tendría cómo detener los acontecimientos, me sentía culpable por traicionar a Laura y al mismo tiempo no era capaz de detener mi historia con Sophia, que seguía un crecimiento imparable, después de cuatro encuentros me sentía demasiado cercano a ella, era consciente de que debía definitivamente cortar, pero me costaba hacerlo, me costaba romper con ella después de todo el tiempo que nos había tomado estar juntos, al menos dentro de esos parámetros tan estrechos y mezquinos, y también porque en medio de mi paranoia y una angustia que empezó a acosarme de modo casi permanente llegué a pensar que Sophia tomaría represalias en mi contra si yo cortaba nuestra relación. Si eso ocurre estoy jodido, pensé, ella es joven y yo no, ella ciudadana y yo migrante, ella de Manhattan y yo de Lima, nadie me creería que no pasó nada entre nosotros mientras mantuvimos una relación profesional, si se descubría contacto sexual entre profesor y alumna la gente iba a querer sangre y yo sería el indiscutido sacrificado, no dudaba de que podrían denunciarme por acoso, incluso por violación, solo eso tranquilizaría a los padres de los alumnos y a la directiva de la universidad, siempre tiene que haber un sacrificado y entre la chica de veintiuno educada en las instituciones en que ella lo hizo, y el hispano de treinta y seis que llegó al país con una beca no existía ninguna posibilidad de que alguien estuviera dispuesto a escucharme y mucho menos a creerme una palabra. La paranoia me dominaba a pesar de que conocía a Sophia y sabía que era imposible que ella hiciera algo en mi contra, en realidad no lo hubiera hecho contra nadie, era lo que podía llamar una buena persona, quizá esa fue su perdición, al menos conmigo, era una buena persona y se enamoró de mí y eso le jodió la vida, pienso ahora, años después, aquí en San Cristóbal de las Casas, bebiendo una botella de pox en mi habitación del hotel de la calle Real Guadalupe.

Han pasado tres años, ahora puedo reconstruir el pasado con cierta lucidez que en ese momento me resultaba inaccesible. En esa época vivía dominado por la rabia y la desesperación de encontrarme cada vez más atrapado, mucho peor cuando Sophia complicaba las cosas porque me pedía explicaciones y se tiraba a llorar en la habitación del hotel ante la inminencia de mi huida, detestaba que me pidiera explicaciones, empecé a imaginar posibles finales, una tarde me vino a la cabeza la idea de que Sophia podía matarme, empecé a dejar el sacacorchos a la vista y andaba al tanto de cualquier movimiento brusco, la intranquilidad comenzó a estropear nuestros encuentros, pronto no podría soportarlo, mis nervios estaban acercándose al límite, no sabía qué hacer con esa situación que se había salido de las manos, estaba perdido y no podía hacer nada, ningún poder de decisión sobre mi propia vida, mis relaciones con Laura se iban enfriando, no nos peleábamos pero intuía que algo iba mal, no conversábamos como antes, dejamos de tener sexo una semana, después del siguiente polvo pasamos dos semanas más sin tocarnos, ella debía darse cuenta de que algo me estaba ocurriendo, pero no me decía nada, quizá esperaba que yo iniciara la explicación, pero no pensaba hacerlo, supongo que de alguna manera confiaba en que las cosas iban a componerse de a pocos por el simple hecho de que cuando estaba con Laura me sentía seguro y protegido, mi lugar seguía estando a su lado a pesar de que ya no le decía como antes qué tan importante era para mí, qué tan decisiva y necesaria su presencia en mi vida, nada de eso había cambiado, o quizá sí, pero no de una manera drástica ni radical, tal vez por eso ya no me acercaba a abrazarla o buscarle conversación, sentía que todo el pequeño universo que habíamos construido para nosotros estaba más allá de las circunstancias, y como intento desesperado de recuperar mi vínculo con ella por ratos me trataba de convencer de que Sophia no era una persona normal. No importaba la exagerada dimensión de mi autoestima, algo debía de andar mal en Sophia para que se dejara arrastrar por un tipo más viejo, un pobre diablo que no tiene nada más que su sueldo, ni casa propia, ni siquiera un coche de lujo, ni fama ni prestigio, no tenía absolutamente nada, pero igual ella lo había permitido todo, así que no podía ser normal, nunca es normal rebajar tanto el nivel a partir del medio en que creciste, mucho menos para soportar una relación insana, no importaba cuánto yo lo hubiera buscado, al principio por simple deslumbramiento, arrechura y vanidad, ese siempre ha sido mi punto débil, no podía dejar de coquetear sutilmente con las chicas de mi clase cuando estaban buenas, percibía al menos un mínimo indicio de atracción de su parte y, rasgo esencial, las calculaba fuera del máximo alcance de la inmensa mayoría de tipos de Lima, de Filadelfia y de Manhattan, chicas inaccesibles para tanto infeliz, supongo que quería demostrarme a mí mismo que yo no era como esa gente de mierda, eso tenía que quedarle claro a todo el mundo y la evidencia debía empezar por mí, pero después las cosas empezaron a ponerse más serias, y entonces un martes por la noche abrí mi email y encontré un mensaje de Sophia diciendo:

No puedo seguir así. Tienes más experiencia que yo y me siento en desventaja. Todos los días pienso cómo podría compensarlo. No hago otra cosa: solo pensar cómo podría compensarlo. Pero no encuentro respuesta. Mientras tanto, no puedo seguir así. Me está haciendo daño.

Terminé de leer el mensaje y pensé no tienes que hacer nada, esto no es culpa tuya, tú eres mucho mejor que yo, estaba a punto de escribirle para decírselo y rematar agregando que la quería, decirle te quiero, Sophia, en serio te quiero, mucho más de lo que piensas, mucho más de lo que puede parecer, pero cerré mi laptop, no le escribí nada, me pasé angustiado el resto de la semana esperando nuestro próximo encuentro, cada vez tomaba más tranquilizantes para poder continuar con cierta normalidad los otros aspectos de mi vida, las clases, la convivencia con Laura, esperaba volver a verla en el hotel de siempre, la besaba como pidiéndole perdón, la extendía sobre la cama, sus piernas largas, las uñas de sus pies bien recortadas, le lamía los labios vaginales y después el clítoris como si le estuviera pidiendo perdón, la besaba y le lamía todo el cuerpo, un beso tras otro como si quisiera disculparme, por ratos tenía ganas de pedirle perdón y contarle toda la verdad, decirle qué era exactamente lo que ocurría, para empezar que la vida es una mierda para todo el mundo y nosotros no éramos ninguna excepción, quería decirle que hay gente que está mucho peor, que probablemente la mayoría de gente de este mundo está muchísimo peor que nosotros, pero eso no cambiaba nada, todo se complica y se va al carajo, incluso lo que parece elevado y excepcional se pervierte y se destruye, eres joven y con los años vas a descubrirlo por ti misma, quería decirle todo eso, pero no sabía cómo empezar, no sabía el objetivo ni mucho menos cuál sería su reacción, así que me quedaba callado y la abrazaba muy fuerte, su piel desnuda contra mi cuerpo, sus pezones rozando mi pecho, le acariciaba después la cara, la miraba y le daba un beso en la boca antes de levantarme para decirle que me iba, que por favor no quería ninguna escena, ningún descontrol, nada que arruinara el momento de despedida, pero era inevitable, el argumento de que yo continuaba siendo profesor de la universidad en la que ella todavía estudiaba, a esas alturas, no solo resultaba inverosímil sino ridículo, de ninguna manera justificaba vernos en un horario específico, Sophia merecía una respuesta y me daban ganas de entregársela, pero incapaz de desatar la verdad le dije que el problema era la diferencia de edad. No la edad por sí misma, le dije, cuando estoy contigo ni siquiera pienso en que eres menor que yo, no pienso en la diferencia de edad entre nosotros, no la percibo, no te veo como a una chiquilla, pero eso no elimina el hecho de que la diferencia sí existe, y que a los treinta y seis años no me siento capaz de comprometerme en una relación si antes no estoy seguro de que será definitiva. De otro modo, le dije a Sophia, no puedo entregarme del todo. Quiero que me entiendas, le dije, que solo estoy buscando protegerme. No tengo veinte años, le dije, si esto no resulta como yo quisiera terminaré realmente dañado, y a mi edad será difícil recuperarme. No importa lo que me digas, no importa lo que puedas prometerme o en qué medida te sientas comprometida conmigo o hasta qué punto esto es importante para ti. No importa porque sé que no mentirás, le dije, pero eso no significa que vaya a creerte. No puedo creerte porque eres muy joven y no sabes, no lo has vivido, no tienes todavía la menor idea de cómo las cosas pueden cambiar de un momento a otro cuando uno menos lo espera. Eres muy joven, le dije, tienes veintiuno, lo nuestro no será para ti más que un episodio de los muchos que tendrás en tu vida, una época, quizá más larga de lo que debió ser, quizá ahora piensas que es más importante de lo que pensarás en un tiempo, cuando la recuerdes, pronto la sepultarás bajo otras historias que serán para ti más importantes que esta, le dije, uno de esos martes por la tarde en el hotel, cuando ya no llegábamos directamente a besarnos y meternos a la cama sino que pasábamos el tiempo conversando y la tensión era imposible de disimular.

Sophia quería obligarme a concretar algo más estable y definido, empezó a repetir que ya no podía soportar más la situación, lloraba y repetía que no me entendía, pero nada cambiaba las cosas, yo me largaba siempre a las 5.55, eso no iba a cambiar de ninguna manera, cuando insistía en que me quedara con ella, al menos el tiempo suficiente para explicarle qué estaba pasando, a veces reaccionaba con indignación, me molestaba que no pudiera llevar las cosas mejor, pero al mismo tiempo la entendía porque ni siquiera yo podía manejarlo bien. No podía llevarlo bien a pesar de que estaba dispuesto a asumir mis culpas y pagar como fuera necesario, listo para afrontar el castigo, la venganza y la derrota, pensé, bebiendo vino en la habitación en que Sophia, sentada al borde de la cama, repitió que debíamos definir qué iba a ocurrir entre nosotros porque las cosas no podían continuar de esa manera. Sin decirle nada, me metí al baño y me escurrí por la garganta tres tranquilizantes con una copa de vino. Volví a la habitación perturbado y ansioso, me inundaba el impulso de contarle la verdad, hablarle de Laura, incluso mentirle y hacerle daño, decirle que nunca la había tomado en serio, que no era nadie para mí, que si seguía jodiéndome la vida iba a mandarla a la mierda para siempre, ella debía intuir lo que pasaba, por esa razón nunca me lo había preguntado, supongo que prefirió mantener la duda porque en el fondo debía ser evidente que en mi vida existía alguien más, debió ser evidente desde hacía mucho tiempo, no conocía mi casa, no tenía ni siquiera mi número de teléfono, Sophia *tenía* que saberlo, eso me indignaba, por muy importante que hubiera llegado a ser en mi vida no tenía derecho a complicarme las cosas de esa manera, debía bastarle con que la quisiera, no estaba jugando con ella, era muy importante para mí y le había entregado todo cuanto me era posible, no podía concederle nada más sin arruinarme, si Sophia me obligaba a tomar una decisión, pensé una de esas tardes mientras caminaba rápido hacia la salida del hotel para llegar a la hora indicada a la esquina donde siempre abordaba el bus o el taxi, me sentía tan desgastado que simplemente me dejaría llevar por donde me llevaran las circunstancias. No podía hacer nada más, estaba dispuesto a continuar así hasta que las cosas terminaran de estallar, hubiera querido disfrutar de esas dos horas con ella y después asumir las consecuencias, pero ya no era posible, los efectos comenzaban por mi propio estado de ánimo, la depresión se fue agudizando, y entonces la sexta o séptima vez que nos encontramos en el Club Quarters me saludó con una expresión apagada, me besó casi sin abrir los labios, le pregunté qué pasaba, Sophia me dijo que lo había pensado bien y ya no quería seguir así. No dije una sola palabra, no tenía ganas y tampoco fuerza, me dolía que ya ni siquiera estas dos horas semanales hubieran podido mantenerse a salvo, por eso en lugar de convencerla de que pronto todo sería diferente, lo que hice fue buscar refugio en mí mismo para protegerme de una realidad que me había desbordado. Me serví una copa de vino y la tomé de golpe, los ojos cerrados, y después de un rato, como si nada hubiera pasado, me acerqué a ella con la intención de quitarle la ropa. Pero Sophia me rechazó. Le dije que por favor no jodiera el único momento que tendríamos juntos en toda la semana. Pero ella volvió a rechazarme cuando me acerqué con la intención de levantarle la camiseta. Me di media vuelta, derrotado, y me serví una segunda copa de vino. Sophia continuaba sentada al borde de la cama, vestida, las piernas apoyadas en la alfombra. La miré con bronca y le dije que tenía razón, que todo era una mierda, que no había nada que arreglar, que todo estaba terminado.

Bebí de golpe la segunda copa, furioso, no contra ella, que me miraba con gesto de desaprobación o acaso temor, sino contra aquello que me hacía sentir que todo se estaba perdiendo para siempre y no sería posible dar marcha atrás, así que me puse a beber y, sin mirarla, repetí que ella no tenía la culpa de nada, lo dije una vez, dos veces, tres veces, *tú no tienes la culpa de nada*, cuatro veces, cinco veces, y me puse a beber de la botella, en cuarenta minutos me la había tomado completa, ella no había bebido ni una gota, sentí que rápidamente me había emborrachado y que no podía más, y cuando pensé que lo mejor sería irme, me levanté, me acerqué a ella y le dije que habíamos llegado juntos hasta ese punto y teníamos que poner todo de nuestra parte para mantenerlo así.

La empecé a besar y ella se dejó, le quité la ropa y ella se dejó, le abrí las piernas y se dejó, pero de otra manera, algo era diferente, algo se había roto, no era igual, la penetré y empecé a moverme dentro de ella, frente a frente, la miraba y no me pareció que estuviera disfrutando, al menos no como siempre, y eso me llenó de rabia, saqué la pinga y le pedí que se diera vuelta. Sophia lo hizo, sin pasión ni deseo, se arrastró por la cama, se hincó sobre sus rodillas, dejó al descubierto la concha y el agujero del culo, encajé el glande en el orificio del culo, ella volteó a mirarme, le vi los ojos tristes, pero no dijo nada, se la metí con fuerza, me dolió y a ella también, nos dolió a los dos pero seguí adelante, ningún placer, me moví con fuerza, tiempo corto, tres o cuatro minutos, eyaculé dentro y me sentí frustrado y vehemente, ganas de salir a la calle y golpear a la gente, pero fui capaz de reponerme un instante antes de marcharme, como si a pesar de todo me diera cuenta de que no era ella quien tenía la culpa, de ningún modo era ella la responsable de que las cosas fueran de esa manera, así que antes de irme me acerqué, le di un beso en la frente y le dije:

—Perdóname. Esto no va a seguir así. Te lo prometo. No va a seguir así.

Y después, sin ánimo para verla llorar, por primera vez en todo ese tiempo me retiré antes de lo acostumbrado. Eran alrededor de las 5.20 cuando pisé la calle, que ya estaba en penumbras, reconocí la silueta de un autobús que se acercaba por mi derecha, apreté el paso y subí. El alcohol me distanciaba de la realidad, pero no atenuaba el flujo de rabia que corría por mi cuerpo, los dientes y los puños apretados, quería llegar a casa, darme una ducha, meterme media docena de pastillas y dormir hasta el día siguiente, pero unas cuadras más adelante, en lugar de continuar por su ruta regular, el bus giró a la izquierda y enrumbó hacia el sur. Miré por la ventanilla, ansioso por confirmar que se trataba tan solo de un desvío temporal, y esperé que retomara su trayecto, pero cada esquina contradecía mi expectativa de que el vehículo diera vuelta hacia el oeste, el conductor continuó hacia el sur como si todo siguiera su curso regular, nos internamos por calles desconocidas, seis, ocho, diez cuadras, en el vehículo nadie parecía alarmado por el cambio de dirección, todo se mantenía tranquilo, la gente subía o bajaba del autobús sin mostrar ninguna señal de extrañeza, nada que me hiciera suponer que la equivocación no había sido mía, así que después de doce o quince cuadras acepté que me había equivocado de ruta y que estaba perdido. No perdí la calma, quizá por incredulidad o por cierto oscuro deseo de terminar destruido, pocas cuadras más adelante acepté que ya era demasiado tarde para bajarme del vehículo, demasiado tarde para rectificar el rumbo, tal vez por cierto instinto de supervivencia que no se desvanece ni siquiera en circunstancias como esa, ni siquiera en medio de la angustia y la depresión, acerqué la cara a la ventanilla y observé incrédulo barrios para mí completamente desconocidos, casas pobres y descuidadas, los pórticos llenos de negros que, sigilosos, miraban para todos lados con aire amenazante.

En esa zona no conseguiría un taxi, solo me quedaba esperar, mi angustia fue en aumento, el alcohol me había subido a la cabeza como si hubiese bebido diez botellas de vino y no solo una, flotaba en la zozobra y la incertidumbre, y cuando ya casi había perdido toda esperanza el bus por fin giró a la derecha.

Pero no fue suficiente para tranquilizarme, me había alejado demasiado de la ruta, sentía el corazón retumbando con fuerza en mi pecho, el autobús lleno de negros, afuera una sucesión de casas en ruinas, el lado oculto de la ciudad, invisible desde el campus lleno de niños ricos en el que trabajaba, refugio en medio de una ciudad pobre y violenta en la que ahora, sin haberlo buscado, me encontraba sumergido. El bus siguió avanzando, calculé que iba en paralelo a mi dirección habitual, siendo optimista veinte cuadras por debajo; minutos después, furioso y perturbado, en ese estado de extrema rabia y vulnerabilidad en la que a veces me colocaban los antidepresivos, sobre todo cuando los mezclaba con alcohol, tiré del cordón para indicarle al conductor que bajaría en la siguiente parada. El vehículo se detuvo en la esquina, se abrieron las puertas traseras, pisé la calle sin tener idea de dónde me encontraba, era mediados de noviembre, el frío comenzaba a sentirse en los huesos, anochecía mucho más temprano, iban a ser las seis pero todo estaba envuelto entre sombras, en las calles se adivinaban presencias amenazantes, a pesar del temor y la depresión y la ebriedad traté de pensar con lucidez, tenía una idea muy vaga de qué camino seguir, tomé hacia la derecha y decidí continuar por esa calle a toda marcha, si tenía suerte en quince o veinte cuadras alcanzaría una zona al menos vagamente familiar, me había marchado del hotel más temprano de lo acostumbrado, así que llegaría a casa incluso antes que Laura y no habría ningún problema, pensé, optimista, como si de pronto hubiese visto una salida y de golpe todos mis problemas se hubieran resuelto, no solo el peligro inmediato que me acechaba, no solo encontrarme borracho y perdido en una zona peligrosa, sino también mis problemas personales, mi creciente adicción a los tranquilizantes y pastillas para dormir, mi depresión cada vez más intensa, la incapacidad para manejar el desvarío, por un instante todo pareció componerse, mientras tanto seguí mi marcha y las calles se volvieron más oscuras e inquietantes, era posible que estuviera caminando en dirección opuesta a la que correspondía o simplemente moviéndome sin rumbo, mi angustia fue en aumento, sentí que cada vez me adentraba más en un espacio del que no podría salir impune, así que con intención de atenuar mi nerviosismo saqué del bolsillo mi caja de cigarros y empecé a fumar el último que me quedaba, tiré la caja vacía a un recipiente de metal, oxidado, lleno de basura, la caja rebotó contra los otros despojos que lo llenaban y cayó en la acera. Me sentí observado en medio de ese barrio en ruinas, no quería sacar mi celular para buscar qué ruta tomar, mucho menos preguntarle a nadie, debía seguir mi intuición, que en primer lugar me indicaba que debía escapar a toda prisa, continué avanzando rápido, fumé tres pitadas hasta que pisé una cuadra en cuya esquina, cincuenta metros delante de mí, reconocí la figura de tres negros, de pie cerca del poste, débilmente iluminados por la luz que les caía desde la altura, las manos en los bolsillos, lanzaban rápidas miradas para todos lados, como esperando que ocurriera algo. De inmediato capté el peligro, mis sentidos se pusieron en alerta, pero era demasiado tarde para cambiar de dirección, si buscaba ponerme a salvo escapando por otra calle podía ocasionar el efecto contrario, tendría que pasar delante de ellos simulando seguridad e indiferencia, ahora estaba a veinte metros de ellos, comprobé que me vigilaban, sus cuerpos tensos y atentos enviaban una nítida señal de que no me dejarían pasar tan tranquilamente por su esquina, pensé que todo estaba a punto de irse a la mierda, ahora sí de manera definitiva, pensé, angustiado, al mismo tiempo que experimentaba una extraña tentación autodestructiva, a diez metros uno de los negros, unos veinticinco años, alto, robusto, que llevaba puesto un *hoodie* y escondía la cara debajo de la capucha, me pidió a gritos que le diera un cigarro.

—No tengo —le dije y seguí caminando, cada vez más cerca de su ubicación. Pero cuando pasé a su lado se interpuso en mi camino.

—¿No hay cigarros para mí? —preguntó.

Los otros dos observaban la escena con expectativa. Traté de mantener la calma, así que levanté el brazo, suave, buscando hacer un espacio para abrirme camino y seguir avanzando. Pero con un veloz movimiento el negro plantó su cuerpo delante del mío, recibí el impacto como una descarga de realidad que me hundió en una zona ambigua que oscilaba entre el pánico y un inexplicable deseo de violencia. El negro se rio a carcajadas, mostrando sus colmillos blancos, los otros dos me miraron con aire divertido, y yo, que en otras circunstancias hubiera actuado con inteligencia, tenía experiencia en evitar peleas que sabía que iba a perder, sabía ganarme a matones de poca monta incluso cuando era culpa mía, cuando los había mirado mal a ellos o los había empujado de casualidad en un bar o me había acercado a hablarle a la chica que los acompañaba, todo lo cual me había ocurrido muchas veces en las noches de Lima, siempre había sabido comportarme con simulada humildad y salía bien librado del mal rato, pero esa oscura tarde de noviembre, en esa desconocida calle de Filadelfia, el ánimo por los suelos, mi vida a punto de quebrarse, agotado y destruido, mi única necesidad era que por fin todo se terminara de arruinar. Y entonces, cuando el tipo extendió el brazo para arrancarme el cigarro, cuando lo tiró al suelo y lo aplastó con el zapato, fue como si todo el ímpetu autodestructivo con el que había convivido los últimos meses encontrara su excusa perfecta o su precisa configuración, y entonces miré al negro a los ojos y grité: *Fuck you, nigger.*

Los tres sujetos se miraron entre ellos, sorprendidos por mi reacción, ningún extraño se mueve por ese barrio sin compañía y se atreve a pronunciar esa frase a menos que se sienta demasiado seguro de sí mismo, un *marine* o un campeón mundial de artes marciales, debía de ser un tipo de cuidado o un suicida, esas eran las únicas alternativas, y después de una rápida mirada les debió quedar claro que yo me ubicaba entre los suicidas, y con esa certeza el negro, los ojos muy abiertos, como si en un instante hubiera pasado de la burla al odio, estrelló las palmas de sus manos contra mi pecho. Di dos pasos hacia atrás, las piernas débiles e inseguras, todo empezó a nublarse, observaba la escena como si no me estuviera ocurriendo a mí, todavía no me pasaba el efecto del vino, la realidad se desintegraba delante de mis ojos, cualquier secuencia lógica se disolvía entre la violencia y la oscuridad, el frasco de antidepresivos, mi matrimonio arruinado, el cigarro aplastado contra la acera, así que lleno de rabia y cansancio sentí que todo me daba igual, había renunciado a cualquier resto de dignidad y merecía cualquier cosa que me ocurriera, así que volví a insultar al negro y casi de inmediato sentí su puño estrellándose contra mi pómulo izquierdo. Tuve que hacer un gran esfuerzo para seguir en pie, quedé tambaleante en medio de la calle, los tres negros me insultaron con palabras que no entendí, y de inmediato un segundo golpe me reventó en la boca del estómago. Quedé doblado por el dolor, los otros dos sujetos hacían gestos, como animándome a pelear, pero yo, turbado y adolorido, incapaz de oponer ninguna resistencia, sentí que un tercer golpe en la cara me sacudió el cráneo. Caí sobre la acera, derrotado, y me preparé internamente para mi final. El negro, su cara todavía cubierta por la capucha del *hoodie*, los ojos muy abiertos, se reclinó sobre mí, me levantó la cabeza tirándola por los pelos, sacó una navaja del bolsillo del pantalón y la acercó al borde de mi cara. Cerré los ojos, escuché palabras imposibles de comprender, su aliento espeso contra mi cara en medio de las ráfagas de frío, percibí que los otros dos negros se acercaron, lo tomaron por los brazos y lo alejaron unos centímetros de mí mientras se comunicaban a gritos entre ellos. Abrí los ojos y observé la escena como en cámara lenta, una secuencia ajena, las caras de los negros se deformaron, uno de ellos le quitó el cuchillo a mi atacante, yo levanté la cabeza, pero el de capucha se reclinó y la empujó con fuerza contra la acera. Alcancé a protegerme con los codos y la espalda para evitar el golpe seco del cráneo contra el cemento, y cuando pensé que todo se había terminado el negro con la capucha puesta se quedó de pie delante de mí, me miró con desprecio, se desajustó la correa, se bajó el pantalón, dio un tirón con la mano derecha y se sacó la pinga, un pedazo de carne negra que me pareció de un tamaño descomunal, y el negro, evidentemente satisfecho por las dimensiones de su miembro, convencido de que cualquier tipo que lo observara inevitablemente debía sentirse inferior, se agitó la pinga y después de unos segundos empezó a mear. Un chorro caliente me cayó directo en el pecho, tres segundos después el negro me apuntó a la cara y me acertó una rápida cascada en la frente. Cerré los ojos, incapaz de moverme por el dolor y la sorpresa de la humillación, y seguí recibiendo con resignación un chorro que parecía interminable, pero después de unos quince o veinte segundos la escena terminó, y entonces el negro de la capucha se volvió a agitar la pinga delante de mí, como remarcando su contundencia, la deslizó ágilmente debajo del pantalón de pana mientras otro de los negros levantó mi maletín, se lo colocó bajo el brazo, me lanzó un escupitajo y después los tres se alejaron riéndose a carcajadas.

Me dejé caer en la acera, como buscando tomar aire mientras intentaba torpemente limpiarme la cara con los dedos. Pero tenía el rostro hinchado y adolorido, sabía que si no me levantaba de inmediato después sería difícil reponerme, así que con mucho esfuerzo me puse de pie y empecé a vagar por calles desconocidas, cinco minutos, diez minutos, no sé cuánto tiempo pasó, no tenía la menor idea de dónde me encontraba, cuando de pronto vi un taxi amarillo cruzar el otro lado de la calle. Agité las manos con desesperación, como si fuera la última oportunidad de la que disponía para sobrevivir. El coche se detuvo, subí de un salto, indiqué la dirección de mi casa, y una vez en su interior, mientras el conductor aferraba el timón de su vehículo con indiferencia, sentí que algo se había destruido para siempre. Que había perdido algo que ya no podría recuperar. Llegué a casa, abrí la puerta, tiré mi ropa a la basura y me tendí en la cama, desnudo, boca abajo, y lloré como no lo había hecho durante años. El sonido de mi propio llanto me pareció de una tristeza conmovedora, como si proviniera de otra persona a quien yo hubiese querido ayudar o al menos compadecer, y así largo rato hasta que, no sé cuánto tiempo después, Laura llegó a casa y me encontró tirado sobre las sábanas, la cara llena de moretones. Pero esa no era la razón de mi llanto, y ella debía de saberlo. Lo que pasaba era más profundo: que había dejado de ser el mismo. Todo me había desbordado y se había roto y en adelante solo me quedaba el silencio. No me quedaba nada más que la apatía y el silencio.

5

Algo se terminó de descomponer la noche que fui atacado en el suroeste de Filadelfia. A pesar de que en los cinco años que llevábamos juntos nunca había sentido que mi matrimonio con Laura estuviera en peligro, ni siquiera cuando tuve experiencias previas con otras alumnas, de las que creí haber salido impune en todos los sentidos posibles, con el paso de los meses descubrí que la ausencia de secuelas era solo aparente, un veneno queda instalado en una capa más profunda, alejarme de ellas era ilusorio, podía desaparecer la persona con quien había tenido el encuentro, pero el impulso de renovar la práctica con otra era imposible de extinguir, y por eso era predecible que tarde o temprano iba a terminar involucrado más allá de lo que sería capaz de mantener bajo control, que fue lo que finalmente ocurrió con Sophia. Por todo eso, el ataque que sufrí aquella noche fue solo el desencadenante de una secuencia de eventos que había empezado a rodar por una pendiente meses atrás, sin que yo pudiera hacer algo por detenerla. Si tuviera que marcarle un punto de partida a esa etapa final con Laura, creo que elegiría la víspera del que terminaría siendo nuestro último regreso juntos desde Lima, cuando mientras alistábamos las maletas le mostré los paquetes de Clonazepam y Estazolam que había comprado para llevarme a Filadelfia. Diez cajas, más de ochocientas pastillas en total.

—¿Tú crees que me jodan por esto en el aeropuerto? —le pregunté—. No tengo receta.

—Espero que no —respondió Laura, sin mirarme, mientras terminaba de alistar su propia maleta—. No quiero tener problemas.

Para ese momento, Laura debía saber que, como mínimo, yo estaba pasando por una mala racha. Andaba irritado, inestable, ansioso, y como nuestras conversaciones cada vez con más frecuencia terminaban en peleas injustificadas, debió de pensar que lo mejor sería dejarme tranquilo y esperar que las cosas pasaran. Ya volveríamos a ser la misma pareja de antes, nuestra vida sexual retomaría ese ritmo e intensidad que no habían decrecido a pesar de los años juntos, ya volveríamos también a pasar noches enteras discutiendo ideas, haciendo planes para próximos viajes o recordando episodios de nuestra vida en común. Laura y yo siempre habíamos compartido todas nuestras experiencias, todos nuestros traumas y nuestros temores, incluso lo indigno y lo secreto, pero al parecer esa época se había terminado desde que volvimos de Lima por última vez juntos, antes de reencontrarme con Sophia. Llegamos a Filadelfia y empecé a hablarle cada vez menos, no más que lo necesario para no perder la cortesía, dejé de acercarme a ella con intenciones sexuales con la frecuencia acostumbrada, de cinco veces por semana bajé a una, después a una quincenal, y a cambio empecé a meterme más pastillas para andar relativamente tranquilo. Trataba de mantener cierta rutina que me permitiera seguir adelante sin demasiadas complicaciones; al terminar mis clases almorzaba una ensalada o un sándwich en la universidad, luego volvía a casa, me tomaba un par de pastillas y me ponía a ver videos en YouTube hasta quedarme dormido. Me despertaba alrededor de las siete, antes de que Laura volviera, salía a buscar un par de *slices* de pizza, al regresar tomaba una pastilla más y me instalaba frente a la laptop. Cuando Laura volvía, cruzaba con ella solo las palabras necesarias. Me protegía en mis grandes audífonos, en los que escuchaba a Wagner o Vivaldi a volumen moderado, los escuchaba como un zombi, desconectado, mientras preparaba mis clases del día siguiente sin el menor interés, impulsado por cierto sentido de la responsabilidad que todavía conservaba. Luego intercambiaba algunos emails con Sophia y después, alrededor de las doce, tomaba dos pastillas más y me iba a dormir.

Por las mañanas me costaba levantarme, siempre tenía ganas de seguir tirado en la cama sin hacer nada, pero como era imposible permitirme ese abandono, tomaba dos botellas de energizantes, una después de la otra, lo que me aceleraba los latidos del corazón y me mantenía nervioso y embalado, lo que consideraba un perfecto clima emocional para ir a dictar clases. Aceleraba el paso camino a la universidad, en mis audífonos Dolores Delirio a todo volumen, ánimo y actitud, no precisamente ganas de enseñar pero sí de intervenir, mostrarme, no importaba que mi exorbitante ánimo quedara restringido a un salón de clase, caminaba a todo tren hacia el campus mientras fumaba un cigarro y escuchaba a todo volumen "Vértigo" o "Juramento", a veces dictaba una clase y otras dos, pero en ambos casos el efecto de los energizantes se mantenía después de que terminaba mi jornada, y por eso al volver a casa lo primero que hacía era buscar el frasco de ansiolíticos para nivelar la subida de la mañana y regresar a mi estado natural, o más bien a ese estado que estaba naturalizando a la fuerza con productos químicos, esas subidas y bajadas que se me estaban volviendo imprescindibles para sostenerme entre la euforia y la sedación en que flotaba la mayor parte del día.

Empecé a sentir un absoluto desapego por la vida, una indiferencia a la que me estaba acostumbrando y solo cortaba la proximidad del siguiente encuentro con Sophia, para el cual me forzaba a una breve abstinencia de dos días, no tomaba estimulantes ni ansiolíticos ni lunes ni martes, pero como me era complicado mantener mi rutina sin aquella asistencia los reemplazaba por un vodka tonic en la mañana, como desayuno; dos por la tarde, al volver a casa; y dos más por la noche, antes de dormir. Era consciente de que la mía se estaba convirtiendo en una vida de mierda, pero me daba igual, no podía mantenerme de otra manera que no fuera metiéndome los energizantes por la mañana para acelerar el corazón, disfrutar la sacudida en el cuerpo, el nervio y la agitación, y después los ansiolíticos para bajar de ese lugar artificial en que me encontraba y así volver a hundirme en mi mutismo y mi indiferencia. Pero la noche en que fui atacado se terminó de desbordar lo que hasta entonces se mantenía en suspenso, la ruina de mi matrimonio, la difícil relación con Sophia, todo ese engañoso equilibrio sostenido por el consumo cada vez más grande de estimulantes y sedantes se desmoronó cuando fui golpeado y humillado en esa oscura calle del sur de Filadelfia. A Laura le dije que, mientras regresaba de comprar pizza, tres tipos intentaron asaltarme en la esquina de la casa. Me defendí cuanto pude y al final no me quitaron nada, pero a cambio recibí una paliza. No sé si me creyó, supongo que no, pero como no tenía ninguna forma de saber qué era realmente lo que me había pasado no refutó mi versión. Pero sí insistió en que pusiera una denuncia. Yo me negué y decidí no hablar más. Esa noche me metí tres pastillas para dormir, cuatro analgésicos para el dolor, ninguno de los cuales me sirvió de mucho, y entonces al día siguiente a duras penas pude levantarme, prender mi laptop y escribirles a mis alumnos de las dos clases un breve email para decirles que había sufrido un pequeño accidente, que iba a recuperarme muy pronto, pero que ese día mis clases quedaban canceladas.

Luego fui a husmear en la refrigeradora. Tomé un jugo de naranja muy frío, lo que me templó un poco el ánimo, volví a la laptop y le escribí un email a Sophia. Le dije que me perdonara lo del día anterior, pero que no me sentía muy bien y lo mejor sería que dejáramos una semana en blanco y volviéramos a encontrarnos en quince días, pero no en el hotel sino en el Fergie's porque quería conversar con ella. Tenía dos semanas por delante, pero ya desde ese momento pensaba acudir a su encuentro para cortar la relación. Quizá iba decirle que me estaba replanteando las cosas, que iba a volver a Perú y reconstruir mi vida. Nada de eso era cierto, pero cada vez era más necesario romper la relación con ella, ya ni siquiera porque suponía que estaba a tiempo de reconstruir mi matrimonio, sino porque a lo único que aspiraba era a mantenerme como estaba, sin ningún sobresalto emocional, me metería tantas pastillas como fueran necesarias para alejarme lo máximo posible de la realidad, vivir somnoliento e indiferente era mi mejor alternativa, para qué buscar intensidad en la vida cuando al final esa intensidad solo servirá para destruirte, mejor mantenerme como un tipo frío, flemático, sin pasión, y si mi naturaleza no me había constituido de ese modo, si mi organismo era en cierto sentido todo lo opuesto, no estaba dispuesto a renunciar a la colaboración de los laboratorios químicos para seguir adelante.

Por esa razón, y porque los sedantes suaves y las píldoras para dormir me resultaban insuficientes, quería conseguir unas pastillas más fuertes que me ayudaran a desconectarme y otras para levantarme por las mañanas, antes de ir a mis clases, sin el sabor óxido de los energizantes y con efectos más vigorosos, lo que además me evitaría el ardor en el estómago que me producían esos líquidos, nunca tomaba desayuno, los energizantes eran lo primero que introducía en mi organismo por las mañanas, el ardor amenazaba volverse crónico, debía reemplazarlos por un buen medicamento que me llenara de energía, con ganas de moverme y actuar, había químicos mucho mejores que la cocaína, unos comprimidos que me hicieran subir por las mañanas y otros bajar por las tardes, y como necesitaba prescripción busqué a un psiquiatra en el catálogo del sistema de salud mental de la universidad, pacté una cita, dos días después entré al consultorio, cuarenta minutos más tarde salí con una receta de antidepresivos, que no era exactamente lo que quería, pero me daba lo mismo, a esas alturas todo me daba igual, me metería en el cuerpo todas las sustancias que me pusieran enfrente, me recetaron Viibryd de veinte miligramos, los primeros días sentí un subidón tremendo, recuperé la energía sin necesidad de las botellitas de colores, a los pocos días comencé a estabilizarme y poco después a caer en desesperación. Llamé al doctor, preocupado por la angustia que empezaba a perseguirme, y el tipo me dijo que ese era un efecto normal hasta que el cuerpo se acostumbrara a la droga, pero que de ninguna manera podíamos suspender el tratamiento, así que la mejor alternativa sería subir la dosis a cuarenta miligramos. Pensé que no tenía sentido, si tomaba veinte miligramos y me sentía angustiado, metiéndome cuarenta sería peor. Pero no me importaba, era culpa suya, cualquier cosa que alterara el ritmo natural de las cosas me parecía bien, así que no protesté y empecé a meterme cuarenta miligramos en lugar de los veinte que había tomado la primera semana de tratamiento, y por mi cuenta aumenté mi propia dosis de Clonazepam por las tardes para atenuar la escalada.

Esas fueron las circunstancias en que volví a ver a Sophia, dos semanas después de nuestro encuentro anterior. Le pedí que nos encontráramos en un bar llamado The Nodding Head, no quería que ninguna de las meseras del Fergie's se diera cuenta de que la mano me temblaba cuando me acercaba el whisky a la boca, no tenía sentido exponerme en la plenitud de mi derrota, la cara golpeada, el ánimo destruido, el aura inconfundible de fracaso y desesperación, una mala copia de lo que había sido unos meses antes, cuando en ese mismo bar me encaramaba sobre el cuerpo de Sophia, mis manos tocándole las tetas, la pinga tiesa contra su pecho, qué lejos parecía todo aquello, como si una enfermedad terminal me hubiera sido detectada por sorpresa o hubiera sufrido un accidente que de golpe me había convertido en una sombra de quien había sido. Y entonces esa tarde de fines de noviembre en que volví a ver a Sophia, llevaba puesto un abrigo y debajo un suéter y debajo del suéter una camisa, prenda que casi nunca utilizaba, no iba con mi estilo, y debajo dos camisetas, una de manga larga y la otra corta, un gorro y una chalina, hacía frío pero no tanto para ese exceso de abrigo, uno o dos grados centígrados, y sin embargo el frío se filtraba entre mis huesos y atacaba mis articulaciones. No me quité el abrigo a pesar de que la calefacción estaba encendida dentro del bar, me acerqué a Sophia, la saludé, me senté a su lado y enterré las manos temblorosas en los bolsillos del abrigo. Nos trajeron la carta, pedí una copa de sangría porque quería beber algo suave, en las últimas semanas el vodka y el whisky me habían hecho sentir peor, en lugar de relajarme me ponían más nervioso, y por eso tenía que meterme un par de pastillas extras para compensar.

¿Qué te ha pasado?, preguntó Sophia con alarma cuando descubrió las marcas de los golpes que, dos semanas después, todavía me sombreaban la cara. Le dije que me habían asaltado, pero no quería hablar de eso. Había sido una experiencia desagradable, prefería olvidarla. Sophia extendió sus manos sobre la mesa, yo correspondí a su gesto, saqué las mías de los bolsillos del abrigo, las puse sobre la mesa y dejé que me las acariciara. El mesero nos trajo la sangría, tomé un par de sorbos y de inmediato sentí que mi organismo se alteraba. Le dije a Sophia que debía ir un momento al baño. Bajé al primer piso, la mano otra vez en el bolsillo para comprobar que tenía conmigo el blíster con las pastillas, me acerqué al lavatorio, dejé correr el agua, abrí la boca, me introduje un par de cápsulas, acerqué la boca al chorro, tragué los comprimidos, levanté la cara, me miré en el espejo, el aspecto inconfundible de estar hecho mierda, un tipo que no tiene nada que perder porque ya lo ha perdido todo, volví a la mesa, las pastillas todavía no producían efecto, estaba abusando de la dosis y por eso cada vez funcionaban menos.

No te veo bien, dijo Sophia, el gesto preocupado, cuando me volví a sentar frente a ella. Respondí que no pasaba nada grave, simplemente eran días malos, la presión del trabajo, el supuesto robo, el clima de mierda. Pero no quiero hablar, le dije. He venido a estar contigo, a verte, pero no quiero hablar. Lo que quiero, le dije, es que tú me cuentes cosas. Cuéntame cualquier cosa. Tu infancia en Nueva York, tus vacaciones escolares, los primeros años de tu adolescencia, antes de venir a Filadelfia, lo que quieras. Pero háblame, por favor. Cuéntame de ti.

La quedé mirando, suplicante, como si por primera vez fuera yo quien imploraba que se quedara a mi lado y me ofreciera eso que le estaba pidiendo. Lo único que necesitaba esa tarde en el Nodding Head era escucharla. Tenía mi mano izquierda entrelazada con su mano derecha, ambas sobre la mesa, con ganas de tirarme a sus brazos y escuchar que me hablara al oído. Y Sophia, sorprendida por mi solicitud, me miró muy atenta, los ojos muy abiertos, y me preguntó:

—¿Quieres que te cuente cosas de mí? ¿De cuando era niña?

—Sí —respondí.

Ella sonrió, miró el techo un instante, como si ese gesto fuera necesario para convocar al pasado, intentar mirarlo de frente, tantos años más tarde, y después bebió un trago de su copa de sangría y dijo:

—*Okay.*

Y entonces empezó a hablar sobre su infancia. Una hora sin parar. Me contó de las visitas a su abuela paterna en Boston por Thanksgiving, de un vuelo a San Francisco en el 98 o 99 que terminó en aterrizaje de emergencia, del 11 de septiembre de 2001, cuando sacaron a todas las niñas del colegio a la mitad de la mañana y afuera sus padres las esperaban angustiados, y ella no entendía qué pasaba, todo parecía ajeno e irreal, a los diez años no entendía que la catástrofe estuviera golpeando tan cerca, y yo la miraba, agradecido por su relato y obsesionado por preguntarle fechas exactas en que había ocurrido todo lo que me contaba para calcular su edad. Sophia decía cinco años, siete años, nueve años, y en todos los casos yo calculaba qué estaba haciendo en esa misma época, y recordaba que tenía veintiuno o veintitrés y me entregaba con especial constancia a emborracharme todos los días en los bares alrededor de San Marcos. Recordaba aquella época y me parecía increíble que esas dos existencias hubieran transcurrido en simultáneo, una neoyorquina que ni siquiera ha alcanzado la adolescencia y un estudiante universitario que pasa los veinte años en Lima, por alguna razón me parecía inconcebible que esas dos vidas hubieran corrido en paralelo, y sin embargo quince años después estábamos los dos juntos en ese bar del centro de Filadelfia. Pensé que todo era posible, pero no era cierto, hay cosas que no lo son, de qué valía que estuviéramos juntos esa tarde en el bar, para qué haber mantenido más de un año una relación que no nos había llevado a nada más que a terminar dañados y deprimidos, por eso había decidido que ese sería nuestro último encuentro y en ese punto se terminaba nuestra relación. Pero no estaba en capacidad de decírselo, no ese día, se lo diría después por email o no se lo diría nunca y simplemente iba a desaparecer, dejar todo a medias, no responderle los mensajes y borrarme del mapa. Sabía que no era justo, reconocía la cobardía, pero en ese momento no encontraba otra alternativa, solo quería refugiarme en ese tranquilo ambiente de evocación que Sophia había creado en torno a nosotros hablando de su infancia, época tranquila para escucharla hablar, no de cuando tenía catorce, dieciséis, dieciocho, no quería saber nada de eso, estaba muy tranquilo con su relato de fines de los noventa e inicios de los dos mil, época de sosiego e inocencia, lo que me reconfortaba porque para mí esa época significaba Lima y San Marcos, un desdén generalizado, alcohol y yerba, supongo que cierta invisible depresión, y por eso aquella tarde la miraba fascinado, en qué se había convertido esa niña que en el cambio de siglo vestía una falda a cuadros azules y rojos, esa niña que sacaron del colegio el 11 de septiembre de 2001, verla frente a mí me conmovió, y sin embargo iba a cortar con ella y por eso solo tenía ganas de abrazarla y decirle perdóname, Sophia, perdóname, por favor. Pero ella no parecía darse cuenta de lo que estaba ocurriendo. Concentrada en el efecto que producía su relato sobre mi estado de ánimo, no le dio mucha impor-tancia a que esa tarde yo estuviera por primera vez cabizbajo y silencioso. Me dijo que era imposible estar bien todos los días, que tenía derecho a sentirme mal de vez en cuando, que lo entendía y le parecía normal, y que estaba ahí conmigo para tratar de que nos sintiéramos mejor. Y después siguió hablando, sin darse cuenta de que alrededor de nosotros todo se terminaba de ensombrecer. En ese momento Sophia era quien hablaba y tenía el control, fue ella quien alejó mi copa y decidió que no debía tomar más alcohol, fue ella quien me obligó a comer algo a pesar de que no tenía hambre, con un gesto llamó al mesero y pidió una bandeja de *chicken tenders*, y yo la miraba agradecido y pensaba no te voy a volver a ver y no sabes cuánto me duele, pero ya no puedo más, solo quiero que termine este semestre y quizá después me interne unos días para someterme a una cura de sueño, pero no te voy a volver a ver, por eso cuando llegó el momento de despedirnos me puse de pie y le pedí que se acercara. Sophia obedeció y dejó que apretara su cuerpo contra el mío. La abracé muy fuerte, la besé en la boca, los labios cerrados, uno tras otro, la miré en silencio, largo rato, después la tomé de las manos, la miré a los ojos, decidí que esas serían las últimas palabras que iba a dirigirle en toda mi vida, y le dije simplemente: Muchas gracias por todo. Te quiero. Te quiero mucho.

Tomé mis cosas y salí del bar invadido por una profunda desolación. La idea de no volver a ver a Sophia no solo me producía dolor, sino que también despertaba en mí una incapacidad para la resignación que a mi edad resultaba impropia. A los treinta y seis años debía haberme acostumbrado a que las cosas nunca resultan como queremos, pensé en el asiento trasero del taxi amarillo que me llevaba de vuelta a casa, mientras percibía los ruidos lejanos del mundo, el suave movimiento de las calles de Filadelfia a inicios de invierno, el locuaz taxista de India o Pakistán parloteando por teléfono en una lengua desconocida, a pesar de todo me sentí complacido de que esa última reunión con Sophia hubiera terminado siendo tierna, cómplice y asexual. Llegué a casa, me cambié de ropa, tomé dos pastillas más y me metí a la cama. Me quedé dormido al rato, abrazado a la almohada. No me di cuenta cuando Laura llegó y ella tampoco me despertó.

Al día siguiente, miércoles, desperté más temprano que de costumbre, jodido por un malestar en la garganta. Intuí que se venía una gripe fuerte, sabía reconocer los síntomas, en esa época mucha gente caía enferma, el clima cambiaba de golpe, el frío apretaba demasiado, no importaba que te clavaras un *flu shot* en el antebrazo, lo más probable era que tarde o temprano el invierno te sorprendiera sin suficiente abrigo o con las defensas bajas y terminaras en cama. Me dolía la garganta al beber agua y tragar saliva, los músculos debilitados y adoloridos, un leve mareo, me metí tres aspirinas con mi dosis de antidepresivo, me compré dos energizantes camino a la universidad, fui a dar clases y al volver me sentía tan extenuado que incluso me costaba respirar. La situación no mejoró al día siguiente. No me tocaba enseñar los jueves, así que me la pasé en cama, mirando documentales de la Segunda Guerra Mundial, biografías de bandas de rock, historias de asesinos en serie, todo medio dormido, anestesiado por los tranquilizantes, a los cuales sumé un Fentanyl que me recetaron para soportar el dolor ocasionado por los golpes que había sufrido dos semanas antes. Con esa sustancia en el cuerpo el dolor desaparecía de inmediato. La había reservado porque producía una rápida adicción, pero a esas alturas no me preocupaba en absoluto quedarme enganchado a ningún químico, lo único que me inquietaba era desarrollar tolerancia y que la sustancia dejara de producir el mismo efecto si la usaba más de lo necesario, así que después de tomarme el Fentanyl acompañado de una pastilla para motivar el sueño me la pasé en blanco hasta el día siguiente, cuando desperté en condición lamentable. Ahora me dolían la espalda, la cintura, las piernas, pero hice todo el esfuerzo posible para ir a dar la única clase que me tocaba ese día. Me serví un vaso de agua, tomé mi dosis cotidiana de Viibryd, después dos energizantes, cuatro aspirinas y un desinflamante para la garganta. Me abrigué tanto como pude y salí de casa sintiendo que la cabeza me reventaba. Llegué al campus a duras penas, tenía ganas de fumar, así que prendí un cigarrillo, le di dos pitadas que incrementaron mi angustia, y me metí a mi clase. Quince minutos después, mientras mis alumnos debatían sobre la utilización mercantil del Che Guevara, su transformación en icono comercial que le había extirpado todo rastro de violencia para que fuera presentado como una especie de Gandhi o Jesucristo, un sumo sacerdote del bienestar social y amor por la humanidad cuando también era todo lo contrario, la angustia me aumentó repentinamente y sentí que estaba al borde de un ataque de pánico. Percibí la crisis asomando con descomunal ímpetu, en menos de un minuto podía descontrolarme y terminar en el suelo, alaridos nerviosos, llanto y convulsión, así que fui al baño, dejé correr el agua, tomé dos pastillas, me mojé la cara y el pelo mientras respiraba hondo, esperando tranquilizarme, pero como los resultados de esa operación no me parecieron lo bastante confiables como para retomar mi clase, volví al salón y por primera vez en todo el tiempo que llevaba de profesor les dije a mis alumnos que me disculparan, pero que había surgido algo de urgencia y debía suspender la clase.

Caminé de vuelta a casa angustiado, al borde del llanto sin ninguna justificación específica, la cabeza me volaba, fumé dos cigarros mientras me tambaleaba por las calles, abrí la puerta, busqué un desinflamante para la garganta porque hablar en clase, a pesar de que lo había hecho pocos minutos, había maltratado mis cuerdas vocales más de lo debido. Después decidí que necesitaba emborracharme. Abrí la botella de vodka, me serví el primer vaso con dos cubitos de hielo, no me importaba que el frío pudiera joderme más la garganta, para eso me había introducido el desinflamante, no era necesario subir y bajar todos los días, esta vez no le encontraba sentido a volver a anestesiarme, esta vez iba a mantenerme arriba, así que llevé el vodka a la mesa, instalé mis audífonos en los oídos y me puse a escuchar Dolores Delirio a todo volumen. Cantaba las canciones con un hilo de voz fino y triste, y en esa situación me encontró Laura, cuando abrió la puerta, yo andaba en el cuarto o quinto vodka y en medio de un estado de euforia que se había transformado en alarma porque presentí que algo en mi organismo estaba resultando seriamente dañado. Pero mantenía la adrenalina, las ganas de ir más arriba, el cuerpo me acompañaba en el proceso, más y más arriba, hasta acceder a sensaciones hasta entonces desconocidas. Pero Laura se dio cuenta de la gravedad de mi situación, guardó la botella y me mandó a la cama. Y yo, sabiendo que tenía razón, consciente de que debía parar el ritmo, apagué la música, me puse de pie, fui a mear y me dispuse a acostarme. Como sabía que por mi cuenta sería imposible descansar, tomé dos Clonazepam y un Estazolam, y antes de refugiarme entre las sábanas me tumbé en el sillón de la sala a esperar que fluyera el efecto de los fármacos. Pero la tranquilidad no llegaba. Pasaron diez minutos, veinte, después treinta minutos, y cada vez me sentía peor. Fui al baño a vomitar, pero no había comido nada en todo el día, en realidad no había comido casi nada en dos días, me quedé reclinado delante de la taza del inodoro, el cuerpo sacudido por arcadas que me arrancaban lágrimas de los ojos. Me costaba respirar y mantenerme en pie. A duras penas volví a mi ubicación en el sofá y decidí que debía meterme una dosis adicional de las pastillas para dormir. Tomé dos de un solo sorbo y me fui a echar a la cama, dispuesto a desaparecer hasta el domingo.

Pero después de diez minutos una conexión equivocada se estableció en mi organismo y de golpe sentí que estaba a punto de morirme. Fue tan nítida la certeza de mi muerte cercana que lo asumí con palabras de una simpleza que jamás hubiera imaginado posible. Pensé: voy a morirme. Y la frase me quedó flotando en la cabeza, como si precisara un tiempo muy prolongado para aceptar la idea de mi propia muerte, y en medio de la angustia y la confusión ni siquiera podía enumerar los síntomas, pero no dudaba de su inevitable conclusión. Sentí que me habían arrancado de mi lugar y trasladado con violencia a un espacio donde todo permanecía en suspenso, la realidad sonaba y se veía distinta, desde lo alto o más precisamente desde *atrás*, lo que me pareció la prueba contundente del final. Fue entonces cuando entré en pánico. Llamé a Laura a gritos, y me sorprendió que ella todavía pudiera escucharme. Mi cuerpo aún en la cama, pero yo en medio de una nebulosa, los ojos de Laura a medio metro de los míos y sin embargo los percibía a lo lejos, como si la vigilara a la distancia con unos binoculares, y por eso me sorprendió que me entendiera cuando le dije que llamara al 911. Pensé que la llamada de emergencia era mi única posibilidad de salvación, a mi alrededor el mundo se había desdibujado, ni en la peor pasada de vueltas de mi adolescencia había sentido en esa magnitud que todo se deformaba, escuchaba mi propia voz pidiéndole a Laura que se diera prisa con la llamada, cuando finalmente se comunicó intenté enumerar todo lo que había tomado desde la mañana, cuarenta miligramos de Viibryd, cuatro aspirinas, dos botellas de energizantes, dos desinflamantes para la garganta, cinco vasos de vodka, tres tranquilizantes, una dosis de Fentanyl y tres pastillas para dormir. Vi a Laura caminando por el cuarto, intentando controlar la inquietud, el celular pegado al oído, la luz se filtraba entre las cortinas y sus destellos me llenaban de rabia, ni siquiera me sería permitido morir tranquilo, tampoco podía articular bien las palabras, hablaba lento, susurros difíciles de comprender, sin sintaxis y sin gramática, flujos de palabras que caían en desorden, cierto desconocido núcleo perdía la capacidad de sostener la conexión entre distintas partes de mi cuerpo que ahora se desintegraban y empezaban a funcionar en caótica autonomía, la cabeza se alejaba cada vez más del resto de mi organismo, no era dolor lo que experimentaba sino la sensación de que mi cuerpo se expandía, que escapaba de sus propios contornos, ningún dolor pero sí la certeza de que pronto iba a sucumbir en un sueño profundo, lo único que me recordaba que seguía atado a mi propio cuerpo era la dificultad para respirar, el movimiento de mi pecho había dejado de ser involuntario, ahora debía esforzarme para inhalar oxígeno, sentí la sangre trepando por mi cuello, su flujo deslizándose lento por las arterias, multitud de conexiones sobre las que nunca me había detenido seriamente a reflexionar, ni siquiera cuando de niño me gustaba observar los dibujos del cuerpo humano en los libros de anatomía, ni siquiera entonces asumí verdadera consciencia de que yo también disponía de esos millones de conductos cuyo correcto ensamblaje era lo que permitía mi supervivencia, mientras que ahora, tirado en la cama, observando el techo de la habitación que me pareció a dos centímetros de mis ojos, todas esas conexiones parecieron bloquearse, Laura hablaba por el celular, pero yo no conseguía escucharla, el tiempo se prolongaba, intenté gritar que vinieran de una vez, que pare con las explicaciones y les exija que manden de inmediato una ambulancia, después vi que Laura se acercó y se sentó a mi lado, sentí su presencia como una bendición, iba a morirme junto a ella, me pareció justo y me emocionaba, finalmente las cosas retomaban su cauce natural aunque solo fuera para que todo terminara, iba a ocurrir pronto, el cuerpo me lo indicaba, imposible mantenerse en ese estado demasiado tiempo, no sabía exactamente qué parte de mi organismo sería el primero en colapsar, qué parte de mí mismo iba a desencadenar mi muerte, el cerebro o los pulmones o el corazón, escuché la sirena de la ambulancia a lo lejos, Laura se puso de pie, salió de prisa de la habitación, menos de un minuto después reapareció acompañada de dos sujetos, Laura se frotaba nerviosa las manos una contra la otra, los dos tipos se veían tranquilos, no parecían dispuestos a actuar con premura, me imaginaba a los 911 como en la televisión, gente que actúa con rapidez y convicción, pero esos dos sujetos me miraban y hacían preguntas que yo no podía responder, con un susurro le pedí a Laura que ella explique y que los apure para que me metan a la ambulancia, sentí rabia al pensar en el exceso de profesionalismo de la pareja de paramédicos, pensé que en el fondo deseaban mi muerte, debían atender muchos casos al día y quizá reservaban su energía para tipos con balas en la cabeza o con partes del cuerpo desmembradas en un accidente de carretera, mi caso no tenía gloria ni espectacularidad, faltaban sangre y vísceras, traté de apretar el puño de mi mano derecha y dejarlo suspendido en el aire para demostrarles que todavía era capaz de un gesto amenazante, pero mis dedos no respondían, mucho menos sería capaz de levantar el brazo, pero de pronto, sin que me diera cuenta, como si se hubiera producido un brusco corte temporal que no alcancé a advertir, me di cuenta de que a mi lado había una silla de ruedas y con un movimiento rápido los sujetos me dejaron instalado en ella. Salimos del departamento, pisamos la calle, ahora iba dentro de una ambulancia, Laura a mi lado, me pincharon el brazo derecho, me conectaron unos cables, observé con fascinación el interior del vehículo, incrédulo por ser yo la persona que viajaba dentro en condición de paciente, no me pareció un mal lugar para morir, Laura me tomó la mano y la acarició, la ambulancia avanzó haciendo aullar la sirena, reconocí su capacidad de aceleración, me gustó la adrenalina del impulso del motor a pesar del mareo intenso que me atacaba, no podía ver las calles pero percibía claramente la velocidad debajo de nosotros, las cuadras que recorríamos vertiginosamente, no sentía alarma ni desesperación, solo incredulidad, no entendía que fuese yo el responsable del bullicio que ocasionaba la sirena, imaginé los coches que se apartaban de la vía central para dejarnos el camino libre, los aparatos de la ambulancia parecían los comandos de un avión, brillaban en colores vivos, difícil quitarles la mirada de encima, quizá el vehículo estaba construido para distraer a los agonizantes y así impedir que se concentren en su propia desaparición y ahorrarles un mínimo del terror que ocasiona la certeza de que te vas a morir.

Tras una capa de neblina me pareció ver que los paramédicos se comunicaban entre ellos, pero yo había perdido la capacidad de escuchar, y sin embargo comprendía que a pesar de la irrealidad de la escena todo eso en verdad me estaba ocurriendo a mí, y por eso me esforcé todo lo posible en hablar. Me apliqué con el mayor esfuerzo del que fui capaz a pesar de que un pitido salvaje me estallaba en los oídos y no me permitía escuchar mi propia voz, no sabía si estaba pronunciando bien las palabras, no sabía si Laura, que había acercado la cara a mis labios para entender lo que yo quería decirle, en verdad me estaba escuchando. Pero creo saber lo que le dije, o al menos creo saber qué intenté comunicarle: que ella era lo más importante que me había pasado en la vida. Le dije, o creo haberlo hecho, o al menos haberlo intentado, que me perdone por cualquier error que hubiera cometido a lo largo de nuestra relación. Le dije que la quería. Laura me apretó la mano, sobresaltada porque desde que me tomaron la presión y me clavaron agujas en el brazo, la compostura y autosuficiencia de los enfermeros o paramédicos o quienes quiera que fueran los dos sujetos que me subieron a la ambulancia, empezó a declinar y comenzaron a moverse con mayor urgencia. El vehículo se detuvo y su enorme puerta trasera se reabrió para que yo pudiera acceder a la realidad más aterradora que había conocido hasta entonces. Un doctor empezó a dar instrucciones con gestos elocuentes, me levantaron de la silla de ruedas y me depositaron en una camilla en la que pocos segundos después me deslizaba veloz por un pasadizo infernal, reconocí gente lanzando alaridos de dolor, pensé que todo eso era real, que la muerte nunca es una transición pacífica sino que nos sorprende acompañada de sufrimiento y de un horror tan profundo que resulta imposible imaginar hasta que nos alcanza el momento de experimentarlo, Laura caminaba de prisa al lado de la camilla, segundos después mi cuerpo fue colocado en una cama de la Unidad de Cuidados Intensivos, me empezaron a quitar sangre por un tubo, me pareció que me introducían un flujo de sangre ajena por el otro brazo, me abrieron la boca y me forzaron a mirar fijamente las manos de un doctor que estiraba los dedos delante de mis ojos con la intención de comprobar si reaccionaba a su movimiento, el enfermero me clavaba punzadas en las plantas de los pies y quería que manifestara la sensación, pensé fugazmente en mis padres, a miles de kilómetros, en Lima, siguiendo con sus vidas sin saber nada sobre mí, al día siguiente iban a enterarse de que su hijo había muerto, pensé que no había tiempo de despedirme de ellos porque al día siguiente ya no estaría. Lo pensé de esa manera sencilla, *mañana por la mañana ya no estaré aquí*, y la contradicción entre la simplicidad de la frase y cuanto encerraba me pareció perturbadora, imaginé la luz de la mañana sabatina, el movimiento en las calles, todo normal en las afueras del edificio donde vivía con Laura, pensé en la sorpresa y las condolencias de los amigos, pensé en Laura, en qué haría después de que mi muerte fuera declarada, cuándo y cómo se lo diría a mis padres, imaginé emails de Sophia acumulándose con el paso de los días sin recibir respuesta, pensé en la diferencia entre todas las cosas a las que había aspirado y lo poco que había conseguido, cerré los ojos, Laura posó su mano sobre la mía, me moví desesperado en la cama, sentí que no debía dejar de agitar el cuerpo porque si me quedaba quieto podía sumergirme en un sueño del que no podría despertar, me daba pánico la idea de morirme, no la comprendía y la rechazaba con rabia y una sensación de injusticia, diez minutos después sobrevino una crisis nerviosa, sentí que por dentro todo se desintegraba, me trajeron unos papeles para firmar, no tenía idea cuál era el contenido de esas líneas indescifrables, no podía sostener el lapicero, quise insultar a las enfermeras y a los doctores, pero de mi boca solo brotó un hilo de saliva, Laura leyó el documento y quiso ayudarme a tomar el lapicero, yo hubiera querido agarrar a golpes a los enfermeros, pero ni siquiera podía levantar la cabeza, me sorprendía mi incapacidad motriz, intentaba alzar la mano y no podía despegarla de las sábanas, no me dolía nada, eso fue lo más sorpresivo, me iba a morir sin gloria, sin gritos de dolor, todo se reducía a una simple desconexión, el corazón me galopaba de prisa, la alarma y el pánico, Laura me guio la mano y me ayudó a firmar, la luz del techo me agobiaba, pero ya no podía hablar, ninguna posibilidad de quejarme ni maldecir, mis últimos lamentos ya los había pronunciado, todo se apagaba, todo a punto de desaparecer, los párpados se me fueron cerrando, pensé que era el final, quise gritar pero no pude, un ambiente denso y profundo me envolvió, sin que pudiera hacer nada para combatirlo, y después no recuerdo más.

Y a pesar de que al día siguiente desperté, la sensación de haber sobrevivido era engañosa, se limitaba a su sentido más literal, aún no lo sabía pero ya se había roto para siempre toda posible continuidad. No lo intuí cuando abrí los ojos alrededor del mediodía y encontré a Laura sentada a los pies de mi cama, ojerosa, con la misma ropa de la noche anterior, y entonces me tranquilicé, como si todas las dificultades de los últimos meses hubieran constituido una pesadilla que por fin había terminado, como si pudiera eliminarlas de plano y en adelante las cosas podrían empezar a ser mejores que antes.

Debía enfocarme en reconstruir mi matrimonio y continuar mi carrera restringido a asuntos meramente académicos, debía aferrarme a la persona con quien había compartido las mejores épocas de mi vida y pronto todo volvería a la normalidad.

Tendido sobre la cama de hospital, sonreí al pensar que en el futuro ya no habría lugar para la angustia ni la indecisión, pero no era cierto, faltaban dos días para que me diera cuenta de cuán equivocado estaba, todavía no esa mañana, a Laura no le habían permitido pasar la noche conmigo, quizá esa hubiera sido mi salvación, pero no lo fue, debí sospecharlo cuando ese sábado por la tarde ella se mostró más seria que de costumbre, pensé que se debía a la tensión de la noche anterior, horas más tarde me dieron de alta, un taxi nos esperaba en la puerta, salí caminando, lento, tambaleante, como desconectado del mundo, una nítida sensación de no pertenencia, nos sentamos en el asiento posterior y algo debí intuir cuando extendí la mano hacia ella y Laura se negó a tocarla. Y entonces empecé a sospechar, pero los doctores habían ordenado reposo absoluto hasta el lunes por la mañana y Laura respetó ese descanso, pero una vez cumplido el plazo, intentando mantener la calma, sin dramatismo, con la mayor frialdad posible, antes de irse a trabajar Laura me informó, como si fuera un reporte, que la noche del viernes, mientras yo dormía profundamente en el hospital, cuando le negaron el permiso para quedarse conmigo tomó un taxi y volvió a casa llena de temor de lo que podría suceder una vez a solas en nuestro departamento. Y lo que podía suceder era que por fin decidiera confirmar lo que, sin que yo lo supiera, ella venía sospechando desde mucho tiempo atrás. Y entonces esa noche, mientras yo me recuperaba en la Unidad de Cuidados Intensivos, Laura al fin encontró la oportunidad o más bien no pudo soportar la tentación de perderse en mi laptop con todas las contraseñas de mis correos electrónicos puestas en automático, buscó en todos los rincones de mis emails, exploró todas las carpetas con nombres engañosos, y cuando por fin abrió una rotulada con la etiqueta *Zapatismo Now*, encontró que todos los mensajes en ella contenidos conformaban una interminable conversación con una única persona, que además resultaba ser una reciente exalumna, y que esa conversación se prolongaba más de un año y debía extenderse a muchos cientos o incluso miles de mensajes, algunos de pocas palabras, otros que alcanzaban las treinta o cuarenta líneas, y esa noche, aplicadamente, dolorosamente, Laura los leyó todos, primero en el orden en que aparecían en mi bandeja y después de comprender la magnitud de la situación retrocedió hasta el inicio y los siguió en orden cronológico. Cuando terminó de leer, cerró mi laptop y se pasó la noche llorando, llena de rabia, y al amanecer decidió que iba a dejarme.

Todo eso me contó el lunes por la mañana, antes de irse a trabajar, y yo la escuché sin ser capaz de contradecirla. La escuché como si supiera que ya no era posible tentar una defensa, como si fuera consciente de que debía pagar por mis errores y lo aceptaba. Y por eso, cuando Laura dijo que se quedaría tres noches en la casa de una amiga y que a su regreso no quería encontrarme en casa, no la contradije. No pude pronunciar una sola palabra mientras ella abrió la puerta, cruzó la entrada del que hasta ese día fue nuestro departamento y se marchó.

6

Sin embargo, cuando esa mañana salí de la modesta oficina ridículamente bautizada como Archivo General de Chiapas, después de hablar con ese oscuro funcionario a quien llamaban Licenciado Torres, aún desconocía que el engendro al que estaba por enfrentarme era más hermético e indescifrable de cuanto hasta entonces hubiera podido suponer. Bajé por la colina buscando un taxi, el primero a quien le pregunté por la Universidad Campesina me dijo no conozco, el segundo tampoco, el tercero no dijo nada, puso la vista al frente, movió la palanca de cambios y arrancó. Me dieron ganas de comprarme otro *espresso* con mezcal para que no se me entibiara el entusiasmo, pero en los alrededores ni un solo establecimiento comercial, filas de casas bajas, tres o cuatro residencias con jardines delanteros, pequeños museos o sedes de ONGs, pasó una vieja Station Wagon tronando el motor y su cartelito de taxi en la ventanilla delantera, volví a preguntar, el conductor hizo un gesto con la mano indicándome que subiera.

—¿Cuánto? —pregunté.

—Cien —dijo.

—¿Cien pesos? —quería evitar que después quisiera estafarme diciendo que eran cien dólares, pero el sujeto interpretó mal la pregunta y rebajó el precio:

—Que sean noventa.

Subí a la camioneta, asiento trasero, bajé la ventanilla, abrí Google Maps, avanzábamos hacia el norte, zona desconocida, lo que concedió a mi viaje espíritu de aventura, revivió el fantasma de viejas lecturas sobre zapatismo, sensación nueva, cuando estaba con Laura hacíamos tres o cuatro viajes al año, a veces corríamos riesgos, nos internábamos en zonas peligrosas, a pesar de lo cual nunca antes había experimentado la vívida sensación de penetrar territorio secreto, primer paso para acercarme al corazón del auténtico zapatismo, lejos del centro de San Cristóbal y su izquierdismo de escuela primaria, el taxi enrumbó firme por Yajalón y luego por Ojo de Agua, en menos de cinco minutos se desvaneció la coquetería turístico-colonial, la reemplazaron esquinas sucias y mercados ambulantes, cientos de personas circulando, bolsos al hombro, pensé que el universo entero se volvía más *real*, me dio satisfacción, todo marcharía en orden en la medida en que mi celular indicara que íbamos por el rumbo correcto, *rumbo correcto*, me repetí satisfecho, sin duda ese mismo camino debió de ser el que recorrió Sophia, por eso debió de largarse de un momento a otro, por eso no le contó nada a nadie en San Cristóbal, siete minutos de camino cuando tomamos Periférico Norte y el panorama terminó de transformarse, negocios de madera, reparadores de vehículos, mulas cargando sobre su lomo pesados volúmenes de objetos indistinguibles, seguimos recto por el Periférico, avanzábamos a toda prisa, el viento en la cara, no había tráfico, el sol doraba el perfil de las cosas y les otorgaba cierta morosidad, no importaba la insólita aceleración de la vieja Station Wagon, en mi interior el tiempo discurría lento, cerré los ojos, pensé en mí mismo como si fuera otro, pensé que nadie fuera de San Cristóbal de las Casas sabía que yo andaba ahí, el conductor disminuyó la velocidad, salimos de la carretera y tomamos un pequeño desvío, una calle estrecha cuyo nombre no aparecía en el mapa, y luego de doscientos o trescientos metros volvimos a girar hacia la izquierda, esta vez por un trecho sin asfaltar, perros vagabundos, gente que nos miraba pasar desde los pórticos de sus casas, mujeres que parecían sobrepasar los cien años, le pregunté al conductor si faltaba mucho para llegar.

—Casi nada —respondió, escueto, levantando una nube de polvo a nuestro paso.

Pensé que el nombre Universidad Campesina tenía sentido, en esa zona todo era polvo, barro, arcilla, pensé que el coche se iba a detener en cualquiera de esas modestas viviendas y me dejarían ahí abandonado en esa supuesta universidad, que ya sabía que no era universidad, de lo contrario me hubiera enterado antes, pero ya no estaba seguro, desde que pisé Chiapas supe que mi conocimiento sobre zapatismo era insignificante, increíble que alguna vez intentara explicárselo a Sophia en una biblioteca del noreste de Estados Unidos, aquella época parecía tan lejana, el vehículo alcanzó el final de la calle sin asfaltar y salió a una nueva carretera, una vía limpia, ni un solo coche a la vista, se podía pisar el acelerador a fondo, lo que el conductor efectivamente hizo, al otro lado una hilera interminable de montañas teñidas de verde, un par de minutos después pasamos junto a un lugar que esperé que fuese la Universidad Campesina, sus instalaciones superaban mis máximas expectativas, podía pasar por un club campestre, lo miré fascinado detrás de la ventanilla del taxi, alcanzamos una reja pintada de rojo, amarillo y azul, lo bastante grande como para que incluso el conductor menos avispado pudiera entrar con un camión sin problema, y el vehículo se detuvo frente a ella.

—Noventa pesitos —le dije al conductor, de buen ánimo, y le extendí los billetes.

Bajé del vehículo y me acerqué a la reja. A la distancia, cuarenta o cincuenta metros, percibí las siluetas de cuatro hombres, palas en las manos, torso descubierto. Alcé el brazo intentando llamar su atención, imposible que no me hubieran visto, al menos el vehículo estacionado delante de la verja debió llamar su atención. Quizá me vieron y no me hicieron caso, así que los saludé a los gritos, los cuatro me miraron al mismo tiempo, campo abierto entre ellos y yo, al fondo un bosque sobre la montaña, verde profundo y estremecedor, los árboles coronados por un cielo de un celeste intenso, las nubes bajas desplazándose con parsimonia, por un momento sentí que no se escuchaba ningún ruido y había accedido al silencio absoluto, los sujetos con las palas se miraron y después de breve deliberación uno de ellos empezó a acercarse, pala en la mano, con la otra se secaba el sudor de la frente, la silueta comenzó a definirse en un rostro humano, un chico muy joven, inicialmente pensé dieciocho o veinte años, pero a medida que se acercaba se delató mucho menor, catorce o quince, cuando estaba a diez metros lo saludé diciendo simplemente *hola*.

—Hola —respondió el muchacho, voz mecánica, ningún interés ni curiosidad, solo la urgencia de retomar sus labores agrícolas, pero antes de que pudiera explicarle que quería hablar con otra persona, con alguien mayor, antes de improvisar cualquier discurso barato que justificara mi presencia en ese lugar, el chico me preguntó:

—¿Quiere pasar?

—Sí —respondí, sorprendido por la invitación.

El muchacho movió la serie de fierros que aseguraban la puerta y dejó un claro para hacerme pasar, entré, el chico cerró la puerta tras de mí, sentí que accedía a un espacio donde cambiar de vida era posible, las emociones se agolpaban en mi pecho, pensé que alguna vez Sophia había cruzado esa misma puerta y no había vuelto a salir, o lo había hecho convertida en otra persona. Avancé, sobrecogido por el olor del forraje, los pastizales húmedos que invitaban a la meditación o al sueño, a mi derecha una pequeña vivienda cuadrada con tejado, no más de seis o siete metros por lado, en la fachada un mural sobre las luchas de los pueblos indígenas, en la parte superior las palabras *resistencia* y *autonomía*.

—Espere aquí —me dijo el muchacho y se alejó, la pala al hombro, la lámina de metal reflejaba la luz del sol, me quedé de pie mirando las montañas a unos cuatrocientos metros de mi ubicación, de pronto apaciguado por una extraña paz interior, más transparente que la ofrecida por los químicos a los que me había vuelto adicto, en lugar de apartarme de mí mismo me conectaba con el presente en calma, sin marcas del pasado ni angustia por el futuro, y entonces, impulsado por una fuerza que me sobrepasaba, avancé hacia el lugar donde los otros tres muchachos continuaban trabajando, pero uno de ellos detuvo la faena y alzó la palma derecha, los dedos extendidos. Esperé sin moverme hasta que el primer muchacho, el que me había abierto la puerta, reapareció acompañado de otra persona, un hombre de unos treinta años, camisa celeste, manga corta, apariencia apacible; le extendí la mano, me presenté y le dije venía desde Perú con la intención de aprender más sobre el trabajo que realizaban ahí, en la Universidad Campesina.

—Cómo no —respondió, sin hacer más preguntas.

Al menos en apariencia todo resultaba demasiado sencillo, había pensado encontrarme con el hermetismo natural atribuido a los zapatistas, aunque ni siquiera sabía si ellos eran zapatistas, no tenía la menor idea de quiénes era ni qué hacían, las bibliotecas en Filadelfia no me habían instruido al respecto, el hombre empezó a caminar, un metro delante de mí, como esperando que lo siguiera, y dijo:

—Puede usted aprender todo lo que quiera. Pero no tome ninguna foto.

—Por supuesto —dije—. No pensaba hacerlo.

El hombre asintió, y siguió remontando la colina sin decir una palabra más.

—Perdón, me dijo que su nombre era…

—Moisés —apuntó—. Pero no se lo había dicho.

—Le agradezco mucho, Moisés —repliqué—. ¿Por dónde me recomienda empezar?

—Por donde usted quiera. Yo lo acompañaré por donde vaya.

—No es necesario. No quiero hacerle perder tiempo…

—Tiempo es lo que tenemos en abundancia —dijo Moisés, sin mirarme—. Igual que todo el mundo. La diferencia es que nosotros lo sabemos utilizar.

—Entiendo —dije—. Entonces, ¿va a venir conmigo todo el camino?

—Sí. Usted camine por donde quiera, mire todo lo que quiera, sin prisa, que yo lo acompaño hasta que se vaya.

—¿Eres una especie de guía turístico, Moisés? —le pregunté, abandonando deliberadamente el *usted* como pálido intento de ganarme su confianza.

—No. Solo lo estoy acompañando.

—Lo siento —dije. Y rápidamente, como para cambiar de tema, agregué—: ¿Te parece bien si empezamos por allá? Apunté con el índice a mi lado izquierdo, donde distinguí una serie de edificaciones muy parecidas a la primera, pequeñas casitas con tejado, sin orden visible, separadas veinte o treinta metros una de la otra.

—Como usted diga —dijo Moisés.

Empezamos a caminar hacia el flanco izquierdo, pasamos frente a un campo de cultivo, reconocí una variedad de productos, pero no maíz, eso me llamó la atención, cuando analizaba los murales zapatistas en mis clases en Filadelfia, esa clase que nunca más había vuelto a enseñar desde que tuve a Sophia como alumna, esa clase que no quise repetir ni siquiera cuando aún mantenía relaciones con ella, como si esa clase y el zapatismo y todos los efectos ocasionados en mi vida y en la suya hubieran contribuido decisivamente a mi debacle personal, en esos murales el maíz aparecía por todos lados. Pero decidí evitar el comentario y a cambio dije:

—Se respira mucha paz aquí.

Moisés, caminando a mi lado, asintió. No parecía tener intención de decir una palabra sobre mi comentario.

—¿Desde cuándo se han establecido aquí?

—No puedo decirle.

—¿Es información privada?

—No puedo decirle —repitió Moisés—. Sigamos caminando. Si usted quiere conocer, queda mucho por andar...

—¿Cuánto tiempo crees que nos tomará recorrerlo?

—Sin detenerse demasiado, póngale dos horas.

Dos horas: demasiado tiempo. Me gustaba el lugar, me sentía bien, pero yo buscaba algo específico y nada indicaba que Moisés estuviera dispuesto a brindarme ninguna información.

Seguimos remontando la colina, en el camino nos cruzamos con una docena de muchachos, la mayoría solos, cargando herramientas o bolsos de cultivo, otros en parejas o tríos, todos concentrados en su labor, algunos saludaban con una ligera venia, otros pasaban sin ofrecer gesto.

—¿Todos ellos viven aquí?

—No le puedo decir —respondió Moisés.

Seguimos escalando, cada vez más próximos a los árboles que moteaban la montaña. Me detuve a observar murales que había visto reproducidos en libros de las bibliotecas de arte en Filadelfia. Pasamos cerca de una edificación de madera, una sola planta con la altura de un edificio de cinco pisos, por única vez Moisés se permitió una mínima señal, como para sugerirme ingresar, entramos juntos, en el interior una decena de muchachos trabajaban la madera, la aserraban en bloques geométricos o la pintaban en vivos colores para transformarla en mesas, sillas o escritorios.

—Moisés —le dije, intentando mirarlo a los ojos—. Entiendo si no me puedes decir nada. Pero hay algunas cosas que quisiera saber. Tal vez pueda hablar con otra persona. Debe de haber alguien con quién hablar.

—No puedo decirle —respondió, cortante—. Yo lo estoy acompañando.

—¿Tienen un director? Si esta es una universidad, alguien debe de hacerse cargo de dirigirla…

—No le puedo decir.

—Moisés, voy a confesarte algo y quisiera que me ayudaras.

Me miró, inexpresivo, yo continué:

—Había una persona muy importante para mí. Alguna vez estuvo aquí, hace un tiempo, no mucho, y nunca más fue la misma. Una chica. Quizá tú la conociste. Vino y nunca más fue la misma. ¿Me entiendes, Moisés?

Asintió levemente. Sentí que, por primera vez, realmente me estaba escuchando.

—Por eso hay cosas que necesito aprender —seguí— Qué fue lo que ella vio. Qué fue lo que encontró. Por qué, después de venir aquí, decidió cambiar de vida. Quiero comprender qué ocurrió. ¿Me entiendes? He venido desde Perú para entender...

Moisés me miró con atención.

—No sé cómo podría yo ayudarlo —dijo.

—Déjame hablar con alguien, unos minutos, alguien que pueda decirme lo que tú no puedes....

Volvió a mirarme, calculó por unos segundos y luego dijo:

—Vamos a seguir subiendo.

Sin agregar una palabra más, dio media vuelta y continuó remontando la colina. Avanzamos por un sendero marcado en la tierra, cada vez más alto, las casitas cuadradas desaparecieron, igual los talleres de pintura, madera o trabajo mecánico, y empezó a prevalecer el camino abierto, diez minutos después reconocí a la distancia la única edificación en largo trecho. No pregunté nada, el ascenso me había acelerado el corazón, el sol quemaba nuestras cabezas, la pesadez atacaba mis piernas, leve mareo, parecíamos muy cerca del cielo, como si fuera posible alzar los brazos y tocar con los dedos su celeste intenso, la edificación que atisbé a la distancia se descubrió mucho más amplia que las pequeñas viviendas cuadradas que se multiplicaban a lo largo de la supuesta *universidad*, la pared que encaraba la pendiente ofrecía un inmenso ventanal, imaginé las cortinas abiertas y la vista imponente, alcanzamos la parte exterior de la residencia, una docena de patos chapoteaban en un estanque cercano, otros caminaban por la tierra o la hierba, había mesitas de madera, colores muy vivos, diseños mayas y representaciones de guerrilleros con pasamontañas, lemas zapatistas o pre-zapatistas en los tableros de las mesas o sobre los troncos de los árboles trabajados como sillas.

Moisés me dijo que lo espere sentado en uno de esos troncos convertidos en banquitos multicolores, se acercó a la entrada de la vivienda, al otro extremo del ventanal, invisible desde mi ubicación, e hizo sonar una campanilla que retumbó en el tranquilo aire de la colina. Nadie pareció atender el llamado, pero Moisés no insistió. Aunque no podía verlo desde el lugar donde permanecía sentado, reconocí a lo lejos los murmullos de una conversación, o quizá la imaginé, como si dentro de la vivienda se desarrollara una plática súbitamente acallada en el instante en que Moisés hizo trinar la campanilla, seguí esperando, mis sentidos exaltados por el verdor de la montaña, el aire limpio, el silencio, pasaron un par de minutos, tiempo que me pareció extremadamente prolongado, hasta que finalmente percibí que alguien abrió la puerta. Oí la voz de Moisés en un susurro, no pude comprender lo que decía, habló durante treinta o cuarenta segundos, y después otra voz, la voz de una persona invisible desde mi ubicación, voz mucho más grave, voz de ultratumba, voz de las profundidades, pronunció unas cuantas frases. Luego Moisés reapareció, se acercó a mí, y me dijo:

—El Maestro ha aceptado atenderlo unos minutos. Pero debemos esperarlo hasta que lo indique.

—Muchísimas gracias, Moisés —respondí, sinceramente agradecido a pesar de que no tenía la más remota idea de quién era ese tal *maestro*.

Permanecimos en la misma ubicación, Moisés de pie a un par de metros de mí, yo sentado sobre el pedazo de tronco colorido que servía como banca; después de unos minutos percibí cierta inquietud al otro lado de las paredes de la vivienda, luego la puerta se abrió, la campanilla vibró suavemente y desde el extremo opuesto de la casa surgió una figura alta, túnica blanca hasta los tobillos, sandalias de cuero, expresión apacible. Me puse de pie, me acerqué al hombre de la túnica, cuya edad debía andar por los sesenta y cinco años, le extendí la mano y me presenté, de cerca parecía un santo o un mártir recién vuelto de la resurrección, cuando me estrechó la mano dijo simplemente *bienvenido*, y luego hizo un gesto como invitándome a rodear la casa y pasar al interior de la vivienda. Fui un paso por delante del Maestro, Moisés vino detrás de nosotros pero se quedó afuera.

El Maestro cerró la puerta, pasamos a una sala alfombrada con diseños mayas, las paredes laterales recubiertas por anaqueles repletos de libros, al fondo el ventanal, el sol caía oblicuo sobre el salón, a mis espaldas cuadros indígenas colgados de la pared, un sofá grande y cómodo delante del ventanal, una pequeña silla pintada de verde al frente. Con un gesto me invitó a sentarme en la silla. Me acomodé en ese pequeño espacio, incómodo por la diferencia entre su asiento y el mío, gesto sutil para demostrar quién tenía el poder, sus palabras y movimientos mostraban complicidad, incluso afecto, pero los objetos y la manera en que estaban dispuestos remarcaba la diferencia; al mirarlo, el Maestro quedaba envuelto entre los rayos de sol que resbalaban por el ventanal, clara ventaja frente a un simple mortal, nivel elemental de manipulación, pensé, pero luego, para no desconcentrarme, intenté hacerme una idea aproximada de la disposición del lugar: el salón era lo bastante grande como para ocupar la mayor parte de la vivienda, una puerta enclavada entre los anaqueles me permitió suponer que era acceso a su dormitorio, apenas pensé en ese dormitorio tuve la nítida sensación de que el supuesto maestro y yo no éramos las únicas personas en la vivienda, alguien debía ocultarse en la habitación, quizá más de uno, oídos pegados a la pared, atentos a cualquier movimiento. El supuesto maestro, frente a mí, relajado sobre su plácido sillón, preguntó con voz profunda:

—¿En qué puedo ayudarlo?

Me miró intensamente, como si en ese momento yo fuera para él lo más importante que existiera en el universo, pero no caí en la tentación de creer en su apertura y buena voluntad, no me iba a dejar manipular por su parafernalia litúrgica ni su aura de santón revolucionario, a cambio decidí rodear su pregunta, le dije que venía de Perú, había estudiado Historia del Arte en la Universidad Nacional Mayor de San Marcos de Lima, y ahora dirigía un pequeño museo en las afueras de Cusco y trabajaba con poblaciones de origen quechua. Agregué que San Marcos era una universidad muy politizada, apenas cruzabas la entrada que conducía a la Facultad de Letras aparecían murales de Marx, Lenin, el Che Guevara, y que desde esa época me había familiarizado con las gestas de los compañeros de Chiapas, así dije, *los compañeros de Chiapas*, pero el Maestro no exhibió ningún gesto de beneplácito ni aprobación, tampoco parecía interesado en interrumpir mi perorata, así que continué diciendo que más adelante, una vez graduado, después de que me fui a trabajar a Cusco, me involucré con otros movimientos de la región andina, fui aprendiendo sus luchas por territorios y respeto por las culturas ancestrales, todo lo cual me condujo hasta Chiapas buscando conocer de cerca las experiencias de los compañeros chiapanecas. El Maestro continuó mirándome impasible, los ojos atentos, a la espera de que continuara mi relato, me di cuenta de que algo fallaba en mi estrategia, el discurso no sirve de nada cuando la otra persona escucha imperturbable, ninguna intención de interrumpirte, ninguna señal de conformidad, tampoco reprobación, como si estuviera seguro de que dejándote hablar pronto saltarán a la luz tus contradicciones, revelarás tus intenciones ocultas, en el peor de los casos tú mismo llegarás a la conclusión de que no tienes nada que hacer ahí y entonces pedirás disculpas y te largarás, pensé, confundido, mientras pasé a enumerar, cada vez con menos convicción, los paralelos entre las poblaciones indígenas de Chiapas y las de Cusco, con las que supuestamente yo estaba familiarizado. Pero su falta de respuesta me obligó a cortar de golpe, no quería terminar convencido de que incluso sin decir una sola palabra el viejo tenía razón y debía largarme de ahí, nada mejor para quien resultas indeseable que desaparezcas como si fuera idea tuya, así que para concluir mi ficticia cháchara autobiográfica señalé que había viajado a Chiapas como parte de mi proceso de aprendizaje y que estaba convencido de que la Universidad Campesina era el lugar adecuado para profundizar ese conocimiento que buscaba. Ahí terminó mi respuesta, demasiado larga, y al fin el Maestro se permitió abrir la boca por primera vez en todo el tiempo que yo venía hablando y, como si después no hubiera nada más que agregar, simplemente dijo:

—Aquí tiene las instalaciones a su disposición para que aprenda lo que quiera.

—Se lo agradezco —respondí—. Pero lo que quiero es que me cuenten más sobre lo que hacen. Por eso le pedí a Moisés que me ayudara a conversar con alguien.

—Emilio —dijo el Maestro con su voz profunda. Me sorprendió que recordara mi nombre y se apropiara de él para sus propios fines—. Moisés no respondió nada porque no hay nada que responder. Yo tampoco puedo hacerlo. Todo está a la vista. Usted puede verlo por su cuenta. Usted debe vivir su propia experiencia.

—Hay cosas que no pueden verse —insistí—. Cómo son las noches aquí, por ejemplo. A qué hora se despiertan. Cuándo empezaron a trabajar.

—No hay nada invisible. Solo que descubrir algunas cosas requiere más tiempo que otras.

—Lo que están haciendo aquí es extraordinario —indiqué, intentando cambiar de estrategia—. Mucha más gente debería conocerlo. En Perú, como le decía, sufrimos los mismos problemas de discriminación contra las poblaciones indígenas. Pero nadie sabe nada de lo que están haciendo aquí para enfrentarse a ellos.

El viejo me miró imperturbable.

—Por eso mismo pienso que es necesario difundir lo que vienen haciendo —dije. Y luego de una breve pausa agregué—: Tengo algunos contactos en prensa. Podría hacerle una entrevista y la publicamos en un periódico peruano de circulación nacional.

—¿Ese era su objetivo, Emilio? —preguntó el Maestro, simulando decepción. Pero claramente no estaba decepcionado: lo único que esperaba de mí era que me largara lo más pronto posible—. ¿Hacerme una entrevista? ¿De eso se trata?

—No —dije—. Fue una idea repentina. Pienso que usted la merece.

—¡Entrevista! —exclamó el viejo, elevando el tono de voz y haciendo un gesto con la mano como quien espanta a un insecto—. ¡Nada peor que las entrevistas! No doy entrevistas. Nunca. Quienes quieran saber qué pasa aquí, cómo trabajamos, vienen y pueden mirar todo lo que quieran. No se trata de hacer resúmenes, no se trata de condensar. Las experiencias no se pueden condensar. Uno tiene que vivirlas. Aquí todo está a la vista. Usted debe haber visto con Moisés algunas de las cosas que tenemos.

—Por eso mismo —seguí—. Algunas cosas. Para conocer más, necesito que me cuenten.

—El relato aniquila la experiencia, Emilio. Si quiere aprender más, siga caminando. Moisés lo acompaña y usted observa. Quédese todo el tiempo que quiera. Vuelva mañana. Vuelva todos los días. Observe, experiméntelo, saque sus propias conclusiones. Quitarse todos los prejuicios con que uno viene del mundo exterior toma tiempo. Las experiencias requieren su propio ritmo. ¡¿Cómo podría ser tan necio como para quitarle la posibilidad de vivir su propia experiencia y reemplazarla por mi versión personal?! Eso sería autoritario. Yo no tengo derecho a ponerme en el lugar de nadie…

—Pero no todos tenemos tiempo para vivir esa experiencia.

—En eso, lo siento mucho, no puedo ayudarlo. La carencia de tiempo no es un tema que nos preocupe. Todo lo contrario: es parte del paradigma al que voluntariamente le hemos dado la espalda.

—Bastaría con información elemental: cómo empezaron, cuándo surgió la idea…

El Maestro hizo un gesto de desdén y me interrumpió.

—Todo eso, Emilio, es pasado —sentenció—. El pasado se descubre mirando el presente. Si uno no encuentra en el presente las marcas vivas del pasado, significa que ya murió. Que no dejó nada y, por tanto, no es importante. Lo importante es lo nuevo. Y eso lo creamos día a día. Nadie lo puede contar…

—¿No tendría que haber un libro, un registro, de la historia de esta universidad?

—¡Por supuesto que no! ¿Libro? ¿Para qué queremos una memoria impresa si nuestra universidad está viva? ¡La tenemos aquí! La vivimos día a día. ¿Para qué contar la historia? Cada uno tiene la suya. Lo que menos queremos es historia…

—¿Podríamos decir lo mismo del zapatismo? —pregunté, como si me jugara la última carta.

El viejo no pareció sorprendido.

—¿A qué se refiere? —preguntó.

—Por ejemplo, ¿podría aprender del zapatismo conviviendo con ellos, tal como ustedes permiten aquí? Aprender en la experiencia, sin pasar por los libros...

—Ah, los libros —dijo el maestro, con un gesto de desdén—. En ese punto tiene usted toda la razón. Vea usted, existe lo que llamamos *extractivismo intelectual*. No solo se agotan los recursos naturales. No solo ocurre que el Estado o las empresas viajan hasta los pueblos originarios y saquean todos sus recursos. También existe extractivismo intelectual: la depredación de todas las experiencias creativas del ser humano, como la nuestra, como la de los hermanos del EZLN, para escribir libros y hacer carrera académica. Es una práctica nefasta. Pero eso no nos detiene...

—Entiendo —concedí—. Pero permítame insistir en lo que le preguntaba. Si yo estuviera interesado, ¿podría aprender del zapatismo con la misma libertad que usted me permite aquí?

—El caracol de Oventic está a una hora. Es de libre acceso. Usted lo debe saber.

—Pero no los otros caracoles. Además, dicen que Oventic es una especie de museo. Una réplica que quiere hacerse pasar por original. O una especie de coartada: la gente lo visita y cree que eso es el zapatismo. Y se van tranquilos creyendo que aprendieron. Pero el zapatismo es en realidad otra cosa. ¿No le parece?

—Emilio, ¿usted se da cuenta de lo que me está proponiendo? Yo me niego a responder por lo que ocurre aquí en esta universidad, que hemos cultivado con tanto amor, tantos años, con tanta gente maravillosa, menos podría hablarle del zapatismo, que es una experiencia diferente...

—Pero tienen coincidencias —dije—. He visto murales zapatistas aquí.

—¿Coincidencias? ¡Por supuesto! —exclamó—. Más que eso. Tenemos *afinidad*. Nos une la misma lucha. Trabajamos con los mismos principios. Pero cada uno mantiene sus propios espacios, su propia autonomía...

—¿O es la Universidad Campesina una especie de fábrica para alimentar al zapatismo? ¿Una universidad para educar a sus futuros líderes? Porque, disculpe que se lo diga, ustedes tendrán mucho discurso de reivindicación indígena, mucho discurso contra la epistemología occidental, pero todos esos libros que veo ahí en sus estantes provienen de la gran tradición europea... desde aquí veo los volúmenes de Kant en tapa dura...

—Emilio, creo que ese comentario es violento de su parte. Esta es una tierra pacífica. En eso también nos diferenciamos del mundo de afuera...

—Lo siento si le parecí violento. No fue mi intención. Pero tampoco estoy seguro de que el zapatismo sea precisamente pacífico...

—Por supuesto que lo es —atajó el Maestro sin subir la voz—. La violencia siempre viene del Estado. Nunca de nosotros. El Estado no quiere permitir que nos desarrollemos por nuestra cuenta. Trabajamos para instalar nuestra propia luz eléctrica, vienen y nos la cortan. Instalamos alcantarillado, nos cortan el agua. Esa es la violencia cotidiana del Estado. No tienen que venir con armas de fuego a dispararle a la comunidad para debilitar nuestras iniciativas. No lo necesitan. El Estado es una máquina diabólica, tiene muchas herramientas de combate...

—Estoy de acuerdo —dije—. No se puede transformar la sociedad desde el Estado. Es una de las razones por las que vine hasta aquí.

—Bien —aprobó el Maestro—. Lo importante es que nosotros también tenemos nuestras armas. Pero no armamento militar, tampoco instrumentos de control y sabotaje, sino herramientas mentales. ¡Y mire que le digo *mentales*, no intelectuales! ¿Entiende la diferencia?

—Totalmente. Estoy de acuerdo.

—Por esa razón, por ejemplo, le pusimos *universidad* a este espacio —siguió el Maestro—. Es un lugar de aprendizaje: de carpintería, de pintura, de cerámica, de cocina, de panadería. Le pusimos universidad para decirle al Estado que tenemos tanto derecho como ellos a darle esa categoría a nuestra instrucción. Aunque no tenga legitimidad legal. Tampoco la queremos.

—Entiendo —dije—. Pero no quisiera perder de vista que hablábamos sobre el Ezeta. Se supone que han capturado a parte de la cúpula. ¿Cómo lo toman ustedes?

—No puedo opinar sobre ese tema —respondió, cortante, el Maestro—. Los hermanos zapatistas sabrán cómo resolver la situación...

—¿Qué tanto contacto tienen con ellos? —pregunté.

No esperaba que me respondiera. Sin embargo, para mi sorpresa, el Maestro contestó:

—Mucho. Permanente. Cotidiano.

—¿Vienen muy seguido por aquí?

—Por supuesto. Los zapatistas y nosotros tenemos, como le decía, una afinidad profunda.

—Entonces usted, Maestro, debe conocer gente de la cúpula. ¿Conoció a los detenidos? ¿En verdad son tan importantes como dice la prensa?

—Eso no puedo revelarlo.

—Vi la lista de detenidos —seguí—. Hay siete: seis son indígenas. Nacieron en Chiapas. Siempre estuvieron con el zapatismo. Pero hay una persona que no. Una prisionera estadounidense. Sophia Atherton. Usted debe de saberlo.

Y de pronto, al pronunciar su nombre, tuve la viva impresión de que alguna vez, quizá un año antes, Sophia había estado sentada en esa misma silla, hablando con esa misma persona. La certeza me llenó de rabia. Me pregunté cómo había sido esa reunión. Cómo miraba Sophia al viejo. Cómo la miraba él. Qué ocurrió exactamente en aquel encuentro. Cómo terminó.

—Sé lo que ha ocurrido y me solidarizo con los hermanos zapatistas y con todos los prisioneros por igual —dijo el viejo, esquemático—. Que en el grupo haya una ciudadana de Estados Unidos no significa que tenga que solidarizarme más con ella. Tampoco menos, por supuesto.

—Usted la conoció —le dije, siguiendo un impulso que no supe explicar—. Sophia estuvo aquí y usted la conoció.

—¿Es eso una acusación, Emilio?

—¿Cuándo estuvo Sophia aquí? —pregunté.

—Emilio, si usted quiere seguir conversando, primero tendría que tranquilizarse.

El Maestro se mantuvo en su sillón, sin ninguna muestra de angustia. A pesar de mi exaltación, otra vez percibí una presencia en la habitación contigua. Tuve el impulso de levantarme y moverme velozmente al otro lado de la puerta para descubrir quiénes se escondían ahí. Pero me contuve.

—¿Quién la trajo? —pregunté—. ¿Quién trajo aquí a Sophia?

—¿Por qué supone que esa persona estuvo aquí?

—Lo sé. No me pregunte cómo. Simplemente lo sé.

—Pues sí —dijo el viejo, sin perder la compostura—. Sí estuvo alguna vez aquí. ¿Eso quería saber? Ya tiene la respuesta.

Me perturbó la confirmación, como si en el fondo hubiera querido que el viejo me convenciera de lo contrario. Incluso hubiera preferido que me mintiera. Pero la reafirmación de que Sophia había estado en ese lugar acrecentó mi rabia.

—¿Qué le hicieron? —pregunté.

El Maestro me observó cuidadosamente, pero no dijo nada. De pronto me sacudió la idea de que, tiempo atrás, Sophia se había acostado con él, en ese mismo lugar, y que acaso la presencia que intuía en la otra habitación no era más que el recuerdo de aquella experiencia, que por alguna razón desconocida yo había sido capaz de captar tiempo después. Me sentí humillado al pensar en esa posibilidad, un sujeto mucho más viejo que yo, un sujeto que probablemente la había convencido de acciones más radicales que cualquiera que yo hubiese podido proponer, sentí un temblor en el cuerpo, ganas de levantarme de la silla y agarrar a golpes al viejo. Me puse de pie, incapaz de controlarme, los ojos llenos de furia, le volví a preguntar qué le habían hecho a Sophia. Y de inmediato sentí que la presencia fantasmal desde la habitación contigua no era tan solo el recuerdo de una vieja experiencia que me afectaba, no era solo el fantasma de Sophia desnuda en esa habitación, sino que había una persona o un grupo de personas con quienes el Maestro seguramente mantenía una reunión que yo había interrumpido, y que ahora se mantenían a la expectativa, fusiles al hombro, pasamontañas en la cabeza.

—Que nadie se mueva —pronunció el viejo con voz clara.

Comprendí que el mandato estaba dirigido a esos espectros que tal vez se preparaban para reducirme, pero lanzó la orden mirándome a los ojos, como si en realidad me hubiera estado hablando a mí. Y entonces, de pie en medio del salón de esa vivienda aislada, en la parte superior de una colina en las afueras de San Cristóbal de las Casas, presentí el peligro como una presencia material y supe que lo mejor sería retirarme. Pero me mantuve dispuesto a sacrificarme. Lo quedé mirando unos segundos, el viejo me sostuvo la mirada, como dispuesto a afrontar cualquier posible reacción de mi parte, y entonces sonó mi celular, que retumbó en el aire congelado de la habitación. El anciano comentó, como si fuera una advertencia:

—Yo creo que debería contestar esa llamada, Emilio.

La vibración del aparato se detuvo. Lo saqué de mi bolsillo y vi el número de Licho Best en mi pantalla. Dudé y la llamada se apagó. Pero cinco segundos después el teléfono volvió a sonar. Estaba vez decidí responder.

—Sí —dije.

—Profesor —escuché la voz de Best al otro lado, voz densa que expresaba la necesidad de mostrar autoridad—. Usted sabrá perdonar que le hable de esta manera, pero lárguese ahora mismo del lugar donde está. Ahora mismo. Ni un segundo más. Cuelgue este pinche teléfono, diga buenas tardes y salga disparado de vuelta a San Cristóbal. No haga preguntas, no mire atrás. Yo mismo le enviaré un taxi para que pase por usted.

Camine por la carretera, el taxista lo sabrá reconocer. Pero hágalo ahora mismo. En este mismo instante. ¿Me entiende, profesor?

—Sí —dije.

Corté la llamada. Miré al viejo por última vez. Salí de la casa. Afuera Moisés esperaba de pie, como un vigía. Sin cruzar palabra fuimos juntos colina abajo hasta alcanzar la entrada. Me abrió la puerta, salí a la calle y, tal como Best me había ordenado, empecé a caminar por la carretera. Diez metros después, quise volver hasta la guarida del viejo y matarlo a golpes. Quise agarrar a puntapiés la verja de la entrada. Quise, al menos, insultarlos a viva voz desde la carretera. Pero no hice nada de eso y seguí caminando. Doscientos o trescientos metros más adelante, mientras avanzaba como un sonámbulo por la orilla de la carretera, observé que a lo lejos un coche se aproximaba a toda velocidad hacia mi ubicación, y casi de inmediato se detuvo frente a mí con un sonoro chirrido sobre el asfalto. Adelante un sujeto con pinta caribeña, zambo de cuerpo macizo, camisa abierta, gruesa cadena colgando en el pecho, y atrás, sacando la cabeza como un pekinés que busca estabilizarse en dos patas para sentir el viento en la cara, Licho Best. Con una rápida maniobra, el pigmeo me abrió la puerta trasera mientras decía súbale, súbale, que en diez segundos el Maestro se arrepiente y nos quema a balazos.

7

Esa tarde, después de que el enano me trajo de vuelta de la
Universidad Campesina, entré al hotel, me acerqué a recepción
a pedir que nadie me molestara, subí a la habitación, apagué el
celular, me desnudé, encendí el televisor, lo puse en un canal
de noticias, volumen bajo, y me metí un par de somníferos.
Ensombrecido por las pastillas, la cara contra la almohada, a
medio camino entre el sueño, la vigilia y la alucinación, me
asediaron fragmentos de lo ocurrido. No había comido nada
en todo el día, angustia y agotamiento, una voz rebotaba en mi
cabeza, *casi me arma el desmadre, profesor, casi me tira abajo el negocio*, la voz aguda del enano me retumbaba en la cabeza mientras
seguía tirado en la cama, cuerpo desparramado, babeando
sobre la almohada, incapaz de discernir qué formaba parte de
un sueño y qué había efectivamente ocurrido, *por ningún motivo
trate de entender*, conocía la tortura de encontrarme rendido por
el sueño y al mismo tiempo incapaz de dormir a plenitud, la
realidad resiste y cuesta salir de ella, el sueño no es más que
la extensión de la experiencia, pensé, igual que la ficción y
también que las utopías, todo impuro, contaminado por lo real,
incapaz de encontrar verdadera libertad, tiré de la sábana, quise
cubrirme hasta la cintura, el zapatismo como utopía, el zapatismo como la máxima historia de ficción, pensé o imaginé
que alguien lo dijo, *culpa mía porque lo subestimé, profesor, nunca
pensé que llegaría donde el Maestro*, dijo o también lo imaginé,
no sé por qué ese cabrón lo recibió, montados en la camioneta
que conducía el caribeño, a quien el enano llamaba Pantera,
de vuelta a San Cristóbal de las Casas, su voz llegaba como
desde otra dimensión, *ahora voy a tener que darle explicaciones a*

ese hombre, estiré el brazo, lo deslicé por debajo de la almohada, enterré la cara directamente en el colchón, *y las explicaciones se ofrecen en billetes, profesor*, el cuerpo amontonado sobre el colchón, las medias colgadas en medio de las plantas de los pies, el murmullo incomprensible del noticiero, debían ser las cuatro de la tarde cuando finalmente me quedé dormido, desperté con una profunda sensación de soledad, quinto día en Chiapas, el fin de semana me había desgastado, estiré el brazo, empuñé el celular con torpeza, vi que eran las 9.15, busqué el número del Noventero, escuché su voz al otro lado de la línea, le pregunté si quería tomarse un par de tragos, el flaco aceptó de inmediato, quedamos en reunirnos a las diez en alguna banca de la plaza central.

Todavía era temprano, pero me vestí y salí del hotel, caminé sin prisa, lunes por la noche, panorama apacible, tedio o lentitud en los movimientos, ninguna señal para alarmarse, pensé que era posible que me tuvieran vigilado, pensé que era posible que el Noventero también formara parte de la conspiración, los químicos con que envenenaba mi organismo me habían convertido en un sujeto paranoico y exaltado, aceleraba por Real Guadalupe intentando simular normalidad, quien nunca lo ha experimentado no tiene idea lo penoso que resulta moverse por las calles como si todo fuera normal cuando por dentro es como si cargaras una tonelada de explosivos, llegué a la plaza y me ubiqué en una banca cerca a la glorieta, vi la hora en mi celular, todavía faltaban quince minutos para la hora acordada con el pelucón, prendí un cigarro, todo se mantenía en calma, de pronto cuestioné mi presencia en esa plaza, en San Cristóbal de las Casas, en el Estado Chiapas, en México, por qué estaba ahí, ninguna relación entre ese mundo extraño y mi vida, destruida en Filadelfia mucho tiempo antes, veinte minutos y tres cigarros más tarde el Noventero apareció por Diego de Mazariegos, manos en los bolsillos, chaqueta de jean, botas negras con plataforma, al ubicarme alzó una mano para saludar.

—¿Quiúbole, Emilio? ¿Todo bien?

—Más o menos.

—¿Y eso?

—Ahora hablamos —contesté—. ¿Un par de pox?

—Como usted mande.

Caminamos de vuelta a Real Guadalupe y entramos a La Surreal, quería conocer ese bar tan solo por su nombre, nos ubicamos en una mesa del fondo, pedimos cuatro copitas, dos de durazno y dos de cacao, y nos quedamos un rato en silencio. Pero apenas trajeron el brebaje y golpeamos levemente las copitas, fue como si nos estuviésemos preparando en simultáneo para una larga batalla nocturna.

—Emilio, quería preguntarte —dijo el pelucón—. ¿Qué onda con Best?

—Ninguna. ¿Por qué lo preguntas?

—Pasa algo raro —siguió el flaco—. Best nunca me ha pelado mucho. Pero desde que tú viniste llama todos los días.

—Yo lo conocí el viernes, así que ni idea —dije y bebí el segundo sorbo—. A ver qué me cuentas tú, que eres el que vive aquí.

—Pensé que ustedes eran amigos desde antes. El hombre conoce gente en todas partes.

—No. Lo conocí el viernes. No sé nada sobre él.

—Me tiró una llamada hace un rato —dijo el melenudo, levemente intrigado—. Coincidencias raras. Me dijo que si te veía, fuéramos a tomar algo y él se unía más tarde.

—¿Y eso? Suena como si quisiera mantenerme vigilado.

—¿Vigilado? Pos quién sabe. No me meto en sus asuntos.

—¿A qué te refieres con *sus asuntos*?

—El hombre hace sus *bisnes*. No sé bien en qué. Cuando llegué a San Cristóbal, Best ya andaba metido en cosas medio misteriosas. Pero nunca me peló más de lo necesario. Hasta que tú llegaste.

—¿Me lo estás agradeciendo o me estás culpando?

—Pos ni una ni otra —dijo el flaco—. De todos modos, está chido haberte conocido.

—Te agradezco —respondí—. A mí también me alegra haberte conocido.

Escuché mis propias palabras, como si fueran las de otro, sacudí la cabeza y me reí.

—Disculpa si eso sonó a declaración de puta sentimental. Creo que Estados Unidos me ha robado práctica en los códigos de la amistad masculina.

—No te hagas lío que tú no estás bajo sospecha —dijo el flaco y se rio.

Después preguntó:

—¿Cuánto llevas en los yunaites?

—Los suficientes como para haberme convertido en medio huevón en esto de la amistad masculina. Ya el mismo hecho de decir amistad masculina no suena muy masculino. Tengo que retomar los códigos. A veces cuando voy a Perú los retomo fácil, pero igual se impregnan ciertas cosas gringas. Como no saludar con beso a las mujeres que recién conoces. Allá son tan enfermos, tan paranoicos, tan hipócritas, o de última tan imbéciles, que hasta te pueden denunciar por acoso por algo así. Ya no se puede vivir tranquilo con el exceso de corrección política. Es fascismo en versión *cool*.

—Chale. Entonces mejor vuélvete a Perú, *brother*...

—No es tan fácil decidirlo. Pero sí lo he pensado. Quizá no vale la pena quedarse allá...

—Pero hay más opciones —dijo el pelucón—. San Cristóbal, por ejemplo, no está nada mal. ¿Te quedas buen tiempo?

—No creo. No tengo mucho que hacer acá.

—¿Por lo del zapatismo?

—Lo de Sophia, sí —corregí. No tenía ganas de andarme con rodeos.

El Noventero se acomodó la chaqueta, como si no supiera qué decir. Yo tampoco agregué nada, terminé el pox de durazno y me acerqué uno de cacao. Y de pronto, siempre propicio, tan sincronizado que era inevitable que no fuera sospechoso, retumbó el celular del flaco. Miró el aparato y dijo que era Best.

—Responde. A ver qué quiere.

—Muy buenas noches, distinguido señor Best —saludó el flaco al teléfono, exagerando el buen ánimo.

Y después: pos sí, acá con el hombre, en La Surreal.

Y después: dígame usted con toda confianza.

Y después: entonces ahora ni molestarlo, cómo cree.

Y después: por supuesto, lo esperamos. Todavía es temprano.

Y después: le diré a Emilio y ahí estaremos.

Se despidió y colgó. Parecía contento e intrigado al mismo tiempo.

—Best dice que está finiquitando unos asuntos, pero que de todos modos va a juntarse con nosotros más tarde.

—Me da igual. Si quiere venir, que venga.

—Dijo que lo más probable es que después de medianoche, y que si se hace tarde vayamos a mi casa y él nos encuentra por allá.

—¿A tu casa? ¿Por qué?

—Porque allá puede llegar en cualquier momento. Comparto el depa con un par de amigos. Son buena onda. No se meten en mis cosas.

—Ya veremos. ¿Qué hora es?

—Diez y cuarenta.

—Temprano. Pidamos una ronda más y vamos viendo…

—Como tú digas. Dos copitas más no caerían mal.

—¿Lo mismo? ¿Dos de durazno y dos de cacao?

—Hecho —remató el flaco.

Bebimos un sorbo, y luego le conté:

—Hoy por la mañana fui a la Universidad Campesina. ¿Alguna vez has estado por ahí?

—No, *brother*, pa' qué meterme en esas cosas. He escuchado, pero ni idea.

—¿Nada?

—Lo que sabemos todos los que vivimos aquí.

—¿Qué es lo que todos saben aquí?

—Que llevan chavos del interior y les enseñan oficios para que practiquen cuando vuelvan a su tierra. Que tienen alguna relación con el Ezeta. Nada de eso me importa. El problema es que, según dicen, son muy regionalistas. Defensores de la cultura nativa o algo así. ¿Yo qué voy a hacer ahí? Imagínate que llego con mi música y les pongo a los chavos una rola de Alice in Chains. Les pongo "Down in a hole". ¿Tú crees que les gustaría?

—No me acuerdo de la canción. Pero no importa.

—Más o menos va así —el Noventero se puso a tararearla, entusiasmado. Golpeaba la mesa como si fuera una batería.

—Déjalo ahí —lo detuve—. Les gustaría, sí. A todos. No lo dudo.

—Por eso mismo. Ahí trueno. El Maestro me saca a golpes.

—¿El Maestro? —pregunté—. ¿Lo conoces?

—Conocerlo lo que es conocerlo, no. Nunca lo he visto. Pero aquí es una celebridad. En la Campesina es como el guía espiritual.

—No pensé que fuera conocido.

—¿El Maestro? Es un mito. Difícil acceder a él. Menos si eres hombre. Ahí casi imposible.

—¿Cuál es la diferencia?

El pelucón se rio.

—¿Sabes lo que dicen? Dicen que lo de "maestro" no es nombre sino descripción, pero que hay que ser mujer para comprobarlo.

—Hay que ser mujer para comprobarlo —repetí.

—Así dicen. A poco maneja la técnica zapatista del amor, todavía no descubierta por el mundo occidental.

—Lo vi en la mañana —dije.

—¿Al Maestro?

—Sí.

—¿El Maestro te recibió? —preguntó el flaco, incrédulo.

—Puta madre, parece que estuviéramos hablando de la reina de Inglaterra. Claro que me recibió. ¿Por qué tanto drama?

—Se nota que no vives acá, güey. No sabes lo célebre que es ese señor.

—Pues yo estuve con él hoy por la mañana. ¿Y qué? ¿Debería sentirme orgulloso?

—¿Cómo es el Maestro en persona?

—¿Cómo es? Un viejo decrépito con aire de profeta. Un charlatán. Un estafador.

—¿Te sacó lana?

—No. No me parece que ese sea su objetivo. Como dices, anda a la búsqueda de otra cosa.

—Su compromiso político...

—No creo que esa momia tenga ningún compromiso político. Su máxima aspiración será seguir respirando con normalidad o que no se le rompan los discos de la columna...

—Si es tan viejo, debe ser que la técnica zapatista del amor no conoce de edades. O no necesita la juventud...

—Best me llamó cuando estaba a punto de agarrarlo a golpes —seguí, como si no hubiera escuchado su último comentario—. Un minuto antes. Un segundo antes. Iba a levantarme y reventar a ese viejo de mierda. Y ahí justo me llamó Best. No puede ser coincidencia...

—Brother, yo creo que si golpeabas a ese señor ahora no estaríamos aquí disfrutando de este sabroso pox...

—No importa lo que hubiera pasado. Lo que me pregunto es cómo fue posible que Best llamara justo en ese momento...

—Más que llamó, yo diría que Best te salvó.

—No estoy dispuesto a aceptar algo así.

—¿Por qué casi le das de madrazos al Maestro?

—Porque creo que Sophia estuvo ahí. Con él.

—¿Con él? Puta madre. Si es verdad todo lo que dicen de las habilidades del Maestro, la perdimos para siempre. A poco por eso no volvió nunca a San Cristóbal.

—Veo que lo tomas bien —dije—. Yo no tanto.

—¿Qué me queda? Ha pasado el tiempo.

—Pero Sophia está viva. Y sigue en Chiapas...

—Sophia era tu novia, ¿no, brother?

—Más o menos —respondí y enterré la mirada en mi copa. No quería continuar hablando. Bebimos un rato en silencio y después pagué la cuenta.

—Vámonos —le dije—. Con todo respeto, pero San Cristóbal de las Casas está empezando a hincharme las pelotas. Ni siquiera sé para qué he venido.

El Noventero se puso de pie. Yo hice lo mismo. Salimos de La Surreal.

—Hagámosle caso al enano y vamos a tomar algo a tu depa —sugerí—. No hay un solo bar en esta puta ciudad al que tenga ganas de ir.

—En casa eres más que bienvenido —dijo el pelucón, sin prestarle mayor atención a mi súbito mal humor—. He estado trabajando en unas rolas, así que si me haces el honor de escucharlas te muestro algunas y me regalas tu opinión.

—No sabía que eras músico —dije, de pronto interesado. Ya íbamos caminando por las calles solitarias de San Cristóbal.

—Hago el intento, pero nunca me he presentado en público. Una vez fui a hablar con el dueño del Tierradentro para ver si me daban un espacio, aunque sea en horario frío, tipo lunes por la tarde o algo así. Pero con mucha amabilidad, el hombre me recordó que el suyo es un bar turístico, y que en un bar turístico de Chiapas nada peor que un cuate de Guadalajara cantando Soundgarden. Peor si en lugar de la voz de Chris Cornell canta con la de Los Tigres del Norte. Y en versión desmejorada.

—Tiene sentido —concedí—. Nadie quiere que le jodan el negocio.

—Al menos no en el Tierradentro.

Salimos de Real Guadalupe, en dirección opuesta a mi hotel, y subimos por General Utrilla.

—¿Qué tan lejos está tu casa?

—Menos de diez minutos andando. Pero vamos relajados. Hasta podemos dar un rodeo por ahí, como quien va platicando, y de pasada nos damos la de reglamento juntos. Me trajeron una yerbita de Oaxaca que está chingona. Hasta ahora no he podido fumarme nada contigo, pero ahora mismo me reivindico.

Sin esperar mi respuesta, sacó hábilmente de su billetera un cachito ya bien armado. La billetera olía a yerba y se notaba que servía menos para meter billetes que para cargar los porros. Se lo colocó entre los labios y lo encendió.

—Para alivianarse y disfrutar de la vida —dijo y se mandó un toque largo, entrecerrando los ojos, como si eso intensificara la sensación.

Luego, sin mirarme, me extendió el porro.

—Tú fuma todo lo que quieras —dije—. Yo no puedo.

—¿No puedes? ¿Por qué?

—Porque me meto pastillas, de todo tipo, y se cruzan. Ya me ha pasado.

—¿Le entras mucho?

—Más de lo conveniente, sí —respondí—. Y es una mierda. Sigue con tu yerbita y te irá mejor. Aprovecha que puedes. A mí me pone mal.

—¿Cómo así?

—¿Quieres un ejemplo? La última vez que fumé, en Filadelfia, estaba regresando a pie a mi casa. Era como medianoche y había que cruzar un puente sobre el río, un puente grande, con carretera al medio. Estaba solo, caminando en la oscuridad, y de golpe me entraron unas ganas muy fuertes, unas ganas intensas, casi una necesidad, de tirarme al río. Dos minutos antes había estado, dentro de lo posible, normal. Pero al ver la baranda del puente, el río veinte o treinta metros debajo, algo se me cruzó y quería matarme, ¿entiendes? Sin ninguna razón. Tuve que salir corriendo, llegar lo más rápido posible al otro lado, de lo contrario me tiraba. Estoy seguro de que si no corría me lanzaba al río. No podía evitarlo. Como una fuerza más fuerte que yo, ¿entiendes?

—Qué gacho. ¿Y entonces por qué las tomas? —preguntó el flaco y se metió otro toque.

Volvió a cerrar los ojos, concentrado.

—Porque es una adicción. Como cualquiera.

—¿Las pastillas? Entonces tienen razón los que dicen que los químicos son malos.

—Quise cortar, lo hice de golpe, y me puse peor. Iba caminando por la calle y de pronto me daban ganas de gritar, tirarme a llorar sin razón alguna, golpear a la gente. Eso sobre todo. Varias veces he estado a punto de agarrar a patadas a alguien por la calle, alguien que simplemente estaba pasando por ahí, sin que me hubiera hecho nada.

—Pos en ese caso creo que mejor me fumo este churrito yo solo —dijo el flaco. Hizo el amago de reírse, pero se quedó callado.

—¿Fumabas con Sophia? —le pregunté.

—De vez en cuando. No mucho. Ella era fumadora social —dijo el Noventero, animado—. No le entraba todos los días.

Me invadió una sacudida de rabia. No contra el flaco, sino contra el hecho específico de que yo nunca hubiera fumado con ella ni un solo porro. Me di cuenta de que me molestaba enterarme de cualquier cosa que hubiera hecho Sophia si no la había hecho también conmigo. Pero no hice ningún comentario y seguimos caminando. El flaco tiró los restos del troncho al suelo, lo aplastó con el pie, volteamos hacia una calle que calculé debía ser Tapachula o Comitán, y le pregunté si recordaba la última vez que vio a Sophia antes de que se marchara con los zapatistas.

—Pos claro que sí. Fue cuando mi hermano estaba aquí de visita.

—Ah, tienes un hermano.

—Tengo varios, pero ese es el único que se me parece.

—¿En la pinta?

—En la actitud. Es mucho menor, debe de andar por los diecinueve o veinte, pero tiene la misma onda que yo.

Seguimos caminando. El flaco continuó:

—Había dejado de verlo casi dos años, pero un día me escribió para decirme que quería venir a visitarme a Chiapas. Y se apareció vestido más o menos como yo. Pelo largo, chaqueta de jean, las Converse de imitación.

—Bien, ¿no? —le dije.

—No tanto. Porque había empezado a entrarle a las anfetas.

—Ah, carajo. Jodido.

—Peor.

Y luego contó que esa noche, la última en que vio a Sophia, hubo una reunión en su departamento.

—Éramos varios —recordó—. Una pareja de gallegos como de cincuenta, un ecuatoriano muy joven, como de diecisiete o dieciocho, una italiana que andaba metida en la artesanía, y dos o tres amigos de esos que vienen y se van muy rápido, no recuerdo exactamente quiénes. Todos ellos, mi hermano, Sophia y yo.

—¿No estaba el enano?

—No, Best se junta muy poco con nosotros. El hombre se reúne en privado.

—OK. ¿Y qué pasó?

—Nada en especial. Estábamos fumándonos un pastito y la plática se centró en que mi hermano también tenía pinta de noventero. Decían: tu hermano es otro Noventero, deberías estar orgulloso. Y claro, la misma melena, la ropa casi igual, la billetera con cadena, quizá se había copiado de mí cuando yo vivía en Guadalajara. Al final parece que uno influye en los hermanos menores, incluso sin darse cuenta, ¿no?

—No sé —dije—. Tengo dos hermanos mayores. No los veo nunca. Y no creo que me hayan influido en nada. Tal vez debieron.

—Quién sabe —dijo el Noventero—. Pero volviendo a esa noche...

—Sí...

—Cuando la gente ya estaba animada con la yerba y todos hablaban a gritos, tumbados en los sillones, discutíamos el sobrenombre para mi hermano. Alguien lo había bautizado como Noventerito apenas llegó a San Cristóbal, pero otros lo llamaban Mini-Noventas, Micro-Noventas o Noventero Junior, y la variedad no parecía ser un problema para nadie, ni siquiera para él. Pero esa noche, será la lucidez de la yerbita oaxaqueña, alguien comentó que mi hermano debía recibir un nombre propio y no un diminutivo del mío. Otro destacó que yo era el Noventas, por lo que mi hermano menor debía ser el 91, lo que tenía lógica. Pero otro se puso a debatir diciendo que 91 es mayor y no menor que 90, por lo que mi hermano debía ser el 89. Alguien más, creo que la gallega, terció en la conversación con un argumento que me pareció contundente: ni 89 ni 91, dijo. Tu hermano debe ser el 99 por una sencilla razón: es el último de los 90. Pos suena bien, dije yo. Y además, agregó la gallega, 89 no pertenece a los 90. No tiene sentido ponerle un nombre ochentero. Los defensores del 89 protestaron, y cuando pareció que la cuestión quedaba otra vez abierta para dirimirse entre el 89, el 91 y el 99, y se produjo una acalorada discusión en la que nadie escuchaba a nadie pero todos lo estábamos disfrutando, sobre todo mi hermano, que se había metido un par de pases y disfrutaba ser el centro de atención con la cara tiesa, como una mueca congelada. Y entonces Sophia intervino para decir que, si mi hermano había nacido en los noventa, lo más justo era que se utilizara su año de nacimiento, que no tenía nada que ver conmigo y le pertenecía a él. Naciste en 1994, ¿cierto?, le preguntó. Sí, le respondió mi hermano, impresionado de que ella lo tuviera como centro de atención. Le miraba la cara, las tetas, la cintura, cada vez con más descaro, o tal vez era por la rigidez de la cara, mientras Sophia anunció en voz alta que mi hermanito sería en adelante conocido como el 94 y con eso quedaba cerrado el tema. Además, dijo, 1994 es el año en que todo cambia. Eso dijo Sophia. ¿Tú qué crees, Emilio?

—Yo creo que Sophia tenía razón y a tu hermano le debieron poner 94.

—Pos así quedó —dijo—. El 94. Pero no me refería a eso. Sino a que Sophia dijo que ese era el año en que todo cambiaba. El año del nacimiento, dijo Sophia. Mi hermano pensó que se refería a él. Pero quién sabe…

—Entiendo —dije—. Tú sugieres que al mencionar 1994, Sophia estaba hablando de Chiapas. Estaba hablando del zapatismo. Que era lenguaje oculto…

—Pos no sé —respondió el flaco—. ¿No te parece?

—La verdad que no.

—Pero esa noche ya debía saber que se iba con los zapatistas. Tenía que saber que no nos volvería a ver...

—¿Alguna otra pista?

—Ninguna, que yo recuerde.

Aminoramos la marcha y nos quedamos de pie en una esquina de Vicente Guerrero, aburridos o cansados de dar vueltas por las calles vacías de San Cristóbal de las Casas. Un par de borrachos avanzaban a trompicones por la calle oscura, uno contra el otro, los dos apoyados en la espalda y los hombros del compañero, pero no quedaba claro quién ofrecía la ayuda y quién estaba peor.

—¿Y ahora en qué anda tu hermano?

—Mal —dijo el pelucón—. Le entró más fuerte a las drogas después de que volvió a Guadalajara. Me comentaron que anda en una época rara, se la pasa en la azotea de la casa todo el día. No parece que está mal, no parece que ha perdido el control ni se pone violento. Nada de eso. Solo mira la calle desde arriba, horas de horas, sin moverse. ¿Qué te pasa?, le preguntan mi jefa o mis otros hermanos. Nada, estoy pensando, les contesta. Eso dice: estoy pensando.

—¿Y en qué piensa? —le pregunté.

—Yo qué sé.

—Eso está bien. Uno nunca sabe lo que piensan los otros. Ni siquiera los más cercanos.

—Es verdad —concedió el pelucón.

Nos quedamos callados un minuto. Los borrachos, que media cuadra antes habíamos dejado atrás, nos volvieron a dar el alcance. Me pareció que los dos tenían los ojos cerrados y balbuceaban, no sé si entre ellos o hablando consigo mismos. Pensé que era un milagro que pudieran continuar avanzando.

—Bueno —dije para romper el silencio—. Ya me aburrí de estar aquí dando vueltas, y deben ser las doce. ¿Vamos a tu depa?

—Con todo gusto. Tengo como media botella de mezcal.

—Perfecto. Ya toca algo más fuerte que el pox.

Avanzamos lento, como en una película antigua, blanco y negro, sin sonido, sentí que me introducía en otra dimensión, de vuelta a un pasado que no era el mío, un pasado que yo no había vivido y quedaba materializado en ese departamento donde Sophia pasó su última noche antes de desaparecer. Quise lanzar un comentario, pero una vez más, como había ocurrido tantas veces que ya no me sorprendía, el melenudo anunció:

—Espérame un tantito que ahí el Best está llamando.

El flaco, el teléfono en el oído, abrió la puerta, yo trepé los escalones detrás de él, segundo piso, intentaba no prestarle atención a la charla, entré al departamento, mientras terminaba la llamada el pelucón se acercó a un armario a sacar una botella de mezcal. Me tumbé en el sillón de tres cuerpos, las piernas estiradas, el culo lejos del respaldar. Le pregunté quiénes eran sus *roommates*. El pelucón dijo que iban cambiando cada cierto tiempo, pero que ahora compartía con una pareja de italianos. Puso la botella de mezcal sobre la mesita de centro y avanzó hacia el tocadiscos, en la mano cargaba un vinilo que al instante reconocí como el *Nevermind*, que ya estaba medio rayado y distorsionaba la voz de Cobain en la primera estrofa de "In Bloom". El flaco sacó dos copitas, se sentó en el sofá, sirvió los dos primeros *shots*. Brindamos sin decir nada y lo secamos de un solo trago. El líquido me raspó la garganta.

—Ahora llegamos al momento de la verdad —dije.

—De la verdad —repitió el pelucón.

—La *verdad* en su sentido original, eso que se llama también *apocalipsis*. Tiene sentido que el significado de apocalipsis haya cambiado, y ahora se refiera no a la situación sino a sus consecuencias, porque el momento de la verdad es también cuando todo se destruye, es decir cuando todo se va al carajo, que es donde siempre terminan las cosas. Ese momento viene siempre enlazado al deseo de transformación. Quizá por eso en lugares espacialmente resguardados, como las universidades de élite de Estados Unidos, exista una fascinación especial por la política radical. No hay otra vía: hay que hacer la revolución.

No digo que eso le haya ocurrido a Sophia, dije. De ella, de sus últimos años, no sé nada. No hablo de ella. Supongo que en realidad lo digo por mí: creo que por eso he venido a Chiapas, y recién me doy cuenta ahora que lo hablo contigo. Tanto tiempo creyendo en la necesidad de una verdadera revolución, una revolución nueva, original, distinta e incluso opuesta a las del siglo XX, pero nunca vine a Chiapas cuando en mis clases dedicaba semanas enteras a hablar de zapatismo. Pero sí he venido ahora para ver a Sophia. ¿Te das cuenta de la diferencia?

—Positivo —dijo el flaco, y apagó los restos del porro contra el cenicero.

Repetí:

—Pues eso. He venido para ver a Sophia. Pero la historia es larga. Y creo que ya te la sabes.

—Algo —dijo el pelucón.

—Yo también. Yo también sé algo. No más que eso. Algo.

—Estamos en las mismas.

—No exactamente —le dije—. ¿Qué sabes tú?

El flaco hizo un apretado resumen de lo que le había contado Sophia. Conocía algunos detalles, otros no, pero me llamó la atención que hubiera obviado por completo nuestro reencuentro en Nueva York, dos meses después de dejar de vernos, dos meses después de la tarde en que nos despedimos en el Nodding Head y de la noche que pasé en el hospital. En la versión que Sophia le había contado al pelucón, nuestra historia terminó esa tarde en que me habló de su infancia en el Nodding Head. Después de eso, de acuerdo con el flaco, yo desaparecí.

—Es raro que no te haya contado que sí llegamos a reencontrarnos —le dije al flaco. Señalé la botella y le pregunté—: ¿Otra copita?

El pelucón sirvió un par de *shots*. Luego se acomodó en el sofá.

Ocurrieron dos cosas, seguí. Lo primero es que mi mujer descubrió lo de Sophia y nuestro matrimonio se terminó por romper. Nos vimos unas cuantas veces más, pero no había para ella ninguna posibilidad de reconciliación. Parecía que aceptaba verme solo porque le costaba cortar de golpe, pero también como si yo fuera un desamparado al que mejor mantener bajo el radar y así asegurarse de que no me pasara nada malo que después la hiciera sentir culpable. Y yo, que al principio estaba convencido de que me iba a perdonar, un día acepté que Laura, mi mujer, no estaba esperando que pasara el tiempo para que las cosas se estabilizaran, sino que para ella en verdad todo se había terminado. Pero no es de Laura que quería hablarte, le dije al flaco. Bebí un sorbito de mezcal y continué.

Después de que Laura me abandonó, me alejé de Sophia o ella se alejó de mí o las dos cosas al mismo tiempo. Ninguno de los dos insistió demasiado para vernos, una semana le dije que no podía encontrarme con ella, en realidad no quería verla, pensé que estaba a tiempo de reconstruir mi matrimonio, la semana siguiente volví a decirle que tampoco podía verla, luego fue ella quien sugirió que lo mejor sería esperar un tiempo, creo que eso fue lo que ocurrió, no lo recuerdo bien, me pasaba casi todo el día tomando tranquilizantes y recuerdo esas semanas entre brumas. Por eso también es probable que los dos estuviéramos esperando que el otro pusiera fecha o que insistiera lo suficiente, pero ninguno lo hizo, y por alguna razón quedó establecido que ya no tendría sentido vernos en Filadelfia, al menos hasta que terminara el semestre. Pronto serían las vacaciones de invierno, Sophia se marcharía a Nueva York, parecía una buena oportunidad. Y eso es lo que quería contarte: la última vez que la vi. Ocurrió en Nueva York, el invierno de 2013.

Bebí un sorbo más, y luego continué: aunque han pasado más de dos años, no acepto que esa haya sido la última vez. Quisiera corregir todo lo que en esa época se hizo mal. Quizá antes de Nueva York estábamos a tiempo. No lo sé. Pero sí tenía claro que era nuestra última oportunidad. Y en medio de esa vaga certeza y del miedo a perderla, en medio del pánico a quedarme solo y verme obligado a reconstruir mi vida sin ningún resto que hubiera sobrevivido de los años anteriores, empezamos a pactar nuestro reencuentro. Iría a Nueva York por tres días, intuimos que la conversación sería larga, no bastaba un solo día, teníamos mucho que hablar, confesarnos, incluso perdonarnos. Era la primera vez que la vería después de separarme de Laura, y tenía la intención, quizá Sophia también, de recomponer las cosas y al fin intentar, por primera vez con perspectivas reales, empezar juntos algo serio. Por eso, a pesar de la depresión y el miedo, le dije al flaco, volver a ver a Sophia me llenaba de ilusión. Todavía en ese momento, repetí, verla me llenaba de ilusión.

8

Recuerdo las fechas elegidas, continué: 3, 4 y 5 de enero de 2013. Y aunque no llegamos al tercer día, los dos primeros pasé algunos de los momentos más gloriosos y también de los peores que he tenido en toda mi vida. El 3 y el 4 fueron en realidad como un largo y único día. Cuando terminó, no solo ese largo día sino que absolutamente todo se hubo terminado, me disponía a regresar a Filadelfia derrotado, destruido. Me veo caminando hacia la estación de tren, eran veinte o treinta cuadras, pero a pesar del invierno no quise tomar metro ni taxi. Hacía mucho frío, había nevado, pero las veredas estaban limpias, la nieve se acumulaba en las orillas del pavimento, y recuerdo el sonido triste de las ruedas de mi pequeña maleta rodando por las calles frías de Nueva York, de regreso, con las manos vacías, partido por la mitad, le dije al flaco, y fue como si por un instante me volviera a ver a mí mismo, las pequeñas ruedas de la maleta de mano rodando por la Quinta Avenida, cerca de Times Square, para llegar a Penn Station y tomar el tren de regreso.

Ese fue el final, continué, pero antes hubo un proceso. Sabía que era difícil, las cosas se habían complicado demasiado, pero cuando llegué a Nueva York ese jueves 3 de enero, fue como el inicio de un sueño que a veces me parece todavía no ha concluido. Nos encontramos cerca de mi hotel, en el camino nos íbamos escribiendo emails, a pesar de que mi separación hubiera permitido pasar a mensajes de texto o directamente a llamarnos, por simple costumbre o porque sugerir un cambio hubiera exigido de mi parte una explicación seguimos con el email, quedamos a la una de la tarde, le dije el nombre de mi hotel y le pedí encontrarnos en la esquina de la calle 90 y Lexington Avenue. Sophia respondió diciendo que vendría desde su casa, que estaba a pocas cuadras, y no tardaría más de cinco o diez minutos. Esperé esos cinco minutos en mi habitación, mirando por la ventana, nervioso, y después salí del hotel, indeciso, avancé hacia Lexington, y fue como si los dos hubiéramos caminado desde la misma distancia y a la misma velocidad y por tanto íbamos a llegar en simultáneo, a pesar de que fue ella la que llegó un poco antes, siete segundos antes, y por eso cuando yo estaba a diez metros de la esquina, el corazón galopando, la vi dando la vuelta en Lexington, desde la calle 89, y fue tan grande mi alegría que aceleré el paso para acercarme a ella y la abracé dominado por tal emoción que me dejó al borde del llanto, como si de golpe toda esa mala época pudiera al fin recomponerse, como si todo pudiera empezar otra vez. Le di un beso en la boca, corto, los labios cerrados, y le pregunté si quería ir a comer algo. No había comido nada en todo el día, quería ir con ella.

—Vamos —dijo Sophia.

Serví una copita más de mezcal para cada uno, y después le pregunté al flaco:

—¿Dónde la hubieras llevado tú a almorzar?

—No sé, *brother*. Nunca he estado en Nueva York.

Yo lo estuve pensando, seguí. Había buscado buenos restaurantes en esa área, como para remarcar que nuestra época de Fergie's o Nodding Head había quedado atrás, y para propiciar una nueva debíamos resaltarlo comiendo juntos por primera vez en un restaurante de categoría. Quería ir con ella a un buen restaurante, repetí, como si ese almuerzo siguiera siendo importante, todavía ubicado en el futuro próximo y no en el pasado remoto donde en realidad había quedado estancado. Pero después me di cuenta, Noventas, de que un restaurante de ese tipo no era lo más adecuado porque Sophia ya debía de conocer muchos. ¿Y entonces sabes dónde la llevé? Algo de lo más previsible, vulgar y ridículo.

—¿Dónde?

—A un restaurante de comida peruana, por supuesto —respondí.

Le conté al pelucón que el restaurante al que iba a llevar a Sophia en Nueva York era distinto de cualquier otro que ella hubiera conocido, para comenzar estaba al otro lado de Central Park, en el lado West de Manhattan. Tomamos un taxi que cruzó el parque y nos dejó cerca de Ámsterdam y la 103, el local era pequeño, pero estaba medio vacío, así que encontramos un buen lugar, yo le expliqué a Sophia cada plato con una erudición de la que en realidad carecía, el origen, los ingredientes y la preparación, lo primero inventado, lo segundo descriptivo y lo último intuido, le indiqué a la mesera peruana que nos iba a atender que la distinguida muchacha que esa tarde me acompañaba tenía que probarlos todos, creo que incluso le guiñé el ojo, como si se estableciera entre nosotros, entre la mesera trujillana y yo, cierta complicidad nacional facilitada por el rito gastronómico, después pedí comida como para seis personas, y mientras Sophia y yo tramitábamos todo ese banquete bebimos cuatro pisco sours cada uno, casi tres horas tragando y chupando, con su respectiva arrimada contra la pared cada tanto, fue una experiencia inolvidable, sobre todo porque pensé que Sophia no iba a comer mucho, o probaría solo por cortesía, parece la típica chica que come puro vegetal, pero la flaca arrancó con el ceviche, después pasó al tiradito y de inmediato auscultó la papa rellena, prosiguió con el anticucho, luego con el lomo saltado y alcanzó a probar el tacu tacu, y no paraba, le conté al pelucón, y creo que el flaco no entendía nada, pero me daba igual, en ese punto debía ser evidente que contaba las cosas sobre todo para mí mismo, para recuperar lo perdido o para olvidar el presente y dónde estaba y por qué, y entonces cuando salimos del restaurante, a pesar de la cantidad descomunal que habíamos comido y bebido, Sophia y yo nos movíamos con desenvoltura, tomados de la mano, como si nunca hubiéramos pasado malos ratos, como si estuviésemos al inicio de algo importante, debían ser las cuatro y media de la tarde, pronto empezaría a oscurecer, Sophia me dijo que años antes tuvo una amiga que vivía por esta zona, que un par de veces la había visitado y que para regresar tomaba el autobús que cruza Central Park.

—Subir al bus era como una aventura —dijo—. ¿Alguna vez has tomado esa ruta?

—Nunca.

—¿Lo tomamos?

Le pregunté por dónde pasaba. Sophia extendió el brazo, señaló la esquina que teníamos treinta metros por delante, y exclamó:

—Ahí.

Y ocurrió que en ese preciso instante el bus apareció a la distancia y comenzó a acercarse hacia nuestra esquina. Sophia gritó *¡ahí viene!* y de inmediato, alistándose para correr, ordenó *¡date prisa!* y arrancó a toda velocidad. Con gran esfuerzo le di el alcance en la puerta del autobús, como encerrado en una especie de sueño, obnubilado por el pisco y la alegría, le dije al flaco, cigarro en la mano, el mezcal en la otra, y llegamos a trepar al vehículo antes de que comenzara a internarse en las profundidades de Central Park. Sophia pagó con un billete de cinco dólares y avanzó por el pasillo del vehículo, que iba lleno de gente. Cuando encontró un espacio para acomodarnos se detuvo, levantó el brazo para aferrarse al pasamanos, y después me miró y empezó a reírse. Y yo también, como un par de niños o un par de idiotas, los dos juntos, de pie uno al lado del otro, ella me miró con una sonrisa amplia, y dijo:

—*This is great.*

Me sentí feliz y emocionado, con una mano la tomé por la cintura y la acerqué a mí, ella reclinó la cabeza sobre mi hombro, le acaricié el pelo mientras el bus cruzaba el parque, cinco minutos después llegamos al otro lado, bajamos, y ella, que en Nueva York se movía segura, desenvuelta, a cargo de la situación, como reafirmando que pisábamos su territorio, me dijo que estábamos a un par de cuadras del colegio donde había estudiado y me preguntó si quería que pasáramos por ahí. Le dije que sí, por supuesto, le dije que quería hacer todo lo que ella había hecho en su niñez, en su adolescencia, quería hacer todo lo que ella hubiera hecho en toda su vida, caminar por donde había caminado, comer donde había comido, quería recuperar su vida antes de que se fuera a estudiar a Filadelfia y se encontrara conmigo.

—¿Pero sabes qué fue lo más extraordinario de ese momento? —le pregunté al Noventero.

El flaco levantó las cejas, a la expectativa.

Que yo conocía ese colegio, le dije. Una vez, muchos años antes, la primera vez que viajé a Nueva York, a los veinte años, conocí ese colegio a la distancia. En esa época pensaba convertirme en un artista famoso, un tipo que pudiera revolucionar el arte como Marcel Duchamp, o al menos en una especie de Andy Warhol peruano y después latinoamericano y después mundial, y entonces llegué a Nueva York como quien viaja a otro planeta, imaginando que en ese viaje trazaría planes que iban a definir mi futuro, me movía por la ciudad desenvuelto, subía y bajaba de trenes, pensé que alguna vez viviría en Manhattan, explotaría mi talento, me pondría en contacto con la gente adecuada y al final me convertiría en una celebridad y volvería a Lima en plan artista consagrado en la metrópoli para recibir con orgullo el previsible odio de mis compatriotas. El problema es que una vez que desembarcas en JFK y tomas el tren que te lleva hasta Manhattan y después caminas por Times Square, te das cuenta de que la realidad es muy diferente, la vida no es la misma en las calles que en los mapas, todo parece infinito e inabarcable, la ciudad es mucho más poderosa que tú, sin importar tu ambición eres insignificante, y como tienes que hacer algo, aunque ni siquiera hablas inglés tienes que hacer algo porque hay que mostrarle fotos a los amigos y a la familia y hacerla como que uno la pasó de puta madre aunque en realidad el viaje haya sido una extraña mezcla de placer y frustración, la evidencia de la vida que nunca tendrás, le dije al flaco, empecé por lo más obvio y el segundo día fui a visitar el Metropolitan Museum of Art. Pasé más de cuatro horas recorriendo galerías y salí del museo como si cargara en mi pecho toda la historia universal del arte, conmovido por lo que me pareció hermoso e infinito, y sin nadie con quién compartir la experiencia bajé los escalones de la entrada al museo y empecé a caminar por la Quinta Avenida calle abajo, sin dirección, enfebrecido por la energía y la vitalidad, avancé diez o quince cuadras, debían ser las dos de la tarde, quería sentarme a fumar un cigarro y pensar en ese momento que estaba seguro de que iba a recordar siempre, ese momento en que el futuro parecía más grande que nunca, tenía que fumarme un cigarro y retener en la memoria ese instante que recordaría agradecido cuando en el futuro la gloria del mundo del arte abriera sus puertas para recibirme, fumé mi primer cigarro en una banca de la Quinta Avenida como si estuviera viviendo dentro de una película, de espaldas al inmenso Central Park, fumaba tan ansioso que el pucho se acabó muy rápido y decidí prender uno más porque ese momento de plenitud merecía prolongarse tanto como fuera posible. Saqué del bolsillo mi paquete de Marlboro, me estaba llevando a los labios el pucho cuando vi que al frente, al otro lado de la calle, pasó un grupo de chicas bellísimas, todas de quince o dieciséis años, todas rubias y bien uniformadas, suéter celeste, faldita a cuadros gris y negro, pasaron caminando en dirección norte, y yo me quedé detenido mirando el hermoso espectáculo, del que no pude reponerme, no pude aunque quise prender mi pucho y por varios segundos solo podía mirarlas a ellas, todas juntas avanzaban felices y triunfadoras, como si tuvieran en sus manos la propiedad exclusiva de la juventud, la belleza, el futuro, las seguí con la mirada hasta que desaparecieron unas cuadras más adelante al dar la vuelta en una esquina. No me recuperaba de la impresión ni conseguía volver a concentrarme en el grandioso recorrido por la historia del arte universal que poco antes había disfrutado, cuando pasó un trío de chicas vistiendo el mismo uniforme, un poco menores, quizá catorce, pero la verdad que estaban tan buenas como las anteriores, y solo después de esa reiteración me di cuenta de que muy cerca de ahí debía existir una fuente inagotable de inspiración y buena fortuna, de modo que me puse de pie y comencé a avanzar por la Quinta Avenida siguiendo la dirección por donde las chicas habían aparecido, y cinco cuadras calle abajo observé que la escena se multiplicaba. Me senté al frente de la entrada a un colegio, donde ahora decenas de chicas, todas las cuales en otro contexto hubieran podido parecerme la mejor que había visto en toda mi vida, brotaban desde el interior de esa especie de iglesia que ahora me daba cuenta de lo que realmente era, una fuente de perturbación, caí sobre la banca pensando sí, puta madre, esto es real, esto existe y yo estoy aquí, y después pensé qué hago, no hablo inglés, solo unas palabras tipo *hello, chicken, picture*, asumí con frustración que ninguna iba a pararme bola, había alguna diferencia de edad que en ese momento me pareció grande, cuatro años con las de dieciséis, cinco con las de quince, debía parecerles viejo y *loser*, un latinoamericano que no habla inglés y está ahí sentado como huevón mirando a las flacas mientras fuma su puchito. Y entonces, revelándome contra la evidencia, pensé que tenía que desahuevarme. Así lo pensé: *tienes que desahuevarte*. Piensa. Decide. Actúa. Y lo que decidí, lo que decidí en ese mismo instante, ahí, fumando mi cigarro, es que alguna vez me iba a casar con una de esas chicas. Que en adelante el único propósito de mi vida, su único objetivo, lo único que le daría sentido a mi existencia, sería casarme con una de esas chicas. Que algún día, no muy lejano, después de mejorar mi inglés, volvería a Nueva York y de alguna manera me las iba a ingeniar para levantarme a una de las chicas de ese colegio cuya existencia había perturbado para siempre mi equilibrio emocional. Me la agarro, me la tiro, la dejo embarazada y me caso, pensé, expulsando el humo de mi cigarro con violencia. No me quedaba más alternativa, después de haber tenido la mala fortuna de cruzarme con ese tormento no podría vivir tranquilo nunca más hasta que la hiciera linda con una de esas chicas, con cualquiera, todas son iguales, acepto a cualquiera, lo único que me importará en adelante será levantar una de esas falditas, meter la cabeza, meter la lengua, después meter la pinga, no le pido nada más a la vida que me entregue a una de estas pendejitas como sagrada esposa por el resto de mi vida, al carajo con convertirme en el Andy Warhol latinoamericano, para qué se me había ocurrido convertirme en Andy Warhol y venir a Nueva York para avanzar hacia dicho objetivo cuando a fin de cuentas Warhol era tremenda desatada y yo tenía que comportarme como macho latino, para qué recorrer galerías y pensar en el futuro del arte cuando me quedaban pocos días en Nueva York y mi único interés debía ser aparecerme por ese colegio cuya existencia me había jodido la vida para siempre, quizá por un golpe de suerte, quién sabe, alguna jugada del destino, conseguiría acercarme a alguna chica, preguntarle lo mínimo, *what is your name?* o *how old are you?*, mi vocabulario no daba para más, si los dioses me echaban una manito quizá la hacía linda y salía campeón, de otro modo nunca me iba a recuperar, pero mira cómo es la vida, Noventas, cómo es la vida, que diecisiete años después estaba otra vez en Nueva York, pero esta vez con Sophia, después de haber almorzado en el restaurante peruano y haber cruzado juntos el parque en autobús, debían ser diez para las cinco, poca gente en las calles, había comenzado a nevar, en unas horas el Central Park estaría cubierto de blanco, los dos caminábamos hacia su colegio y poco a poco me fui dando cuenta, llegamos hasta la puerta de ese colegio del que Sophia ya me había hablado con cierto inocultable orgullo, y cuando me señaló el lugar, que por supuesto era el mismo del que brotaban las ninfas neoyorquinas de mis veinte años, me golpeó un flashback que estuvo por noquearme, tanto tiempo después casi lo había olvidado y ahora Sophia venía a recordármelo. Y entonces, cuando me di cuenta de lo que había ocurrido, cuando recordé lo que alguna vez, a los veinte años, me había prometido, cuando finalmente entendí y lo asumí, ¿sabes qué pasó, Noventas?

El flaco me miró intrigado.

—Que me volví loco —le dije—. Eso pasó: que me volví loco.

Puta madre, dije en voz alta, en español, concha-de-su-madre, exclamé, me acerqué a Sophia, la abracé, la besé, le metí mano, ella no entendía nada, qué te pasa, preguntó, yo no le hice caso, la-re-con-cha-de-su-ma-dre, grité, golpeándome la cabeza con la palma de la mano, seco, fuerte, como si quisiera hacerme despertar, y después, cuando me tranquilicé un poco, le conté atropelladamente mi primer viaje a Nueva York, nunca lo había mencionado, nunca le había dicho nada sobre mi antiguo sueño de convertirme en Duchamp o Warhol, y después de concluir mi relato le pregunté a Sophia:

—¿No habrás estado por ahí? ¿No habrás sido tú una de esas chicas? ¿Una de las que vi ese día?

—¡Pero si tú tenías veinte años! —se reía—. Si esas chicas tenían quince o dieciséis, ahora deben de pasar los treinta. Mínimo diez años mayores que yo.

A pesar de la evidencia, no me importó la imposibilidad de que Sophia fuera una de ellas. Porque en cierto sentido sí lo era. Y por eso miré al cielo, como si creyera en Dios y estuviera agradecido, y le dije a Sophia que quería encontrar el lugar exacto en que me había sentado aquella tarde de los años noventa. Y cuando encontré una banca de madera que, casi con absoluta certeza, era la misma en que había fumado aquella tarde, tomé a Sophia del brazo, emocionado, y la senté a mi derecha. Mi cuerpo temblaba. Y cuando estuvimos uno al lado del otro, miré el colegio, la miré a ella, volví a mirar el colegio, la volví a mirar a ella, y le dije en español la única frase que me salió desde lo más profundo: *no tienes ni puta idea de cuánto te quiero.* Eso le dije. Así, palabra por palabra. Perdona la cursilería. No me preocupa. El problema es que no debí hacerlo.

Enterré la mirada en la copita vacía y le dije al flaco que esa frase que le dije a Sophia, frente a su colegio, a punto de nevar sobre Nueva York, estaba fuera de tiempo porque ese día las cosas ya estaban rotas. Ya todo se había ido a la mierda, le dije, solo que yo todavía no me había enterado. Me quedé callado un momento, y luego continué.

No voy a detenerme en lo que ocurrió el resto del día. Pero sí quiero mencionar, le comenté al flaco, como si necesitara que alguien lo supiera, como si para mí fuera necesario que la existencia de aquel día quedara registrada en la memoria de al menos un individuo, mucho más conociendo que al parecer Sophia había decidido eliminar esas 48 horas de nuestra historia, sí quiero decirte que lo que ocurrió esa noche cuando llegamos a mi hotel, es sin ninguna duda una de las dos o tres experiencias más plenas de mi vida. Serví una copa de mezcal, intentando alejar de mi cabeza imágenes de esa noche, y después seguí.

Sophia se marchó del hotel poco después de las doce porque no le permitían pasar la noche fuera de casa. Y aunque me pareció raro que a los veintiún años uno no pudiera hacer lo que le viniera en gana, pensé que estaba bien, que esa noche merecía una despedida, una conclusión para quedar siempre en la memoria, y entonces cuando bajé a acompañarla hasta la recepción del hotel, Sophia me dijo que no era necesario que caminara con ella, hacía mucho frio, me iba a congelar haciendo el camino de ida y de vuelta, vivía cerca y podía caminar sola, o tal vez dijo que *quería* caminar sola, y que me escribiría en un rato, al llegar. Subí otra vez a mi habitación, un poco nervioso, no sé si por su ausencia, no sé si por temor a la posibilidad de que las cosas fuesen a cambiar o miedo a que la noche se terminara, o quizá porque Sophia había dicho que quería caminar sola, lo que de ninguna manera podía ser considerado una buena señal, pedir soledad jamás es buena señal de nada, esa es una regla, le dije al pelucón, así que tenía varias razones para sentirme alterado. Levanté el teléfono y pedí que me llevaran un par de vasos de whisky a la habitación. Pero antes de recibirlos, recibí un email de Sophia diciendo simplemente:

Hasta mañana.

El mensaje, de una frialdad incoherente con lo que habíamos vivido las doce horas previas, me dejó desconcertado. Así que en veinte minutos liquidé los dos vasos de whisky, y coordiné con ella encontrarnos en un café a las once de la mañana, para no tener que levantarnos demasiado temprano, finalmente estábamos de vacaciones e intuíamos que el segundo día sería largo, y una vez coordinada la hora y el lugar me puse ropa de dormir y traté de resguardar conmigo las sensaciones de ese día, consciente de que me iban a perseguir por el resto de mi vida como plenitud irrepetible o como condena, y me fui a dormir sintiéndome, con razón o no, seriamente amenazado. Me fui a dormir, o más bien a intentarlo, en realidad no dormí casi nada, me acosté sin saber que algo iba a cambiar, no sé exactamente qué, pero en el transcurso de esa noche las cosas cambiaron.

Y por eso cuando la mañana siguiente salí del hotel, claramente percibí la aproximación del desastre a pesar de no tener una razón legítima para justificarlo. Acaso, sin haberlo decidido, yo iba a buscar la ruina a cualquier precio, como si en el fondo ese fuera mi deseo o como si respondiera a una fuerza que me sobrepasaba. Y a pesar de todo tenía muchas ganas de verla, y entonces mientras iba caminando hacia el café con unos minutos de retraso recibí un mensaje de Sophia confirmándome que ya había llegado y preguntando si estaba en camino. Le dije que sí, de súbito fastidiado, pensé por qué no puede esperar tranquila al menos diez minutos antes de escribirme, qué le cuesta esperar unos minutos sin joderme, así lo pensé, pero fui capaz de darme cuenta de que me estaba alterando en vano, entonces sin dejar caminar, en medio del frío, tragué dos pastillas para ver si me ayudaban a bajar la tensión, seguí caminando hacia el café, Le Pain Quotidien de Lexington y la calle 88, le respondí el email diciendo que llegaría en cinco minutos. Y después de enviar el mensaje supe, de alguna manera lo supe, no quedaba espacio para la duda, que entre nosotros todo se había terminado.

—Y tenía razón —le dije al flaco, alzando la cara, una media sonrisa que yo mismo sabía triste.

Esa mañana llegué al Pain Quotidien, le conté, Sophia me esperaba afuera, de pie, en la esquina, en medio de la nieve.

Me dieron ganas de ir a abrazarla, estaba linda, muy linda, me pareció incluso más linda que en Filadelfia, la vi de pie en la esquina, en medio de la nieve, quizá tiritaba un poco de frío, sentí que estaba desvalida y no solo por la temperatura. Me acerqué a ella y la abracé.

—*Hey* —le dije—. ¿Qué haces ahí? ¿Por qué no has entrado?

—Porque no quiero hablar aquí —respondió Sophia, seria.

—"No quiero hablar" —le dije al flaco—. ¿Entiendes?

—Entiendo que te dijo que no quería hablar ahí.

Eso mismo, seguí. Como si el lugar fuera importante, lo que implicaba que la conversación también era importante. Alguna vez tendríamos que hablar, lo sabía, pero no en ese momento, no todavía, a pesar de que me lo había advertido cuando coordinábamos el reencuentro y ella dijo que le costaba prepararse emocionalmente para todo lo que tendríamos que hablar. Y al parecer ese segundo día, en la puerta del Pain Quotidien, con un abrigo largo y oscuro, tiritando de frío, Sophia pareció decidida a empezar la conversación, y yo, buscando desesperado cómo retrasar lo inevitable, le dije entremos un rato, tomemos un café, después decidimos dónde ir.

Ella aceptó, supongo que sobre todo por el frío, nos ubicamos en una de esas mesas grandes típicas del Pain Quotidien, rectángulos de madera que parecen diseñados para almuerzos familiares, pueden sentarse diez o doce personas, como no había otro lugar disponible nos sentamos en una de esas mesas y cometí el error de pedir un *espresso* doble que intensificó mi nerviosismo.

—¿Has tomado desayuno? —le pregunté.

—No —dijo Sophia—. La verdad que no he dormido bien.

—Son casi las once y media. ¿No tienes hambre?

—Por ahora no.

Estábamos en una de las partes largas del rectángulo de madera, uno al lado del otro, a nuestro alrededor había sesentonas comiendo ensaladas o viejos leyendo un libro, alguna adolescente jugando con el teléfono, algún sujeto con laptop y audífonos como excepción, no era un café para instalarse frente a la pantalla, colocarse los audífonos y olvidarse del mundo, no en el Pain Quotidien, ahí se va a comer y conversar, pero nosotros no estábamos comiendo ni conversando, solo seguíamos uno al lado del otro, le puse la mano sobre la pierna y la acaricié, suave, ninguna intención erótica sino gesto de cariño, ella posó su mano sobre la mía y empezó a acompañar el movimiento, y entonces me sentí tranquilo, por un instante pensé que ese pequeño gesto bastaba para demostrar que las cosas retomaban su cauce, la calefacción trabajaba a buen nivel, los meseros iban de un lado a otro trasladando bandejas, después de unos minutos Sophia se volvió hacia mí con un gesto de súplica que ya le conocía, y dijo que no podía continuar así si antes no hablábamos. Y yo le dije está bien, tenemos todo el día por delante, podemos hablar en otro lugar si aquí no te sientes cómoda.

—Sí. Prefiero no hablar aquí —dijo.

—¿Mi hotel? —propuse.

Ella me miró con tristeza, como si yo fuera por completo incapaz de comprenderla. Capté su desaprobación, y le dije que si buscábamos conversar con calma no encontraríamos un lugar con más privacidad que mi habitación.

—No quiero ir a tu hotel —dijo ella, firme.

—¿Por qué? —le pregunté, fastidiado.

—En serio, no quiero —replicó—. No quiero que esto avance más si antes no hablamos.

Le hice un gesto al flaco como para que sirviera dos copitas más, y mientras él vertía chorritos del añejo, continué. Le dije a Sophia:

—Está bien, paguemos esto y vámonos a otro lugar.

Por primera vez en todo el tiempo que la conocía, sentí que ella controlaba la situación más que yo. Que era ella, por primera vez, la que tomaba las decisiones. Quizá porque por primera vez ya no contaba con otro lugar seguro, o lo que creí seguro, mi matrimonio con Laura, para refugiarme. Y lo que pasó fue que, frustrado por ese cambio, algo más profundo se desató en mi interior. Y la primera manifestación fue que, mientras nos alejábamos del Pain Quotidien, me comenzó a incomodar la manera desenvuelta en que Sophia se desplazaba en Nueva York, distinto que en Filadelfia, aunque no sabría precisar de qué manera, supongo que es ese aire indefinible que indica que has caminado por un lugar miles de veces y has demostrado de sobra quién eres, mientras que yo era el extraño, el intruso, quien estaba fuera de lugar y por tanto en desventaja. Eso sentí después de que salimos del café, lleno de rabia, por un momento pensé que la iba a mandar a la mierda ahí mismo, yo no quería hablar, no tenía la menor intención de hablar una sola palabra sobre el pasado, mi única necesidad, mi verdadera urgencia, era que Sophia diera vuelta a la página porque todavía a estábamos a tiempo de estar juntos, aún a tiempo, repetí, o eso pensé, la rabia me dominaba, seguramente por el efecto de las pastillas que me estuve metiendo los meses previos y posteriores a mi separación de Laura, por su carencia o su sobredosis, es jodido saber cuánto meterte para que te funcione sin que te excedas, cuáles combinar y a qué hora repetir, no me explico de otro modo por qué me entró una rabia que casi me llevó a insultarla, pude dominar el impulso, pero no el ansia de destrucción dirigido hacia todo lo que hasta entonces nos había mantenido unidos.

Seguimos caminando, Sophia mencionó un par de bares cercanos que a esa hora debían de estar vacíos, en el peor de los casos un par de jubilados tomándose un whisky antes de almuerzo, podíamos instalarnos en una mesa del fondo y conversar con calma. La tomé de la mano para tranquilizarme. Sophia lo permitió, pero en su manera de tomar mi mano no había convicción. En la esquina de la calle 93 dejé mi mano libre, giramos una cuadra hacia la derecha y después tres hacia el sur, apuramos el paso porque el frío nos congelaba, menos de diez minutos más tarde entramos a un bar y nos ubicamos en un rincón, lejos de testigos indeseables.

—¿Qué quieres tomar? —le pregunté.

—Nada —contestó—. Pero igual podemos pedir lo que quieras.

—Entonces pediré dos vodka tonics.

Miré la hora: doce y cinco.

—Es temprano, pero qué mierda —le dije a Sophia—. Vamos a emborracharnos. Lo necesito.

Y, como si estuviera reviviendo ese momento, esa noche en San Cristóbal de las Casas bebí una copita más, y después le conté al flaco que esa mañana le pedí al mesero que nos trajera dos tragos, pero era obvio que Sophia ya había decidido desde antes que no iba a beber nada porque en las siguientes horas casi no tocó el vaso mientras que yo pasaba del primer trago al segundo, luego al tercero, al cuarto, al quinto, y después dejé de contar. Y la sobriedad de Sophia, o más bien su lucidez, mezclada con mi creciente exaltación alcohólica quizá fue lo que ayudó para que finalmente termináramos destruyéndolo todo. Apenas le había dado un par de sorbos al primer vodka tonic, cuando ella dijo:

—Quiero preguntarte algo.

—Lo que quieras —le dije, intuyendo el desastre.

—Tú sabes que me has hecho daño, ¿verdad?

Lo dijo así, como una afirmación, *tú sabes que me has hecho daño*, y quizá en otras circunstancias, quizá otro día, quizá si me hubiera levantado de mejor ánimo, o si esa mañana en lugar de esperarme en la puerta del Pain Quotidien ella me hubiese esperado en el interior del local, o si yo hubiera ingerido otras pastillas o las hubiera tomado en mayor o menor cantidad, lo habría tomado mejor, habría tenido ganas de abrazarla, de protegerla, de pedirle perdón. Pero en ese momento, en que claramente percibí que íbamos directo al precipicio, me pareció inconcebible que ella no lo supiera o no hiciera nada por evitarlo, y el vodka y la falta de sueño y las pastillas y la tensión de tantos meses, o la soledad y el pánico, tantas cosas, me pareció que ella estaba acabando con todo. Por eso me sentí atacado. Yo también había sufrido, yo también pagué, le dije al flaco, pagué incluso más que ella, pagué con el final de mi matrimonio y la depresión, mientras que ella, en vez de buscar soluciones, destrozaba la pequeña esperanza que me mantenía en pie desde que supe que volveríamos a vernos.

Había perdido un matrimonio que antes de conocerla había sido *feliz,* le dije al flaco. Y eso me sublevaba contra ella. A Sophia la hice sufrir, le hice daño, es cierto, pero en ese momento no me importó. Agarré mi vodka tonic, lo bebí hasta la última gota, levanté la mano y con un gesto le pedí al mesero que me trajera un segundo. Me jodía que se pusiera en plan de víctima, no había víctimas o todos lo éramos por igual, en todo caso la verdadera víctima fue Laura, por eso me sequé el trago, para no mandarla a la mierda, que es lo que de buena gana hubiera querido hacer, no podía destruir tan rápido lo del día anterior, era imposible, necesitaba mi vodka tonic para mantenerme callado, pero también para emborracharme rápido y alejarme de la realidad porque se estaba volviendo peligrosa, después llegaría a mi hotel y me metería diez somníferos y dormiría tres días y mientras tanto que todo se vaya al carajo, pensé, saboreando el segundo vodka tonic y haciendo una rápida lista en mi cabeza, los meses de depresión, la golpiza en el sur de Filadelfia, una noche en el hospital, un matrimonio que nunca, ni siquiera en los mejores momentos con Sophia, había pensado sacrificar. Y mientras tanto, ¿ella qué?, le pregunté al flaco. Tienes veintiún años, pensé frente a ella, en el rincón de ese bar, veintiún años, lejos de la edad a partir de la cual ya no existe posibilidad de recomposición y toda destrucción es definitiva. Yo había traspuesto la barrera, ya estaba al otro lado, y por eso sentí un desbalance, una injusticia, pero también algo más peligroso: desde lo más profundo de mí mismo, en medio del alcohol y la angustia y la falta de sueño y las pastillas y la depresión y el miedo emergió un temor lejano que hasta ese momento se había mantenido oculto, pero esa sombra apareció esa mañana, frente a Sophia, a la mitad de mi tercera copa, bajo la forma de una revelación que era sencilla y cruel al mismo tiempo: *Sophia no quiere estar conmigo.* Y entonces, no sé si porque mantenía la intención de recuperar las cosas o porque decidí medirla como si fuera mi enemiga, calcular qué tenía ella en caso fuéramos a combatir, intenté otra vez convencerla de que lo mejor sería dejar atrás el pasado y comenzar otra vez.

Sophia dijo:

—No puedo. Necesito que hablemos.

Y yo pensé: Ya está. Se terminó.

Pero ni siquiera en ese momento vi venir hasta qué punto a lo largo de las horas siguientes, ella iba a expresar todo lo que llevaba acumulado durante tanto tiempo. Me dijo que yo tenía que comprender cuánto la había dañado cada vez que fugaba a toda marcha de nuestros encuentros, dijo que continuó porque estaba segura de que entre nosotros existía algo auténtico, y que tarde o temprano las cosas iban a componerse, pero que con el tiempo fue asumiendo que nunca iba a abandonar la zona restringida que yo le había impuesto, el mismo horario y el mismo lugar, detalló cuánto le dolió cada vez que me había propuesto salir a cenar juntos un fin de semana, ir a beber unas cervezas por la noche, ver una película juntos, y yo siempre salía con pretextos inverosímiles, incluso llegué a decir que estaba con gripe, lo que para ella era una prueba de mi absoluto desinterés, ni siquiera me esforzaba en inventar justificaciones creíbles. Sophia se extendió con un detalle que me pareció insano, recordó fechas y situaciones específicas, yo la escuché en silencio y lleno de rabia, varias veces estuve a punto de dar un grito para mandarla a callar porque oír todo lo que decía me estaba haciendo daño, pero me mantuve firme y seguí escuchando, concentrado, sin mirarla, bebí los vodka tonics y la escuché mientras me pareció que ella se iba desgastando mientras hablaba y estaba a punto de echarse a llorar, hasta que hubo un instante en que pareció que había terminado. La miré y, simulando tranquilidad, le pregunté:

—¿Qué más, Sophia? ¿Qué más quieres decir?

Ella bajó la cabeza y resopló, como intentando tranquilizarse, y al fin dijo:

—Que no entiendo por qué tuviste que mentir tanto tiempo.

—No entiendes —repetí—. Ya que parece que sabes tanto, ¿qué es exactamente lo que no entiendes?

—Siempre sospeché que estabas con otra persona —siguió—. Pero no tenía ninguna prueba, y durante meses me negué a buscar confirmación. Preferí quedarme con la duda, quizá porque sabía lo que iba a encontrar. Hasta que ya no pude más y me puse a buscar obsesivamente. Creé cuentas falsas en redes sociales porque intuí que me habías bloqueado de las tuyas.

—Cuentas falsas. Qué bien. Qué original. Te felicito.

—¡Tenía que buscar explicaciones por mi cuenta! ¡Tú no me dabas ninguna!

—Tú nunca preguntaste nada, así que no me culpes por eso. Y sí, por supuesto que tú sabías que había otra persona. Sin embargo, no preguntaste nada. No preguntaste nada porque ya lo sabías. Pero preferiste ignorarlo. Así que no me culpes por todo.

—Pero yo te hubiera perdonado —dijo ella. La voz se le empezó a quebrar—. Yo te hubiera perdonado y hablado contigo para que arreglemos las cosas. Estaba dispuesta a salir adelante contigo. O podía dejarte ir, continuar con tu matrimonio, si eso es lo que tú querías —dijo y bajó la cabeza.

—Cállate, Sophia —le dije, lleno de rabia al escuchar que mencionaba, por primera vez, mi matrimonio—. Es lo mejor que puedes hacer. Cállate.

—Lo hubiéramos podido hablar —insistió.

—Cállate —repetí—. Tienes veintiún años. No sabes nada. No entiendes nada. No tienes idea de todo lo que yo he pasado. Cállate, por favor.

Todo se había vuelto borroso e irreal, decidí que era mi turno para decirle lo que yo también tenía guardado, oculto muy en el fondo, no sabía desde cuándo, pero con el cuarto o quinto vodka tonic fue como si algo en mi interior se desbordara y saliera de cauce. Seguí bebiendo.

—Todo ha sido muy difícil —dijo ella, la voz débil—. Nunca pensé que podía ser tan difícil. Nunca pensé salir tan dañada de todo esto.

—¿Salir? —le pregunté—. ¿Dijiste *salir*? ¿Para esto me pediste que viniera a Nueva York? ¿Para cortar?

—¡No! —exclamó ella, los dedos crispados en el aire—. ¡No entiendas mal lo que te estoy diciendo!

—Entiendo perfectamente no solo lo que has dicho, sino lo que has hecho —le dije, y sentí que oleadas de violencia empezaban a moverse dentro de mi cuerpo. Y de pronto fue como si al fin pudiera observar todo con absoluta nitidez, y me vino a la cabeza una idea de la que después fue imposible deshacerme y no pude evitar comentársela con una extraña y dolorosa satisfacción. Le dije a Sophia que al fin había comprendido que lo que en el fondo ella buscaba era vengarse de mí. Que no le bastó romper mi matrimonio, sino que además mintió al proponer volver a vernos supuestamente para arreglar las cosas, pero que en realidad lo que quiso fue esperar a que yo estuviera solo, deprimido, con mi matrimonio roto, para sugerirme que fuera a su ciudad, a su territorio, y poder decirme: *no quiero más*. Ese fue tu plan, le dije. Esa fue tu reivindicación. Te salió bien. Reconozco que no lo vi venir. Lo hiciste bien. ¿Pero sabes qué?, le dije, los ojos llenos de rabia. No me importa nada. Tú no me importas nada. No eres nadie. Nunca fuiste nadie. Y no me conoces. No sabes nada de mí. Por eso no me haces daño. No puedes hacerme daño.

La miré a los ojos, vi que se le llenaban de lágrimas, pero en vez de detenerme, eso me dio impulso para continuar. Bebí un sorbo más de vodka tonic y volví a la carga. Sabes qué, le dije, yo podré tener todos los defectos que quieras, pero yo, repetí, golpeándome el pecho, como si de esa manera fuera posible reponerme de un dolor que me devastaba, como si fuera posible intercambiarlo por un dolor físico, yo, le dije, la persona a quien ahora parece que desprecias, siempre te convencí de que hicieras todo lo que me dio la gana. Yo he hecho contigo lo que he querido, le dije, lleno de rencor. Me he dado cuenta de que no pudiste soportar que un tipo como yo, que bajo la perspectiva de alguien como tú no es más que un simple migrante sin mayor mérito ni ambición seria, se la haya pasado un año jugando contigo como tú crees que lo hice. No te lo pudiste permitir y buscaste venganza. Ahí está la explicación. Eso fue lo que pasó.

Puse los codos sobre la mesa, bebí un par de sorbos más, y le dije: solo me queda algo más por decirte. Hice una pausa, la miré, vi el miedo en sus ojos, y pronunciando lento, como si lo estuviera disfrutando a pesar de que en realidad sentí que me estaba destruyendo a mí mismo, le dije:

—Pero que te quede claro que tu plan se fue a la mierda porque tú eres la que no me importa nada. Tú eres la que nunca fue nadie para mí.

—¡Cálmate! —gritó Sophia, y alejó el vaso de mi lado—. No bebas una gota más.

—Beberé todo lo que me dé la gana —dije en voz alta, en español, aferré el vaso con energía, me lo llevé a la boca y bebí dos sorbos.

Me pareció que ella iba a lanzar un grito, como si hubiera entrado en desesperación, y por un momento sentí de golpe renacer todo lo que en verdad sentía por ella. Pero me llevé otra vez el vaso a los labios, me metí otro sorbo, y continué:

—No te lo ibas a permitir y quisiste vengarte de mí. Bien. Un típico orgullo de clase, ¿no? Eso fue lo que pasó.

—¡No! —exclamó ella, restregándose la cara como si quisiera despertar de una pesadilla—. ¡No puedes estar diciendo eso! ¡Esto no puede ser verdad!

—¿Te jode que te lo diga? ¿La gente como tú no soporta que se le mencione su propia basura? No me sorprende. Pero, lo siento, te estoy diciendo la verdad. Ahora que estamos en tu ciudad te crees importante, te sientes mejor que yo…

—¡No!

—Pues sí. Pero no me importa. Hice lo que pude. Salió mal y ya está. Se acabó.

Y después todo terminó de desmoronarse. Era vagamente consciente de que la gente en el bar nos miraba con incomodidad. Pero nada me importaba, podía agarrar a golpes a todos o destrozar las botellas contra el vidrio detrás de la barra. Todo me daba igual. Y poco después, no recuerdo exactamente cuándo, la situación se volvió insostenible y salimos del bar.

Afuera la noche había comenzado. No sé qué tan tarde era, podían tan solo ser las cinco, pero la ciudad ya había oscurecido, y yo bastante borracho y el mundo zumbaba como si estuviera a punto de resquebrajarse. Por un momento, confundido, sin noción de la realidad, pensé que no era posible que el tiempo hubiera pasado tan rápido desde que unas horas antes nos habíamos encontrado en la puerta del Pain Quotidien. Prendí un cigarro, Sophia en lugar de marcharse se quedó de pie, a mi lado, como si no supiera qué hacer o fuera todavía incapaz de asimilar los efectos de la discusión. No supe por qué siguió ahí, de pie a mi lado, cuando ya todo estaba destruido. No sé cuánto tiempo pasamos en la puerta del bar, recuerdo que fumé tres cigarros porque eran los últimos que me quedaban, no tengo consciencia del tiempo ahí afuera, en pleno invierno, pero sé que ella lloraba y hablábamos a gritos y la gente nos quedaba mirando al pasar, y que le dije:

—Fumaré este último cigarro, después me largo y nunca más.

Lo fumé de prisa, aspirando con energía. Sophia me miraba sin decir nada, parecía tener ganas de tranquilizarme pero no sabía cómo, ya era demasiado tarde, y como nada cambió hasta que aspiré la última pitada del cigarro, le dije:

—Ahora déjame el último triunfo. Y mi último triunfo es que quien decide largarse, una vez más, seré yo. Como siempre: quien se larga seré yo. No te olvides de eso. Siempre el que se va, el que decide cuándo desaparecer, soy yo. Adiós, Sophia.

Me alejé tres pasos y después, contra mi voluntad, sin haberlo planificado, me di media vuelta y agregué:

—Igual quiero que sepas que sí te quería. Pero ya me di cuenta cómo eres. Ya no me importa.

Ella sacudió la cabeza, confundida, y trató de acercarse. La esquivé y empecé a alejarme. Todo parecía concluyente y definitivo, a pesar de lo cual no pensé que realmente sería la última vez. Tiré la colilla al suelo con fuerza y seguí caminando con ganas de golpear a la gente que pasaba, y veinte metros después me volví a mirarla y Sophia se mantenía inmóvil en el mismo lugar. Me observaba alejarme, sin reaccionar. Recuerdo cuánto me costó volver la cabeza hacia adelante y seguir alejándome. Recuerdo cuánto me dolió. Pero lo hice, le dije al flaco, apretando el puño. Me seguí alejando, esta vez no miré atrás, y nunca más la volví a ver.

Y después de esa última frase que le dije al Noventero me quedé callado, como si no me quedara nada más que agregar, o como si en lugar de estar bebiendo en San Cristóbal de las Casas, yo siguiera ahí, ese invierno en Manhattan, Sophia de pie en esa esquina del Upper East Side, alejándonos para siempre. Alejándonos para siempre.

—No sé qué decirte, *brother* —dijo el pelucón.

—Nada. No se puede decir nada.

TERCERA PARTE

Solo se pierde realmente lo que nunca se ha tenido.

RICARDO PIGLIA

1

Ahora que he vuelto a Filadelfia, no después de ese viaje a Nueva York sino de vuelta desde Chiapas, un segundo viaje para encontrarme con Sophia, pero esta vez no la encontré, la primera la perdí y la segunda ni siquiera la encontré, ahora que se destruyó no solo nuestra historia sino también todo aquello en que creía, ahora que vuelvo de ese segundo viaje que de alguna manera es como una extensión del anterior, dos viajes que en mi cabeza se confunden como si fueran uno reflejo del otro, uno como proyección o eco o intento inútil de rectificar, regreso a Filadelfia derrotado, igual que la vez anterior, sin haber conseguido lo que quería, igual que la vez anterior, a pesar de que en ninguno de los dos casos sabía exactamente qué buscaba. Aunque es probable que la mayor parte de mi vida la haya pasado de esta manera, sin saber qué quería, sin haber identificado con precisión mis ambiciones, hubo un tiempo en que sí creí. Un período de inocencia o credulidad que después se reveló como una fantasía, y que fueron los años que pasé en Estados Unidos desde que, unos meses después de mi llegada a Michigan pensé que había encontrado mi lugar y aquello a lo que quería dedicarme y entregarme el resto de mi vida, y que se terminó al inicio de mi relación con Sophia. Siete años, acaso un poco más: puede parecer un tiempo largo, un tiempo lo suficientemente largo como para suponer que se ha encontrado un rumbo y al fin uno ha evolucionado hasta convertirse en la mejor versión de sí mismo, en los mejores momentos incluso llegué a pensar que para esa nueva persona que ahora yo encarnaba las cosas se presentaban sencillas, el mundo se abría a mi paso con facilidad, todo estaba al alcance de mi mano, la realidad podía incluso superar cualquiera de mis fantasías previas. Pero nunca dejó de ser una ilusión, llegué a Michigan a los veintinueve años, uno no lo asume o no lo acepta, pero quizá veintinueve años es demasiado tarde, el futuro no tiene cimientos colocados a tiempo y por eso se va a derrumbar, nada de lo cual pensé durante los primeros meses en Michigan, que fue el tiempo en que empezó mi transformación desde que decliné definitivamente toda pretensión artística, y como si fuera una especie de culto o un extraño fanatismo, comencé a creer en la importancia del pensamiento. Desde entonces mi vida enfocó como único objetivo mi propia transformación en una máquina de pensamiento. Sentía que debía probarme qué era capaz de producir, empecé a percibirme como un profeta cuya máxima aspiración era constituir una especie de culto en torno a él, y desde ese espacio mi ambición creció. Conservaba intacta la pasión por el pensamiento, pero sobre todo por la vida en general y la certeza de que estaba en capacidad de emprender un proyecto intelectual de verdadera relevancia. No me di cuenta de que esa época se podía terminar, durante una época creí realmente que estaba al alcance de mi mano mudarme a vivir a un departamento de lujo del Upper East Side de Manhattan, frente a Central Park, salir a trotar por las mañanas frente al Met, todo eso se terminó, uno nunca deja de ser quien fue de adolescente y en el fondo yo era el mismo tipo de veinte años que en Nueva York se había sentado frente al colegio de Sophia en condición de intruso, extraño, ajeno, un limeño de clase media que pretende ser artista nunca dejará de ser un limeño de clase media que pretende ser artista y nada más que eso, por esa razón cuando la fantasía se derrumba se derrumba completa, sin caídas intermedias, lo que me ocurrió la noche que terminé en el hospital y cuando Laura me abandonó, y cuando viajé a Nueva York a tratar de recuperar mi relación con Sophia, y finalmente en Chiapas cuando Sophia, quién sabe por qué, quién sabe cómo, terminó primero en la Selva Lacandona y luego en la cárcel.

Y ahora otra vez en Filadelfia, otra vez solo, vuelvo a sentir la ausencia de Laura, como si me sorprendiera no encontrarla en casa a pesar de que hace mucho no sé nada de ella. Trato de ordenar mis ideas, establecer una rutina, proyectar el futuro. Después de Laura y después de Sophia todo cambió: continué avanzando mi libro sobre la Marea Rosada, seguí leyendo y preparando mis clases y tratando de ser un profesor dedicado y competente, pero ya no impulsado por la pasión sino apenas por un oscuro sentido de responsabilidad. No creo que me sea posible nada más que eso, quizá porque siempre observé la política a la distancia, quizá porque nunca pasé una noche en prisión, nunca vi amigos muertos por las balas del enemigo, nunca fui torturado ni perseguido por mis ideas; como todo ese tipo de sufrimiento me resultaba completamente ajeno fui incapaz de darme cuenta de que cualquier intento de acercarme a la verdadera historia terminaría mal. Y yo había terminado mal, pero no lo suficiente como para no darme cuenta de que mi derrota encajaba en una categoría bastante liviana. Hubiera podido ser peor, por supuesto que sí, otros la pasaron muchísimo peor. Supongo que quienes piensen que no tengo nada que lamentar, tienen razón. Pero eso no me libra del golpe que recibí cuando me alcanzó la certeza de que el pensamiento no tenía sentido, que mi historia con Sophia tampoco nunca tuvo sentido, el final de mi matrimonio no tuvo sentido. Que continuar en Estados Unidos tampoco tiene sentido, y lo que convendría hacer es volver al origen, a la existencia anterior a la fantasía, esa vida mediocre y pobre y triste, pero finalmente real, que alguna vez tuve en Lima. Y por eso ahora aquí, en Filadelfia, otra vez solo, solo como la primera vez, sin Laura en casa, me pongo a recordar. Creo que eso es lo que he venido haciendo todo este tiempo: encontrar una respuesta, tentar hipótesis, comprender lo ocurrido. Y sin embargo, espero que Sophia me escriba para decirme que volveremos a vernos. Ahora estamos los dos otra vez en el lugar al que de alguna manera correspondemos, ella Nueva York, yo Filadelfia, los dos lejos de Chiapas, lejos de México, lejos de todas las ideas y de las consecuencias de esas ideas, y aunque la espera es menos angustiante que la vez anterior, es igual de triste. Tal vez porque después del primer fracaso en Nueva York esperaba retomar mi relación con Laura, borrar el pasado y regresar a nuestro estado anterior. Pero no fue posible. Y por eso las ocasiones en que volví a ver a Laura fueron concretadas por cuestiones prácticas, dinero, distribución de bienes, pago de deudas asumidas en conjunto, y supongo que también porque siempre cuesta cortar. No es fácil acabar de golpe un matrimonio de seis años. Es necesario un tiempo de progresivo alejamiento: otra vez a solas, a cargo de uno mismo, sin nadie con quien compartir los pequeños actos cotidianos que te habías acostumbrado a ejecutar en compañía, todo eso debía dificultarle a Laura cortar del todo conmigo.

Sin embargo, detrás de esa fuerza que empuja a que las cosas se mantengan como estaban, no había nada más. Esos encuentros, me di cuenta, le sirvieron sobre todo a ella para facilitarle la decisión que ya había tomado. Laura nunca tuvo otro interés, no iba a ceder, no quería ceder, y si aceptó verme unas cuantas veces más tal vez fue para decepcionarse un poco más de mí, para comprobar que en el fondo no valía la pena, que no existía una sola razón para perdonar a un tipo acabado, por todo eso creo que esos encuentros debieron servirle a ella mucho más que a mí, debieron servirle mucho más a ella incluso a pesar de que después de la segunda o tercera vez que nos reunimos fui consciente de que no había reconciliación posible y que en el fondo quizá yo tampoco la quería. Lo único que me quedaba, pensé, era la posibilidad de componer el futuro con Sophia. Y por eso ahora, a la vuelta de Chiapas, lo que se ha desmoronado es más que una relación, es más que dos relaciones, más que mi historia con Laura y mi historia con Sophia, lo que se ha desmoronado es sobre todo una relación conmigo mismo y con el mundo, una forma de percibir la experiencia y dirigirla hacia un propósito determinado. Pero qué podía quedar después de Chiapas, qué podía quedar cuando ya no creía en nada de eso y el pensamiento y las lecturas habían sido desbordadas por una fuerza que las superaba, una fuerza a lo que podría llamar realidad aunque el nombre resulte insuficiente o impreciso. La realidad siempre arrasa con la utopía, pensé, y en esa verdad quedaba encerrada mi historia con Sophia, pero quedaban encerrados sobre todo el pensamiento y el zapatismo y tantas vidas concluidas por un sacrificio. Tantas vidas que se la jugaron por una alternativa radical con mucho mayor decisión y entrega que yo. Y si existe justicia en el duelo, pensé, eran esos cuerpos quienes la merecían. Yo no.

Trato de despejar la cabeza. Mi departamento me resulta extraño, un caos que no reconozco como mío. Quiero observar videos de artistas contemporáneos, quiero quedarme mirando entrevistas o documentales sobre Tracy Emin o Sophie Calle o Marina Abramović. Quiero escuchar conferencias sobre las relaciones entre el arte y la política como una herramienta para la construcción de comunidades. Pero todo ese contenido pertenece a una esfera de la que yo he sido expulsado. No por una decisión externa, no porque alguien me hubiera destituido del espacio que ocupaba sino porque la lógica de mis acciones me había llevado a ese límite que nunca debí trasponer y que está marcado por la imagen del cuerpo de Sophia encerrado en Chiapas. Por eso no era posible continuar: me había acercado más de lo conveniente, las cosas habían terminado de la manera en que ocurrieron, y desde entonces dejé de ser el tipo entusiasta que llegaba a la clase con una fuerza que me parecía descomunal. Ahora solo me queda volverme como uno de esos profesores que siempre desprecié, un simple transmisor de conocimientos previamente adquiridos, un sujeto mediocre sin ninguna utilidad, y diría que esa mediocridad me está aniquilando si no fuera porque también he perdido la voluntad y la ambición.

Y sin embargo, espero. Sin esperanza, sin objetivo, apenas guiado por el curso natural de los acontecimientos desde que me enteré de lo ocurrido en la Selva Lacandona, espero que Sophia me confirme que volveremos a vernos. Y mientras tanto, todo me parece artificial. Y en lugar de artistas contemporáneos empiezo a mirar en YouTube videos sobre Perú. Los veo uno tras otro: entrevistas a cantantes, políticos, deportistas, todo lo que ocurre en Perú de pronto se convierte no en centro de especial interés pero sí en algo parecido a un cobijo, un lugar seguro en el cual refugiarme, y así empiezo esta espera que, aunque todavía no lo sé, se encuentra en su etapa inicial, unos pocos meses, tres para ser más preciso, tres meses desde que regresé a Filadelfia con la vaga certeza de que no quedaba nada por delante. Nada por delante.

Y sin embargo, espero.

2

Esa madrugada en San Cristóbal de las Casas, después de contarle al Noventero lo ocurrido con Sophia en Nueva York, sentí que una herida no del todo cicatrizada había sido reabierta. El relato no me había liberado de los recuerdos sino que me dejó flotando en la misma nebulosa en la que una época anduve sumergido y luego creí haber disuelto, al menos parcialmente. Pero la sensación estaba de vuelta, el presente se parecía demasiado al pasado, la misma necesidad de escapar, por eso le dije al flaco que me marchaba. No me sorprendió que me pidiera que, antes de irme, le permitiese llamar a Licho Best.

—Si viene y no te encuentra se va a enojar conmigo, güey.

Negué con la cabeza.

—Hazlo por mí, *brother* —insistió—. Una llamadita corta y si no responde se va usted a descansar.

—De acuerdo. Llámalo, pero solo una vez. Y después me aclaras algunas cosas.

—Todas las que quieras —apuntó el flaco, veloz.

Luego, sacó su teléfono y se dispuso a timbrar.

Me senté otra vez en el sofá, a la espera, sin saber realmente qué estaba esperando, cuando me di cuenta de que al primer o segundo timbrazo el enano pareció haber cogido el teléfono. Pero antes de que el pelucón alcanzara a hablar, el pigmeo debió de ganarle la delantera porque escuché la voz amable del melenudo repitiendo muy bien, muy bien, como usted mande, señor Best, aquí lo esperamos. Después se guardó el celular en el bolsillo.

—¿Qué quiere ahora? —pregunté.

—Dice que está en camino y llega en quince minutos.

—¿Para qué?

—Pos ya veremos cuando llegue —dijo el flaco, y se ubicó en el mismo asiento, frente a mí, las piernas cruzadas una sobre la otra, como si tampoco supiera qué hacer. Y yo, sin ganas de beber una gota más, miré la hora en el teléfono. Cinco y cuarenta de la mañana: entre las cortinas cerradas ya empezaba tenuemente a clarear. Le dije al flaco que apagara la luz y abriera las cortinas. Lo vi ponerse de pie bajo la incipiente luz matinal. Se acercó a las ventanas y, con un breve movimiento, dejó ingresar el débil resplandor matutino que a esa hora aún estaba mezclado con el reflejo que despedían los postes. Después volvió a su ubicación.

Me recliné hacia adelante, como si quisiera demostrar autoridad, y le pregunté por qué se comportaba como súbdito del enano.

El Noventero se quedó un momento en silencio.

—A ver cómo le hago para explicarte —dijo, lento, como si estuviera pensando qué palabras elegir—. Yo me la paso bien contigo, pero esto también es una chambita.

—¿Chambita? ¿Qué quieres decir?

—Así trabaja Best. El hombre te pide favores y después te paga en efectivo.

—¿Te paga para que pases tiempo conmigo? —pregunté, como si estuviera sorprendido. Pero no lo estaba. No me sorprendía en absoluto.

—No exactamente —contestó el pelucón—. Pero ayer me propinó con mil pesitos sin explicar nada.

—Te volviste *escort*. Por mil pesos. Puta madre.

—Ya te dije. Me la paso bien contigo. Hemos bebido y platicado. La he pasado a todo dar. Pero si Best me suelta una lana al mismo tiempo, para qué voy a negarme.

—*Escort* —repetí—. Sabes con qué otro nombre se conoce a esa chamba, ¿no?

—*Brother*, aliviánate. Tampoco hay que ponerse ofensivo.

—Entonces tú también estás metido en esto.

—No. Yo solo ando contigo. De los *business* de Best no sé nada...

—Mejor no digas nada. Déjalo ahí.

Prendí un cigarro y la sala empezó a llenarse de tensión mientras la luz matinal ingresaba cada vez con mayor consistencia. Nos quedamos callados unos minutos, el rumor del inicio de la jornada trepaba por la ventana abierta, al rato el sonido de un coche que se detuvo frente a la puerta del pequeño edificio, un piso debajo. El flaco y yo nos levantamos para mirar. Del coche bajó Licho Best, actitud satisfecha y parsimoniosa, como un ministro o un obispo, avanzó unos pasos hacia la entrada del edificio. Buenos días, don Best, le gritó el flaco desde la ventana. El enano respondió alzando el pulgar derecho. Después señaló la puerta de entrada. El Noventero bajó apresurado a abrirle. Yo me quedé fumando junto a la ventana.

—Mi querido Noventas —escuché la voz chillona del retaco, en medio del silencio de la mañana.

Los observé mientras pasaban hacia el interior del edificio. Cuando entró al departamento, el enano se estiró sobre sus zapatos de piel de cocodrilo con la intención de darme un abrazo. No lo correspondí, tampoco lo rechacé. Licho Best se quedó de pie en medio de la sala. Su pequeño cuerpo transmitía energía. Me miró a los ojos, mirada profunda, inquisitiva, y me dijo:

—Profesor, usted disculpará que lo haya hecho esperar hasta horas tan altas, pero era necesario que viniera a participarle noticias que solo podría calificar como excelentes.

Seguí en silencio. Ni siquiera le había respondido el saludo. Por alguna razón, quizá agotamiento, no por la noche en vela sino por exceso de tensión acumulada, rechazaba cualquier información que pudiera amenazar mi deseo de irme a dormir. Y por eso, más que concentrarme en sus palabras, percibí cómo su breve silueta recortaba contra el cielo parcialmente clareado de San Cristóbal de las Casas, que a través de la ventana permitía observar el gris de las azoteas cercanas, como si fuera un cuadro o una fotografía. Pero el enano siguió hablando.

—Gracias a mis gestiones —continuó, como si lo hubiera ensayado—, gracias a todo el empeño que he aplicado para que toda esta historia llegue a buen término, y porque sé que usted lo vale y lo merece, y que le quede claro que no voy a cobrarle ni un centavo, ya sé que usted es desconfiado y piensa que me motiva un interés económico, lo que no es de ninguna manera cierto, tengo mi corazón en buen estado y dentro de él guardo un espacio considerable para mis amigos, por todo eso, profesor, le aseguro que esta situación va a resolverse más pronto de lo que usted imagina. Ya mañana verá cómo todo empieza a solucionarse gracias a mi esfuerzo, y en pocos días tendrá a Sophia en libertad. Palabra de Licho Best.

Al terminar el discurso se quedó de pie, su minúsculo cuerpo erguido en el centro de la sala, como esperando mi reacción.

—Está por amanecer y no he entendido nada —le dije—. ¿Puedes hablar sin tanta decoración?

Best, con mucho teatro, miró su reloj, y anunció:

—Faltan cinco minutos para las seis de la mañana. Lo que yo sugiero es que en un rato, apenas abran los cafés, se vayan ustedes dos a tomar un buen desayuno, recuperen fuerzas, que pronto empiezan a llegar las noticias. No se vayan a quedar dormidos y se pierden el espectáculo.

—¿De qué hablas? —pregunté.

Best, los ojos chispeantes, alzó el índice en el aire, como si fuera a pronunciar una frase memorable, y dijo:

—Del fin del mundo. Ustedes no lo saben, pero en Chiapas hoy comienza el fin del mundo. Ya lo van a ver en un rato por televisión.

Luego, súbitamente serio, como si fuera un militar que acaba de cumplir una orden, giró sobre sus pasos, dijo que ahora sí se iba a descansar un par de horas porque más tarde iba a tener mucho trabajo, y se marchó.

El Noventero y yo nos quedamos en la sala, en silencio, como si intuyéramos que el anuncio debía tener algún fundamento y era probable que algo, cualquier cosa, fuera a ocurrir pronto. Y de pronto me ganó la curiosidad o la expectativa o algo parecido a la esperanza, y no quise o no pude desentenderme de lo que el enano había informado. Le pregunté al flaco si tenía televisor. Me dijo que sí.

—Tráelo para mirar —le dije—. Presiento que hay algo cierto en lo que dice Best.

El pelucón se metió a su cuarto, cinco minutos después reapareció con un televisor en brazos, cargado como un bebé. El pequeño aparato, catorce pulgadas, pinta de haber sido adquirido en un remate, terminó colocado en la mesa de centro. Lo encendió. Las noticias estaban recién por comenzar.

—Sube el volumen —le dije.

El flaco se acercó al aparato y manipuló unos botones. Después se sentó a mi lado a mirar. Las imágenes mostraban la carretera que conectaba Tuxtla Gutiérrez y San Cristóbal de las Casas, bloqueada con piedras y ruedas de camión a la altura de El Escopetazo por un centenar de manifestantes armados y con pasamontañas. Traté de comprender las palabras de la reportera, quien informó que la autopista que bajaba hacia Tonalá también se encontraba obstruida, de manera que San Cristóbal había quedado virtualmente encerrada. Y de pronto, cuando al fin asimilé lo que estaba pasando, excitación creciente e injustificado orgullo por la exposición en directo de lo que yo imaginaba en los libros, las ideas al fin algo más que discurso, pensé que esa había sido mi función, llegar a Chiapas y de alguna manera formar parte de la historia que esa mañana comenzaba a escribirse, y repentinamente animado tuve ganas de salir a la calle. Le dije al flaco que me iba a dar una vuelta por los cafés, que a esa hora debían de estar recibiendo a sus primeros clientes, para mirar las noticias con que esa mañana iban a despertar todos los mexicanos.

El pelucón dijo que iba a tomar una ducha para despertarse del letargo y en un rato me llamaría para saber en qué café andaba y darme el alcance. Bajé los escalones del edificio, ganas de beberme un café como el de días anteriores, con chorro de mezcal, sumergirme en la historia, sumergirme en el torrente de la vida, lo mismo que sentía en cada encuentro con Sophia, el peligro, la intensidad, la duda, la emoción, la adrenalina, no quería que se terminara nunca, salí caminando con ganas de actuar, luchar contra la rutina, la mediocridad, la medianía, luchar contra un orden y una estabilidad de la que me había declarado enemigo, me sentí otra vez como en las tardes en Filadelfia cuando salía del Club Quarters, distintas las circunstancias pero el mismo apremio, la misma necesidad y determinación, prendí un cigarro y me puse a dar vueltas por la calle, me detuve en la puerta de un café, la gente absorta frente al televisor, imágenes de encapuchados, fusil contra el asfalto, bloqueando la carretera, ignoraban las preguntas de la reportera, di media vuelta, seguí caminando con energía, como si todo el cansancio de la noche en vela se hubiera extinguido y de pronto yo hubiera pasado a integrarme a una trama que me trascendía. El corazón me repicaba, recordé las reuniones con Sophia en la biblioteca de la universidad, nuestras primeras conversaciones sobre México, las noches en que soñaba con Chiapas, las lecturas sobre autonomía, la distante admiración por el Ejército Zapatista de Liberación Nacional, la imposibilidad de comprenderlo, la política radical siempre oscura, hermética, indescifrable, recordaba todo lo leído y lo pensado y lo discutido, ahora transformado en una energía a la que estaba dispuesto a someterme, incluso a entregar mi vida como quizá lo hizo Sophia, y ese sería el único final digno para la historia. Encendí un segundo cigarro y eché a andar calle arriba, husmeando dentro de los cafés a la gente que observaba las noticias, hasta que recibí la llamada del flaco. Le dije que estaba en la barra del café frente a la plaza. A los diez minutos me dio el encuentro.

—¿Más novedades? —le pregunté mientras íbamos a sentarnos a una mesa.

—En el noticiero dijeron que ayer se llevaron todo de los supermercados de San Cristóbal.

—¿Qué?

—Que se llevaron todo —repitió el melenudo y se acomodó a mi lado, los dos en una mesa frente al televisor—.

Chingones los zapatistas. Pero si esto lo armó Best, todavía más chingón. Dijeron que en los supermercados no queda ni una bolsa de leche.

—Espera —dije, bajando la voz—. ¿Te acuerdas del gordo Ramiro?

—No.

—No lo conoces, pero el enano lo mencionó una vez. En el Revolución. Dijo que había cerrado un negocio con él.

—Algo —dijo el flaco—. ¿Qué hay con ese güey?

—Que Best le pidió medio millón de pesos para que le cierre la carretera como protesta por los detenidos.

—Buena lana.

—¿No preguntas a cambio de qué?

—¿A cambio de qué? —preguntó el pelucón, armando sin disimulo un porrito sobre la mesa.

—De quedarse con toda la distribución de alimentos por unos días.

—Tiene sentido.

—No sé —dije y bebí el primer sorbo de café. Traté de calmarme y pensar con objetividad—. Me imagino que para desabastecer a una ciudad, incluso a una pequeña y alejada como San Cristóbal, tienen que pasar varios días. No creo que sea tan fácil.

En la pantalla se había retomado la transmisión. La gente se seguía quejando por la falta de insumos en las puertas de los supermercados.

—¿Quiénes ganan con un desabastecimiento? —pregunté. Como el flaco esperó que continuara, agregué:

—El gordo Ramiro. Sin olvidar que primero tiene que pagarle a Best.

—Gana Ramiro, gana Best —dijo el melenudo.

—Sí. ¿Quién más puede ganar?

—¿Tú qué crees? —me preguntó.

—Fácil: ¿qué van a pedir los zapatistas?

—Supongo que liberen a los detenidos.

—Exacto —sorbí otra vez el café—. Vamos bien: si funciona

el plan, pueden ganar los detenidos. Por tanto, puede ganar Sophia.

—Eso está bueno.

—Sí. Pero la pregunta obvia es: ¿al enano le interesa que liberen a Sophia?

—Pos yo creo que sí.

—¿Por qué? ¿Porque es su amigo?

—Por amistad, lo que se dice amistad, no estoy seguro.

—Claro que no. Si le interesa que la liberen, es por dinero. Tienen que pagarle.

—¿Quién? —me preguntó el flaco—. ¿Tú?

—Imposible —dije—. Yo no juego en esa liga. Pero Best me comentó que su padre estaba aquí.

—¿El papá de Sophia?

—Sí.

—Pos eso sí es nuevo. Al menos para mí.

—Sí, pero no perdamos el orden. Bloqueas carreteras: cobras de Ramiro, cobras de Sophia gracias a su padre. ¿De quién más?

—¿Del gobierno? —contribuyó el pelucón.

—Es posible —dije—. Si tienes capacidad para colocar a toda esa gente en la carretera, supongo que también puedes ordenar que se retiren.

Y después de un silencio, mi cerebro trabajando al máximo para establecer conexiones, continué:

—Gana Sophia, gana Ramiro, Best cobra por los dos lados. También podría haber alertado a los supermercados y cobra por la información. Tú dices el gobierno. Serían cuatro posibles beneficiados por el bloqueo y posterior desbloqueo. ¿Quién más gana?

—Pos yo espero que los mil pesitos no sean lo único con que me colabore el Best.

—Sí. Hasta tú cobraste lo tuyo. No me olvido.

El flaco se encogió de hombros.

—¿Tú crees que el enano puede haber movido a toda esa gente? —pregunté.

—La neta no sé si Best tiene capacidad para movilizar a los zapatistas. Lo veo complicado.

—¿Quién la tiene?

—Marcos, seguro. Antes la Comandanta Ramona, pero ya murió.

—Esos datos los saco de Wikipedia. Tú vives aquí. Quiero algo más. De la calle. ¿Qué sabes?

—Pos no mucho...

—Cinco años viviendo aquí y no sabes nada. Te pareces a los zapatistas, que a todo responden *no sé*. Eres igual que ellos, pero en versión alienada.

—*Brother*, estás pasándote de revoluciones. Hay que alivianarse un poco.

—De acuerdo —concedí—. Entonces, según dices, Best no tiene alcance para mover a los zapatistas...

—Lo mismo te diría cualquiera aquí en San Cristóbal: que nadie ajeno al Ezeta puede movilizarlos. Yo no sé nada en especial...

—Vives en Chiapas, podrías saber un poco más...

—Vivo en San Cristóbal —corrigió el pelucón—. Y si comparamos, yo creo que de zapatismo aquí hablamos menos de lo que tú discutiste en Filadelfia...

—No lo dudo. Quizá el único lugar donde se puede hablar en serio sobre el Ezeta sea la Universidad Campesina...

El flaco levantó la cabeza y se rascó la barbilla.

—Creo que ahí le atinaste, güey —dijo, satisfecho.

—¿Qué?

—El Maestro —pronunció, lento, el pelucón—. Ese no es zapatista, pero dicen que tiene llegada.

—¿Qué tipo de llegada?

—Pos no lo sé. Pero recibe a zapatistas en la Campesina.

—¿Tiene relación con Best? —pregunté.

—Se dicen cosas, pero no es mi rollo...

—¿Qué se dice?

—Rumores.

—¿Qué se dice?

—Si Best se entera de que estamos hablando de esto, me cuelga del campanario de la catedral —dijo el flaco, mirando para todos lados, como si estuviera preocupado de que alguien pudiera oírnos.

—¿Qué es lo que se dice? —insistí.

El Noventero pareció dudar un momento antes de hablar. Finalmente dijo:

—Que son una especie de aliados. Uno manda arriba y el otro abajo. El Maestro tiene el contacto con los zapatistas, pero Best mueve las cosas en la ciudad. Se dicen muchas cosas, pero yo no me involucro. No es mi rollo.

En la televisión seguían transmitiendo imágenes del bloqueo de la carretera. La gente observaba en silencio. El Noventero y yo éramos los únicos conversando.

—¿Qué más se dice? —pregunté.

—Pos yo creo que estoy cantando demasiado para ser tan temprano.

—Escúchame, Noventas, yo me largo un día de estos. No voy a decir una palabra de lo que hablamos aquí. Tampoco tengo a quién contarle. Solo quiero entender algunas cosas.

—¿Por Sophia? —me preguntó el pelucón, de pronto serio—. ¿Para entender a Sophia?

—Sí, supongo.

Me sentí incómodo por introducirla en la conversación. Pero también porque en realidad no sabía cómo responder su pregunta.

—Pos en ese caso contaré lo poco que sé —dijo el pelucón casi en un susurro. Manipulaba el porro apagado con evidente nerviosismo—. Dicen que en el fondo Best y el Maestro son enemigos a muerte, pero se necesitan. Que Best lo quiere sacar de su posición al Maestro y quedarse con todo. Pero todavía no puede porque le falta llegada con el zapatismo. Dicen que el Maestro le ha cerrado todos los caminos, pero igual anda buscando cómo entrar...

—¿Por ejemplo?

—Dicen que Best ha conseguido infiltrar a alguien adentro.

—¿Del zapatismo?

—De la Campesina.

—¿Quién? —pregunté.

—Creo que un tal Mario. O Marco. Algo así.

—Moisés —exclamé sin levantar el volumen de la voz.

—Puede ser —replicó el flaco.

Me puse de pie, confundido, como si eso me ayudara a pensar mejor. Luego miré al flaco, como si quisiera encontrar en su actitud la única respuesta que intuí que me faltaba.

—Creo que todo empieza a encajar —dije—. Pero igual hay un problema.

—¿Qué? —preguntó el melenudo.

—Que no sé qué tiene que ver todo esto conmigo.

El Noventero me quedó mirando. Me pareció que iba a decir algo, pero solo alcanzó a levantar las cejas. Y después las bajó, callado, y se puso a ver la televisión mientras jugaba con el porrito.

3

Los días siguientes fueron raros: como si estuviera regido por la misma lógica de los zapatistas, que por tercer día consecutivo bloqueaban las vías de acceso entre Tuxtla Gutiérrez y San Cristóbal de las Casas, me la pasé mirando las noticias en la televisión y metiéndome un sedante cada tanto para dormir como por largo tiempo la tensión no me había permitido. Apenas recuerdo algunos datos objetivos, envueltos entre brumas, como si alguien me los hubiera contado. Por ejemplo que el lunes, apenas regresé de mirar las noticias con el flaco, la noche en vela, sin haber comido en veinticuatro horas, subí a mi habitación, me metí un par de somníferos y, tal como había ocurrido un par de días antes, la voz aguda del enano me empezó a retumbar en la cabeza, *pronto tendrá usted a Sophia en libertad,* su voz llegaba como desde otra dimensión, *usted es paranoico y piensa que voy a cobrarle, ahora solo falta ver si Miss Atherton quiere recibirlo, pero ese ya no es mi business,* al día siguiente fui a almorzar con el pelucón, ningún cambio, los zapatistas seguían bloqueando la carretera, ninguna declaración del gobierno, el mismo clima enrarecido sobre la ciudad, nos despedimos en la plaza, volví a mi hotel y me dispuse a dar una siesta. Poco después de colocar la cabeza sobre la almohada ya estaba sumergido en un sueño profundo. Cuando desperté dominaba la oscuridad, para mi sorpresa había dormido al menos cuatro o cinco horas, el sueño me había repuesto del cansancio, pero no tenía ganas de salir ni de ver a nadie, tampoco había recibido ninguna llamada. Fui a tomar una ducha para despertar del letargo. Y después, sin ánimo para dar vueltas por la calle, prendí el televisor, comprobé que no había ninguna novedad, quise leer un libro, por primera vez desde mi llegada a San Cristóbal de las Casas descorrí el bolsillo delantero de mi maleta y me encontré con *Yo Marcos* y con un estudio sobre la muerte del arte digital. No recordaba haberlos elegido, la costumbre me había llevado a empujar un par de libros al bolsillo delantero de la maleta antes de partir al aeropuerto, pero los dos títulos me despertaban similar hastío, también una inexplicable tristeza, la recopilación de textos del Subcomandante porque si existía algo que en ese momento quería olvidar era precisamente el zapatismo, el otro porque los pregoneros del apocalipsis de todo lo que se encuentra en sus inicios se habían vuelto para mí insoportables. Dejé los dos libros tirados en un rincón de la habitación y me puse a mirar las noticias.

A pesar del silencio de los manifestantes que continuaban bloqueando las autopistas, la página del Ejército Zapatista de Liberación Nacional había reivindicado la acción y exigía que se liberara a sus prisioneros. Me quedé esperando actualizaciones, pero después de media hora terminó un noticiero, luego otro, más tarde otro, y sin ganas de conectarme a la web en busca de novedades que seguramente no encontraría me quedé mirando un documental sobre catástrofes aéreas hasta que me entró el sueño.

Esa noche dormí casi nueve horas de continuo, al día siguiente un comunicado burocrático del gobierno, lo busqué en la web y lo leí una vez, dos veces, tres veces, como si quisiera captar en él matices no expresados, y al terminar tuve el presentimiento de que el regreso a Filadelfia se encontraba cercano. Me pregunté cuánto tiempo me tomaría hacer mi maleta. Calculé que la operación sería rápida, simplemente amontonar la ropa, no tenía intención de llevarme nada de San Cristóbal de las Casas, si existía algo que yo hubiera querido conservar de esos días extraños era la amistad del Noventero, lo único que me quedaba, la contradicción de haber viajado hasta la cuna del zapatismo y matar el tiempo con el tipo menos politizado de Chiapas, sin duda se acercaba la hora de marcharme, una vez más me ocurría que abandonaba las historias o las historias me abandonaban a mí, y fue tal vez la difusa melancolía que me despertó ese pensamiento lo que me llevó otra vez a recordar Lima, las calles en que me había criado, el autobús morado que tomaba para ir al colegio, metí mis camisetas y mis pantalones a la maleta y sentí que iba a viajar a Lima, y por primera vez desde que llegué a Estados Unidos la posibilidad de ese viaje no me angustiaba. Pero intuí que aún no era el momento, faltaba un poco más, un episodio antes del final de la historia, final que presentía claramente, como si la historia ya no soportara más y fuera posible oír su crujido, una bisagra a punto de quebrarse, se intuye el próximo derrumbe, martes por la noche, después de hacer la maleta me encontré con el Noventero en el Tierradentro, debían de ser las nueve, movimiento moderado, en las calles la tensión iba en aumento, la sensación de estar atrapados en una ciudad sitiada tomaba forma, en los restaurantes dejaron de servirse algunos platos, increíble que todo hubiese ocurrido tan rápido, pensé, increíble que en tres días se agoten algunos productos, al rato Best le timbró al flaco para preguntarle dónde andábamos porque quería reunirse con nosotros lo antes posible. Escuché que el pelucón dijo:

—En el Tierradentro.

Y después nos quedamos en silencio, el DJ tampoco parecía con ánimo para soltar canciones, la gente se movía entre cansada y aburrida, qué fácil acostumbrarse a una rutina y por tanto al tedio, yo lo conocía, cualquiera que haya trabajado lo conoce, cualquiera que haya estado casado lo conoce, cualquier ser humano que alguna vez se haya sentido vivo lo conoce, silencio en el Revolución, cansancio o incomodidad, el tiempo parecía extenderse o comprimirse, nada era normal, nada hasta que llegó Best, abrió los brazos como un monito de zoológico, avanzó hacia nuestra mesa, se quedó de pie frente a nosotros, cerró su mínimo puño derecho, lo dejó a la altura del mentón y con voz baja, pero nítida y expresiva, dijo:

—¡La liberaron, cabrones!

A pesar de que era claro que intentaba mantener el volumen bajo para no llamar demasiado la atención, la adrenalina recorriendo su minúsculo cuerpo era fácil de percibir.

—Se hizo justicia —agregó, apretando el puño—. Sophia está libre. Los chingamos a todos. Los chingamos a todos, puta madre.

Parecía fuera de sí de tanta algarabía. Se acercó al flaco y le dio un abrazo. Después se acercó a mí, abrió sus pequeños brazos y me dijo, clavándome la mirada:

—Misión cumplida, Míster. Le rescaté a la damisela.

Hizo el intento de acercarse, pero lo aparté con las manos.

—Siéntate, Narváez —le dije, serio.

El enano me miró con furia. Por un momento pensé que iba a lanzarse contra mi cuello y morderme.

—Calma, Emilio —el Noventero atemperó el ánimo—. Sophia está libre. Qué chingón, señor Best.

—Bajando la voz, Noventas —dijo Licho—. Que todavía nadie se entere. Que lo vean más tarde cuando se filtre la noticia.

Lo quedé mirando con rabia.

—No entiendo qué le pasa, Míster —siguió Best—. ¿No le alegra que la prisionera haya recuperado la libertad? ¿No era lo que usted quería?

—Llévame a verla —le dije.

Licho se sentó entre el Noventero y yo. Resopló con aire conspirativo.

—Eso, profesor, es imposible.

—¿Cuánto quieres, Narváez?

—Lo siento, pero no hay nada que yo pueda hacer. Ella está muy bien, pero no hay nada que yo pueda hacer —repitió, sus ojos clavados en los míos con una chispa de desafío.

—Dime cuánto quieres. Ya sé que querías llegar hasta aquí. Te salió bien. Ahora dime, ¿cuánto?

—Usted se equivoca, profesor —dijo el enano, fingiendo indignación—. No puedo hacer nada por usted no porque no quiera. Yo quisiera ayudarlo. Pero el detalle es que ahora, en este mismo minuto, Miss Sophia Atherton, acompañada de su señor padre, con unos tickets en primera clase que yo mismo agencié para ellos, se encuentra volando de vuelta a casa. A esta altura le calculo que ya debe andar por Monterrey. En menos de cuatro horas habrá aterrizado en Nueva York. Ya la verá usted por allá si quiere. O si ella quiere, mejor dicho.

Me mordí con fuerza el labio inferior para contener la rabia. No se me ocurrió que podía estar mintiendo. Lo asumí como verdad.

—Nos echaremos un martini —dijo Best con entusiasmo—. Hoy invito yo.

Incapaz de mantenerme cerca de él, me puse de pie, dejé unos billetes por los dos huracanes que había bebido con el Noventero, y le dije al pelucón que me marchaba. Salí caminando, lleno de rabia, también de frustración, las calles relativamente vacías, como si un desánimo repentino hubiera invadido la ciudad o los interiores de las viviendas y los hoteles fueran el único lugar donde protegerse, prendí un cigarro y caminé hacia mi hotel. Quería confirmar si era cierto lo que el pigmeo había contado, mi teléfono vibró, tal como esperaba era el mismo enano quien llamaba. Pulsé el botón para rechazar la llamada. Llegué al hotel, mientras esperaba el ascensor fue el Noventero quien me llamó, volví a rechazar la llamada, entré a mi habitación, me desvestí, encendí la laptop y me tiré en la cama a buscar información. Repasé varios periódicos. A pesar de que todos puntualizaban *noticia en desarrollo*, existía la versión extraoficial de que los zapatistas detenidos habían sido liberados. Encendí el televisor, lo dejé en volumen bajo mientras continuaba navegando por las webs, encontré fotografías, una de ella mostraba lo que parecía el retiro de grupos de encapuchados de una de las carreteras, en las fotos se veía a unos treinta sujetos con pasamontañas subiendo sigilosos a unas camionetas, los primeros ya se habían acomodado en la parte trasera de las pick-up con los fusiles entre las piernas. Todo indicaba que se había llegado a un acuerdo, pero no encontré los nombres de los supuestos liberados, me puse nervioso, pensé que las noticias podían tardar demasiado, salí a dar un paseo por la plaza y luego me detuve en La Surreal a beber unas copas de pox, esa sería mi despedida solitaria de San Cristóbal de las Casas, me acomodé en una mesa del fondo, no quería trabar conversación con nadie, pedí cuatro copas y bebí la primera de un sorbo, el teléfono sobre la mesa, esperaba noticias con la segunda copa en la mano, pero lo que llegó a mi celular fue otro telefonazo de Best. Esta vez, sin detenerme a pensar, acepté la llamada.

—Su descortesía es inverosímil, profesor —escuché—. De todos modos quiero informarle que le voy a enviar un email. Póngale atención, que no tardo más de un minuto —dijo y cortó sin despedirse.

No recordaba haberle dado mi email ni a él ni al Noventero, tampoco a nadie con quien hubiera cruzado palabra en los siete días que llevaba en Chiapas, pero no me sorprendió que lo hubiera conseguido por su cuenta. Mientras terminaba de beber la segunda copa vibró mi teléfono por la llegada de un nuevo mensaje que llevaba como remitente "Licho Best". El contenido del email se reducía a una sola frase (*qué poca fe la suya*) acompañada de dos archivos adjuntos. Temí encontrarme con fotografías que no quería mirar, pulsé la pantalla para bajar el primer archivo y lo que surgió no fue una foto sino un ticket electrónico. Arriba leí United Airlines. No necesité información adicional, pero igual revisé el nombre, el lugar de partida, el aeropuerto de destino, el código de confirmación, todos los datos necesarios, salida de Tuxtla Gutiérrez a las cinco de la tarde, llegada a Ciudad de México a las seis y treinta, salida hacia Nueva York a las ocho. En el otro archivo encontré el boleto de su padre.

Miré la hora: diez de la noche. Si todo eso era cierto y los horarios se habían cumplido, calculé que Sophia ya debía de haber cruzado el Golfo de México y estaría a nueve mil metros de altura, en algún punto entre New Orleans y Atlanta, mientras yo empezaba a darle sorbitos a mi tercera copa de pox en un rincón de La Surreal, frustrado y lleno de rabia. Abrí la web del aeropuerto Benito Juárez para confirmar la existencia del número de vuelo, el horario, el destino, y uno a uno fui comprobando que todo coincidía, y en ese momento, incapaz de decidir cuál era el paso correcto, pero al mismo tiempo intuyendo que solo me quedaba una acción muy específica por ejecutar antes de que yo también tuviera que largarme de la ciudad, del estado, del país, de esa historia, y entonces, como si siguiéramos atrapados en Filadelfia, como si fuera posible eliminar de golpe todo el tiempo transcurrido y hubiésemos vuelto a la época en que Sophia me esperaba todos los martes en el Club Quarters, o como si fuera uno de esos mensajes que le escribía arrebatado y entusiasta horas después de que estiraba el brazo al final de una clase para que ella tomara entre sus dedos el artículo con la nota adherida, *S, te escribo por la noche*, con todos esos recuerdos que se amontonaban en mi cabeza y me partían en dos, pero también con la convicción de que estaba haciendo lo correcto, abrí mi email y comencé a teclear su nombre en el destinatario. Tanto tiempo sin comunicarnos, mi email ya no sugería su dirección electrónica después de pulsar la letra "s", como ocurría en años anteriores. Percibí la pérdida como un latigazo, como si un rincón inaccesible de mi memoria hubiera retenido el hábito de encontrar su nombre incluso mejor que yo, me cruzó por la cabeza la idea del olvido, incluso las máquinas olvidan, pensé, confundido, en un rincón de La Surreal, las máquinas recuerdan pero después saben olvidar o al menos renovarse, y yo detenido en la letra "s" a la espera de su nombre sin encontrarlo, presioné la "o" también sin resultado, luego la "p", luego la "h", y solo en ese momento surgió su nombre completo en la barra del destinatario, lo vi anotado en la pantalla y me atacó la urgencia de escribirle un mensaje interminable. Pero me daba cuenta de que no era lo más apropiado y tampoco tendría sentido. Indeciso ante mis posibilidades, cerré mi email.

No había prisa, si en verdad Sophia estaba en pleno viaje hacia Nueva York no recibiría el mensaje como mínimo en un par de horas, quizá después, quizá nunca, quién sabe si seguiría usando el mismo email, sobre todo después de lo ocurrido en Chiapas, así que borré su dirección del remitente, pagué las copas de pox, abandoné para siempre La Surreal, di una vuelta por la plaza, fumé un par de cigarros pensando en que estaba a punto de escribirle a Sophia mi último mensaje, mi mensaje de despedida, que tal vez ella nunca iba a recibir, y esa desconexión la interpreté como un gesto de inmolación e incluso de ambiguo heroísmo. Caminé sin rumbo una hora por la ciudad y volví al hotel decidido a escribirle. Subí a mi habitación sin saber cómo resumir todo lo que quería decirle. Volví a teclear la primera letra en la barra, esta vez sí apareció su nombre, como si no hubiera nada más fácil que recuperar los hábitos del pasado, engañosa impresión, alisté los dedos para escribirle, iba a hacerlo en español, no tenía sentido hacerlo en inglés, mi educación sentimental y cualquier deficiencia emocional que a pesar de los años continuara arrastrando estaba conectada al español, Sophia lo sabía, debía recordar que yo era incapaz de decir nada que realmente me afectara, nada que me sacudiera por dentro, si no usaba mi lengua materna. A ella le gustaba y yo esperaba que lo recuerde, y con esa seguridad que me daba escribirle en español moví los dedos sobre el teclado de la pantalla y finalmente escribí solo dos líneas, que envié sin releer porque de todos modos me iban a parecer imperfectas, erróneas, acaso simplemente ridículas:

S, solo quería decirte que estoy en Chiapas, atento a lo que pase contigo. Me enteré de que partiste de regreso. Quisiera saber si llegaste bien a casa. Solo eso. Que llegaste bien.

Tuyo siempre,

Emilio

Envié el mensaje con una vaga sensación de incredulidad. A pesar de mi renuncia a la relectura y corrección del mensaje, esa noche, que aún no sabía que iba a ser la última en San Cristóbal de las Casas, después de enviar el mensaje tragué dos Estazolam, apagué la luz, acomodé la cara en la almohada, el pecho contra el colchón, mientras que en algún lugar remoto de mi cabeza se siguieron repitiendo las palabras que acaso serían las últimas que iba a dirigirle a Sophia en toda mi vida. Tuyo siempre. Tuyo siempre. Tuyo siempre.

4

La mañana siguiente todo empezó a moverse con más velocidad. Desperté nervioso, sin haber dormido bien, el teléfono encendido a mi lado. Durante la noche había despertado tres veces con sobresaltos, mi cuerpo se agitaba en convulsiones lo bastante fuertes como para arrancarme con violencia del sueño, unos segundos inmóvil, los ojos abiertos en medio de la oscuridad, me dejaba invadir por la expectativa, estiraba el brazo sobre la mesa de noche para aferrar mi teléfono y revisar mi email. Quise registrar en capturas de pantalla esos momentos de tensión, el primero a las 2.16, el segundo a las 4.04, el tercero a las 5.38, ningún mensaje a las 2.16, tampoco a las 4.04, tampoco a las 5.38, decidí releer mi propio mensaje para certificar que no era una alucinación, también para torturarme por el silencio que recibía desde el otro lado.

Volví a despertar a las 7.27, una vez más comprobé la falta de respuesta. Decidí levantarme, fui a tomar una ducha, todavía era temprano, no quería mirar las noticias, no quería leer, durante el sueño asumí que Sophia ya estaba lejos y con ella se había escapado para siempre nuestra historia o sus últimos restos, no me quedaba más que hacer en San Cristóbal de las Casas, en realidad no me quedaba más que hacer en ningún lado, debía asumir que la historia había llegado a su conclusión definitiva, nada por delante, agotadas las posibilidades, ninguna opción de continuar dilatando lo que mucho antes se había cerrado, era momento de marcharme, salí de la ducha resuelto y decidido, abrí mi email y busqué los tickets para mi regreso. Faltaban tres días para la fecha que al azar había decidido para mi retorno, pero quería largarme lo más pronto posible, iba a conseguir un nuevo boleto, el primero que encontré empezaba con el vuelo de Aeroméxico entre Tuxtla y DF, el mismo que supuestamente Sophia había tomado la tarde anterior, luego nuestros caminos se bifurcaban, mientras ella debió seguir en United hacia Nueva York yo iba a abordar un US Airways que me instalaría primero en Houston y luego en Filadelfia. Compré el ticket, una vez recibida la confirmación en mi email lo primero que pensé fue en llamar al Noventero para contarle que me marchaba. Pero todavía era muy temprano y no quería despertarlo. También hablaría con Best. Dos llamadas antes de abandonar el hotel y partir rumbo a Tuxtla Gutiérrez a abordar el avión que me alejaría para siempre de Chiapas. Me puse ropa cómoda, un pantalón deportivo con el que a veces dormía, una camiseta blanca sin estampado, y salí del hotel decidido a no dejar nada pendiente antes de mi partida. Apenas enrumbé por Real Guadalupe hacia la plaza llamé a Licho. El enano, atento, como si hubiera estado esperando la llamada, me respondió de inmediato.

—Honor que usted me hace —dijo.

—Quiero hablar contigo.

El pigmeo gruñó de satisfacción y luego preguntó:

—¿Ahora sí quiere hablar conmigo? ¿Ya se le pasó el berrinche de anoche?

—Hablo en serio. Me regreso a Filadelfia. Hoy. Quiero hablar contigo antes de marcharme.

—Dígame la hora del vuelo —dijo Best, sin inmutarse, como si no estuviera en absoluto sorprendido.

—El mismo que Sophia tomó ayer.

Best se rio con una carcajada.

—Bien, ya veo que ahora sí me cree —dijo, sin poder ocultar su satisfacción—. Será que ya leyó los periódicos. Como si mi palabra no le hubiera bastado.

—Sí, ya leí todo —mentí—. Por eso quiero que hablemos.

—Más que hablar, profesor, vamos a despedirnos como amigos que somos. Hemos hecho las cosas bien. ¿No le parece?

—Best, la verdad no sé qué está bien y qué no.

—No se me ponga filosófico, profesor, que me voy a quedar dormido —dijo el enano, de buen ánimo—. Paso por su hotel a las 2 de la tarde. Yo mismo lo voy a acompañar al aeropuerto.

—Gracias, pero no es necesario.

—Nada es necesario, pero déjeme hacerle el servicio. Licho Best quiere que usted, ilustre visitante de la región, se vaya de esta noble ciudad con una buena impresión. Porque, déjeme decirle, es usted muy paranoico. Tanta desconfianza tiene que acabar esta tarde cuando nos brindemos el abrazo de despedida.

Lo escuché al otro lado de la línea mientras avanzaba sin rumbo preciso por las calles del centro de San Cristóbal, concentrado en la llamada. Pensé que lo más probable era que el enano quisiera confirmar que efectivamente me largaba de Chiapas.

—Hágame el favor de esperarme en el lobby a las 2 en punto. Conversamos camino al aeropuerto —dijo Best y, sin esperar confirmación, cortó la llamada.

Y yo, que sin darme cuenta había cruzado la plaza y avanzaba por Insurgentes, absorto en la conversación con el enano, caminé hasta un puesto de periódicos, compré dos regionales y tres nacionales y fui a sentarme a un pequeño cafetín de la calle Hermanos Domínguez que hasta ese momento había resultado para mí invisible. Sentado dentro de ese oscuro local, sin ventanas y sin nombre visible, como si quisiera mantenerse a buen recaudo de las hordas de turistas, puerta que chirriaba al abrirse, pequeño televisor en la esquina de un viejo mostrador, carta mínima, un único tipo de café, nada de *latte* ni *frappuccino*, menos variantes de lactosa, un establecimiento de otra época, anterior al EZLN y al Subcomandante y al turismo revolucionario, pedí una Coca Cola y me senté con mi pequeña ruma de periódicos ante la mirada suspicaz de los comensales de las mesas vecinas. El establecimiento parecía un refugio para chiapanecos, lo que me complació a pesar de la desconfianza o incomodidad de los otros clientes, abrí los diarios y traté de concentrarme en la lectura, me resultó difícil, no tanto por el evidente recelo de los demás parroquianos sino porque no tenía ganas de leer, tampoco tenía sentido, nunca lo tiene cuando ya sabes lo que ha ocurrido y la información es reiterativa, así que le di una simple ojeada a las publicaciones y leí con indiferencia que los siete prisioneros del Ejército Zapatista habían sido liberados por orden de un juez del Estado de Chiapas. Aunque ya había asumido la veracidad de la información, confirmar que Sophia había salido del país no por testimonio del enano sino de papeles impresos que serían leídos por cientos de miles de personas a lo largo del territorio mexicano me entristeció. Seguí hojeando los diarios, intentando que no me afectara, hasta que en una de las publicaciones observé la foto de Sophia, la única que se había hecho pública desde que fue detenida, y me dieron ganas de llorar.

Cerré los periódicos, no quería pensar más, si continuaba mis cavilaciones iba a arrepentirme por haberle escrito ese email, nunca debí hacerlo, menos mencionar que le escribía desde Chiapas, imaginé que si había un lugar en el mundo que ella quería olvidar era precisamente Chiapas, o tal vez no, quizá pensaba volver, quizá el verdadero paréntesis no era Chiapas sino su retorno a Nueva York, no sabía nada de su pasado reciente, probablemente no iba a saberlo nunca, pensé, lamiendo los cubitos de hielo que había pedido para mi Coca Cola, como si el frío sirviera para tranquilizarme, y entonces volvió a timbrar el teléfono, pensé que otra vez sería el enano, pero la pantalla mostró que quien llamaba era el melenudo. Me apresuré en responderle con una alegría espontánea que a mí mismo me sorprendió.

—¿Noventa?

—*Hey*, Emilio —saludó el flaco con energía, como si no me viera mucho tiempo—. ¿Cómo es eso de que te vas, *brother*? ¿Es cierto?

—Ya veo que Best es velocista con las noticias…

—Pos de eso trabaja, ¿no?

Me quedé callado.

—¿Dónde estás? —me preguntó.

—Un café por acá cerca de la plaza. No sé ni cómo se llama.

—Dime la dirección y me paso en un rato por allá.

—Mejor vamos a otro lugar. ¿Nos encontramos en la plaza?

—Hecho. ¿En quince minutos?

—Listo. Ahí te veo.

Guardé mi teléfono, me puse de pie y avancé hacia el viejo del mostrador, que gruñía entre dientes junto a una caja registradora que parecía una reliquia de museo, y le pregunté cuánto le debía.

—¿Solo una Coca Cola? —preguntó sin disimular cierto disgusto.

—Sí, solo la Coca Cola.

—Doce pesos —remató, serio.

Le extendí un billete de veinte.

—Quédese con el cambio —le dije.

El viejo abrió la boca, pensé que iba a darme las gracias, pero lo que dijo fue:

—Se está olvidando sus periódicos —señaló la mesa.

—No me los he olvidado. Si no le molesta, que se queden ahí.

El viejo bajó la cabeza y se puso a contar billetes en su máquina registradora. Como no pareció que fuera a decir nada más, di media vuelta y salí del local. Afuera el sol me golpeó los ojos y tuve que abrirlos y cerrarlos repetidamente para habituarme a la luz matinal. Avancé hacia la plaza, tranquilo, como si despedirme de la ciudad fuera una liberación, como si yo hubiera sido el excarcelado, el viaje nunca había tenido sentido, pero no me arrepentía, quedarme en Filadelfia hubiera sido peor, no habría soportado seguir las noticias a la distancia, sin más acción que pasarme el día navegando en la web a la espera de novedades, tampoco enterarme de la liberación de Sophia desde mi departamento, todo eso hubiera confirmado lo que de todos modos era cierto, que su vida transcurría ajena a la mía, incompatible con la mía, sin posibilidad de volver a cruzarse. Me animé pensando que al menos por esa razón el viaje había cumplido un propósito, aún no estábamos del todo desvinculados, por eso mientras caminaba hacia la plaza me sentí como un turista cualquiera, lo que me permitió observar por primera vez con detenimiento la arquitectura del centro de la ciudad, sus colores vistosos y las líneas de sus tejados, llegué a la plaza y a la distancia reconocí al Noventero sentado sobre una banca de madera, las piernas en el asiento, el culo en el respaldar, audífonos en los oídos, meneaba suavemente la melena, ajeno a todo lo que ocurría a su alrededor, al verme frente a él se puso de pie de un salto, se retiró los auriculares y con voz muy alta, como suele sucederle a quienes inician conversación después de que la música les viene estallando en los oídos, dijo:

—Chale, mano, cómo que usted se va —abrió las palmas de las manos hacia los costados, como si fuera a darme un abrazo. Me acerqué, nos saludamos con un corto abrazo, que concluí dándole una palmadita al hombro.

—¿Cuándo? —preguntó.

—Hoy por la tarde.

—¿Hoy? —repitió, incrédulo. Parecía que realmente le afectaba.

—Tampoco quiero hacer drama —dije—. Aquí todo el mundo viene y se va...

—Es distinto, *brother*. Tú eres mi amigo. Nos entendemos bien. Qué poco tiempo te quedaste. Si te quedabas un par de meses más, yo creo que formábamos un grupo. Te veo como cantante. ¿Qué tal esa voz?

—Le planto cara a Eddie Vedder sin dificultad.

—Entonces será en tu próxima visita —dijo el pelucón, animado—. O la hacemos en Filadelfia.

—Anda cuando quieras. Y lo vemos por allá.

Empezamos a caminar hacia 20 de Noviembre.

—Yo creo que el Revolución merece una despedida, ¿no?

—El que merece despedida eres tú —dijo el flaco—. En el Revolución o donde mandes...

—Empecemos entonces con un mezcalito mañanero y después algo de comer. Tengo que volver a mi hotel antes de la una y media.

Faltaban tres horas para subir a mi habitación, terminar con la maleta, anunciar que me marchaba y esperar que Licho Best pasara por mí. Podría haber desaparecido por mi cuenta, pero el pigmeo conocía el itinerario, así que decidí esperarlo en el lobby, después de un par de *old fashioned* en el Revolución, perfectos como para entrar en onda, y de tramitar hamburguesas y chorizos mientras conversábamos de bandas de rock, nada sobre Sophia ni sobre zapatismo, sino que le hablé de bandas de rock peruanas que seguí en mi adolescencia, sobre todo de Dolores Delirio, pero también Leusemia, habían cambiado de formación muchas veces, el único que siempre estuvo fue Daniel F, pero a inicios de siglo consiguieron una alienación increíble, le conté al Noventero, con Lucho Sanguinetti en el bajo, Adrián Arguedas en batería, Aldo Toledo en teclados, Nilo Borges en violín, formación insuperable, le dije, busqué en mi celular fragmentos de canciones para enseñarle, la segunda mitad de "El trance de Novoa", "Sed de sed", "El hombre del otro día", después de la una salimos del bar con el ánimo arriba, el flaco me dijo que me acompañaba hasta que llegara Best, caminamos al hotel, contento por la charla, motivado por largarme, como si no me diera cuenta de lo que me esperaba en Filadelfia, como si hubiera olvidado que a mi vuelta todo sería difícil, como si no recordara que le había escrito a Sophia y no me había respondido, entré a la habitación sin pensar en nada de eso, desde mi ventana me puse a mirar la calle Real Guadalupe, pequeño brote de nostalgia, pensé que en otras circunstancias el viaje hubiera resultado placentero, quizá hubiera aceptado de mejor talante las reuniones cosmopolitas de la pseudo-izquierda-internacional-hipsteriana, terminé de acomodar mis cosas en la maleta, a la una y cuarenta bajé al lobby, el Noventero me esperaba con los auriculares en los oídos, al verme se los quitó.

—Óigame, Emilio, aquí anoté mi correo para seguir en contacto. Escríbeme para tener el tuyo antes de que se te pierda el papelito.

—Hecho —le dije.

Sabía que no iba a hacerlo nunca. Pero igual me coloqué el papelito en la billetera, como un recuerdo grato del que debía deshacerme pronto. Siempre me pasaba lo mismo, con amigos y amantes, sin importar si fueron efímeros o importantes, siempre me atacaba una súbita depresión en las despedidas, pero antes de lo esperado conseguía limpiar todo rastro. Sophia fue una excepción. Por eso estaba en San Cristóbal.

—Ya viene Best en un rato —le dije al flaco, intentando aplacar el torrente de imágenes y sensaciones que me venían a la cabeza. Me acomodé en el sillón y continué—: Solo quiero decirte, sin ponerme demasiado patético, aunque me he vuelto un poco viejo y los años me están volviendo más sentimental, que te quedas con mi amistad incondicional. Eres un amigo de puta madre y mereces todo lo mejor. Y estoy seguro de que alguna vez volveremos a juntarnos, y que esa época será mucho mejor para todos…

—*Brother*, me vas a emocionar —me cortó el pelucón y se puso de pie para darme un abrazo.

Yo también me puse de pie. Nos abrazamos.

—Te deseo todo lo mejor —le dije—. En serio. Todo lo mejor.

—Yo lo mismo, güey —dijo. El melenudo parecía sinceramente emocionado—. No te olvides de escribir. Y si ves a Sophia, ya tú sabes mejor que yo cómo hacerle.

El flaco sonrió, salimos a la puerta arrastrando la maleta, donde el vehículo en que venía Best, con Pantera al volante, se había estacionado un minuto antes.

—Los veo juntos y parece que hubieran sido amantes —dijo el enano como saludo, y lanzó un chillido de satisfacción.

Pantera cargó mi maleta y la depositó en la parte trasera del vehículo. Colocó mi equipaje de mano en el asiento delantero, Best y yo nos acomodamos atrás. El chofer preguntó si estábamos listos, movió la palanca de cambios, el coche comenzó a rodar por la peatonal de Real Guadalupe, alcé la mano mirando al flaco, le hice un gesto con el pulgar derecho, él respondió alzando el brazo, la palma de la mano abierta en señal de despedida, hasta que desapareció de mi campo visual. Cerré los ojos unos segundos, sentí el viento en la cara, cuando volví a abrirlos enrumbábamos por Diego Dugelay hacia el norte, de pronto nada me parecía importante, como si todo hubiera sido un paréntesis dentro de una vida que ya era por sí misma un paréntesis que se había prolongado demasiado, solo quería que el enano me dejara sano y salvo en el aeropuerto de Tuxtla Gutiérrez, trepar al avión, olvidarme de esa semana en México.

—Las cosas salieron bien, profesor —dijo el enano. No sonó jactancioso. Parecía que, por primera vez, hablaba en serio.

Me quedé callado. Para mi sorpresa, Best tampoco buscó seguir la conversación. Alcanzamos la autopista, Pantera aceleró mientras se quejaba de que el tráfico fluía más lento de lo habitual. Pensé que el embarque podría demorar por la cantidad de vuelos cancelados los días anteriores, pero cuando llegamos al aeropuerto todo parecía normal. Pantera ingresó el vehículo, condujo hasta la puerta de entrada, me ayudó a sacar el equipaje y se fue a buscar un lugar para estacionar. El enano bajó conmigo.

—Te agradezco que me hayas acompañado —le dije.

—Faltaba más. Ha sido un placer.

—Pero antes de irme quiero hacerte un par de preguntas en buena onda. Y quiero que me digas la verdad.

—Siempre le he dicho la verdad, profesor, cómo podría ser de otro modo. Nunca le pedí nada a cambio.

—Quiero hablar en serio.

A la distancia, observé que Pantera había encontrado estacionamiento y fumaba despreocupado al costado del vehículo.

—Usted dirá, profesor.

—Lo primero es fácil —le dije—. Quiero saber si el Noventero está metido contigo en esto.

—¿El Noventas? ¿Metido? ¿En qué?

—En lo que estás metido tú. No sé de qué trata. Pero quiero saber si él también forma parte o solo lo has utilizado.

—Ya veo —dijo Best, pensativo—. Usted, como paranoico que es, no quiere irse asumiendo que todos lo han traicionado. Dígame, ¿qué hago yo con ese problema que es suyo?

—Decirme la verdad. Eso es todo.

—Míster, decirle la verdad sería aburrido. Pero mentirle también. Lo divertido es que usted se vaya con la duda.

—¿El flaco está o no está? —volví a preguntar.

—Le diré lo que usted quiere escuchar, lo que no significa que no sea cierto: el Noventero está limpiecito. No todos somos sucios, profesor.

—Habla por ti, Narváez —le dije—. No me incluyas.

—Profesor, tampoco se me haga la Virgen de la Juquila. No le queda —dijo el enano y lanzó una carcajada. Pantera, a la distancia, incluso cuando era improbable que nos hubiera escuchado, también se rio.

Tomé mi maleta, listo para alejarme hacia la fila del equipaje.

—Vaya a dejar eso y regrese antes de pasar los controles —ordenó el pigmeo—. Así nos despedimos como caballeros que somos.

Di media vuelta y avancé hacia el interior del aeropuerto. Faltaba una hora y media para el vuelo hacia Ciudad de México. El embarque empezaría en sesenta minutos, pero la fila no era demasiado larga y cuatro empleados trabajaban en simultáneo registrando las maletas. Quince minutos después había dejado mi equipaje y cargaba en el bolsillo los pases para abordar. Por un momento dudé. Pero luego, como si realmente lo necesitara, caminé hacia el lugar donde Pantera había estacionado el coche. Los dos me esperaban fumando apoyados contra la carrocería.

—Míster, yo sabía que usted iba a venir a despedirse como la gente decente —dijo el enano.

—Sí —respondí—. Pero también porque quiero que me digas algo más.

—Parece que estamos en el momento de las confesiones —dijo Best con aire divertido—. Mire cómo son las despedidas de sentimentales.

Le dije:

—Estoy a punto de irme. No voy a regresar. Pero quiero saber por qué me mantuviste aquí vigilado. No sé cuál es tu plan, tampoco me interesa, menos ahora que estoy a punto de tomar el avión. Pero quiero saber qué tuvo que ver conmigo.

—Míster, con todo respeto, debo decirle que si usted se va o no se va tranquilo no es el tema que más me preocupe. Yo me he portado bien con usted.

—Solo dime eso, Licho. Después me voy.

El enano, mirada juguetona, barrió el estacionamiento con la vista, y luego llamó de un grito a su chofer.

—Pantera, vamos a hacer un videíto para el recuerdo —anunció—. Trae la cámara.

El zambo tiró el pucho al suelo, sin decir una palabra abrió el maletero del coche, metió medio cuerpo, pareció remover unas cosas en el interior y salió con una cámara grande, casi profesional, entre las manos. Después volvió a acercarse a nosotros.

—¿Dónde le tiro la filmación, señor Best?

—Acá el amigo Emilio quiere preguntarme una cosa. Tú vas a hacer como que es una entrevista, lo encuadras a él en la pantalla cuando pregunte, después a mí cuando articule mi respuesta, y así nos intercalas mientras platicamos.

—Como usted mande.

—Asegúrate que por ratos se nos vea a los dos en el mismo plano —dijo Best, acomodándose el pelo que le caía sobre la frente. Luego se alisó la camisa con las palmas de las manos.

—No me jodas, Licho. Yo hablo en serio.

—No hay otra, profesor —dijo el retaco, entusiasmado—. Si quiere que le cuente, estas son mis condiciones. Un videíto para el recuerdo. ¿Quiere preguntar o no?

—Vete al carajo, Narváez.

Me dispuse a dar media vuelta y alejarme.

—¿Se va a usted sin saber nada, profesor? Pero qué viaje más ridículo el suyo —Y luego de un corto silencio, cuando vio que empezaba a alejarme, gritó—: Préndele, Pantera. Enfócalo al profesor mientras escucha. ¿Listo?

—Ya estamos —indicó Pantera.

Me detuve, sin saber por qué. Nos separaban diez metros. Lo miré a los ojos. Lo escuché decir:

—Para lo único que usted sirve es para que certifique mi obra. Y mi obra es la historia de Sophia. Ahora váyase a buscarla. Hagan juntos el ejercicio de interpretación, como hacían antes, y a ver si ahí la entienden.

Me acerqué unos pasos a Best, con ganas de golpearlo.

—Cuidado con lo que hace —advirtió el zambo sin dejar de observarme por la cámara.

Quise insultarlos antes de largarme. Pero no hice nada. Me di la vuelta, confundido, y avancé otra vez hacia el interior del aeropuerto mientras escuchaba sus voces y sus risas a mis espaldas. No me volví a mirarlos. Caminé hacia la zona de seguridad, deslicé por la cinta elástica mi maleta de mano, crucé el aparato electrónico, miré la hora, en veinte minutos debía iniciarse el abordaje, el aeropuerto era pequeño, ninguna puerta de embarque estaría a más de diez minutos, tiempo suficiente para comprar un café y una botella de agua, y pasar por el baño antes de meterme al avión. Fui hacia un rincón del baño, me detuve junto a un bote metálico de basura, abrí el bolsillo delantero de mi maleta y saqué los dos libros. Primero tomé el del Subcomandante Marcos, un viejo volumen de Ediciones del Milenio que me había costado conseguir; después, el estudio sobre el apocalipsis del arte digital. Pensé que ninguno valía más que el otro. Alguna vez, no mucho tiempo antes, yo mismo los hubiera considerado opuestos: inútiles discusiones académicas en contraste con la acción política real. Pero esa tarde en el aeropuerto de Tuxtla Gutiérrez ya no le encontraba ningún sentido a la distinción.

Miré los dos libros unos segundos, sin nostalgia, y pensé que Chiapas era un buen lugar para destruirlos. Y ante la mirada curiosa de otros pasajeros que transitaban por la zona, empecé a desgarrar con rabia las páginas de los libros, y las sumergí una por una en el bote de basura, la mirada fija, los dientes apretados, me despedía de una parte de mí mismo mientras las historias de Marcos y los argumentos del oscuro académico se dispersaban entre botellas vacías, envases de cartón y papeles higiénicos para jamás recomponerse, y después de un rato, cuando hube concluido mi labor, salí del baño renovado, como si fuera otra persona, y con esa sensación de plenitud en el cuerpo arrastré mi maleta hacia la puerta de embarque, comprobé que aún me quedaba tiempo para mirar los aviones y distraerme con la resonancia de la aceleración y el despegue y entonces, la vista clavada en la pista de aterrizaje, detrás de un inmenso cristal, pensé que yo también, como alguna vez Sophia, al fin estaba listo para desaparecer.

5

Apenas emergí de la manga del avión y pisé otra vez territorio estadounidense saqué mi teléfono y encendí el Wi-Fi. Avancé entre decenas de pasajeros que esperaban su vuelo, ejecutivos de traje, familias con niños, parejas de novios, viejos que no sabían qué hacer con el exceso de tiempo posterior a su vida productiva, imaginé la diferencia entre el tedio que transmitían los cuerpos de esos pasajeros y el consecuente relato verbal o virtual que más tarde ensayarían, quizá por ese desequilibrio el contexto me pareció un simulacro y cuando la conexión a mi teléfono finalmente se estableció y abrí mi email, a pesar de que no lo esperaba, a pesar de que ni siquiera sé si lo deseaba, como si no formara parte de la misma lógica del mundo externo, Aeropuerto Internacional de Houston, aeropuerto que llevaba el nombre de un expresidente republicano, aeropuerto de derecha, aeropuerto enemigo, aeropuerto donde no ser ciudadano de este país significaba casi segura revisión o en el mejor de los casos más preguntas de las necesarias al pasar Migraciones, y yo que venía de Chiapas, yo que venía de territorio revolucionario, yo que había tenido una relación con una chica que hasta dos días antes había estado en prisión por actividades sediciosas, yo que de acuerdo con la lógica de ese aeropuerto tendría que haber respondido que sí en caso me preguntaran si había tenido algún contacto con el terrorismo, la diferencia entre lo real y lo virtual se desdibujó en mi cabeza y de alguna manera no me sorprendió abrir mi email y encontrar el nombre de Sophia en mi bandeja de entrada. Sin embargo, mi equipaje de mano dejó de rodar por el pasillo del aeropuerto, como si por un momento todo hubiera quedado congelado. Luego abrí el mensaje y leí:

De regreso, sí. Gracias por estar al tanto de mí. Dame por favor unos días para volver a escribirte. Todo ha ocurrido muy rápido. Necesito unos días. Pero te escribiré. Gracias otra vez por preocuparte por mí.

Sophia

El mensaje me llenó de una alegría difícil de explicar, también de preguntas e incertidumbre, intuí que no era una perspectiva de futuro lo que en ese momento me regocijaba sino la más modesta posibilidad de volver a experimentar, incluso con toda su capacidad destructiva, la pura fuerza del presente. Tomé mi maleta de mano, la puse otra vez a circular por uno de los numerosos pasillos del aeropuerto de Houston, y pensé que con Sophia las cosas siempre habían funcionado de esa manera, nada más que puro presente, intenso en sus posibilidades y restricciones, y el presente esa noche significaba que ella había respondido a mi mensaje y el inmediato impulso de escribirle de vuelta. Pero no lo hice, no era buena idea, así que eché a andar a todo tren por los pasillos del aeropuerto para despejarme de la urgencia de escribirle de vuelta, pasé Migraciones, recogí mi maleta, resbalé mi equipaje por el control de aduanas, media hora después me deslicé hacia el interior de otro Airbus, ahora vuelo interno hacia Filadelfia, sentí el golpeteo sobre la pista y la inclinación que inició el ascenso. Una vez en el aire cerré los ojos y viajé tranquilo, sin pensar en nada, sin creer en nada, sin necesidad de lectura ni música ni melancolía, nada más que la vaga certeza de que un fragmento del pasado había sido al menos parcialmente restituido.

Tres horas después aterrizamos en Filadelfia. En la parte trasera de un taxi amarillo rodé por las calles de la ciudad, volví a cerrar los ojos con la extraña sensación de que estaba en casa y todo estaba bien, otra vez en casa y todo estaba bien, Sophia libre, en Nueva York, a menos de dos horas en tren. Después de múltiples pesadillas, al fin las cosas insinuaban una posible salida: por eso al día siguiente empecé una nueva rutina, dejé de circular por los cafés del centro, dejé de escribir mi inútil estudio sobre los gobiernos de la Marea Rosada, leía poco, dormía mucho, a ratos me preguntaba cuánto tiempo iba a pasar antes de recibir el mensaje anunciado por Sophia, dejé correr el tiempo, pasó un día, dos días, tres días, cuatro días sin novedad, esa fue la semana que me pasé recordando, sometido ahora a la influencia de un pasado que me sumergía en múltiples preguntas para las que no encontraba respuesta, fueron también los días en que me puse a mirar noticias de Perú, por mucho tiempo me había desconectado emocionalmente del país, ahora me sentía mucho más cómodo con la denominación genérica de *hispano*, palabra que a pesar de su imprecisión y el manifiesto peligro de excluir o discriminar apelaba a una lengua y una experiencia compartidas, como los procesos revolucionarios latinoamericanos que en los últimos años venía estudiando. Pero esos días dejé de sentirme hispano y pasé tardes completas mirando programas peruanos en YouTube, programas de chistes de dos décadas antes, para mi sorpresa volví a reírme con Miguelito Barraza con cierto sentido de pertenencia que superaba cualquier identificación con una historia o una bandera, como si a pesar del tiempo los chistes de Barraza tuvieran que ver conmigo mucho más que supuestos emblemas nacionales que nunca consideré propios. Y en esos días de suspenso, esos días que con cierta pomposidad en otra época más feliz hubiera llamado *interregno*, como si nunca hubiera viajado a Chiapas, como si siempre me hubiera quedado ahí, en mi departamento de Filadelfia, a la espera de que Sophia volviera a comunicarse conmigo, como si quisiera regresar a la época en que podía soñar con Chiapas y con un futuro distinto para la humanidad, la época en que el sueño era posible porque no había visitado Chiapas y por tanto no lo había perdido, mientras pensaba en todo eso, los programas peruanos aún en mi pantalla, finalmente el domingo por la tarde Sophia volvió a escribirme. Lleno de emoción, me dispuse a leer:

Hola, Emilio. Ha pasado tanto tiempo que no sé qué decirte. Pero quería escribirte y, si te parece bien, leerte. Si quieres contarme algo o decirme cómo estás, quisiera leerte. Por ahora no sé qué más decir. Espero noticias tuyas.

Sophia

Tuve ganas de responderle de inmediato. Hubiera querido decirle que sí, que tenía ganas de escribirle y de contarle mil cosas y que mi único deseo era dejar el pasado atrás y que nosotros decidiéramos que todo ese tiempo separados nunca existió y estábamos en 2012 esperando un nuevo encuentro en el Club Quarters, pero que esta vez era diferente, esta vez no había ataduras, esta vez nada nos limitaba, solo dependía de nosotros el futuro, pensé, con ánimo de lanzarme a escribir, pero antes de teclear la primera palabra, las ideas agolpadas en mi cabeza, me di cuenta de lo extraña que sonaba la palabra *futuro*, con el tiempo va perdiendo significado o se va vaciando de contenido, pretender olvido no es posible, imposible eliminar lo ocurrido, el pasado se acumula y deja restos y nos convierte en vestigios o sobrevivientes de una aventura antigua que puede parecer irreal porque en realidad es irrecuperable, pero eso no significa que uno no sea capaz de oponer resistencia, y fue quizá ese intento de resistencia lo que, a partir de su segundo mensaje, nos llevó a Sophia y a mí a comunicarnos cada vez con más frecuencia. No fueron necesarios largos mensajes, solo breves líneas, una semana después nos escribíamos todos los días, a veces más de un mensaje, avanzábamos con cautela, incluso con la ambigüedad de no saber qué nos unía, qué éramos el uno para el otro, nunca seríamos amigos, no podríamos serlo, teníamos algo mucho más grande o el recuerdo de algo más grande o nos unía la misma imposibilidad de alcanzar algo más grande que estábamos condenados a nunca obtener. Pensé que nos comunicábamos como al inicio, cuando era mi alumna y empezábamos a conversar más seguido de lo normal, ahora dos que se acompañan a la distancia e intuyen que el otro no está pasando un buen momento, pero no podíamos expresarlo, ninguno sabía con qué persona estaba hablando, el otro podía ser alguien muy diferente de quien años antes había conocido, quizá eso ocurrió con Sophia, no sé si ella lo calculó pensando en mí, no lo sabré nunca, como tantas otras cosas que ya no son importantes o ya no tiene sentido develar, la comunicación no era la misma que en años anteriores, carecía del ímpetu de otra época, ni siquiera el ímpetu contenido de los inicios, y sin embargo empezó a ganar consistencia y fluidez, no necesariamente claridad, ella no tenía forma de saber qué había pasado conmigo, podía haber sufrido una tragedia, dos años y medio después nada era imposible, podían haberme detectado una enfermedad grave, podía haber tenido un hijo y ese hijo haber muerto, yo era el único que podía garantizar la ausencia de eventos objetivamente trágicos en mi vida, la ausencia de sucesos que basta resumir en una línea para comprender su magnitud, ella no tenía cómo saberlo y tal vez en ese punto se obturaba la posibilidad de entendimiento, por eso nuestras conversaciones eran modestas, siempre por email, como desde el inicio, evitábamos preguntas complicadas y referencias al pasado, era comprensible, por eso dejé que las semanas se acumularan sin alteración, pasábamos las noches escribiéndonos emails, a veces solo para saludar y decir hasta mañana, otras elegíamos una película para mirarla en simultáneo, la empezábamos al mismo tiempo y la íbamos comentando por escrito. Pronto pasó un mes, luego dos meses, luego tres meses, mi sabático terminó, calculé que también llegaba el momento en que Sophia debía decidir si regresaba a la universidad a terminar su último año de carrera, si volvería a vivir en Filadelfia al menos nueve meses más, imaginarlo me llenó de entusiasmo, como si creyera posible recuperar lo que alguna vez tuvimos, incluso llegué a fantasear con que se inscribía en una de mis clases y la volvía a tener como alumna, como si en última instancia lo que yo necesitaba fuera que los dos nos volviéramos cuatro años más jóvenes y eliminar todo rastro de lo que ocurrió después y construir las cosas de otro modo o por lo menos destruirlas de otro modo. Pero no le pregunté por sus planes, el miedo me silenciaba, al borde de los cuarenta años las cartas están jugadas, no queda mucho por delante, se puede sobrevivir hasta los noventa o los cien, pero eso no tiene ninguna importancia, lo verdaderamente relevante ya ha ocurrido, por eso mejor ir con cautela, pero no demasiado, y por eso a inicios de junio, veinticinco meses después del día en que en el hospital de la universidad Sophia me dijo por primera vez que me quería, dieciséis meses después de su partida a México, una de esas noches en que andábamos intercambiando mensajes por email, le dije directamente que pensaba que ya era tiempo de volver a vernos. Por primera vez esa noche Sophia tardó media hora en contestar. Cuando al fin escribió, su respuesta fue:

Han pasado muchas cosas que aún estoy terminando de procesar. Y recuerdo todo lo que pasó contigo como algo muy cercano. Para mí todavía es importante. Verte en estas circunstancias sería especialmente difícil. No sé si estoy preparada.

Leí el mensaje dos veces, lento, intentando captar todos los matices, incluso los que ella no hubiera querido revelar, y decidí proponerle algo concreto. Le dije que nos viéramos cualquier día de la semana entre el lunes 22 y el domingo 28 de junio. Yo podría ir a Nueva York el día que ella prefiera. Le dije que se tome el tiempo que necesite para pensarlo, podía incluso diferir la fecha, podía negarse, podía hacer lo que quisiera, yo iba a permanecer en silencio porque no quería presionarla ni intentar convencerla, pero le pedí que después de decidirlo me escriba para hacérmelo saber.

—Está bien —dijo Sophia en su último mensaje de la noche—. Voy a pensarlo.

Cerré mi email y me fui a acostar convencido de que aceptaría. *Todavía es importante*, la frase me sorprendió y también me conmovió, me dieron ganas de ir a abrazarla, también me pregunté por qué esa historia seguía siendo importante para ella, por qué después de tanto tiempo aún parecía afectarla, qué le había marcado o qué le había tocado de nuestra relación, qué le había ocurrido conmigo, nunca iba a saberlo, me lo preguntaba por ratos con legítima alegría y por otros con cierto cinismo, que a veces resulta necesario para seguir adelante, ponerse la coraza para continuar, a pesar de que la mayor parte del tiempo lo que sentía era agradecimiento y ternura, me fui a dormir tranquilo, había ido a buscarla a Chiapas, la había acompañado después de su regreso, había estado con ella en el email, podía considerar que había hecho las cosas lo mejor posible, ella también me había acompañado, es cierto, había estado conmigo para continuar viviendo la fantasía, esos tres meses replicaron lo que siempre habíamos hecho, estar juntos sin realmente estarlo, por eso la tranquilidad cuando me fui a dormir, ya nada dependía de mí, no iba a insistir, respetaría su decisión, si no aceptaba tampoco habría razón para verla después, por eso en los días siguientes no le escribí, dejé que lo decidiera libremente, pensé que tal vez sería mejor si se negaba y nunca volvíamos a vernos, Chiapas como el viaje de despedida, el rito que necesitaba para concluir la historia, pasé los días tranquilo, ya ni siquiera necesitaba los ansiolíticos, tal vez me bastaba que me hubiera escrito y hubiésemos vuelto a tener por tres meses esos mensajes como en nuestra primera época, algo de ella había sido posible recuperar, Sophia dijo que era importante, me gustaba la frase aunque su traducción no fuera del todo precisa, no era exactamente eso, pero sí algo tan parecido, *still matters*, me gustaba su sonido, la repetía en mi cabeza y era como si estuviera escuchando su voz, y mientras tanto me distraía mirando los vídeos de programas de televisión peruanos, canciones de rock peruano, por ratos me conmovía alguna letra o el recuerdo que me despertaba, pero después de una caminata por la ciudad o una ducha fría me recobraba, quería seguir tranquilo, dejé correr los días sin impaciencia, hasta que recibí su respuesta. El encabezado, todo en mayúscula, decía YES. Abrí el mensaje y leí:

¿Te parece bien el sábado 27? Coordinamos detalles pronto. Solo quería decirte que mi respuesta es: sí.

Tal vez porque me había acostumbrado a la espera, tal vez porque desde nuestro frustrado encuentro en Nueva York nunca más habíamos tenido fecha, hora y lugar para volver a vernos, su respuesta me sorprendió. No me extrañaba que hubiese aceptado sino la existencia misma de la respuesta, también sus consecuencias, la primera de las cuales era que ese tiempo intermedio, esa grieta entre pasado y futuro en que sospechaba encontrarme, finalmente se iba a cerrar. Quizá por esa razón la semana siguiente restringimos la frecuencia de nuestros mensajes y nos concentramos en discutir la hora y el lugar en que se produciría nuestro reencuentro. No mencioné que al mismo tiempo empecé a trazar mis propios e hipotéticos planes, que no la incluían a ella. Nada más que especulaciones, ningún objetivo determinado, pero lo cierto es que después de haber definido los detalles del reencuentro preparé mis maletas no como si fuera a trasladarme un par de días a Nueva York sino a emprender un viaje más largo. Me puse a llenar maletas de ropa y libros, y miré mi departamento con una nostalgia injustificada. Y a pesar de que no tenía nada decidido, me sentí acosado por ideas contradictorias o incluso absurdas, entre ellas el suicidio. Pensé que podía ir a Nueva York, encontrarme con ella y después volver a mi hotel y suicidarme, y la decisión no solo no sería exagerada sino tampoco incorrecta. Pero no lo iba a hacer. De ninguna manera iba a suicidarme, no tenía ganas de morir, no quería que la vida se terminara. Ese era precisamente el problema: que al parecer todo se había terminado y yo era incapaz de resignarme.

6

Alisté las tres maletas que pensaba llevar conmigo en el tren que tomaría para ir a ver a Sophia, el viernes siguiente subí al Amtrak cargando mi pesado equipaje, temprano por la tarde, había elegido una hora de baja afluencia para no complicarme demasiado con el exceso de maletas, bajé en Penn Station alrededor de las cuatro y tomé un taxi que me llevó al pequeño hotel que reservé en Brooklyn Heights por dos noches. Habíamos acordado encontrarnos en esa zona, ninguno de los dos lo dijo explícitamente pero era probable que ambos pensáramos que Manhattan seguía siendo un espacio contaminado para nosotros, mejor vernos al otro lado del río, llegué al hotel, amontoné mis maletas una sobre otra en un rincón de la habitación, salí a dar una vuelta, entré a dos cafés, en el primero bebí un *macchiato* doble, en el segundo un té blanco, después regresé al hotel y me puse a ver televisión, cambiando canales, sin concentrarme en nada. No quise contarle a Sophia que ya estaba en Nueva York, me parecía difícil de creer, después de la última vez que la vi nunca había vuelto a esa ciudad, la había evitado con diligencia durante más de dos años, antes viajaba con frecuencia para recorrer galerías o asistir a conferencias académicas que en esa época no me parecían tan patéticas, ahora pasaría la noche en Brooklyn por primera vez en mi vida, quizá también por última vez, pero no se lo iba a contar a Sophia, cuando esa noche me escribió para preguntarme si estaba listo para el viaje solo respondí que sí, listo para mañana, le dije, nada más que eso: *listo para mañana*. No quería hablar con ella, no tenía ganas, iba a volver a verla, no sabía para qué, me fue derrotando algo parecido a la angustia, me metí a la laptop a buscar vuelos hacia Lima para la noche siguiente o dos días después, la cercanía de la fecha limitaba mis opciones y aumentaba los precios, y cuando finalmente conseguí un vuelo a costo razonable, la confirmación del boleto en mi email me hizo sentir protegido y pensé que al fin estaba listo para ver a Sophia después de tanto tiempo. Tomé un Estazolam y al rato dormí tranquilo imaginando nuestro cercano reencuentro.

La calma se mantuvo la mañana siguiente, cuando desperté despejado y levemente emocionado. Habíamos quedado en vernos en el Vineapple, un café cercano a mi hotel, ella no sabía que yo estaba alojado en Brooklyn Heights, seguramente pensó que viajaría desde Penn Station, por eso acordamos reunirnos a las dos de la tarde, yo le había propuesto vernos por la mañana, a las once o doce, pero ella sugirió las dos de la tarde, dijo que era un horario decente para que yo no tuviera que salir muy tempano de Filadelfia. Como no fui capaz de oponerme, la mañana me resultó demasiada larga, empecé a sentir inquietud mientras caminaba por los barrios gentrificados de Brooklyn Heights, todo limpio, aséptico, orgánico, natural, blanco, sobre todo blanco, los antiguos barrios afroamericanos eran cada vez más blancos, pocos hispanos y pocos negros, y esos pocos iban bien vestidos, aunque bien vestido podía significar un elegante uniforme de nana o un distinguido traje de chofer. Después de rodear el barrio, las manos en los bolsillos, la viva imagen de quien espera y mientras tanto no sabe qué hacer, volví a mi hotel, faltaban todavía cincuenta minutos, no sabía cómo llenar el tiempo en blanco, en mi laptop puse a Dolores Delirio, la música que escuchaba en la época en que la conocí, antes de ir a clase, la música que en realidad escuchaba de adolescente y a la que después volví al inicio de mi corta carrera de profesor para sentir que no había dejado del todo de ser adolescente y que ahora, en Brooklyn Heights, a punto de ver a Sophia después de tanto tiempo, escuchaba otra vez para recolectar los vestigios de esa segunda adolescencia que fue la época en que la conocí, residuos de residuos que me invadían en cada canción, el tiempo fue pasando, ahora faltaban tres minutos para las dos de la tarde y en mi teléfono entró un mensaje. Por un momento pensé en una cancelación de último minuto. Lo temí, acaso también lo deseé. Pero el mensaje era solo para confirmar que ya había llegado. *Te veo en dos minutos*, le escribí apresuradamente, incrédulo ante mis propias palabras, como si fuera imposible que el anuncio pudiera ser cumplido.

Tomé el ascensor y salí del hotel, nervioso, ninguna idea de cómo íbamos a reaccionar al volver a vernos, crucé la calle Cranberry y luego Orange, en la siguiente esquina di vuelta a la izquierda y avancé hasta la entrada del café. Las piernas indecisas, el corazón acelerado, empujé la puerta del pequeño local y asomé la cabeza al interior. Y por un segundo reconocí a Sophia de espaldas a mí, mirando los postres exhibidos en el mostrador, pero apenas escuchó el suave tintineo de la campanilla colgada en el marco de la puerta se dio media vuelta y se encontró conmigo, de pie en la entrada, sacudido por el retorno intempestivo del pasado y también por el reconocimiento de su belleza intacta, como si el tiempo y la experiencia no le hubieran dejado ninguna marca visible, moví ágilmente las piernas para acercarme a ella y nos abrazamos de una manera que diluía la distancia entre la condolencia y la celebración, largo rato, mi pecho contra el suyo, mis labios en su pelo, lo primero que sentí fue el desconsuelo por lo que habíamos perdido, ni siquiera nos quedaba la posibilidad de recordar épocas disfrutadas a plenitud, nunca las habíamos tenido, apenas instantes efímeros, arañazos a aquella sensación que podría llamarse felicidad, por eso mi pecho agitado y mis ojos a punto de humedecer, me costaba separarme de ella porque no sabría qué hacer ni qué decir, triste pero sobre todo emocionado, le di un beso corto en la cabeza, nos separamos unos centímetros y nos quedamos mirando y por un momento sentí que todo era como en los inicios, cuando éramos cuatro años más jóvenes y Sophia estaba sentada en la clase, oyendo esas palabras que en otra época pronunciaba con convicción, palabras que hace mucho me suenan vacías, y eso me convenció de que seguíamos siendo los mismos de siempre, otra vez juntos, aunque sea de manera parcial o imperfecta, transformados o dañados, pero todavía los mismos. Estiré las palmas de las manos y las posé en sus antebrazos, como si quisiera retenerla frente a mí, para siempre.

—Niña —le dije, en español, y la abracé—. Qué increíble volver a verte.

Ella asintió, bajando los ojos, como si estuviera a punto de ponerse a llorar.

—¿Nos sentamos? —le pregunté.

—Sí.

—Primero pediré algo de tomar —le dije, como para darme un respiro antes de afrontar un reencuentro que aún me parecía irreal—. ¿Quieres que te traiga algo?

—Solo agua, por favor.

Avancé hacia el mostrador, en el local solo dos mesas ocupadas, una chica con un bulldog blanco atado a una correa y una señora concentrada en un libro. A la distancia, mientras esperaba el pedido, miré a Sophia y sin que fuera mi intención pensé en Chiapas y en Filadelfia y en Lima y en mis padres y en Laura y en el Noventero y en Licho Best y en el Pain Quotidien de Manhattan y en Tuxtla Gutiérrez y en los periódicos mexicanos y en el psiquiatra que me recetaba miles de pastillas y la ambulancia que una noche me trasladó al hospital, pero a pesar de que todas esas imágenes poblaban mi cabeza y estaban por derrumbarme cuando mi mirada se cruzó con la de Sophia, simplemente le sonreí, como si no pasara nada, como si no pasara absolutamente nada malo, y ella también me sonrió, y al avanzar hacia la mesa donde me esperaba decidí que me comportaría con normalidad, ninguna pregunta, ningún exceso de nostalgia, en las manos mi taza de té y su botella de agua, recién me había acomodado frente a ella cuando Sophia dijo una frase inesperada: *Quiero ver tu tatuaje.*

—¿Qué?

—Tu tatuaje —repitió.

—¿Mi tatuaje?

—Sí. Me gustaría verlo.

Extendí el brazo sobre la mesa, la palma de la mano hacia arriba, para que Sophia observara la colorida imagen que llevaba estampada en la parte interna del brazo derecho. La vi sonreír mientras lo miraba, los ojos luminosos al reconocerlo, como si fuera una prueba de autenticidad.

—*Still unreal* —dijo—. Lo pensé desde la primera vez que lo vi. Creo que alguna vez te lo dije.

—Sí —respondí. Y de pronto recordé que era cierto, que alguna vez en el Club Quarters me había dicho que la primera vez que me vio, en la clase, lo primero que sintió fueron unas inexplicables ganas de acercarse a mí y tocar el tatuaje. Traté de alejar el pensamiento de mi cabeza, señalé el tatuaje con mi índice izquierdo, como si fuera un elemento ajeno a mi cuerpo, y comenté:

—Sigue casi igual, ¿no? Aunque quizá en un par de años tenga que dar un retoque a los colores.

—No creo que lo necesites —dijo Sophia—. Está exactamente igual que la última vez que lo vi.

Me sentí regocijado por el reconocimiento de que algo en nuestros cuerpos, quizá lo único, había resistido el paso del tiempo sin cambio visible. Y esa aparente continuidad me llevó a continuar la charla como si fuera cualquiera de otra época.

—Hace mucho tiempo no venía por aquí —le dije, señalando las calles a través de la ventana—. Y algo me ha sorprendido: no recordaba haber visto tantas nanas en tan poco espacio desde mi última visita a Lima.

Sophia pareció sorprendida por mi comentario, pero rápidamente se recompuso.

—¿Hay muchas nanas en Lima? —preguntó.

—No sé si muchas. Depende de la zona. Como en todos lados.

—¿Tú tuviste?

—Alguna vez. Poco tiempo. ¿Y tú?

—Sí —respondió—. La misma durante muchos años. Hasta que se jubiló.

—¿Se jubilan las nanas?

—Sí. También había sido la nana de mi madre...

—Un poco vieja entonces...

—No tanto. Era muy joven cuando cuidaba a mi madre. Dieciocho o diecinueve años. Se jubiló antes de los sesenta. Yo tenía doce.

—¿Tenías nana a los doce años? —pregunté, sorprendido, no tanto por lo que ella decía como por la imprevista naturalidad que adquiría la conversación.

—Sí, se había convertido en una *housekeeper* que no hacía casi nada porque teníamos otra más joven. Pero todas las tardes pasaba por mí a la salida del colegio.

—*Housekeeper* —repetí, como si me gustara el sonido de la palabra—. Eso sí teníamos en casa cuando era niño. Hasta que quedó embarazada de un tipo que supuestamente era su primo, que la llevaba al zoológico los domingos. Eso era típico en Lima en los ochenta...

—¿Quedar embarazada del primo o ir los domingos al zoológico?

—Las dos cosas —dije, tomé un sorbo de mi té, y de pronto tuve la nítida sensación de que el tiempo había retrocedido y estábamos en una de esas reuniones de la época en que ninguno de los dos se permitía expresar lo que ambos sabíamos que estaba ocurriendo.

—Espera —le dije de pronto, como si quisiera evitar que ella continúe la conversación—. Esto es un poco raro. ¿No te parece que es como si no hubiéramos dejado de vernos? ¿Cómo si hubiéramos estado hablando ayer?

—Sí —dijo ella, y sonrió—. Eso mismo iba a decirte.

—¿Como si no hubiera pasado nada?

—Como si no hubiera pasado nada —repitió Sophia y bajó la mirada.

Extendí las dos manos sobre la mesa, sin temor alguno a ser rechazado, como si fuese un gesto al que ambos tuviésemos pleno derecho. Ella recibió mis manos entre las suyas con la misma naturalidad y nos quedamos mirándonos.

—Es como estar en 2012 otra vez —le dije, súbitamente emocionado.

—Sí —dijo ella.

Le acaricié la mano y le dije:

—Estás linda. Creo que más linda que la última vez que te vi. En serio.

Ella sonrió, pero no dijo nada. Y entonces, como si esa tarde nos hubiera sido concedida la posibilidad de repetir los movimientos del pasado, como si existiera entre nosotros un acuerdo previo que ambos aceptábamos continuar, cambié de ubicación y me senté a su lado. Y, como si el tiempo realmente no hubiera transcurrido, Sophia acomodó la cabeza sobre mi hombro. Le acaricié el pelo y noté que un sentimiento intenso, no exactamente erótico sino de alguna manera más complejo y más profundo, se movía entre nosotros. Pero no sabía cómo explicarlo. Ni siquiera alcanzaba a comprenderlo.

Nos quedamos en silencio, nuestros cuerpos uno contra el otro, nuestras manos entrelazadas sobre la mesa, hasta que ella me preguntó si quería dar un paseo.

—Sí —respondí—. Vamos.

La tomé de la cabeza y le di un beso en la frente. Ella tomó su bolso, nos pusimos de pie y salimos del café. Avanzamos por Pineapple Street hacia Columbia Heights, en silencio. Había mucha luz sobre las calles, pero el calor era suave, después de media cuadra pasé mi brazo derecho por encima de sus hombros, acomodé mi mano en su antebrazo, ella acercó su cuerpo al mío, caminamos lento, pensé en la contradicción entre la chica que había conocido y la que ahora llevaba a mi lado, me pareció al mismo tiempo más fuerte y más vulnerable, pisamos el césped del Brooklyn Bridge Park, a nuestras espaldas edificios bajos, tres o cuatro pisos, a la derecha el viejo puente Brooklyn, al frente el perfil silencioso de Manhattan detrás de la inmensa mancha de agua. Nos sentamos en una banca, el sol colgado sobre nuestras cabezas, primavera que todavía no se transformaba del todo en verano, manchas de luz amarilla, perros jugando en el parque, grupos de adolescentes en patines. Y de pronto, como una de esas frases que pueden parecer triviales, pero uno sabe que de ninguna manera lo son, Sophia dijo:

—Fuiste a Chiapas.

—Sí —respondí. Y como si me sintiera culpable no solo por haber ido a México, sino por habérselo contado, agregué—: Perdóname por mencionarlo. No debí.

—No hay nada que perdonar —dijo Sophia—. Además, ya lo sabía.

—¿Lo sabías? ¿Cómo?

—Mi papá me lo contó.

—¿Tu papá? ¿Me conoce?

—Sí —dijo Sophia—. Quiero decir: sabe que existes.

—Sabe que existo —repetí. Intentaba calcular las implicancias de esa afirmación.

—Sí. Hace mucho tiempo. Antes de México. Mucho antes de todo esto.

Sentí un extraño estremecimiento. Me vinieron a la cabeza muchas preguntas: cuándo le había hablado de mí, qué le había contado exactamente, qué había dicho su padre. Y aunque podía imaginar las respuestas y me hubiese gustado comprobarlo, no fue exactamente eso lo que pregunté.

—¿Cómo sabía tu padre que estuve en Chiapas?

—No lo sé. Fue a San Cristóbal, yo volví con él, pero desde que regresamos nunca hemos conversado sobre esto. Yo no he querido preguntarle nada. Pero me trata con distancia, o creo que me evita. Quizá imagina cosas diferentes de las que ocurrieron. Y aunque he vuelto a vivir a su casa, al menos por ahora, estos primeros meses, nunca me he sentado a preguntarle qué pasó. Tampoco sé si él lo sabe.

Me quedé en silencio. Pensé que debería continuar preguntándole por su padre, qué podría saber que ella desconocía, qué papel pudo haber cumplido en su liberación. Pero a cambio dije:

—No creo que tu padre me haya visto en una foto y después me reconociera caminando por San Cristóbal, ¿no? No fue así como se enteró.

—Supongo que no. Pero no lo sé. Estábamos esperando la conexión en Ciudad de México, y me comentó que tú estabas en Chiapas. No me dio más explicaciones. Yo tampoco le pregunté.

Quise preguntarle qué le dijo exactamente su padre, quise preguntarle sobre el tono con que se refirió a mí, quise preguntarle qué sintió ella cuando se enteró de que yo estaba en San Cristóbal de las Casas. Pero no lo hice. El viento soplaba suave. No se escuchaba ningún otro ruido además del rumor casi imperceptible de las aguas.

—Entonces alguien se lo debe de haber contado —dije.

—Supongo que sí.

Y de pronto me vino a la cabeza la pequeña figura de Licho Best, estirado sobre sus zapatos de cocodrilo, en el aeropuerto. *Ahora váyase a buscarla y hagan juntos el ejercicio de interpretación, y a ver si ahí la entienden.* Me acerqué a Sophia y coloqué su cabeza sobre mi hombro. Le acaricié el brazo izquierdo, nos quedamos unos segundos en silencio, y después ella me preguntó si quería caminar. Le dije que sí, nos levantamos de la banca y avanzamos bordeando el río con dirección al puente. Íbamos tomados de la mano, lo que me pareció inesperado y al mismo tiempo natural, no importaba que desde que habíamos vuelto a comunicarnos no hubiéramos dicho una sola palabra explícita sobre nosotros, no importaba que en ese reencuentro ni siquiera nos hubiéramos besado, íbamos de la mano quizá como un matrimonio antiguo o como una pareja que pretende recuperarse de una separación, o quizá simplemente como una pareja normal, un pareja igual a las otras que esa tarde, un sábado cualquiera, paseaban por Brooklyn Heights. Y así hasta que, después de unos minutos de lenta caminata, Sophia se volvió ligeramente hacia mí y me preguntó:

—¿Fuiste a Chiapas por lo que pasó conmigo? ¿Solo por eso?

—Sí —contesté—. Fui porque tú estabas ahí.

Me quedé callado a pesar de que hubiera querido seguir hablando, hubiera querido decirle que fui a Chiapas porque ella nunca dejó de ser importante para mí, o porque quería hacer algo para ayudarla. O, más sencillamente, porque la extrañaba. Fui a Chiapas porque todavía te quiero, hubiera querido decirle. Pero no dije nada.

Y Sophia me preguntó cuánto tiempo había estado en Chiapas.

—Una semana.

—Yo estuve más de un año —dijo ella.

El corazón me empezó a repicar con rapidez.

—Nunca pensé quedarme tanto tiempo —agregó.

Seguimos caminando en silencio. Después de unos cincuenta metros, dijo:

—Quería contarte sobre eso. Creo que, si hemos vuelto a vernos, es necesario que hablemos de eso.

—Sí —dije.

—Es verdad que estuve en la Selva Lacandona —siguió Sophia—. Es cierto que estuve en prisión. Todo eso es verdad. Lo que no es verdad es que yo quise volverme zapatista.

Se calló un instante y luego me miró, y dijo:

—Es muy extraño, pero lo cierto es que, cuando me fui a la selva, en realidad estaba haciendo planes para regresar.

—Estabas pensando regresar —repetí.

—Sí —dijo Sophia, aquietando ligeramente la marcha—. Ese mismo fin de semana había decidido dejar México y regresar. Y también decidí contártelo. Iba a escribirte para contarte que en un par de semanas regresaba.

Absorto en sus palabras, involuntariamente sonreí. Una sonrisa estúpida, una sonrisa sin significado, como si fuera importante lo que Sophia hubiese querido hacer esa noche en San Cristóbal a pesar de que los planes no hubieran salido como ella esperaba. Entonces congelé mi sonrisa sin significado ni justificación, y pregunté qué había pasado.

—No lo sé —dijo Sophia. De pronto adquirió un aire ausente—. No comprendo bien lo que pasó. Pero sé, o mejor dicho recuerdo, las cosas que ocurrieron antes de terminar en la selva. Y eso es lo que quería contarte.

7

Una noche, dijo Sophia, al salir de una de esas reuniones de extranjeros, coincidió que una chica de Nashville, que también vivía en San Cristóbal, salió de la velada al mismo tiempo que yo. Empezamos a bajar juntas la pendiente que desemboca en el centro de la ciudad, y en el camino me dijo que no tenía ganas de volver a casa. Y aunque casi no nos conocíamos, aunque en realidad yo tenía la impresión de que ni siquiera le caía bien, me propuso tomar una copa. Fuimos al 500 Noches, que era un lugar que me gustaba. ¿Lo conociste?

—No. Me hablaron de él, pero no llegué a ir.

Yo iba seguido, quizá un par de veces por semana. Una copa y me voy a casa, pensé esa noche al entrar al bar con Sarah, la chica de Nashville. Pedí un vodka tonic, ella una cerveza, y empezamos a hablar sobre la vida en San Cristóbal. Yo no estaba muy enfocada en la charla, pensaba en mis planes de regresar, en que al llegar a casa iba a escribirte para contártelo, pensaba en qué era exactamente lo que iba a decirte, me preguntaba cómo tomarías mi mensaje, cuando en la puerta del 500 Noches apareció un tipo que, después de echar una rápida mirada por el local, se acercó a nuestra mesa.

—¿Sabes qué fue lo que me llamó la atención de esa persona? —me preguntó Sophia.

—¿Qué?

—Que se llamaba Emilio.

—¿Emilio?

—Sí. Sarah lo conocía. Y me lo presentó como Emilio.

Me quedé un momento intentando anticipar el sentido de la supuesta casualidad.

—¿Crees que era coincidencia? —pregunté.

—Hoy supongo que no. Pero en ese momento no me di cuenta. No imaginé que simular un nombre podría tener un propósito.

—Y además justo cuando habías decidido volver...

—Sí. Lo había decidido ese mismo fin de semana.

—¿Alguien más en San Cristóbal sabía de mi existencia? ¿A alguien le dijiste mi nombre?

—Sí —respondió Sophia—. Dos personas sabían sobre ti y también les dije tu nombre.

Tomé un respiro, como si intuyera la respuesta de antemano, y preparado para recibirla, pregunté:

—¿Quiénes?

—Rachel, una amiga que conocí en DF, y Juan Carlos. Pero en esa época Rachel ya no estaba en San Cristóbal.

—Juan Carlos —repetí. Y seguro de la respuesta, pregunté—: ¿Lo llaman así, por su nombre?

—No. En San Cristóbal todos lo conocen como el Noventero.

Me sentí confundido.

—Lo conozco —dije, tratando de pensar lo más rápido posible—. Hemos salido juntos varias veces durante el tiempo que estuve ahí. Sé que era amigo tuyo. ¿Sabía también que tú pensabas regresar?

—Se lo conté la noche anterior —contestó Sophia.

Luego bajó la mirada, como si se sintiera culpable. Y mientras tanto, yo recordé al flaco despidiéndose de mí en la puerta del hotel. Quise creer en él. Podía ser coincidencia, pero era improbable. Pensé que, en el mejor de los casos, le habían pedido que contara algunas cosas y el flaco cumplió con la solicitud sin preguntarse cómo sería utilizada la información.

—¿Conociste a Licho Best?

—Sí —dijo Sophia. No me pareció en absoluto desconcertada por el hecho de que yo lo mencionara—. Luis Narváez. Lo vi unas cuantas veces. No era mi amigo. ¿Tú también lo conociste?

—Sí.

—No me sorprende. Narváez conoce a todos.

Y de pronto, apenas el nombre del enano surgió en medio de nuestra conversación, fue como si hubiera recibido una imagen nítida que me permitió comprender de golpe la estructura en que Sophia se había visto atrapada. Y aunque no hubiera podido verbalizar esa explicación, estaba seguro de haber descubierto qué había ocurrido en Chiapas. Sin embargo, el diseño muy pronto se fue desvaneciendo, como si solo me hubieran concedido unos segundos para aprehenderlo antes de que quedara eliminado todo rastro de esa estructura en la que todos, incluso yo, cumplimos un papel. Pero lo cierto es que incluso después de eliminados los rastros del esquema todavía me resultaba factible entrever su conclusión: Sophia estaba por regresar de México y un grupo de personas, quizá muchas más personas de las que yo sería jamás capaz de imaginar, se lo impidieron. Apreté la mano de Sophia con fuerza, intentando esconder lo que pensaba. Quería escuchar el resto de la historia para confirmar si mi hipótesis era coherente con lo que ella contaba.

—¿Tú también crees que Luis Narváez tuvo que ver con lo que me ocurrió? —me preguntó.

—Estoy seguro de que sí —le dije—. ¿Pero qué quieres decir con yo *también*? ¿A qué te refieres?

—Mi padre también lo conoció. Y, a pesar de que no me lo ha contado, no de manera explícita, creo que Narváez colaboró de alguna manera en mi liberación.

Bajé la cabeza.

—Y si tuvo que ver con mi liberación, creo que es probable que haya estado involucrado desde el principio.

Nos quedamos callados unos segundos, los dos mirando al frente. Luego Sophia me preguntó:

—¿Estás seguro de que Narváez participó? ¿Encontraste algo en Chiapas?

—Nada definitivo —dije y temí decepcionarla—. Pero sé que Narváez tiene mucho que ver. No sé cómo explicarlo. Es más que una intuición.

—Entonces era cierto lo que una vez me contó Juan.

—¿Qué te contó?

—Que Narváez y un viejo de la Universidad Campesina tenían una alianza. Eso probaría lo que dices. Que Narváez participó.

—No entiendo la relación...

—Que fue el viejo quien me llevó a la selva. Eso es lo que te estaba contando. Cómo llegué al caracol.

—Sí. ¿Qué pasó?

Pasó que ese domingo en el 500 Noches quien supuestamente se llamaba Emilio se sentó en la mesa que Sarah y yo compartíamos, bebió un sorbo de su cerveza y después le dijo en voz baja: te traigo buenas noticias. Y cuando Sarah le pidió que le cuente, Emilio me miró con desconfianza y luego le hizo un gesto como para indicarle que no podía hablarlo delante de mí. Pero ella insistió.

—¿Podemos confiar en tu amiga? —preguntó Emilio.

—Totalmente —respondió Sarah.

Emilio, bajando la voz, le dijo:

—Te conseguí lo que querías.

Sarah lanzó un grito de júbilo que resonó en todo el bar, dijo Sophia. Se puso de pie y le dio un abrazo. Y después los dos me quedaron mirando. Yo no iba a preguntar nada, pero ella, el cuerpo exaltado por la emoción, los ojos inquietos, mirando de un lado a otro, le dijo a ese supuesto Emilio:

—Estoy demasiado feliz y necesito compartirlo con alguien. ¿Se lo puedo contar a mi amiga?

Él pareció desconfiar, se rascó la barbilla, levantó la cabeza, y dijo que lo ponía en una dificultad, pero que si yo mantenía el secreto no iba a impedírselo. Y antes de que yo pudiera reaccionar, antes de decir que prefería no meterme en asuntos ajenos, Sarah me dijo en inglés:

—Emilio ha conseguido un permiso para que me lleven con los zapatistas.

Me quedé impresionada por la frase, dijo Sophia. Lo primero que pensé fue:

Emilio la va a llevar con los zapatistas.

Recordé nuestras viejas lecturas y discusiones, como si de pronto hubieran resurgido en otro contexto, otro tiempo, otro país, otras personas, cuando Sarah dijo que invitaba una segunda copa. Emilio se levantó de la mesa, se disculpó diciendo que solo había pasado por el 500 Noches para compartir las buenas noticias, que la vería al día siguiente, y se marchó. Y yo también estaba a punto de ponerme de pie, colgarme el bolso, pagar la cuenta e irme a casa, pero Sarah me preguntó si acaso iba a dejarla celebrando sola. Y sin esperar respuesta, llamó al mesero y pidió una segunda ronda. Acepté pensando que no tomaría más de media hora.

En el tiempo que pasamos juntas bebiendo la segunda copa, dijo Sophia, Sarah me comentó que había llegado a Chiapas ocho meses antes con la expectativa de vivir la experiencia del zapatismo, pero que en menos de una semana se dio cuenta de que resultaba imposible acceder más allá de sus capas superficiales. Nunca imaginé que sería tan difícil alcanzar la zona profunda del zapatismo, dijo Sarah. Por eso me entusiasma tanto que ahora, gracias a Emilio, podré finalmente acercarme al auténtico movimiento indígena. ¡Es eso lo que quería desde que aterricé en México!

Y luego de hacer un brindis conmigo, añadió que tenía muchas expectativas con esa visita, y terminó diciendo:

—Quizá hasta puedo empezar una nueva vida, ¿no te parece?

—No lo sé —respondí.

Mucho antes de esa noche había notado que no le caía bien, dijo Sophia. Pero esa vez en el bar pareció comportarse con más naturalidad y se puso a hablar de las ventajas de salir con un chico de la zona. Hay muchas razones, dijo Sarah, la botella de cerveza en la mano, pero la principal es que te puede ayudar a conseguir trabajos. Hay demasiados extranjeros aquí, por eso es casi imposible encontrar espacio como profesora de inglés, que antes era la mejor opción para los viajeros como yo. Y la verdad es que ya me aburrí de atender mesas, que es lo que hacía en Nashville. Pero allá las propinas eran buenas, aquí no dejan casi nada. Por eso andar con un chico del área puede ayudarte a encontrar algo un poco mejor. Por ejemplo, como guía turístico. Viajas al Chiflón, a Agua Azul, si tienes suerte incluso pueden encargarte grupos que van hasta Palenque. Pero no creo que eso te interese mucho, ¿no?, me preguntó. Lo dijo de una manera que siempre había percibido en su actitud conmigo, como si todo el tiempo quisiera subrayar que una marca de origen nos distanciaba, pero también que si esa diferencia jugaba a mi favor aquí, en Estados Unidos, en México podía resultar todo lo contrario.

—Tú puedes vivir aquí sin trabajar y sin pasarla nada mal y después volver a Nueva York cuando quieras —me dijo Sarah—. Pero eso no es necesariamente bueno. Por ejemplo, a ti nunca se te ocurriría pasar ni siquiera un par de horas observando cómo viven los zapatistas. ¿O me equivoco?

No le dije nada. Y ante mi silencio ella exclamó:

—¡Si ni siquiera hay agua caliente! ¿O vas a tomar ducha fría en invierno? —preguntó y se echó a reír.

Mantuve la calma, continuó Sophia, y le dije con toda la delicadeza posible que me parecía violento que expresara opiniones de personas que apenas conocía.

—Creo que no entiendo bien —replicó Sarah—. ¿Me estás diciendo que sí irías a ver cómo viven los zapatistas?

—No sé —le dije—. No he dicho que iría. No lo sé.

—Pongámoslo así —continuó ella—. Si ahora mismo te dan a elegir: Central Park o Selva Lacandona. ¿Con qué te quedas?

Le dije que sus preguntas me parecían incómodas y en verdad prefería irme a descansar. Y entonces Sarah, antes de ponerse de pie, se bebió los restos de su botella, me dio un golpe en el brazo, y dijo:

—Vamos, chica, la vida es corta, no puedes quedarte para siempre en Central Park cuando hay árboles más altos.

Así lo dijo: *hay árboles más altos.* Y luego agregó:

—Dame tu teléfono y déjame ver qué puedo hacer.

Le di mi número para que no pensara que la estaba evitando, pedí la cuenta, dejé unos billetes y salí del bar envuelta en una tristeza cuyo origen fui incapaz de precisar. Y mientras caminaba de vuelta a casa recordé nuestras conversaciones y pensé que de una manera extraña las cosas terminaban por conectar, yo en Chiapas, sola, pensando en volver, y de pronto surge la posibilidad de acercarme al zapatismo, quizá no era mala idea, quizá sería la única justificación posible a haberme quedado tanto tiempo en San Cristóbal, y como mi estado de ánimo no era el adecuado para escribirte y tampoco sabía cómo hacerlo, pensé que primero tendría que definir esa supuesta visita a territorio zapatista para luego contarte la historia completa. Me fui a acostar sin temor, tal vez sí cierta desconfianza, pero la atribuí a mi escasa afinidad con Sarah y no tanto al posible viaje en sí mismo, pero la tarde siguiente, cuando ella me llamó y dijo a gritos *¡lo conseguí!*, en ese momento en que me quedé en silencio, el teléfono pegado al oído, esperando que Sarah pronunciara la frase cuyo contenido de antemano conocía, tuve un mal presentimiento.

—¡Nos vamos juntas a visitar a los zapatistas! —exclamó Sarah al teléfono.

Sábado por la tarde en Brooklyn, Sophia y yo habíamos llegado al puente. Le pregunté si tenía ganas de cruzar al menos hasta la mitad del río, o llegar hasta Manhattan y después volver en taxi, o ella irse directamente a su casa y yo regresar a pie, caminando al lado de los vehículos, mientras intentaba poner en orden mis ideas. Pero ella dijo que prefería que siguiéramos en Brooklyn. Yo acepté. Y al dar media vuelta para desandar el camino, continuó su relato.

Debí seguir mi intuición, dijo. Pero esa misma noche, al reunirme con Emilio y Sarah para discutir los detalles, me enteré de que no iríamos directamente a un caracol, lo que en parte me dejó más tranquila. Debíamos pasar al menos una noche en la Universidad Campesina, donde hasta entonces nunca había estado. Luego, de acuerdo al interés y compromiso que demostrásemos, dijo Emilio, tal vez podríamos visitar uno de los enclaves zapatistas en la Selva Lacandona.

—Y eso fue lo que ocurrió —dijo Sophia—. Que nos llevaron a la Universidad Campesina. La diferencia con lo que supuestamente estaba planificado es que después Sarah y Emilio desaparecieron y yo terminé sola en el caracol.

Detuvimos un momento la marcha y nos quedamos de pie, uno al lado del otro, apoyados en la baranda que nos separaba del río. Sophia se quedó en silencio, mirando el perfil de Manhattan que, detrás de una ligera brisa, se recortaba al fondo como una postal. Y yo, que había pensado mantenerme callado, brevemente comenté:

—Yo también estuve en la Universidad Campesina.

Sophia me miró extrañada.

—Fui porque pensé que tú habías estado por ahí y quería saber qué había pasado. O quería obtener respuestas. La verdad no lo sé.

Sophia se acercó unos centímetros hacia mí. Su cuerpo rozaba el mío.

—¿Sabes que hubo algo que me impresionó en ese lugar? —me preguntó.

Por un momento recordé al viejo, a Moisés, a Licho Best.

—¿Qué? —pregunté.

Los talleres, dijo Sophia, abriendo los ojos. Pero no los talleres por sí mismos sino el trabajo humano. Nunca me había detenido a observar el esfuerzo de un cuerpo humano aplicado a una tarea que lo exige, el desgaste de energía, la lucha con el cuerpo como única herramienta, un ejercicio tan primario y elemental y sin embargo ajeno a mi experiencia. Ese primer día en la Universidad Campesina entré a todos los talleres, los observé como si fueran un prodigio, como si estuvieran dentro de un marco o más bien detrás de un vidrio, en un museo, o como si fuera una exhibición en una galería, dijo Sophia, y yo por un momento sentí la emoción de volver a comunicarnos con los viejos códigos de nuestra primera época. Como si la actividad misma, y no el producto, fuera la obra de arte, siguió Sophia, y los golpes de yunque o de martillo o los pedazos de barro esparcidos en el suelo tuvieran un significado distinto, fragmentos de una obra que va a tener utilidad práctica. Eso despertó mi interés. Pensé que para gente como nosotros, gente que estudia el arte, había en esa actividad algo que de cierto modo desbordaba los marcos que utilizamos para pensarlo. ¿No te parece, Emilio?

—No —le dije, incapaz de reconocerle ningún mérito a la Universidad Campesina, tampoco al zapatismo, tampoco a México, ni a Latinoamérica en conjunto—. Creo que todo eso lo sabíamos de antes: si el arte tiene utilidad, la estética no sobra, sino que potencia la posibilidad del uso. Más estética, más utilidad. La belleza como instrumento práctico, y la energía creativa como motor de la estética. Nada nuevo.

Y de pronto sentí que Sophia era otra vez la misma chica que hablaba de Andy Warhol y el arte visual neoyorquino de los sesenta mientras yo me concentraba en exaltar México, y que ahora todo estaba al revés, todo se había invertido, ahora yo quería convencerla de que absolutamente todo en Chiapas, en México, en Latinoamérica, era inservible. El mismo mecanismo que siempre utilicé como profesor, el mismo que había utilizado con ella, pero esta vez no frente a la Sophia de veinte años que hasta que me conoció había vivido en un universo pequeño y protegido, sino ante una mujer joven con una experiencia que en cierto sentido superaba largamente la mía. Y sin embargo, nada pareció haber cambiado en la manera en que recibió mis comentarios, como si mi aprobación todavía le resultara necesaria, y después de quedarse un rato en silencio, con un tono que pareció demostrar no la intención de refutarme sino de concluir la idea que había empezado a desarrollar, dijo que en el agotamiento de energía que produce el trabajo corporal creyó descubrir un abismo que la separaba a ella, simple observadora, de los muchachos que trabajaban, y que acaso por esa razón los adolescentes aplicados a la carpintería, imprenta, zapatería, la mayoría traídos desde zonas remotas del Estado de Chiapas, muchos de los cuales ni siquiera hablaban español, la miraban con una seriedad que bajo cualquier punto de vista era excesiva. Apenas un mínimo gesto de reconocimiento a modo de saludo, dijo Sophia, que podía fácilmente confundirse con hostilidad. Pero no los culpé, entendí que ellos podrían interpretar mi presencia en sus talleres como invasión o turismo exótico o el cumplimiento de una extraña perversión, y tal vez acercarse al zapatismo tiene en San Cristóbal un poco de todo eso, ¿no, crees?

—Sí —respondí—. Yo tuve la misma impresión.

Cuando empezó a oscurecer, en medio de ese clima enrarecido, me fui a la habitación con un ejemplar de *Don Quijote de la Mancha* que tomé prestado de la pequeña biblioteca de la universidad, continuó. Nos habían asignado una habitación en la que apenas entraban dos minúsculas camas, en el tercer piso de un pabellón con unas treinta habitaciones llenas de muchachos, todos hombres. Cada vez me inquietaba más el hecho de que casi no hubiera mujeres en los alrededores. Aseguré la puerta de la habitación, y me tiré a la cama a leer el *Quijote*. No había visto a Sarah desde el almuerzo, decidí que lo mejor era no pensar en nada, seguí leyendo, estaba por alcanzar la página ochenta, el libro sobre mi pecho, abierto entre las páginas 76 y 77, lo recuerdo bien, 76 y 77, como si le hubiera tomado una foto y esa imagen representara el momento final de una etapa a la que incluso hoy soy incapaz de poner nombre, una etapa que aún no puedo definir, y decidí que antes de dormir iría a tomar una ducha para relajarme. Avancé hacia el final del pabellón, donde estaba ubicado el baño, solo uno por piso, frente a un inmenso jardín. Avancé cargando una toalla, ropa limpia, champú y jabón. Un grupo de muchachos muy jóvenes, catorce o quince años, sentados en el jardín, en medio de la penumbra, siguieron con la mirada mi desplazamiento. Todos me observaban con un silencio que me dio pánico, eran seis o siete, pero no hablaban, cada uno me observaba por separado, sin que eso los llevara a ofrecerme ningún gesto de simpatía y ni siquiera de reconocimiento. Aceleré el paso, nerviosa, mis objetos personales vibraban por el temblor de mi cuerpo, presentí sus miradas a mis espaldas, por primera vez se me ocurrió que Sarah no iba a volver, sospeché haber caído en una trampa y me costaba imaginar las consecuencias de esa trampa, me di cuenta de que si no mantenía la calma sería muy fácil caer en desesperación, así que dejé correr el agua fría sobre mi cuerpo y con el chorro helado resbalando por mi piel intenté tranquilizarme y pensar mejor. No quería ir a la Selva Lacandona. Quise pensar que no iba a ocurrir, no podía ser cierto que me fuera a ir con los zapatistas, lo más probable es que no pasara de una breve incursión a un caracol superficial, uno acostumbrado a recibir visitantes cada tanto, imposible llegar más allá, en todo caso me negaría, no debía de ser tan difícil, no me iban a obligar, iba a regresar, aquí, a Nueva York, quizá después a Filadelfia, no me importaba lo que pensara Sarah en caso apareciera, iba a negarme, quince minutos después volví a mi habitación, la vista clavada al frente, concentrada en no cruzar la mirada con los adolescentes silenciosos que descansaban en las colinas, frente al pabellón donde me habían instalado. Apagué la luz, me di media vuelta y traté de ajustarme a las dimensiones de la cama, la almohada desgastada no ofrecía soporte, el cuello encorvado, dolor en las vértebras, el silencio más que tranquilidad transmitía amenaza, pensé que no iba a poder dormir, pero lo cierto es que a pesar de la pequeñez e incomodidad de la cama cerré los ojos y a los pocos minutos caí rendida, no un sueño profundo en el que pudiera permanecer sumergida demasiado tiempo, pero sí conseguí desconectarme, dejar de pensar, durante unas cuantas horas no fui consciente del peligro, y tal vez por el deseo de mantenerme dentro del sueño como si fuera un refugio, más tarde, cuando un puño cerrado sacudió mi puerta, una, dos, tres, cuatro veces, supe que debía prepararme para recibir malas noticias. Me levanté de la cama a tientas, encendí la luz, los párpados aún indecisos, el cerebro a medias despierto, reconocí a Moisés, el hombre que nos había admitido en la Universidad Campesina, el mismo que nos había conducido hasta esa habitación en la que ahora me encontraba sola, de pie en el umbral. No recuerdo cuáles fueron las palabras que utilizó para explicarme la situación. Pero sí que me dijo que había ocurrido una desgracia con la madre de Sarah en Nashville. Había sufrido un accidente o había muerto o las dos cosas, no lo entendí bien o él no fue convincente en la mentira, pero en cualquier caso me comunicaba que esa noche Emilio había venido de San Cristóbal con las malas noticias y se había llevado a Sarah de vuelta a la ciudad.

—Se la llevaron —interrumpí a Sophia.

No es que estuviera sorprendido. Por el contrario: su relato confirmaba mis sospechas. Pero lejos de complacerme, la confirmación me hizo sentir peor, tenía la esperanza de que todo hubiese sido consecuencia de las decisiones tomadas por Sophia, y que sin importar que finalmente las cosas hubieran salido mal, me habría quedado más tranquilo sabiendo que ella había decidido su futuro.

—Entonces te llevaron a la Campesina, usando a esa chica de carnada, para después enviarte al Caracol —le dije.

Sophia asintió y se encogió de hombros al mismo tiempo.

—Supongo que eso fue lo que ocurrió —dijo.

—Pero no entiendo por qué fuiste a la Campesina. ¿Por qué no te llevaron directamente al caracol? ¿Para que todo parezca más natural? ¿Para que no te negaras?

—Es posible —dijo Sophia—. Pero hay otra alternativa.

—¿Cuál?

—Me llevaron a la Campesina porque ahí vive ese hombre al que llaman Maestro.

—Lo sé —dije, y ante la simple mención de su apelativo sentí rabia.

Conocí a ese viejo cuando visité la Universidad buscándote, le dije a Sophia. Hablé con él. También a ese tal Moisés. Los conocí a todos: a Narváez, al Noventero, a Moisés, al viejo. Los conocí a todos porque fui a buscarte, le dije, de pronto dominado por un rencor que me desbordaba. Pero Sophia me miró con calma y movió la cabeza como si quisiera decirme que entendía. Y entonces nos pusimos otra vez a caminar en paralelo al río, sentido opuesto a la corriente, y me concentré en el sonido de nuestros pasos y la manera ligeramente fuera de sincronía con que acompañaba el movimiento de las sombras que proyectaban nuestros cuerpos. Estuve a punto de comentárselo, a punto de decirle Sophia, mira, qué extraño, nuestras sombras tocan el suelo y recién después de una fracción de segundo se puede oír su sonido. Pero no lo hice. Avanzamos en silencio cien o doscientos metros, la brisa muy tenue, el sol brillando en las alturas, y luego nos detuvimos otra vez en una banca de madera y Sophia continuó su relato.

Esa madrugada insistí tanto en que me llevaran de vuelta a San Cristóbal que Moisés dijo que me presentaría al Maestro para que él tomara una decisión. Salimos del cuarto y trepamos juntos colina arriba, la noche impenetrable, imposible observar cinco metros más allá de los ojos, caminé como si fuera rumbo a un precipicio, confundida y alterada, hasta que alcanzamos la casa donde vive el viejo, en la parte más alta de la universidad. Y fue ahí, en esa casa, donde pensé que en el origen siempre se encuentran el deseo y la perversión, que incluso al interior de los ideales más puros se esconde alguna variante de perversión. Cuando me presentaron a quien llaman Maestro, cometí el error de suponer que se había organizado un plan cuyo único objetivo era que esa noche yo terminara a solas con él, en su vivienda, en lo alto de una colina, lejos de la ciudad, rodeada de un centenar de muchachos que lo trataban con veneración. Sola, indefensa, sin haberle contado ni siquiera a mis padres dónde me encontraba, creí que el plan que Emilio y Sarah ayudaron a ejecutar era de naturaleza sexual apenas vi por primera vez al Maestro y, detrás de su apariencia tranquila, capté el significado de su mirada. El viejo, con extrema amabilidad, dijo que entendía cómo debía de sentirme después de la tragedia ocurrida con mi amiga, eso dijo, entiendo perfectamente cómo debes de sentirte después de la tragedia ocurrida con tu amiga, y me ofreció quedarme esa noche en su casa en vez de regresar a mi pabellón. Con voz calmada, agregó que era demasiado tarde para pensar en un regreso a San Cristóbal, pero que en su vivienda había suficiente espacio para que yo pudiera dormir con comodidad y que a la mañana siguiente podríamos hablar de mi vuelta a la ciudad. Fue entonces cuando pensé lo del deseo y la perversión, y me di cuenta de que en ningún caso, ni siquiera si aceptaba lo que ese viejo me proponía, iba a poder salvarme. Esa fue una de las razones por las que me negué, dijo Sophia. Y cuando me preparaba para enfrentar una lucha que sabía de antemano que iba a terminar mal, me sorprendió que, en lugar de acercarse a mí o pedir la colaboración de su subordinado para someterme, el viejo aceptara mi negativa y no insistiera. Y en ese momento, desconcertada por su reacción, pensé que él había comprendido que no estaba dispuesta a quedarme en su casa, al menos no por propia voluntad, y que esa era la única razón por la cual llamó a Moisés y le pidió que me acompañara de regreso a mi dormitorio.

Bajé la colina al lado de Moisés, pensé que tal vez era una trampa y en cualquier momento, en medio de la oscuridad y esa extraña resonancia que por las noches proviene de la vegetación, iban a encajarme un tiro por la espalda. Pero seguimos caminando, inconscientemente aceleré el paso, no era difícil, solo había que seguir la inclinación de la ladera, dejarse llevar por su declive, hasta que alcanzamos mi pabellón. Moisés subió las escaleras conmigo, pisamos la tercera planta, cruzamos el pasillo, se aseguró de que ingresara al cuarto y después se fue.

Me senté en la cama, confundida, incapaz de explicar cómo había sido posible sobrevivir sin ser atacada. Si todo había sido una trampa para que esa noche yo terminara en la habitación del viejo, no tenía sentido que hubiera salido bien librada, estábamos en un territorio donde cualquier crimen podría fácilmente ocultarse. Sentada al borde de la cama, oscuridad en el pabellón, lejanos los ronquidos de muchachos que eran indiferentes a lo que me pasaba o lo fingían muy bien, no me di cuenta de que no todo, ni siquiera lo más importante, tiene que ver con la depravación. Eso lo entendí después, acaso durante el regreso, con mi padre, en el avión, uno al lado del otro, sin hablarnos, o quizá ahora mismo que te lo cuento, ahora, la primera vez que hablo de todo esto con alguien, y antes no lo he hablado con nadie no tanto porque lo considere una experiencia demasiado íntima, sino porque sé que me faltarán palabras, sin importar cuánto lo intente siempre quedará una franja imposible de comunicar, pero esa noche me di cuenta de que existe algo más poderoso que el deseo y el sexo, también más coherente y racional, dijo Sophia, y ahora supongo que era dinero lo que esa noche el viejo debía cuidar, dinero la razón por la que mi padre no me habla, lo que ahora nos tiene a los dos, a ti y a mí, aquí juntos, hablando de todo esto. Hoy creo que fue el dinero, o la posibilidad de obtenerlo, lo que esa madrugada me protegió. Pero al mismo tiempo fue lo que un día después me terminó enviando a la selva. Y eso es lo que quería contarte, dijo Sophia. Porque sobre lo otro, sobre el tiempo que pasé en la selva, no tengo nada que decir. Y no porque quiera ocultarlo o porque existan episodios que he preferido olvidar, sino por la más sencilla razón de que al zapatismo, al verdadero zapatismo, no tengo nada que reclamarle. Nunca quise estar ahí, pero no puedo decir nada en contra de ellos. Simplemente creo que existen instancias externas que lo corrompen, y que esas instancias externas, que no sé cuáles son, no sé exactamente quiénes la constituyen; supongo que el viejo y Narváez forman parte, pero la cadena debe de ser mucho más grande y en esa cadena caí atrapada. Pero del zapatismo como forma de vida no tengo nada que decir, repitió Sophia. Me llevaron a la selva, pasó un mes, luego dos meses, después cuatro meses, dejé de contar el tiempo, llegué a pensar que no escaparía nunca, hasta que un día unos hombres que no reconocí me informaron que iba a participar en una incursión. Y sin tiempo para preguntarles nada e incapaz de entender qué querían exactamente de mí, me entregaron un arma, me aseguraron que no habría peligro, me obligaron a colocarme un pasamontañas, y junto a otras seis personas que no reconocí porque cuando nos reunieron ya todos íbamos con la cara cubierta, montamos a una camioneta y salimos por una trocha. Y mientras la camioneta trajinaba caminos de tierra pantanosa, se me ocurrió que tal vez me llevaban a un área incluso más remota para ejecutarme, y después de un par de horas de camino uno de los que viajaba en el grupo anunció que estábamos cerca y debíamos proteger el cuerpo tendiéndonos unos sobre otros en posición horizontal, lejos de las ventanillas del vehículo. De inmediato me sentí recubierta por una masa de cuerpos y luego oí una ráfaga de tiros. No sentí que ninguno impactara cerca de nosotros, no se reventaron los vidrios de la camioneta ni se agujereó la carrocería, en pocos segundos todo pareció en calma y, en medio de la confusión, reconocí a una docena de hombres uniformados que nos rodeaban y a gritos nos ordenaron que saliéramos del coche con los brazos en alto.

Ahí termina esa parte de mi historia, dijo Sophia. Y después todo lo que ya sabes o lo que imaginas. Eso no fue lo peor. Tampoco haber sido obligada a vivir unas circunstancias que jamás acepté. Lo peor es convivir con la certeza de que el tiempo que pasé en el caracol en realidad debió ser ocupado por algo distinto. Me hubieran pasado otras cosas, buenas o malas, no lo sé, no lo sabré nunca, pero hubiera ocurrido otra vida de la que nunca conoceré nada. Esa es la pérdida de la que me cuesta recuperarme, dijo Sophia. Esa es la pérdida sobre la que tengo muchas preguntas que ya nadie podrá contestar.

—Y eso es todo —agregó y levantó la cabeza.

Eso es todo, repitió, firme, como si todas las palabras se hubieran agotado, absolutamente todas, nada que agregar, nada que interpretar. Y por eso me volví hacia ella, como si necesitara certificar que seguía ahí, que no me hablaba desde un tiempo lejano, que su voz no provenía del pasado sino de ese presente extraño aquella tarde de junio. Y al volverme para mirarla y asegurarme que su presencia no era una ilusión, que el tiempo presente no era fantasía, fue como si por un instante hubiera sido capaz de observar la realidad en cámara lenta. Percibí con nitidez el movimiento del sol desplazándose suavemente hacia el oeste, y pensé que si uno se tomara el tiempo necesario para observar ese fenómeno con detenimiento, si uno tuviera la capacidad de concentrarse en algo tan cotidiano y a la vez tan extraordinario como la desaparición del sol bajo la línea del horizonte, podría apreciar cómo las doradas radiaciones van lamiendo el agua, el césped, el cemento, los cuerpos de las personas, un movimiento imperceptible que aparenta lentitud, pero el efecto es engañoso, por ratos el ocaso parece menguar y más tarde revela su avance en un instante, y hacia el final de aquella tarde de junio que pronto se convertiría en noche el inmenso chorro de luz aún avanzaba y mordía la superficie de la tierra y entonces, como si vislumbrara la magnitud de ese prodigio, comprendí que no había nada más que decir, que no tenía sentido o no valía la pena o no era necesario, los dos conocíamos de modos distintos esa historia a la que aún continuábamos sometidos, incluso esa tarde que pronto sería anochecer, en menos de una hora al otro lado del río iban a encenderse las primeras luces de Manhattan para recibir la noche, esa historia que alguien había previsto y nosotros estábamos en el acto final de lo que llamó su obra, a punto de salir de ella o quizá no, tal vez entendimos que seguíamos atrapados dentro de ella y que la única manera de escapar de su opresión era caminando por la ciudad, dejarnos envolver por la noche neoyorquina como si saliéramos de la pesadilla y no hablar más, eso era acaso lo más importante, no hablar una palabra más, nunca más, aunque fuera imposible, nunca más una palabra sobre Chiapas ni sobre zapatismo ni sobre ninguno de los temas con los que alguna vez, mucho tiempo antes, habíamos empezado a comunicarnos. Y mientras tanto pensé de súbito en Lima, donde la vida seguía ocurriendo sin que yo supiera nada de ella, y ese pensamiento me entristeció.

Debían de ser más de las seis de la tarde, pero en Brooklyn Heights el sol aún brillaba en todo su esplendor. Me acerqué a Sophia.

—Ven —le dije—. Acércate a mí.

Sophia acomodó su cabeza en mi pecho. Y de pronto fue como si nada hubiera ocurrido nunca o como si ya no importase. Pulsé mi índice suavemente sobre la sien de Sophia, muy suave, buscando el pálpito de su latido. Pero no lo sentí.

8

Yo estuve bien, le dije a Sophia esa noche, después de un largo paseo por las estrechas calles de Brooklyn Heights. Pero rápidamente corregí mi afirmación inicial y dije que estuve *normal*. Mismo trabajo, le dije, no tengo pareja, no he tenido hijos. No he enfermado de gravedad. Escribí más de la mitad de mi libro. Fui a Chiapas a buscarte. Y aquí estoy contigo. Creo que eso es todo.

Terminé de hablar, le sonreí, le acaricié el pelo y le despejé la frente de un pequeño mechón que se le había salido de lugar y le bajaba suavemente cerca de los ojos. Sophia acercó su mano y me acarició con los dedos el antebrazo izquierdo. Y yo, animado por el contacto de su mano sobre mi cuerpo, continué:

—Creo que no pasó nada, o casi nada, porque fue como si siempre te hubiera estado esperando. Y por eso en tu ausencia todo quedó como suspendido hasta que viajé a Chiapas. A pesar de que no pude verte, tal vez si no hubiera ido a Chiapas no estaría ahora aquí contigo. Y siento que este lugar, aquí, ahora, contigo, es el único en el que puedo estar.

Sophia me miró una fracción de segundo y luego dijo:

—Para mí también. Me pasa lo mismo que a ti.

Nos quedamos callados un momento, mirando las luces de los edificios al otro lado del río, mi mano izquierda aferrada a su mano derecha, como si quisiera protegerla o que ella supiera que esa era mi intención a pesar de que en Manhattan no había otro enemigo que el lejano recuerdo de esos dos días en que nos separamos por un tiempo que primero juzgué temporal y después pensé definitivo, dos días que ahora, otra vez junto a ella, recordaba con una mezcla de tristeza, añoranza y arrepentimiento, como si hubiese sido la única oportunidad real que tuvimos para torcer el futuro y evitar todo lo que pasó después. La única oportunidad real, pensé. Y la habíamos desperdiciado. Y entonces, uno al lado del otro, frente al perfil ahora luminoso de Manhattan, Sophia dijo que se había quedado pensando en esa frase. O, más precisamente, en la idea de que ese era el único lugar en el que a ambos nos era posible estar. Luego se volvió hacia mí, el cuerpo tenso, y con voz apenas perceptible preguntó:

—¿Tú crees que ese lugar es el pasado?

Sentí una punzada en el pecho después de que ella terminó de pronunciar la pregunta, la voz frágil, y mi reacción instintiva fue empuñar su mano con más fuerza. Con la otra acaricié el borde de su rostro. Y sin saber exactamente por qué, sentí un deseo inmenso de pedirle perdón. Y al sentir la urgencia de pedirle perdón, entendí que la respuesta a su pregunta, la única respuesta posible, era que sí. Pero no se lo dije.

—¿Tú crees que ese lugar es el pasado, Emilio? —repitió Sophia.

Giré el cuerpo y la abracé, dispuesto a hundirme con ella donde fuera necesario. Y ese lugar podía efectivamente ser el pasado, la historia que construimos juntos y la que nos separó, pero también mi propio pasado y el suyo por separado, antes y después de conocernos, un pasado anterior a nosotros y anterior a nuestros padres y a nuestros abuelos y a cualquier antepasado posible de identificar con nombre propio. Pero también estaba dispuesto a desaparecer en el futuro, no el inmediato sino en un futuro muy lejano, un futuro remoto que sin embargo tiene desde ahora como única proyección posible la imagen de nuestra propia desaparición, completa, absoluta, ningún resto, ningún recuerdo, ni siquiera el nombre, ni siquiera el polvo, desaparición total y definitiva, transformados en conjunto en una quebradiza ilusión de pasado o en fantasía de generaciones futuras en busca de un origen o una explicación que nunca encontrarán, igual que nosotros, nunca encontraremos ninguna explicación, y por todo eso no era el pasado ni tampoco el futuro el lugar hacia el cual yo hubiese querido evadirme sino aferrar el presente, apretarlo contra mi cuerpo y contra el suyo, antes de que ambos nos filtráramos para siempre en la frágil superficie del tiempo. Pero qué difícil aferrarse al presente, qué difícil seccionarlo de todo aquello que lo construyó, siempre colmado de todo aquello que nunca tuvimos y de lo que sí tuvimos y no vamos jamás a recuperar, y con ese pálpito vibrando por mi cuerpo me quedé en sus brazos largo rato, intentando en vano comprender en qué oscuro rincón de ese espacio infinito nos encontrábamos los dos, y cuando no fui capaz de soportarlo me acerqué a ella y por primera vez en todo el tiempo que llevábamos esa tarde juntos, acerqué mi cara a la suya, entrecerré los ojos, incliné ligeramente la cabeza, rocé sus labios con los míos, sentí su aliento y su respiración, tuve la clara sensación de lo ya conocido, lo que el cuerpo ha registrado en algún lugar inaccesible que ni siquiera uno mismo sabe que posee, mis pestañas rozando ligeramente el arco de sus cejas, mi boca cerca del puente de su nariz, sus ojos cerrados, su respiración ahora calmada, me alejé unos centímetros para mirarla, y le pregunté:

—Es como si nunca nos hubiéramos separado, ¿no? Como si todo lo que pasó entre nosotros hubiera ocurrido ayer.

—Sí —dijo ella.

La volví a abrazar. Presentí su historia, que también era la mía, la que había vivido y también aquella a la que alguna vez había renunciado, y sentí una oleada que me recorrió el cuerpo desde un lugar muy profundo, un lugar que no era consciente poseer, y supe que estaba a punto de desbordarme.

—Sophia —le dije con un hilo de voz—. Creo que quiero llorar. Creo que necesito llorar.

Pensé que iba a preguntarme por qué. Pero no lo hizo.

—Sí —dijo.

Y apenas oí su aprobación fue como si me desbordara en un llanto incontenible, acompañado de un sonido que a mí mismo me estremeció. Y mientras lloraba, Sophia me acarició el pelo, y cuando levanté la cabeza para mirarla y agradecerle su compañía y su complicidad, agradecerle los años vividos y los perdidos, la aventuras realizadas y las que quedaron para siempre suspendidas en ese territorio nebuloso de lo nunca materializado y que existe como promesa imposible de cumplir o permanece con la fuerza incontenible de su negación, en ese momento en que la volví a mirar reconocí en ella una expresión que mezclaba la lucidez con el horror.

—Lo perdimos, ¿verdad? —dijo, la voz quebrada—. Lo perdimos para siempre, ¿no, Emilio?

No dije nada, pero al escucharla seguí llorando y la abracé con desesperación, y ella también a mí, como si estuviéramos pasando exactamente por lo mismo, sin entender cómo había sido posible todo lo ocurrido, cuándo había comenzado la debacle, pero en ese tiempo indefinido en que los dos nos habíamos dejado caer todavía quedaban algunas cosas que no podía o no quería callar, y en ese momento, delante del lento fluir de las aguas que nos separaban de Manhattan, intentando que mi voz sonara legible, le dije:

—Te quiero. Lo suficiente para que esto siga siendo posible. Lo suficiente para nunca dejar de imaginar lo que nunca tuvimos.

Sophia me escuchó, la respiración congelada, y creo que solo cuando terminé de hablar comprendió el alcance de mis palabras. Y juntos aceptamos la derrota con dignidad, asumiendo con entereza lo que nos había tocado, hasta que después de un rato, cuando pensé que había llegado el momento de decírselo, volví a hablar.

—Creo que tienes que saber algo —le dije.

—Sí —dijo ella, como si de pronto me hablara desde un lugar muy lejano.

—Me voy —le dije—. A Perú. Me voy.

Se quedó un momento en silencio, como si no entendiera.

—Te vas —repitió, como si repetirlo la ayudara a comprender mejor.

Pero yo tampoco comprendía el alcance de las palabras. Tan solo sabía que era cierto, no tenía una justificación precisa, ningún plan, solo la intuición de que debía marcharme. Abandonaría mi departamento, mis pertenencias, mi trabajo, y regresaría a Lima. Pero quizá no era cierto, quizá solo se trataba de un impulso repentino y pronto estaría de vuelta y todo se podría recomponer. Y por eso le dije que me iba por tres o cuatro meses, quizá seis, y en ese tiempo vería cómo me sentía en Lima, qué podía hacer, qué tipo de vida se me presentaba. No iba en busca de nada específico, pero sentía el pálpito de una imposición, ir a Lima, pasar ahí un tiempo, más adelante decidiría qué hacer. Y aunque eso era todo, aunque no existía ninguna decisión tomada que esa noche le estuviera ocultando, Sophia pareció comprenderlo incluso mejor de lo que yo mismo era capaz de aceptar, y dijo:

—Entonces no vas a volver.

Y después de unos segundos, repitió:

—No vas a volver, Emilio.

Dijo esas palabras y se quedó como si hubiera perdido el aliento. No lloró, no dijo nada, como si de pronto hubiera perdido toda capacidad de reacción. Y después de un rato en que nos mantuvimos en silencio, preguntó:

—¿Cuándo?

—Mañana.

Sophia bajó la cabeza. La tomé de la mano y le dije que fuéramos a caminar. Ella avanzó conmigo sin decir nada, recorrimos diez o doce cuadras hasta que me preguntó si iba a volar desde Filadelfia. Le dije que no, que me marchaba desde ahí, desde Nueva York, desde el JFK, que era la primera escala donde once años antes había llegado para instalarme en Estados Unidos en mi camino hacia Michigan. Me parecía justo marcharme desde el mismo lugar. Y después me quedé callado, pero el vago recuerdo de mi llegada a Estados Unidos me pareció tan remoto que por un momento me distraje y pensé en el paso del tiempo y en cómo a veces nos convierte en la versión envejecida de lo que fuimos en la juventud, pero

que a algunas personas nos ocurre que no simplemente enve-
jecemos sino que nos transformamos en alguien distinto, más
indiferente o más triste o más resignado, como si nos hubieran
arrancado todo aquello que antes nos definía, y a pesar de que
no le dije nada de eso a Sophia fue como si todo lo que me
cruzaba por la cabeza en ese instante lo hubiese expresado de
otra manera y ella lo hubiera percibido. Y tal vez por eso se
detuvo en la esquina de un parque, buscó con la mirada una
banca donde sentarnos, y apenas nos ubicamos en ella, los
codos sobre los muslos, las manos contra los ojos, comenzó a
llorar de una manera tan profunda y conmovedora que sentí
culpa y arrepentimiento. Y yo solo atiné a hacerle una pregunta
estúpida, una pregunta que no tenía ningún sentido:

—¿Por qué lloras?

Y ella pronunció la única respuesta posible:

—Por todo. Lloro por todo.

(fin)

Sophia y yo fuimos subimos a un taxi, atravesamos Brooklyn por Atlantic Avenue y luego enrumbamos hacia el sur. La ciudad silenciosa, el aire tranquilo de mediodía, tomados de la mano, sin decirnos nada; al llegar al JFK me acompañó a dejar el equipaje, y después de dar vueltas por los pasillos y mirar juntos las tiendas de souvenirs, finalmente le dije que se acercaba la hora de abordar. Debía pasar el control de seguridad, era el momento de la despedida. Avanzamos juntos hacia el inicio de la fila, antes de sumarme a la línea de personas le dije te quiero. Siempre te voy a querer. No importa lo que haga, no importa lo que pase. Siempre te voy a querer.

Tomé sus manos, le di un beso en la frente y avancé arrastrando mi maleta hacia la zona de seguridad. Quise no volverme a mirarla por última vez. Pero antes de cruzar el detector de metales, no pude resistirme y me volví hacia ella. La vi de pie, el pelo largo, la espalda recta, las manos sosteniendo su cara, los ojos abiertos, absorta o incrédula. La miré, le sonreí, abiertamente, sinceramente, le sonreí como si todo estuviera bien, como si todo fuera a salirnos bien. Y con el dolor profundo de la despedida, pero también con el optimismo de ese último pensamiento, le sonreí con una pureza y una espontaneidad que pocas veces había sentido en toda mi vida, y después extendí el brazo derecho por encima de mi cabeza, formé una V con el índice y el dedo medio, me lo llevé al pecho y golpeé a la altura del corazón. Y cuando comprobé que ella sonrió y alzó la mano derecha para sacudirla en una despedida, la última, la definitiva, me di media vuelta y, sintiendo que algo me destrozaba desde el interior y apenas me permitía mantenerme en pie, me dispuse a cruzar al otro lado.

MAPA DE LAS LENGUAS UN MAPA SIN FRONTERAS 2020